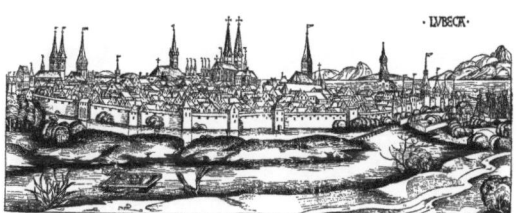

· LVBECK ·

NORBERT KLUGMANN
Die Adler von Lübeck

VOM STAPEL GELASSEN Lübeck 1602. Nach dem mysteriösen Tod des ebenso erfolgreichen wie gehassten Reeders und Werftbesitzers Rosländer rätselt die Stadt, was mit seinem Unternehmen passieren wird. Doch statt die Werft zu verkaufen, plant die Witwe Anna, ein Schiff zu bauen, wie es Lübeck, die Hanse und der Raum um das Baltische Meer noch nicht gesehen haben. Das Schiff soll sogar noch größer werden als die legendäre »Adler von Lübeck«.

Die Lübecker Kaufleute sind empört, sprechen von Größenwahn und fürchten um ihre Geschäfte. Nur die Hebamme Trine Deichmann und ihre Freundinnen stehen auf Annas Seite. Ihre Hilfe kommt zur rechten Zeit, denn auf der Rosländer-Werft geschehen merkwürdige Dinge …

 *Norbert Klugmann, Jahrgang 1951, hat bislang weit über 70 Romane in den Genres Krimi, Thriller, Satire und Kinderbuch geschrieben, von denen einige auch verfilmt wurden. Gepriesen wird der Hamburger seit dem ersten Buch für seine Dialoge und Situationskomik. Mit dem historischen Kriminalroman »Die Adler von Lübeck« setzt er seine erfolgreiche Serie um die Lübecker Hebamme Trine Deichmann fort, die er im Herbst 2007 mit dem Roman »Die Tochter des Salzhändlers« begonnen hat.*

Bisherige Veröffentlichungen im Gmeiner-Verlag:
Die Nacht des Narren (2008)
Die Tochter des Salzhändlers (2007)
Kabinettstück (2006)
Schlüsselgewalt (2004)
Rebenblut (2004)

NORBERT KLUGMANN

Die Adler von Lübeck

Historischer Roman

GMEINER SPANNUNG

Gefällt mir!

Facebook: @Gmeiner.Verlag
Instagram: @gmeinerverlag
Twitter: @GmeinerVerlag

Besuchen Sie uns im Internet:
www.gmeiner-verlag.de

© 2009 – Gmeiner-Verlag GmbH
Im Ehnried 5, 88605 Meßkirch
Telefon 07575/2095-0
info@gmeiner-verlag.de
Alle Rechte vorbehalten

Lektorat: Claudia Senghaas, Kirchardt
Herstellung / Korrekturen: Katja Ernst / Doreen Fröhlich
Umschlaggestaltung: U.O.R.G. Lutz Eberle, Stuttgart
unter Verwendung des Bildes »Schreibende Frau mit Dienstbotin«
von Jan Vermeer van Delft, www.zeno.org
Druck: Libri Plureos GmbH, Friedensallee 273, 22763 Hamburg
Printed in Germany
ISBN 978-3-8392-1004-8

1

DER SAND REICHTE bis zum Horizont. Er war extrem fein. Wenn man ihn packte, fühlte er sich an wie Mehl. Bei jedem Schritt sanken die Füße bis über den Knöchel ein. Nach 20 Schritten wurde die Fortbewegung zu harter Arbeit, 100 Schritte später tat jeder Schritt weh. Noch schlimmer dran waren die Männer, die Lasten trugen, Kisten oder Fässer. Sie hatten sich Untersätze zurechtgezimmert, auf denen sie die schweren und sperrigen Gegenstände stapelten. Die Schlitten sanken tief ein, man brauchte zwei Männer, besser waren vier, um sie aus dem Sand zu ziehen, um sie einige Schritte zu bewegen, bevor die Träger die Kraft verließ.

Wenn der Hunger kam und sie eine Rast einlegten, waren sie kaum mehr als 500 Schritte vorangekommen. Der Kapitän ging von Mann zu Mann und sprach jedem gut zu. Mit gesenktem Kopf hockten sie im Sand, langsam bewegten sich die Kiefer, manchmal spuckten sie aus, der Sand war überall.

Wenn der Kapitän seine Runde beendet hatte, brauchte er selbst Trost und Zuspruch. Dann schleppte er sich zu dem Mann mit dem Federschmuck. Ein Kapitän suchte keinen Trost außer bei einer Flasche Rum oder einem Fässchen mit rotem Wein. Bestenfalls durfte ihn die Hure trösten, oder der schmächtige Schiffsjunge mit der Gestalt eines Mädchens konnte zeigen, dass er zu mehr imstande war, als Schüsseln fallen zu lassen und Essen zu versalzen. Aber in keinem Fall ließ ein Kapitän erkennen, dass er überfordert war. Ein einziger Moment der Schwäche und niemand würde ihn mehr ernst nehmen.

Nur bei dem Mann mit dem Federschmuck galt das nicht. Wer sich ihm anvertraute, vergab sich nichts. Der mit der Feder stand so himmelhoch über allen anderen, dass die Regeln, die für alle galten, auf ihn nicht zutrafen. Der Mann mit dem Federschmuck strahlte etwas aus, was man außerhalb von Schlössern, Gotteshäusern und Gelehrtenstuben nicht antraf. Er war kein Hexenmeister und kannte sich doch aus in Eingeweiden, Kräutern und dem Stand der Gestirne; war kein General, kein Beichtvater, keine Hebamme, kein weiser Greis und kein Staatsmann, der Frieden zwischen den Völkern stiftete. Er war ein Teil von allem und jedem. Er strafte nicht, verbot nicht, drohte nicht und folterte nicht. Für ihn war ein Mann immer ein Mann, auch wenn er vor Angst weinte und sich vor Verzweiflung in die Hosen schiss. Er hatte Arme amputiert, wenn der Barbier geflohen war, hatte Kindermördern den Kopf vom Hals getrennt und die Wette gegen den stärksten Mann des Landes gewonnen, als er 14 Morgen Land umgegraben hatte, ohne einmal abzusetzen. Er hatte Frauen Geld gegeben, damit sie ihren Kindern Milch kaufen konnten, und Jünglingen Geld für die Kutschfahrt nach Prag, wo sie sich ein Studium leisten konnten, weil er sie auch dafür ausgestattet hatte.

Der Mann mit dem Federschmuck hatte Branntwein-Gelage überstanden, nach denen zwei Männer nicht mehr aufgewacht und andere erblindet waren, er hatte im Lauf einer Orgie acht Kinder gezeugt, von denen fünf noch lebten, hatte mit einem wütenden Keiler gerungen, mit nacktem Oberkörper und ohne Waffe. Er hatte ein Bootsrennen gegen den besten Skipper des Nordens gewonnen und er hatte den gusseisernen Topf in der Fluchbüchse leer gegessen, obwohl ihn das fast das Leben gekostet hatte und er ohne die Kenntnisse der Hebamme Trine Deichmann an durchgebrochenem Magen gestorben wäre. Er hatte sich mit so vielen Männern geprügelt, dass niemand die genaue Zahl kannte, und dabei nicht mehr als vier Zähne und den kleinen Finger der linken Hand eingebüßt. Er hatte im Dom die Predigt zur Walpurgisnacht gehalten – nachts um zwei vor allen Saufkumpanen, die er im Lauf der Nacht um sich gesammelt hatte. Wie überhaupt seine Zechgelage Tagesgespräch gewesen waren – nicht zuletzt, weil seine Frau an ihnen teilgenommen hatte, worauf er stolz war.

Mit einem Seufzer ließ der Kapitän seinen Kopf gegen die Schulter des Mannes mit dem Federschmuck sinken. Eine Hand klopfte beruhigend auf den Rücken des Kapitäns.

»Wir schaffen das«, sagte der Mann, dem alle vertrauten. »Wir dürfen nicht ungeduldig werden.«

»Aber der Sand, der viele Sand …«

»Du glaubst, weil du nur Sand siehst, gibt es nur Sand. Aber es gibt eine Welt hinter dem Sand. Dorthin müssen wir gelangen, dort warten sie auf unsere Waren.«

»Habt Ihr nicht manchmal das Gefühl, dass wir schon jahrelang im Sand unterwegs sind?«

Der Mann mit dem Federschmuck lächelte. Sein Blick ging zum Himmel, wo es nicht gut aussah. Bald würden es die Männer merken. Bis dahin mussten sie Vorbereitungen treffen.

Als der Wind stärker wurde, war der Wall aufgebaut. Sie hatten sich in Tücher und Decken eingewickelt, die nur einen Schlitz für die Augen ließen. Und bald nicht einmal den, denn gegen den Sand gab es kein Mittel. Man musste hinter dem Stoff atmen, und unter dem Stoff schlugen ängstliche Herzen.

Jeder Mann kannte Stürme, für keinen war es das erste

Mal. Aber mancher Sturm war schwach und wollte nicht auf Touren kommen. Mancher Sturm tobte, als wolle er Löcher in den Himmel reißen und jeden verschlingen, in dessen Adern warmes Blut floss. Ein Heulen, das so klang, als würde der Sand brüllen, füllte die Ohren der Männer. In wenigen Minuten waren sie zugeweht, bedeckt von Sand, der in Mengen heranraste, als würden 1.000 Männer ihn in den Wall schütten. Sie lagen dort, wo der Mann mit dem Federschmuck lag. Die Zier für seinen kahlen Kopf trug er nicht mehr, zusammengerollt ruhte der Lederreif in einer Kiste. Eben war noch Tag gewesen, jetzt war alles düster und diffus, ein grünlich-braunes Leberwurstgrau hatte alle Farben verschluckt. In den Ohren war das Heulen, die Luft war gesättigt mit Sand, das Atmen ging flach und fiel immer schwerer. Wie Kinder vor der Geburt im Leib der Mutter lagen die Männer zusammengekrümmt im Schutz der Kisten. Im Zentrum ihres Kreises lag der Mann, dessen Nähe sie suchten. Er war nicht weniger von Sand bedeckt als alle anderen, dennoch suchten alle seine Nähe. Der Sandsturm heulte. Es gab nur noch dieses Geräusch: laut, wütend und durch das Gleichmaß besonders furchtbar. Es gab keine Hoffnung mehr, kein Auf und Ab, es gab nur noch das Heulen und den Sand.

2

LANGE STAND ANNA ROSLÄNDER am Fenster, die Decke hielt sie vor der Brust zusammen. Langsam beruhigten sich ihr Atem und der Schlag des traurigen Herzens. Jede Nacht kämpfte sie mit der Erinnerung und erwachte jedes Mal keuchend, verschwitzt, voller Angst. Keine Aussicht, danach wieder Schlaf zu finden. In den ersten Nächten hatte sie dagegen gekämpft, mit jeder Minute Schlaflosigkeit war die Verzweiflung gewachsen. Den Fehler beging sie nicht mehr, weil sie einen Weg gefunden hatte, um die Zeit abzukürzen. Sie ging in die Küche hinunter, behutsam setzte sie Schritt auf Schritt, denn die Haushälterin schätzte es nicht, wenn man ihre Arbeit erledigte. Die treue Dienerseele meinte es gut, aber manchmal war es doch eine rechte Last mit ihr, denn sie vertrug keinen Widerspruch und regte sich schnell auf. Anna Rosländer stand vor dem eisernen Herd und rieb die klammen Hände über der Platte. Ihre Hände wollten einfach nicht mehr warm werden. Seit dem Verlust hatte sich vieles geändert. Anna Rosländer war keine alte Frau, mit 48 Jahren zog man nicht ins Witwenstift. Nichts von dem, was sie zurzeit bedrückte, hatte mit ihrem Alter zu tun. Dennoch wünschte sie sich manchmal 15 Jahre zurück, vieles wäre leichter gefallen. Junge Frauen waren oberflächlich. So lästig das manchmal im Umgang mit ihnen fiel, so sehr hätte es ihr jetzt geholfen. Sie sehnte sich nach den zierlichen Sorgen der Jungen: wenn die Kinder ihre Krankheiten bekamen, wenn der Hauslehrer sich als taube Nuss erwies und der Musiklehrer zu viel redete und zu wenig musizierte, wenn die kunstfertigen Tischler endlich mit dem Treppenhaus zurande kamen und die neue Bernsteinkette aus Danzig ihr herrliches Spiel der braunen und gelben Töne zeigte – nichtsnutzige Anlässe, nach denen sich Anna Rosländer sehnte.

Neugierig öffnete sie die Deckel der beiden Stieltöpfe. Wasser und Brühe. Einen Moment erwog sie, das Wasser mit Rum und Zucker in einen hilfreichen Rum zu verwandeln, und entschied sich dann für Brühe. Der Rum reichte nur bis in den Magen, die Brühe erreichte die entlegensten Verzweigungen des Menschen.

Plötzlich war da das Geräusch: ein dumpfer Knall, in der stillen Nacht doppelt überraschend. Zwei Minuten später stand sie vor der Tür, in jeder Hand einen Becher.

»Querner, Querner«, sagte sie leise, fast zärtlich. Sie stellte einen Becher ab und fuhr durch den Haarschopf. Der schlafende Mann brummte, zog Spucke hoch, schluckte, erwachte und fuhr in die Höhe. Der Becher mit der Brühe schwankte, aber er fiel nicht um.

»Um Gottes willen, die Herrin«, stieß er hervor. Seine Stimme war brüchig, wie sie sich nach dem Erwachen anhört.

Sie standen sich gegenüber, beschämt der eine, sich ihrer unzulänglichen Bekleidung bewusst die andere. Valentin Querner fuhr sich mit beiden Händen durch die Haare und sah gleich viel manierlicher aus. Der Schreck in den Augen blieb.

»Das ist mir ja so unangenehm«, murmelte er. »Das ist mir noch nie passiert. Na gut, selten.«

»Ihr müsst Euch nicht entschuldigen. Warum seid Ihr überhaupt noch hier? Ihr gehört nach Hause um diese Zeit.«

Er verzichtete darauf, sie an das zu erinnern, was ihr wohl bekannt war. Auf Valentin Querner wartete niemand, keine Frau, keine Eltern, kein Kind. Er lebte in der Mansarde in einem der schlechten Häuser an der Trave. Der Raum war zugig, niedrig, düster. Unfassbar, dass ein dermaßen begabter Arbeiter in solchen Verhältnissen hauste.

Anna war einmal dort gewesen, als ihm in der Werft der

Großmast beinahe das Bein zerschmettert hatte. Sie hatte darauf bestanden, dass Querner in ein Krankenhaus ging. Aber der Kerl war so stur, wie er begabt war. Dreimal täglich war das Hausmädchen die Treppen hinaufgestiegen. Als sie sich weigerte, weil ihr Geruch und Schmutz angeblich auf die Galle schlugen, schickte man den Knecht, und einmal ging Anna persönlich. Nie würde sie das entgeisterte Gesicht des Patienten vergessen, als plötzlich eine vornehme Person bei ihm auftauchte. Anna Rosländer hatte sich den jungen Kerl zur Brust genommen, dass ihm Hören und Sehen vergangen waren. Sie hatte ihn ausgeschimpft wie einen Schüler und ihn aufgefordert, nie mehr so leichtfertig mit seiner Gesundheit umzugehen. Danach hatten sie nie wieder darüber gesprochen, aber ihr Verhältnis war seitdem auf eine Weise privat geworden, dass es manch Drittem aufgefallen war.

Sie wusste nicht, ob Querner sich seitdem besser ernährte und Rücksicht auf sich nahm. Besser gekleidet war er keineswegs. Er sah so aus, als würde er gerade aus der Werkstatt kommen oder gleich dorthin gehen. Dabei verbrachte er einen immer größeren Teil seiner Zeit im Kontor. Immer wieder fragten auswärtige Werften an, ob der gefragte Techniker bereit sei, für sie zu arbeiten. Zuerst hatte Querner abgesagt, wie es sich gehört, wenn man auf der Lohnliste eines Reeders und Werftbesitzers steht. Doch Rosländer war mit so vielen Kollegen per du und intim, dass er seinem besten Mann praktisch befohlen hatte, sich nicht zu zieren. So kam es, dass Querner für Werften in Wismar, Rostock und Stralsund aktiv geworden war. Morgens um halb sieben erschien er am Arbeitsplatz, und wenn der letzte Kollege abends nach Hause ging, legte Querner die Papiere für den Holk zur Seite und widmete sich einer Galeone – wenn er nicht seiner Leidenschaft frönte, von allen bekannten Schiffstypen das Beste zu nehmen, das Alltägliche zu ignorieren, um auf diese Weise Schiffstypen zu entwerfen, die das Baltische Meer noch nicht gesehen hatte.

»Mann Gottes, was ist denn das für ein Riese?«, fragte Anna Rosländer und beugte sich über die Zeichnung.

»Ach, das ist gar nichts«, antwortete Querner und rollte den heißen Becher mit Brühe zwischen den Handflächen hin und her.

»Dafür, dass es nichts ist, kommt es mir aber ziemlich groß vor.«

»Man sitzt abends lange im Kontor. Man beginnt zu träumen. Man beginnt zu zeichnen. Eins kommt zum anderen. Am Ende ist das Schiff da. Danach wendet man sich wieder den vernünftigen Dingen zu.«

Anna Rosländer hatte das Entwerfen nicht gelernt. Aber sie lebte lange genug in diesem Metier, um die wesentlichen Eigenschaften des Schiffs zu erkennen, das auf Querners Papieren stand. Und noch etwas erkannte sie: Es handelte sich nicht um eine Skizze, nebenbei hingeworfen, wie man Gesichter oder Blumen malt, während man sich mit einem Kollegen unterhält. »Querner, das sind 90 Meter. Was denkt Ihr Euch dabei?«

»Gar nichts. Wie gesagt, rein gar nichts.«

»Und dass es 3.500 Tonnen Wasser verdrängt und fünf Masten hat, das sagt wohl auch nichts?«

Er war eingeschüchtert. Vielleicht fand er, dass sie zu aufgeregt und ablehnend redete. Aber so war es nicht. Sie war einfach überrascht. Als sie nach einer halben Stunde in die Küche hinuntergingen, um neue Brühe zu holen und einen Blick in die Speisekammer zu werfen, waren sie mitten im Gespräch. Anna Rosländer trug mittlerweile einen rot-schwarzen Hausmantel. Als Rosalia, das Hausmädchen, von den huschenden Geräuschen erwachte, traf sie in der Küche auf zwei Menschen, die sich angeregt über einen Plan beugten, den Rosalia zuerst für den Wochenplan hielt. Sie protestierte sofort, weil sie immer bereit war, vermeintliche Einmischungen in ihren Bereich zurückzuweisen.

Fünf Minuten später saßen sie zu dritt am Tisch, vertilgten Sülze mit Mostrich und Brot mit Pflaumenmus. Während Querner mit dem Messer Großsegel, Fock und Blinde nachfuhr und sie ins Verhältnis zur üblichen Breite der Segelbahn setzte, entging Anna Rosländer nicht, wie liebevoll Rosalia den jungen Mann betrachtete – und keineswegs den Plan des Schiffs. Das wäre doch was, dachte Anna, du würdest regelmäßig etwas zu essen bekommen, du hättest Knöpfe an den Stellen, wo sie hingehören, und sie würde dir auch zeigen, wie die Liebe geht.

3

Es war doch noch ein Tag mit Stapellaufwetter geworden. Die Wimpel knatterten im kräftigen Wind, der vom Meer kam. Und als Diederich, die treue Seele, mit einem dieser mächtigen Hiebe, mit denen er in jungen Jahren Walfische erlegt hatte, den letzten Keil wegschlug, fand der Neubau gemächlich seinen Weg über die schiefe Ebene ins Wasser der Trave. Es gab ordentlich Wellengang, von dem sich die Möwen hoch hinauf und tief hinuntertragen ließen, wobei sie die Menschenansammlung am Ufer nicht aus dem Auge ließen, denn früher oder später würden Reste ins Wasser fliegen, dann würden die grau-weißen Schreihälse zur Stelle sein.

Der kleine Holk war der letzte einer Reihe von drei Schiffen, die hinauf ins Dänische gehen würden. Der Stapellauf war kein Ereignis, über das man noch in einem Jahr erzählen würde. Aber auch kleine Aufträge machten die Werftbetreiber fett. Der Holk würde im Spanien- und Portugalhandel fahren: Lebensmittel für die Südländer, Salz, Öl und Südfrüchte für die Fischmäuler. Kein Grund für eine ausufernde Feier. So fanden sich an der Tafel im Schatten des Lagerhauses nicht mehr als 20 Gäste ein und ließen es sich gut gehen. Anna Rosländer, Witwe des umstrittenen Reeders und Werftbesitzers, saß auf dem Ehrenplatz an der Stirnseite.

»Sie sieht wieder besser aus«, murmelte Schnabel, seines Zeichens Reeder und Werftbesitzer.

»Wurde ja auch Zeit«, murmelte Ratsherr Gleiwitz, dessen Vorliebe für unbezahlte Rechnungen und Gurken im Fass nur von seiner Abneigung gegen nachvollziehbare Buchführung übertroffen wurde. »Du kannst ja nicht zwei Jahre um deinen Mann trauern – zumal wenn er dir jahrelang Hörner aufgesetzt hat.«

Theodor Horn war nicht zum Lästern aufgelegt. Der hiesige Reeder hatte neben seiner Gattin einen Gast an der Seite, einen Mann in weinrotem Anzug. Er war rundlich, besaß flinke Augen und eine Stirnglatze, dennoch wirkte er keineswegs harmlos, er strahlte eine Zielstrebigkeit aus, der man sich besser nicht in den Weg stellte.

Anna Rosländer kannte den Rundlichen, ließ das aber nicht erkennen. Zweimal wurde ein Platz frei, zweimal rückten die Eheleute Horn und der Gast einen Platz auf die Stirnseite zu, bis der Reeder Annas direkter Nachbar war. Er verlor keine Zeit, als er eine Hand auf ihre Hand legte und mit tiefer Stimme sagte: »An einem Tag wie diesem denken wir alle an den guten Gatten. Ich hoffe, ich reiße keine Wunden auf.«

Anna hielt seinem Blick stand und erwiderte: »Ohne Rosländer säßen wir alle nicht hier.«

»Ich glaube, wenn Theodor stirbt, sterbe ich auch«, quakte Theodors bessere Hälfte dazwischen. Ihr Talent, im richtigen Moment das falsche Wort zu finden, wurde nur von ihrer Angewohnheit übertroffen, in geselligen Runden zu vorgerückter Stunde heikle Anekdoten von bekannten Lübecker Persönlichkeiten zu erzählen, für die sie die Namen um eine Kleinigkeit veränderte, um sodann mit dem guten Gefühl in die Vollen zu gehen, dass die Würde der Bloßgestellten hinreichend gewahrt worden sei. Aus Mannhardt wurde Frauhardt, Düppel führte den Namen Knüppel und Knechtersand hieß Rechterhand.

»Ich sterbe noch nicht«, stellte Horn klar und stellte endlich seinen Gast vor. Stanjek, Andreas Stanjek aus Riga, seines Zeichens Kaufmann mit besten Beziehungen zum russischen Zaren und einer Unmenge lokaler Machthaber, die in Lübeck niemand auch nur dem Namen nach kannte.

Anna lächelte nicht, aber der Blick, den sie Stanjek zuwarf, war offen. Sie dachte: Jetzt geht es los.

Bevor es losging, steckte ihre Nase in einem Blumenstrauß. Erst verdutzt, danach niesend, starrte sie in lachende Gesichter, von denen eins direkt vor ihr stand, das andere zwei Schritte dahinter. Anna Rosländer umarmte ihre Freundin Hedwig Wittmer, die Ehefrau des Brauereibesitzers. Danach begrüßte sie Hedwigs Begleiterin.

»Ich freue mich sehr«, sagte Anna Rosländer. »Es ist nicht so, dass ich von unfreundlichen Gesichtern umgeben wäre. Aber wenn Ihr dabei seid, habe ich das Gefühl, es gehört sich so.«

»Ich musste sie am Strick hinter mir herziehen«, rief Hedwig, die gerade dabei war, die Handkuss-Technik der Lübecker Männer über sich ergehen zu lassen.

Trine Deichmann sagte: »Wenn ich nicht in der Nähe gewesen wäre …« Sie spürte, wie missverständlich sie sich äußerte, und fügte schnell hinzu: »Ihr wisst, wie es mir geht.«

Das wusste Anna Rosländer in der Tat: »Ihr glaubt, Ihr gehört nicht dazu, wenn sich die Pfeffersäcke den Wanst vollschlagen.«

Im selben Moment wisperte Gleiwitz: »Keine Feier ohne Hexe.«

»Hexen waren es früher«, entgegnete Schnabel, »jetzt heißen die Damen Hebammen und tun so, als könnten sie nicht mehr fliegen.«

Mit beiden Armen simulierte er das Schlagen von Flügeln. Gleiwitz tat so, als habe er seit Langem keinen so guten Witz gehört. Es fiel ihm leichter, wenn es ihm gelang, die Erinnerung an seine Johanna auszublenden. 16 Stunden hatte Trine Deichmann um Johannas Leben gekämpft, 16 Stunden, in denen Gleiwitz um zehn Jahre gealtert war. So viel Blut, so viel Angst, so viel Ungewissheit. Und über allem Gejammer und Geschrei die energische Hebamme, die neben der Gleiwitz-Küche zwei weitere Räume mit Beschlag belegt hatte und am Ende elf Frauen in Trab gehalten hatte, dazu ein Kräuterweib, und als alles nichts mehr half, einen Barbier und zwei Ärzte aus dem Krankenhaus. Während die Mediziner mit Johanna unaussprechliche Dinge anstellten, hatte die Hebamme Gelegenheit gefunden, vor Gleiwitz zu treten, ihn in die Arme zu nehmen und sie hatte zu ihm gesagt: »Wenn Ihr keinen Mut habt, wird Eure Frau keinen Mut haben. Ihr beide müsst jetzt zusammenhalten. Wenn Ihr ein Paar seid, seid Ihr so stark wie wir anderen zusammen. Reißt Euch zusammen, Gleiwitz, ich will sehen, dass Ihr brennt und stark seid.«

Er war stark gewesen, bis Johanna ihren letzten Atemzug getan hatte. Er hatte die Ärzte und den Barbier befragt, in den folgenden Tagen hatte er sie besucht und erneut befragt. Er wollte einfach nicht aufhören mit dem Fragen, aber soviel er auch fragte, keiner von ihnen hatte einen Fehler der Hebamme gefunden. Stattdessen hatte einer gesagt: »Ohne die Deichmann wäre Eure Frau nach zwei Stunden tot gewesen. Hätte Euch das besser gefallen?«

Bis heute war Gleiwitz über die fürchterlichen Tage nicht hinweggekommen. Er wusste, dass die Hebamme keinen Fehler begangen hatte, aber er wusste auch, dass Johanna ohne sie nicht so lange gelitten hätte. Dafür hasste er Trine Deichmann und wartete auf die Gelegenheit, ihr die Quälerei heimzuzahlen. Der Ratsherr Gleiwitz war ein armer Mann, jedes Mal, wenn er seine kleine Tochter ansah, dachte er an Trine Deichmann. Mehr als einmal hatte er gedacht: Wenn sie Ähnlichkeit mit der Hexe bekommt, bringe ich sie um.

»Das ist unsere städtische Hexe«, flüsterte Reeder Horn seinem Gast zu.

»Ihr holt euch solche Frauen in den städtischen Dienst?«, fragte Stanjek staunend. »Bei uns leben sie in den Wäldern und müssen aufpassen, dass sie keinem über den Weg laufen, der Lust verspürt, sie ins Feuer zu werfen.«

»Das ist bei uns im Grunde nicht anders«, entgegnete Horn großspurig, während er zusah, wie die Witwe mit den gerade angekommenen Frauenzimmern palaverte. »Bei uns fällt es nur sofort auf, wenn einer ein Feuerchen anzündet. Deshalb haben wir sie angestellt, das ist der beste Weg, sie unter Kontrolle zu halten.«

Trine Deichmann war die oberste der Hebammen, die von der Stadt Geld bekamen, um arme und reiche Frauen zu betreuen, während der Schwangerschaft, bei der Geburt und 14 Tage nach der Geburt. Die Deichmann besaß »guten Ruf« und »gute Hände«. Nicht alle Hebammen waren im gleichen Maße talentiert, aber die Deichmann war über alle Maßen gewieft und gab ihr Wissen seit vielen Jahren an die Lehrtöchter weiter.

Als Lübecker Mann musste man aufpassen, wer alles in der Nähe war, wenn man anfing, Witzchen über Hebammen zu machen. Mehr als einem Freund und Kollegen von Gleiwitz war der Himmel auf den Kopf gefallen, nachdem seiner besseren Hälfte hinterbracht worden war, zu welch gemeinen Äußerungen sich ihr Gatte in geselliger Männerrunde hatte hinreißen lassen. Gleiwitz wusste von einem Fall, in dem es zur Scheidung gekommen war. Das hatte nicht allein an der Hebamme gelegen, aber ohne die Hebamme wären sie heute noch ein Paar gewesen, das war amtlich.

Die fest angestellten Hebammen unterstanden der Aufsicht und Kontrolle des Rates, der diese Pflicht an ein Gremium übertragen hatte, weil sich kein Mann darum riss, mit Einzelheiten dieses Gewerbes befasst zu werden. Von den Hebammen, die der Deichmann unterstanden, hatte eine in der letzten Zeit unrühmlich von sich reden gemacht. Man war ihr auf die Schliche gekommen, dass sie Abtreibungen durchgeführt hatte. Und wenn darin auch solide Mitbürger verwickelt gewesen waren, so konnte diese Hexe nicht gehalten werden, nicht einmal von der Deichmann. Die wusste, wann sie ein Opfer bringen musste, um nicht ihr gesamtes fliegendes Geschwader zu gefährden.

Gleiwitz konnte der Deichmann seinen Respekt nicht versagen. Wäre sie ein Mann gewesen, wäre er gern mit ihr befreundet gewesen. Aber mit der Deichmann war nicht gut Kirschen essen. Sie besaß einen offenen Blick, hatte nichts Geducktes und Liebedienerisches an sich. Ja, sie tat so, als habe sie das Recht, Stolz auf ihre Profession zu empfinden. Dabei wurden ihre Kolleginnen in anderen Regionen angeklagt und verurteilt, aber die Lübecker hatten nun mal einen Narren an ihr gefressen – die Lübecker Frauen. Denn von den Männern bekannten sich nur zwei Handvoll zu den Hebammen. Allerdings handelte es sich dabei nicht um die kleinsten und gemeinsten. Die Hebammen standen unter höchstem Schutz. Gleiwitz hätte gern gewusst, womit sie diese einflussreichen Männer erpresste, damit die zu ihr hielten. Sicher hatte es mit Abtreibungen zu tun, alle Hebammen führten Abtreibungen durch, so wie jeder Tischler Reparaturen durchführte und jeder Metzger die Schweine seines Nachbarn schlachtete. Hebamme und Abtreibung – das gehörte zusammen wie Möwenschiss und Glück.

»Ich war in der Nähe«, sagte Trine Deichmann zur Witwe.

»Da habe ich ja Glück gehabt. Wer ist es denn? Eine unserer leichtfertigen Schwestern?«

Verdutzt von Annas Offenheit, blickte sich Trine um. In der Tat hatte sie bei einer Hafenhure vorbeigeschaut. Dieser Berufsstand bereitete ihr wenig Sorgen. Huren besaßen eine stabile Gesundheit und neigten nicht dazu, über Weh-

wehchen zu jammern oder Befürchtungen zuzugeben. Vor allem gab es in der Regel keinen Mann und Vater. Dieser Menschenschlag bereitete Trine Deichmann nicht selten den größten Verdruss. Einerseits hochnäsig, andererseits unwissend, wussten Männer nicht, wie man einer Hebamme gegenübertrat. Zwar fühlten sie Erleichterung, denn die Hebamme übernahm einen Teil der Verantwortung, den die Männer gar zu gern auf deren Schultern abluden. Andererseits gab es auch Vertreter des Männergeschlechts, die sich der Hebamme gegenüber benahmen, als sei sie ihre Mutter, wenigstens eine mütterliche Freundin. Oft handelte es sich dabei um Männer, die zum ersten Mal Vaterfreunden entgegensahen.

Anna Rosländer beschaffte für die späten Gäste freie Plätze. Nach dem zweiten Becher verloren auch die Arbeitsleute ihre Scheu vor dem Auftrieb vornehmer Herrschaften. Anekdoten machten die Runde, in denen es um Vorfälle und Unfälle beim Bau des Holk ging, der vor den Augen der Festgesellschaft im Wasser dümpelte. Anna hatte unmissverständlich verboten, heute an Arbeit auch nur zu denken. So würde der Innenausbau warten müssen, denn einige ihrer Arbeiter retteten sich in die Arbeit, um nicht reden zu müssen. Dabei war ihre Angst vor einer Blamage unbegründet. Am Tisch saßen nur Menschen vom Fach. So sehr sich mancher Kaufmann und Ratsherr von seiner Dünkelhaftigkeit lenken ließ, so unbezweifelbar war, dass die Arbeiter der Werft Könner waren. Einigen eilte ein trefflicher Ruf voraus, um die besten schwelte ein Kampf der Werftbetreiber. Jeder wollte dem Konkurrenten den Tischler und Segelmacher abwerben. Wenn ein Spezialist von auswärts nach Lübeck übersiedelte, musste er sich um seine berufliche Zukunft keine Sorgen machen. Zwar waren die großen Zeiten der Hanse vorbei, aber Lübeck war keineswegs auf den Stand eines Provinzstädtchens zurückgefallen. Es musste sich den Ruhm der führenden Adressen am Baltischen Meer nur mit mehreren Städten teilen.

Trine Deichmann aß, für ihre Verhältnisse aß sie sehr viel. Wer sie kannte, wusste, dass dies ein schlechtes Zeichen war. Den meisten Menschen schloss Kummer den Magen zu, Trine begann zu fressen. Das viele Essen bereitete ihr keinen Genuss, aber sie musste dem Drang nachgeben.

»Wenn sie etwas umsonst kriegen, werden sie munter«, murmelte Ratsherr Gleiwitz.

Schnabel, der Reeder, arbeitete sich erneut auf Anna Rosländer zu. Das fiel ihm leicht, denn nach dem Essen vertrat man sich die Beine. Anna stand am Kai, Schnabel musste annehmen, dass sie ihr jüngstes Produkt betrachtete. Er konnte nicht wissen, dass Annas Blick weit darüber hinausging.

»Das war das letzte«, sagte Schnabel.

Anna schwieg. Sie war nicht überrascht, dass der Kollege und Konkurrent über die Auftragslage ihres Hauses informiert war. Der Holk war in der Tat diejenige Bestellung, die ihr Mann noch zu Lebzeiten aufgenommen hatte. Im Grunde starb er heute den zweiten Tod. Die Rosländer-Werft hatte in den letzten Monaten nicht aufgehört zu arbeiten. Mancher Auftrag war hereingenommen worden, mehr Reparatur als Neubau. Mit seiner nächsten Bemerkung bewies Schnabel, dass er über die Zahlen bestens informiert war. Für ein Handelshaus zwischen Lübeck und Hamburg war ein Schiff auf Kiel gelegt worden, mit einem hiesigen Weinhaus war man fast einig über den Verkauf eines Schiffs von überschaubaren Ausmaßen.

Schnabel trumpfte mit seinem Wissen nicht auf, ließ es nebenbei einfließen, als sei es das Natürlichste von der Welt, Einblick in die Auftragsbücher der Konkurrenz zu haben.

»Es gab bessere Zeiten«, gestand Anna Rosländer. »Es gab auch schon schlechtere Zeiten. Geduld gehört zum Geschäft.«

Schnabel hatte das sichere Gefühl, dass die letzten Worte speziell für ihn ausgesprochen worden waren. Aber Schnabel war nicht zum Stapellauf gekommen, um sich satt zu essen und den Wein der Rosländers zu trinken. Ihm war es um etwas anderes zu tun. Seitdem er gesehen hatte, dass mit Stanjek ein auswärtiger Werftbetreiber Witterung aufgenommen hatte, stand Schnabels Entschluss fest.

»Ihr habt Ruhe verdient«, sagte er.

»In meinem Haus war es in der letzten Zeit sehr, sehr ruhig.«

»Das kann ich mir gut vorstellen«, gestand er eilfertig zu. So sehr Schnabel von der Gier getrieben wurde, so sehr war es ihm darum zu tun, nicht als einer zu erscheinen, der gierig war. Es musste so aussehen, als würde er ein barmherziges Werk tun. Monatelang hatte er darüber nachgedacht, viele Gespräche hatte er darüber geführt: mit Freunden, Kollegen, nicht zuletzt mit Rechtskundigen und keineswegs nur mit Lübeckern. So sehr Schnabel die Hamburger verachtete, so nützlich konnten sie ihm jetzt sein. Eine halbe Tagesreise Abstand schuf die Distanz, die Rat und Urteil sachlicher ausfallen ließen. Außerdem stieg die Chance, dass Anna Rosländer nicht zufällig bei denselben Leuten um Rat nachsuchte.

Jetzt hatte der Reeder und Werftbetreiber Schnabel eine Entscheidung gefällt. Hatte er zu lange gezögert? War er womöglich nicht der Erste, der mit der Witwe sprechen würde? Die Familien Rosländer und Schnabel hatten sich nie nahe gestanden. Dazu war der Rosländer ein zu wilder Geselle gewesen. Wenngleich Schnabel neidisch zugehört hatte, wenn von den jüngsten Besäufnissen der Rosländers gemunkelt wurde, hatte ihm die frömmlerische Art seiner eigenen Gattin jede Teilnahme verhagelt. »Die sind uns zu ordinär«, lautete einer ihrer Standardsätze. »Wir haben Ansprüche«, lautete ein anderer.

Zähneknirschend hatte sich Schnabel gefügt – nicht ohne zwischendurch Signale auszusenden, dass er den Kollegen durchaus schätzte. Nie war ein Signal zurückgekommen, Rosländer hatte es nicht mit Etikette und Umgangsformen. Er hatte in der Fluchbüchse unter Zeugen sechs Liter Wein getrunken und im Wettkampf mit einem örtlichen Fischer 28 gebratene Heringe aus der Pfanne gegessen – mitsamt Haut, Kopf und Gräten. Dem Fischer hatte die Hebamme in den Schlund greifen müssen, um ihn davor zu bewahren, an einer Gräte jämmerlich zu ersticken. Es war Joseph Deichmann, Ehemann der Hebamme, der das Lokal betrieb – nicht zu seinem Schaden, denn an seinen Tischen fanden sich vom Kaufmann bis zum Tagelöhner alle Menschen, die eine Lübecker Adresse vorweisen konnten. Mehr verlangte Joseph von seinen Gästen nicht. Dass sie sich anständig benahmen, geschah ganz von allein, wenn auch nicht immer ohne Hinweis der Hebamme. Einem Radaubruder hatte sie ein Messer zwischen zwei Finger gestoßen, seitdem zitterte diese Hand jedes Mal, wenn er der Deichmann im Stadtbild begegnete. Einem anderen hatte sie mit einer Pfanne ein Muster auf die Wange geschlagen, das nie mehr verschwunden war. Einem dritten hatte sie damit gedroht, ihn seiner Manneskräfte zu berauben, wozu

nichts weiter nötig sei, als ein Kraut über seinem Kopf aus-
zustreuen, und wenn er das nicht glauben würde, sollte
er es eben riskieren. Beim eiligen Aufbruch war der aber-
gläubische Kerl mit der Schulter gegen den Türrahmen
geprallt. Der Schmerz hatte wochenlang angehalten.

4

»WOLLT IHR NICHT endlich zu Eurem Thema kommen?«
Überrascht blickte Schnabel die Witwe an. Ihr Hals war
zu dick, ihre Gesichtszüge waren nicht zart, der Kragen
des Kleides lugte über den Kragen der Jacke, die wiederum
nicht elegant wirkte, sondern bestenfalls praktisch. Anna
Rosländer sah aus wie die Frau eines Handwerkers, nicht
wie die Witwe des größten Lübecker Werftbetreibers
und Reeders. Vor allem jedoch sah sie nicht glücklich aus.
Schnabel schöpfte Mut.

»Ihr habt Euch das Recht erworben, endlich zur Ruhe
zu kommen«, sagte er.

»Ich höre.«

»Zur Ruhe nach einem Leben voller Aufregungen. Es
liegt mir fern, auf Euer Alter anzuspielen, aber in aller
Demut denke ich, dass es ein Alter gibt, in dem man nicht
mehr gewillt ist, dazuzulernen. Ich weiß nicht, ob ich mich
klar ausdrücke.«

»Redet einfach weiter.«

»Ihr und Euer Mann, dessen Ruf von England übers
Dänische bis weit in den Osten gedrungen ist, habt uns in

den Jahren Eures gemeinsamen Wirkens viel Freude bereitet. Uns und der Stadt. Ihr seid Fleisch vom besten Lübecker Fleisch. Eure Schiffe befahren das Baltische Meer und sind weit darüber hinaus nach Norden und Westen vorgedrungen. Es würde mich nicht wundern, wenn in diesem Moment Menschen an der Küste Afrikas stehen, wie wir beide, und zusehen, wie eines Eurer Salzschiffe an ihnen vorbeifährt.«

»Zu gütig.«

»Es ist mein voller Ernst. Rosländers Schiffe befahren die halbe Weltkugel – denn bis zum Beweis des Gegenteils gehen wir ja alle davon aus, dass wir auf einer Kugel stehen, ohne das Gleichgewicht zu verlieren und ohne dass der Ozean überschwappt.«

Etwas in Schnabel riet ihm, auf diesem heiklen Thema nicht weiter zu bestehen.

»Dann traf Euch der Schicksalsschlag, Ihr habt Euren Mann verloren. Auch wir beklagen einen schweren Verlust, aber es ist etwas anderes, ob der Stuhl neben mir im Rat frei bleibt oder der Platz neben Euch in Eurem … nun ja.«

»… Bett.«

»So ist es. Niemand kann Rosländer ersetzen, nicht als Kaufmann, nicht als Politiker und Gönner, als Wohltäter und Stifter, als Ehemann und Vater. Seht Ihr, und weil das so ist … sicher wisst Ihr, was ich meine.«

»Ihr wollt mich heiraten.«

Schnabel fiel vor Schreck beinahe ins Wasser.

»Um Himmels willen, nein«, stieß er hervor, als sei er eine weite Strecke gelaufen. »Ich wäre geehrt, natürlich wäre ich geehrt und geschmeichelt. Wer weiß, vielleicht wären wir beide das Paar des Jahres.«

Er wusste sich nicht anders zu helfen, als Anna neckisch in die Seite zu stoßen. Die sichere Katastrophe ahnend, packte er mit beiden Armen zu, um sie am Sturz zu hindern.

»Ihr geht aber ran«, sagte sie, nicht halb so sehr außer Atem wie Schnabel.

Im sicheren Gefühl, den Faden verloren zu haben, sagte er: »Euer Werk ist getan. Unsterblich seid Ihr längst geworden, niemand wird Euch jemals vergessen. Ein Denkmal ist Eurem verehrten Mann gewiss, ich darf in aller Bescheidenheit andeuten, dass alles Nötige dazu von mir in die Wege geleitet worden ist.«

Zum ersten Mal drehte sie ihm ihr Gesicht zu. Schnabel dachte: Spiel mit, du hässliche Krähe, spiel bitte mit.

Sie sagte: »Wie kommt Ihr auf den Gedanken, es könnte mir zu viel werden?«

»Weil Ihr eine Frau seid.«

So deutlich hatte er es nicht sagen wollen. Aber wo es nun heraus war, tat es ihm nicht leid, denn es handelte sich um die Wahrheit.

Schnabel sagte: »Frauen sind nicht fürs Geschäftliche gemacht. Sie sind gemacht, um den Männern das Geschäftemachen so angenehm wie möglich zu machen.«

»Weiß Eure Frau, wie Ihr über sie redet?«

»Oh gewiss doch, wir sind bei diesem Thema keinen Zentimeter auseinander.«

Das entsprach der Wahrheit, die Frau Ratsherrin Schnabel hatte keine fünf Minuten in ihrem Leben mit dem Gedanken gespielt, einen Beruf auszuüben. Sie stickte und häkelte, sie leitete Sitzungen des Wohlfahrts-Komitees und empfing die Frauen von Geschäftsleuten zum Teetrinken. Zur Not gab es auch einen Schnaps und zwei bis drei ungehörige Bemerkungen über Männer. Aber danach schämte sie sich dafür, wie es sich gehörte.

»Eine Zeit lang kann man es machen«, fuhr Schnabel fort. »Zumal wenn es im Gedenken an Euren geliebten Gatten geschieht. Aber es kommt der Zeitpunkt, an dem man nur an sich denken sollte. Dieser Zeitpunkt ist nun da. Heute geht es Euch noch gut, ich meine jetzt die finanzielle Seite der Existenz. Ihr seid jung, leidlich jung. Und gesund, wie ich doch hoffe, sicher seid Ihr gesund. Aber wenn Ihr mir die Bemerkung nachsehen wollt, Ihr seht müde aus. Erschöpft. Eine Reise würde Euch gut tun. Ablenkung. Aber vor allem Ruhe. Ein anderes Leben. Ihr lebt immer noch, als sei Rosländer am Leben. Ihr seid wie eine Kugel, die rollt, lange, nachdem sie die Hand verlassen hat, die der Kugel ihren Schwung gab. Aber der Schwung lässt nach, es kommt der Moment, an dem die Kraft der Kugel erschöpft sein wird. Ihr müsst handeln, bevor es zu spät ist. Ich bin bereit, Euch in jeder nur denkbaren Beziehung zu unterstützen.«

Anna Rosländer wandte sich nach links. Spontan dachte Schnabel, dass sie ihn stehen lassen würde. Aber sie bewegte sich langsam, sie wollte ihm die Gelegenheit geben, an ihre Seite zu gelangen.

»Jetzt ist es so weit«, murmelte Hedwig Wittmer. Sie war mit Trine über die Planke auf den Neubau geschritten. Querner, der junge Schlaumeier von Rosländer, hatte den Gästen einen Rundgang angeboten. Trine Deichmann hatte sich in ihrem Leben nicht mehr als zehn Mal auf offenem Wasser befunden. Und nur ein einziges Mal hatte sie in keiner Richtung Land gesehen. Ein Schiff, das festgemacht war, kam ihr sicher genug vor, um das unsichere Gefühl für wenige Minuten zu überwinden. Trine Deichmann war eine vernünftige Frau. Sie wusste, wie es im Leben zuging, wo es gefährlich war und wo nicht. Nicht gefährlich war es, ein Schiff zu betreten, wenn weiße Wolken am Himmel standen und fast kein Wind ging. Aber auch dann öffnete sich unter dem Schiff ein Schlund von unvorstellbaren Ausmaßen. Jederzeit konnte das Schiff zerbrechen oder Schlagseite bekommen; man konnte über Bord fallen oder über Bord geworfen werden. Alles war möglich. Und Trine fürchtete sich nicht nur vor einem einzigen Unglück. Sie fürchtete sich davor, dass alles zugleich geschehen könnte. Das Schiff schlug leck, es neigte sich zur Seite, und im selben Moment packten starke Arme zu, um Trine ins Wasser zu werfen. Dass sie nicht schwimmen konnte, passte gut ins Konzept.

Hedwig entging nicht, mit welcher Kraft sich die Freundin an das Geländer krallte. Weiß stachen die Fingerknochen durch die Haut, kaum schaffte es Trine, den Kopf so weit zu heben, um das Paar zu verfolgen, das Richtung Meer davonschritt.

»Schnabel greift an«, fuhr Hedwig fort. »Mein Mann hat gesagt, er ist so weit.«

»Was geht Euren Mann denn die Schifffahrt an?«, fragte Trine.

Sie bereute die dumme Frage im nächsten Moment und lächelte Hedwig entschuldigend an.

»Wir sinken nicht«, versicherte die.

»Das weiß ich doch. Aber es tröstet mich kein bisschen.«

»Trine Deichmann, manchmal seid Ihr wie eine Frau von vor 100 Jahren. Oder vor 500, falls es da schon Menschen gegeben hat.«

Von der Frau des Brauereibesitzers erfuhr Trine, worüber im Rathaus, in der Schifferbörse und bei jedem Treffen von mehr als zwei Kaufleuten gesprochen wurde.

Wie würde es mit dem Geschäft Rosländer weitergehen? Würde die Witwe das Unternehmen verkaufen oder es aufgeben? War es denkbar, dass sie sich einen Mann von außerhalb holen würde, der fortan die Geschäfte führen würde? Wie gesund war das Unternehmen? Was würde es den kosten, der es kaufen wollte?

Trine fragte: »Ihr meint, Schnabel hat Interesse?«

»Er wäre der natürliche Nachfolger. Er ist Reeder und betreibt eine kleine Werft, er wäre einen direkten Konkurrenten los. Und für die Angestellten wäre es die beste Lösung, denn Anna wird dafür Sorge tragen, dass sie übernommen werden.«

Trine erinnerte sich gut an die Umstände von Rosländers Tod. Im strengen Winter hatte man ihn auf dem Eis der Trave gefunden: mit zerschmetterten Knochen und Anzeichen, dass jemand sehr zornig auf Rosländer gewesen war. An Verdächtigen bestand kein Mangel. Rosländer hatte keine Gelegenheit ausgelassen, sich Feinde zu machen. Im Geschäftsleben rempelte er jeden an, der nicht schnell genug auswich, und manchmal auch den, der ausweichen wollte. Er übervorteilte für sein Leben gern, sein Wort war mit Vorsicht zu genießen. Sein Wagemut trug ihm Respekt ein, aber am Ende hatte er es mit seinen halsbrecherischen Finanzierungsgeschäften beim Bau von Schiffen wohl übertrieben. Rosländers Mörder war nie gefasst worden. Falls gedungene Täter am Werk gewesen sein sollten, musste es einen Auftraggeber gegeben haben, auch von dem fand sich keine Spur. Natürlich konnte es sich nicht um einen Mörder aus Lübeck handeln. Das war undenkbar, es widersprach allem, wofür Lübeck und Lübecker Geist seit alters her standen.

Rosländers Vater war zur See gefahren und war, als er

abgemustert hatte, am Hafen in ein Geschäft eingestiegen, in dem er Ausrüstung und Kleidung für Seeleute verkaufte. Bald war ein Geldverleih dazugekommen, Gastwirte, Huren und liederliches Volk vom Hafen fanden sich im Laden ein und wurden in den hinteren Raum gebeten. Als Rosländers Vater starb – sein Körper schwamm eines Morgens in der Trave – ging ein Batzen Geld an den einzigen Sohn. Rosländer, stark wie ein Stier und versiert in allen Handwerken, die für den Bau von Schiffen nötig waren, hatte nicht gezögert und eine kleine Klitsche aufgekauft, in der zwei Männer, Vater und Sohn, Boote seetüchtig zimmerten. Im Verlauf eines Jahrzehnts hatte Rosländer aus dem Unternehmen die größte Lübecker Werft aufgebaut, die Reederei kam wie von selbst dazu. An Ideen und Aufträgen mangelte es nicht, nur das Bargeld war immer knapp. Mit der Heirat änderte sich das schlagartig. Anna Weirich aus Stralsund, die Rosländer von einer seiner Reisen mitgebracht hatte, war verwandt mit vielen Kaufleuten, die nur nach einer Gelegenheit suchten, ihr Geld an Banken vorbei anzulegen, sodass es für sie arbeitete und sich tüchtig vermehrte.

Die Firma Rosländer war besser als die beste Bank. Später war Geld aus dem Englischen dazugekommen, Annas Verwandtschaft besaß Nebenzweige, die bis ins Ausland reichten. Es war auch dringend nötig, dass laufend frisches Geld ins Unternehmen floss, denn in Rosländers Händen blieb keine Münze lange liegen.

Der Mann besaß ein sagenhaftes Talent, Geld auszugeben – für gewagte geschäftliche Transaktionen, aber auch für persönliche Vorlieben, an die er sich vier Wochen später nicht mehr erinnern konnte. Anna, anfangs entsetzt, lernte mit den Launen ihres Mannes zu leben. Der Mann würde sich nicht ändern. Alles, was sie tun konnte, war, den Rahmen zu schaffen, in dessen Grenzen er sich austoben konnte. Was er leidenschaftlich tat. Die Feste bei Rosländer waren Stadtgespräch. Über die Mengen, die dort gegessen und getrunken wurden, kursierten Gerüchte, die unmöglich wahr sein konnten. Neureich und ohne Geschmack, wie Rosländer war, floss ein steter Strom von Möbeln und Kunstwerken durch sein Haus. Einiges ging kaputt, weil prügelnde Männer in den gläsernen Bücherschrank stürzten. Anderes wurde zerstört, weil Seestücke und Bernstein-Kunst im Verlauf von Karten-Abenden und Wetten verloren gingen. Manches wurde verschenkt, anderes wohl gestohlen. Wertvolle Kugeln aus Jaspis, Achat und anderen Halbedelsteinen wurden von Rosländer unter Zeugen in die Ostsee geschleudert.

Zweimal brannte ein Zimmer komplett aus, beim dritten Mal der Dachstuhl. Rosländers bauten neu, fünf Architekten gaben auf, einem wurde von einem Balken der Unterarm zerquetscht, einem anderen von Rosländer persönlich. Nach drei Jahren war der Bau in der Hartengrube vollendet – um ein halbes Jahr später verkauft zu werden, weil das Haus Rosländer angeblich Pech im Kartenspiel brachte.

Rosländers lebten in Saus und Braus, mit den Jahren näherte sich Annas Lebensstil immer mehr dem ihres wilden Mannes an. Ihre Züge durch die Gasthäuser der Stadt suchten ihresgleichen. In Gesellschaft von Schauspielerinnen, Glücksrittern, wilden Handwerkern und Ortsfremden, die pausenlos durch andere Ortsfremde abgelöst wurden, wurden im Verlauf einer Nacht Zechen gemacht, die den Wirten ein Leuchten in die Augen trieben. Manche Feier erstreckte sich über mehrere Tage. Viel Mobiliar ging dabei zu Bruch, aber ernsthaften Streit gab es selten. Wie überhaupt die Rosländers ein Gürtel guter Laune und ausgelassener Stimmung umgab. Für Lübecker Verhältnisse waren sie Verrückte. Von den Kanzeln riefen Pastoren zur Umkehr auf. Doch die Landstreicher tanzten auf den Straßen, von niemandem erhielten sie größere Almosen, gerührte Waisenkinder wischten ihre Rotznasen in den Samtkleidern Anna Rosländers ab, wenn es ihr wieder einmal gelungen war, sie aufs Land an menschenfreundliche Bauern und Handwerker zu vermitteln, wo für die Kinder die Erinnerung an ihr bisheriges Leben voller Lieblosigkeit, Hunger und Schläge in Lübecker Waisen- und Armenhäusern bald vergessen sein würde.

Mehrere Male kam Trine Deichmann in das Haus, in dem es nach Essen und kaltem Rauch roch. Anna Rosländer konnte so viel, und was sie nicht konnte, hatte sie erlernt. Mit dem Kinderkriegen ging es nicht so. Sieben Schwangerschaften, aus denen zwei Kinder hervorgingen, von denen Arthur nicht gesund zur Welt kam und nie mehr ganz gesund wurde.

Seine Bestätigung suchte und fand Rosländer bei anderen Frauen. Über die Zahl seiner illegitimen Kinder kursierten saftige Gerüchte, sie reichten von fünf bis 21. Anna Rosländer äußerte sich dazu nie, sie verließ ihren Mann auch nicht, gemeinsam zogen sie mit ihrem Tross ruhelos durch die Gasthäuser.

Dann starb Rosländer.

Und jetzt unterbreitete ein Kaufmann der Witwe ein Angebot.

»Was wird sie tun?«, fragte Trine.

»Wenn sie klug ist, verkauft sie. Sie treibt den Preis hoch, bis ihm Schweißtropfen auf der Stirn stehen, und stimmt dann zu.«

»Und danach? Was wird danach?«

»Dann ist sie immer noch 48 und kann endlich anfangen zu leben. Ohne betrogen zu werden, ohne dass ihr Trunkenbolde die Teppiche vollkotzen, ohne Geschrei, ohne Aufregung. Einfach leben.«

5

AUF DEM HEIMWEG sah sie kurz bei Rogges vorbei. Sie schlug zwei Fliegen mit einer Klappe, denn neben der Hausherrin war auch Olivia in anderen Umständen. Der langjährigen Haushälterin fehlten für diesen Umschlag ihrer Biologie alle Voraussetzungen. Sie war mit 29 nicht mehr die Jüngste, sie war nicht verheiratet, ja, es gab nicht einmal einen Kavalier, der ihr den Hof machte oder mit dem sie so lange befreundet war, dass es nur eines Gläschens zu viel und einer günstigen Gelegenheit bedurft hätte, um erst die Hemmungen und dann das Mieder fallen zu lassen.

Olivias Schwangerschaft gab viele Rätsel auf, und sie tat nichts, um die offenen Fragen zu beantworten. Dagegen gab die Schwangerschaft der Herrin keine einzige Frage auf. Wer fünf Kinder hatte, kam leicht auf sechs, und wer dermaßen komplikationslose Schwangerschaften erlebt hatte, würde auch die neue beherrscht, fast nebenbei hinter sich bringen.

So traf Trine Deichmann denn auch auf eine Atmosphäre alltäglicher Verrichtungen. Nichts wies darauf hin, dass sich die Herrin schonte; streng genommen wies auch nichts darauf hin, dass sie für das wachsende Leben in ihrem Leib Interesse aufbrachte. Ganz zu schweigen von Rogge, dem notorischen Erzeuger. Mal wirkte er gelangweilt, mal belästigt, nie strahlte er Freude aus. Nüchtern wie eine Sackwaage ging er seinen Geschäften nach. Rogge handelte mit Teppichen und Stoffen. Das Haus war voll von Beweisen für seine Profession. Teppiche fanden sich überall, auf dem Boden natürlich, aber auch an den Wänden und auf den Treppen. Selbst Flure, die Küche: überall Teppiche. Die Böden im Keller wurden von Teppichen bedeckt. Kleine Teppiche lagen auf den Sofas und Sessellehnen, auch auf den Tischen. Rogges waren besessen von Teppichen in jeder Form und Größe. Als Zahlungsmittel waren sie dem Geld gleichwertig. Zweimal war Trine mit einem Teppich nach Hause gekommen.

Als sie der Hausherrin gegenüberstand, hatte Trine wieder das Gefühl, als wisse ihr Gegenüber im ersten Moment nicht, was die Hebamme ins Haus geführt hatte. Es war nicht so, dass Trine sich abgelehnt fühlte. Aber überflüssig war sie hier bestimmt. Zwei kurze Fragen, zwei halb so lange Antworten – das war's. Nie berichtete die Hausherrin von Unwohlsein, Schmerzen, Sorgen. Stets stand alles zum Besten. Die beiden kleinsten Rogges wieselten um sie herum. Die beiden Älteren waren bei befreundeten Kaufleuten in die Lehre gegeben worden. Das fünfte Kind ruhte in einer kühlen Gruft, ein durchgehendes Pferd, eine umstürzende Kutsche. »So gehen sie dahin«, hatte Rogge den Verlust auf den Punkt gebracht. »Leben ist Reichtum, Leben ist Schwund.«

Dafür hätte Trine ihm gern ins Gesicht geschlagen, es trieb sie, dem Mann seinen Gleichmut auszutreiben. Aber sie wusste, was in Lübeck möglich war und was nicht.

Der nächste Weg führte sie zu Olivia. Hier war alles entgegengesetzt. Hier wurde sie erwartet, hier wurde bereitwillig der Leib präsentiert, hier wurde in epischer Breite berichtet, jedes Brummen im Bauch, jeder Furz, jedes Glucksen wurde bereitwillig offenbart. »Ist es gesund? Wird alles gelingen? Was kann ich besser tun, und was sollte ich lassen?«

Olivia hatte allein so viele Fragen wie 20 bräsige Schwangere zusammen. Nichts war zu befürchten, keinen Ratschlag konnte Trine ihr geben außer dem, im Alltag körperliche Anstrengungen zu vermeiden. Aber nur die großen Anstrengungen, keineswegs sollte sie ihr bisheriges Leben umkrempeln, denn der beste Schutz für das Kind war Olivias Körper, in dem es sanft schaukelte und wunderbar gegen die Stöße des Lebens gedämpft war.

Auch Trine fragte sich, wer wohl als Vater in Frage kommen konnte. Olivia besaß ein Talent, diesbezügliche Fragen lächelnd entgegenzunehmen und so zu reden, dass man annahm, es handele sich um die Antwort. Doch ein Name fiel nie, ein Hinweis wurde nicht gegeben. Selbst neugierigen Fragenstellerinnen wie Trine Deichmann gelang es nicht, eine Fährte aufzunehmen. Dass Olivia glücklich war, stand außer Zweifel. Um ihre Zukunft machte sie sich augenscheinlich keine Sorgen. Trine hoffte, dass Rogges nicht mit einer unangenehmen Überraschung aufwarten würden. Soweit Trine wusste, besaß Olivia kein Vermögen. Von Familienangehörigen war nie die Rede gewesen. Renten und andere Zahlungen standen nicht zur Verfügung. Ihre Mitgift passte in eine Truhe. Würde die Wiege auch in den kleinen Raum passen, in dem Olivia lebte und schlief?

Eine Frage hätte Klarheit geschaffen, doch Olivias Zuversicht hemmte jede Neugier. Niemand wollte schlafende

Hunde wecken, niemand wollte mit einer Frage zehn neue Fragen wecken, an deren Ende das Strahlen aus Olivias Gesicht gewichen sein würde.

Olivia wollte unbedingt betastet werden, sie drängte sich Trine geradezu entgegen. Sie nannte es »Untersuchung«, aber Trine wurde den Verdacht nicht los, dass sie einfach die Berührungen genoss. So untersuchte sie, riet zu Spaziergängen und überschaubarer Lebensweise. Sie riet von blähendem Gemüse ab und erlaubte ein Glas Likör. Und Gesellschaft, der Kontakt mit anderen Menschen würde sicher gut tun. Es mussten keine Schwangeren sein, nicht einmal Frauen. Trine fand diesen Ansatz nicht dumm, aber auch diesmal bekam sie Olivia nicht zu packen.

Sie zog ihre Anwesenheit im Haus so sehr in die Länge, bis es nicht mehr schicklich war.

6

GAR ZU GERN hätte sie diesem ersten Hausbesuch einen anderen folgen lassen. Doch derjenige, der auf dem Weg lag, wurde von einer der anderen städtischen Hebammen betreut. Und es gab ja auch Lübecker, die auf die Dienste von Hebammen zurückgriffen, die mit der Stadt nichts zu schaffen hatten und auf eigene Rechnung arbeiteten. Unmöglich, in ihre Zuständigkeit einzugreifen. Empörte Mienen wären die Folge gewesen.

Deshalb musste sie nach Hause, kein Weg führte daran vorbei. Ein Haus, in dem ihre beiden Töchter warten würden, die kleine und Maret, die schon so selbstständig war, dass sie in der Gaststube aushalf. Seit drei Wochen jeden Abend und tagsüber auch.

Denn der, der dafür zuständig war, hatte Besseres zu tun. Trine Deichmann hatte ihren Joseph im Verdacht, sich herumzutreiben, mit anderen Frauen oder – noch schlimmer – mit einer einzigen.

Diesen Verdacht hatte sie noch nicht gehabt, seitdem sie Joseph kannte. Aber nicht nur deshalb drückte sie der Verdacht so nieder. Das Schlimmste war, dass sie sich nicht erlauben wollte, dieses Gefühl zu spüren. Sie war zu klug dafür, sie wusste zu viel von den Menschen und von den Männern erst recht. Nicht weil sie sich in ihren 38 Jahren mit vielen abgegeben hätte, sondern weil sie seit vielen Jahren einen Beruf ausübte, der sie mit vielen Männern zusammenbrachte. Es gab treue Männer und andere. Die treuen waren hässlich oder krumm, zu klein oder zu groß, zu dumm oder zu beredt. Die anderen mochten Frauen als solche, und wenn die Gelegenheit günstig war, griffen sie zu oder ließen sich greifen.

Joseph Deichmann gehörte zu den drei bestaussehenden Männern, die Trine kannte. Der zweite war ein Pfaffe und der dritte von Adel. Joseph Deichmann kannte jeden zweiten Lübecker, und jeder zweite Lübecker kannte Joseph. Seine Fluchbüchse gehörte zu den Gasthäusern, über die man redete. Der eine ging dorthin, um unter seinesgleichen zu sein, der andere tat es, um neue Gesichter zu sehen. Die Reichen und Wichtigen saßen an einem Tisch mit den Pfiffigen und Illegalen, und zwischen ihnen saßen Soldaten und Richter, Barbiere und Gelehrte, und alle freuten sich, so viel Welt auf so begrenztem Raum zu erleben.

Die Fluchbüchse war wie eine Insel, die man gern besuchte, weil man wusste, dass man mit heilen Knochen nach Hause kommen würde. Aber man wusste auch, dass die Augen viel Futter bekommen würden, dass die Ohren unerhörte Dinge zu hören kriegen würden; und wenn eine Hand auf Knie und Schenkel lag, konnte es Zufall oder Eifer sein – aber es konnte auch etwas anderes bedeuten. Wer im Alltag grau und bieder war, besuchte die Fluchbüchse, um sich wunder wie zu fühlen; wer ein Filou und Hallodri war, saß hier, um sich daran zu erfreuen, dass er dazugehörte. Die Geheimnisvollen steigerten ihr Geheimnis, die Schönen steigerten die Zahl der erhaltenen Komplimente. Und wer von Neuigkeiten lebte, war hier besser aufgehoben als überall sonst, denn in der Gaststube fanden sich Allianzen und Koalitionen, hier begann vieles neu und manches hörte auf. In den anderen Gasthäusern wurde nur festgeklopft, was längst bekannt war. In der Fluchbüchse war alles im Fluss: Geschäfte, Feindschaften, Affären, Karrieren, nicht zuletzt Essen, das den Magen nicht sprengte, Branntwein, der am nächsten Tag den Kopf nicht dröhnen ließ, und manchmal fing man einen Blick auf, aus dem sich gar nichts weiter ergab. Und doch vergaß man ihn nie, denn man litt süß und schmerzhaft unter der koketten Gewissheit, die folgenreichste Begegnung seines Lebens verpasst zu haben.

Der Mann, der dafür sorgte, dass in Lübeck Abend für Abend auf einer Bühne außerhalb des Theaters eine Aufführung stattfand, hieß Joseph Deichmann. Als Trine ihn kennenlernte, war er gerade aus einem verschlafenen Örtchen südlich der Elbe geflohen. Ihm eilte ein zweischneidiger Ruf voraus, der Trine warnte, sich mit ihm einzulassen. In den ersten Wochen ihrer Bekanntschaft trennten sie sich wohl zehnmal – um danach mit aller Macht wieder aufeinanderzuprallen. Sie verlor sich in seinem guten Aussehen, seiner Kraft und Klugheit, die nicht aus Büchern stammte und nicht von Kanzeln. Er mochte an ihr die Schönheit, für die man zweimal hinsehen musste, um sie zu erkennen. Er sehnte sich nach einer Frau von dieser Zielstrebigkeit, die selbstbewusst und stolz war und dafür keinen großen Familiennamen brauchte. Als sie sich kennenlernten, war Trine eine blutjunge Hebamme, die erlebte, wie einige ihrer Kolleginnen unter dem Regiment der Vorgesetzten litten und sich den dauernden Schikanen entzogen. Trine hielt durch, so schwer das an manchen Tagen fiel. Sie beging Fehler, weil sie ein Mensch war. Sie lernte und wurde geschickter, sie verstand es, ihre Nerven im Zaum zu halten, sie setzte sich durch mit Milde und langem Atem, sie dachte erst und handelte dann, sie fand den Ton, der Ratsherren und Medizinern behagte, sie wurde die Hebamme, deren Wort etwas galt. Und je selbstbewusster sie wurde, umso verliebter wurde ihr Joseph. Denn diese Mischung ersehnte er: Attraktivität, Kennerschaft, die Fähigkeit, bei jedem den richtigen Ton zu treffen, und die Abwesenheit von Angst. Trine Deichmann fürchtete sich vor niemandem: vor Paragrafenreitern nicht und nicht vor Angebern, nicht vor Leuten, die auf ihre Abstammung pochten, ihre Beziehungen, ihren Namen. Sie besaß das Talent, aufgeplusterte Pfauen ins Leere laufen zu lassen und blasierten Hennen den Wind aus den Segeln zu nehmen. Sie konnte Menschen lenken und war unfassbar hartnäckig. Sie war die richtige Frau für das Amt der Hebamme und die richtige Frau für das Amt der Geliebten von Joseph Deichmann. Die beiden passten zueinander, sie taten sich gut. Sie bauten sich eine gemeinsame Existenz auf. Wohl noch nie in der Geschichte der Stadt hatten eine Hebamme und ein Gastwirt es geschafft, gemeinsam so viel Ansehen zu erwerben.

Und jetzt war der Gastwirt verschwunden, und Trine befürchtete, ihn zu verlieren. Es war nicht so, dass Joseph bisher keine Geheimnisse vor ihr gehabt hatte. Die hatte sie auch, beide wussten es und konnten damit leben, denn die Geheimnisse gefährdeten nicht ihre Beziehung. Trines Geheimnisse hatten nichts mit Liebe oder Wolllust zu tun, sie waren von praktischer Art. Sie versteckte Geld vor Joseph. Nicht um es für sich auszugeben, sondern um über einen gemeinsamen Notgroschen für schwere Zeiten zu verfügen. Und manchmal fand eine Münze ihren Weg zum einzigen Sohn der Deichmanns, der mit seiner Familie im Mecklenburgischen lebte.

Sie versteckte Schmuckstücke vor Joseph – die die Mädchen zur Hochzeit bekommen sollten. Sie behielt Abmachungen für sich, die sie mit dem Amtsarzt beschlossen hatte. Sie betrafen Trines Kolleginnen und nicht Joseph.

Vor allem behielt sie die Erlebnisse für sich, die ihr in den Häusern der reichen Lübecker widerfahren waren. Sie tat es, um Joseph zu schützen, denn der Mann war eine schreckliche Plaudertasche – für einen Gastwirt ein Schwert, mit dem man sich leicht ins eigene Fleisch schnitt.

Mehr als einmal hatte sie zu ihm gesagt: »Du bist neugierig wie ein Weib.«

Er hatte erwiderte: »War das ein Lob oder ein Vorwurf, Weib?«

Damit spielte er auf eine Eigenschaft Trines an, über die sie nie redete: Sie war doppelt so neugierig wie ihr Joseph. Wie oft hatten sie miteinander über schickliche und unschickliche Neugier gestritten! Mit keinem anderen Menschen konnte sich Trine so liebevoll beharken wie mit Joseph. Aber das zählte nun alles nicht mehr, jetzt gab es ein neues Thema: Vertrauen. Seit drei Wochen ging Joseph eigene Wege. Es hatte überraschend begonnen, als Trine es nicht mehr ignorieren konnte, war es schon eine Woche so gegangen. Joseph, der Abend für Abend im Gasthaus die Regie führte, hatte auf einmal keine Zeit mehr für seine Pflicht. Kaum, dass er Zeit fand, seiner ältesten Tochter eine Einführung in alle anfallenden Aufgaben zu geben. Von ihr hatte er keine bohrenden Fragen zu befürchten, das Mädchen brannte darauf, allen zu beweisen, wie selbstständig sie schon war.

Und dann verschwand er, musste angeblich dringend nach außerhalb, tagelang, um sich mit Leuten zu treffen. Männern natürlich, er traf sich stets mit Männern. So schlau war er. Aber Trine fragte sich, wem er eigentlich etwas vormachen wollte. Sie kannte doch Josephs heimliche Passion, und er wusste, dass sie sie kannte. Sie wusste auch, dass an diesem Punkt zwangsläufig Frauen ins Spiel kamen.

Joseph Deichmann war ein Hexenmeister. So nannte er sich gern und ließ sich von Eingeweihten und Freunden bereitwillig so nennen, obwohl es sich nicht genau so verhielt. In seinem früheren Leben war Joseph Apotheker gewesen, er war es noch, als er seine Trine kennenlernte. Als Apotheker verkaufte er Kräuter und Mixturen, die Kranke heilten, Schmerzen linderten, Wohlgefühl erzeugten. Kräuter, ganz oder zerstampft, Salben, frisch angerührt zum Einreiben, Tee, ätherische Öle zum Inhalieren – vom Apotheker ging niemand ungetröstet nach Hause.

Jeder Apotheker hatte einen nach hinten liegenden Raum. In ihm wurde geschnitten, zerstampft, angerührt.

Hinter diesem Raum lag ein weiterer Raum, oft ein Keller, jedenfalls ein Raum, in den niemand zufällig hineinstolperte, weil er die falsche Tür geöffnet hatte. Die Tür dieses Raums war verschlossen. Noch besser war es, wenn die Tür so versteckt war, dass man sie nicht entdeckte und keine Fragen stellen konnte.

Der Apotheker Joseph Deichmann verfügte über so einen Raum wie jeder seiner Kollegen. Dort lagerten die Kräuter, die das Bewusstsein auf unvergessliche Reisen mitnahmen. Dort gab es Salben, die dem Menschen Fähigkeiten verliehen, an die ein banaler Sud aus Kampfer und Melisse nicht heranreichte. Dort standen in Flaschen Essenzen und Destillate, die einer Frau halfen, Umstände zu beenden, in die sie nicht kommen wollte oder durfte, egal aus welchen Gründen.

Zu dieser Zeit waren Abtreibungen streng verboten. Wie immer, wenn eine Tat auf dem Index steht, war gleichzeitig bekannt, welche Berufsgruppen dafür in Frage kamen, das Verbot zu übertreten. Im Fall der Abtreibungen waren das Hebammen und Apotheker, aber auch Mediziner und weise Frauen – vom Kräuterweib bis zur Hexe. In den Dörfern lebten mehr von diesen Frauen als in den Städten. In einer großen Stadt wie Lübeck, deren Einwohner von den herrschenden Protestanten zu rigider Moral ohne Wackeln und Wanken gedrängt wurden, hatten es Menschen schwer, die im Verdacht standen, mit schwarzen Mächten, mit Hexen und übernatürlichen Tätigkeiten vertraut zu sein.

Trine und Joseph Deichmann mit ihrem beruflichen Hintergrund bildeten von daher ein brisantes Gespann. Es bedurfte nur eines Auslösers, und man würde Jagd auf sie machen.

Dies war der Grund für eines von Josephs Geheimnissen. Er behielt für sich, dass er mit seiner Vergangenheit als Apotheker nicht vollends abgeschlossen hatte. In gewissen Kreisen Lübecks genoss er einen Ruf. Er war die Adresse, an die man sich wandte, wenn man seinen Leib vom gegenwärtigen in den vorigen Zustand zurückversetzen wollte. Er war die Adresse, die das Gewünschte besorgte. Seine Preise waren nicht exorbitant, seine Leistung war von guter Qualität und erfüllte ihren Zweck.

So ging das schon seit Jahren. Trine ahnte, dass außerhalb ihres Sichtfeldes etwas geschah, was sie unmöglich dulden konnte. Wenn Joseph aufflog, befand sie sich ebenso im Zentrum des Orkans, der sich unverzüglich erheben würde. Eine Hebamme führte Abtreibungen aus oder ließ zu, dass Abtreibungen durchgeführt wurden! Auf Nichtwissen würde sie sich nicht zurückziehen können. Eine Frau, die nicht wusste, was ihr Mann trieb? Entweder log sie oder sie war eine lächerliche Figur. Auf jeden Fall würde sie ihr städtisches Amt verlieren, man würde sie vor Gericht stellen, man würde sie zu einer peinlichen Strafe verurteilen, und falls sich nicht einer ihrer Gönner für sie einsetzte, würden auf sie Jahre im Kerker warten. Ihre Existenz wäre vernichtet, nach der Freilassung würde sie den Wohnort wechseln müssen, und wo immer sie hinkam, ihr Ruf würde vor ihr dort sein und den Neuanfang erschweren.

Deshalb handelte Joseph Deichmann heimlich – um seine Trine zu schützen. Das wusste sie, das ahnte sie, das wollte sie nicht genau wissen, wenngleich sie einige der Wege kannte, die ihr Joseph und die geheimen Mittel nahmen. Sie ahnte ja auch, welche ihrer Kolleginnen womöglich in die illegalen Tätigkeiten verwickelt war. Ohne ihrer Vorgesetzten davon zu berichten. Aber das fiel nicht unter Missachtung oder Ungehorsam. Das Schweigen war ein Teil des Spiels, an dessen Ende eine Frau zufrieden war, weil ihr Leben nun nicht eine Richtung nehmen würde, die sie fürchtete. Trine Deichmann besaß eine Meinung zu Abtreibungen. Sie verstand es, diese Meinung für sich zu behalten, weil es so das Beste war.

Sie kannte die Tür im Keller ihres Hauses, die sie nicht kennen durfte. Sie kannte Josephs Wege in den Hafen und die Etablissements, in denen Frauen lebten, die regelmäßig Bedarf an geheimen Mitteln verspürten.

Aber seit einigen Wochen war es anders. Seit einigen Wochen ging Joseph andere Wege. Er ging früher fort und kehrte später zurück. Er war in Gedanken und antwortete manchmal nicht auf Fragen, die Trine ihm stellte. Etwas trieb Joseph um, von dem Trine nichts wusste. Es musste sich gegen sie richten – anders konnte sie es sich nicht erklären. Eine Gefahr hing über ihrem Haus. Es musste sich um eine Frau handeln. Joseph lernte viele Frauen kennen – im Gasthaus, bei den täglichen Einkäufen und seinen heimlichen Wegen. Das waren Frauen, die es gewohnt waren, im Heimlichen zu leben und zu agieren. Die Frau, die auf Joseph wartete, würde begreifen, warum alles heimlich bleiben musste. Und sie würde raffiniert genug sein, um diese Art des Lebens zu praktizieren.

Deshalb fürchtete sich Trine seit drei Wochen davor, nach Hause zurückzukehren. Jahrelang hatte es ihr nichts ausgemacht, auf ein leeres Haus zu treffen. Joseph würde ja bald erscheinen. Jetzt konnte sie nicht mehr sicher sein. Etwas war zerbrochen. Und jedes Mal, wenn sie ihre Töchter sah, wurde ihr das Herz noch schwerer.

Die Neuigkeit platzte auf wie eine Eiterbeule, nach allen Seiten spritzte die Neuigkeit – in alle Stadtteile, Straßen und Häuser und vor allem an die Orte, wo sich Menschen trafen: auf den Markt, aufs Rathaus, in den Hafen. Die Klatschbasen, die jeder kannte und deren Schwatzhaftigkeit sich jeder gern bediente, erfuhren es nur wenige Minuten, bevor es auch die Menschen wussten, die nicht zur Neugier neigten und Neuigkeiten traditionell als Letzte erfuhren. Daran erkannte man, welche Kraft diese spezielle Neuigkeit besaß.

Anna Rosländer baute ein Schiff!

Anna Rosländer baute das größte Schiff der Welt!

Am frühen Nachmittag setzte ein dünner, bald anschwellender Strom von Menschen ein, die Richtung Werft pilgerten. Der Holk, der in der letzten Woche vom Stapel gelaufen war, lag immer noch am Kai. Ab und zu ließ sich an Deck eine Gestalt ausmachen, der Innenausbau lief also.

Was die Menschen interessierte, spielte sich nicht auf dem neuen Schiff ab. Sie hatten nur Augen für das, was sich vor der Werft abspielte. Hier fuhr ein Pferdegespann nach dem anderen vor. Arbeiter luden Holzplanken ab. Auf der Werft hielten sich weitere Männer auf, die bekannten Gesichter von Rosländer, Querner vor allem. Aber auch Leute, die man hier noch nicht gesehen hatte. Es war diese Mischung aus Bekanntem und Unbekanntem, aus zu Erwartendem und Überraschendem, die die Menschen elektrisierte.

Einer der Neugierigen brachte seine Empfindungen auf den Punkt: »Da spielt sich was ab.«

Aber was? Unter den 100 Augenzeugen setzte kraftvolles Mutmaßen ein. Die schwere nordische Mentalität, der Spökenkiekerei sonst abhold, zeigte sich imstande, ungewöhnliche Mutmaßungen zu äußern, die der Nebenmann und die Nebenfrau mit einer weiteren Prise Unwahrscheinlichkeit würzten, sodass nach wenig mehr als einer Stunde an der Zukunft kein Zweifel mehr bestand.

Hier entstand etwas Neues und Großes. Und es entstand nicht aus dem hohlen Bauch. Heute war nicht der erste Tag, an dem man sich auf der Werft mit dem Neuen beschäftigte. Die Planken stammten nicht aus der erstbesten Tischlerei, es handelte sich um passend zugeschnittenes Holz für Oberdeck und Galerie.

Nicht jeder Augenzeuge kannte sich mit dem Schiffbau aus. Aber auch der Unwissende wusste manches, schließlich befand man sich am Meer, Schiffe und die Herstellung von Schiffen waren auch für diejenigen Teil ihres Alltags, die nicht unmittelbar mit der Seefahrt befasst waren. Und eine Handvoll Männer unter den Zaungästen besaß intime Kenntnisse von den Verhältnissen und Möglichkeiten auf einer Werft. Binnen Kurzem entstand der Wunsch nach Einzelheiten, er wurde dringender und lauter. Obwohl Querner und seine Leute keine Zeit fanden, um sich den Fragen zu stellen, kam doch einiges zusammen, der Extrakt der flüchtigen Antworten wurde flink zu einem Einspänner getragen, der in einiger Entfernung stand. Eine einzige Person saß in der Kutsche, der Informant stand an der geöffneten Tür und wiederholte das, was er wusste, auch wenn sein Gesprächspartner zum achten Mal sagte: »Das kann nicht sein. Ihr habt getrunken.«

»Ihr könnt Euch gern selbst erkundigen, wenn Ihr mir nicht glaubt.«

Diese Vorstellung war für den Reeder Schnabel undenkbar. Er wollte den Irren auf der Werft nicht auch noch die Aufwartung machen. Alles, was er wollte, waren Informationen: harte und nüchterne Zahlen, die dafür sorgten, dass vor dem geistigen Auge des Fachmanns ein Bild des künftigen Schiffs entstand. Wichtige Zahlen fehlten noch, aber das, was Schnabel erfuhr, trieb das Blut erst aus seinem Kopf heraus und dann mit doppeltem Schwung in den Kopf zurück.

»Also hat sie doch nicht geschwindelt«, knurrte er.

Es gab einiges, das Schnabel verabscheute. Dazu gehörte vor allem, wenn man ihn hinters Licht führen wollte. In diese Kategorie fiel das, was Anna Rosländer ihm vor zehn Tagen mitgeteilt hatte. An dem Tag, an dem Schnabel ihr seinen uneigennützigen Vorschlag unterbreitet hatte. Er hatte der Witwe angeboten, ihr Unternehmen zu kaufen - für gutes, wenn auch nicht für beliebig viel Geld. Er hatte ihr angeboten, alle Leute zu übernehmen, denn er hatte in Erfahrung gebracht, mit welch mütterlichen Gefühlen sie noch am faulsten ihrer Männer hing. Schnabel war nicht davon begeistert, sich unfähige Faulpelze ans Bein zu hängen. Mittelfristig würde er sich der Faulpelze entledigen. Aber nicht morgen und übermorgen, denn er wusste, dass selbst eine alte Handelsstadt wie Lübeck voller Menschen war, die sich von Gefühlen statt von Geschäften lenken ließen und gern bereit waren, so zu tun, als ob Wohl und Wehe der Stadt am Schicksal eines hinkenden Zimmermanns hingen, dem einmal zu oft ein Brett auf Bein und Schädel gefallen war.

3.000 Taler hatte er der Witwe angeboten, denn es war natürlich, eine Zahl zu nennen. Zahlen waren für einen Kaufmann wie Komplimente. Wie ein Liebesgedicht. Eine

Zahl drückte Wertschätzung oder Geringschätzung aus, im niedrigsten Fall Verachtung.

Schnabel band für die Witwe einen Strauß seiner Hochachtung. In dem Strauß steckte eine Rose – die Zahl –, ein Vergissmeinnicht – die Zusage, fur alle Angestellten zu sorgen –, ein Immergrün – das Versprechen, dass die Werft und das Andenken an den toten Reeder weiterleben würden –, und ein Tausendschönchen – die Aussicht, dass die Werft wachsen würde und Anna bis ans Ende ihrer Tage gerührt ins Spitzentuch weinen konnte, wenn ihr beim Spaziergang auf dem Hochufer nördlich von Travemünde ein Schiff begegnen würde, bei dessen Anblick sie denken konnte: »Mein Schiff«.

Dem Reeder Schnabel war solch rührselige Sicht auf die Welt fremd. Vor Augen war vor Augen, untergegangen war wie nie gewesen. Existent war, worauf er die Hand legen konnte, Plunder war, was Frauen zum Weinen brachte. Der Mann war nicht dumm, er hatte das Gefühlige der Frauen in die Rechnung seines Lebens einbezogen: Nur deshalb hatte er geheiratet, damit das erste Kind nicht in der Schande zur Welt kommen musste. Aber das bedeutete nicht, dass diese Pest auch ins Kontor einziehen sollte. Die Welt der Zahlen war eine reine Welt: ohne Schatten und Zwischentöne. Jede Zahl sang ihr Lied mit einem Text, an dem es keinen Zweifel geben konnte.

Deshalb war er so empört, als es ihm nicht gelang, Anna Rosländer auf eine Zahl festzuklopfen. Sein erstes Angebot von 3.000 steigerte er über 3.500 bis auf am Ende 4.500 Taler. Diese Zahl war reiner Wahnsinn und lag weit jenseits jeder Vernünftigkeit. Aber Anna reagierte auf 4.500 wie auf 3.000, bevor sie in altkluger Rede davon sprach, dass es ihr nicht um Geld gehen würde.

Er ließ sich darauf ein, den toten Rosländer zu loben, obwohl er den Kerl für ein aufrecht gehendes Tier hielt. Was Anna wissen musste. So rettete er sich vom glatten Eis und redete ihr zu, an sich zu denken und ihr künftiges Leben zu genießen:

»Ihr seid keine Handwerkerfrau, die nur einen Polier anstellen muss, damit das Geschäft weitergehen kann. Ihr seid die Witwe eines großen Mannes, das Geschäft ist zu groß und mit zu hohen Risiken behaftet. Eine Fehlentscheidung, und Ihr wackelt. Eine zweite Fehlentscheidung, und Ihr seid bankrott. Dann stehen Eure Leute auf der Straße, jeder kann sich bedienen, und sie werden sich für einen Bruchteil ihres jetzigen Einkommens verdingen müssen. Das könnt Ihr nicht wollen.«

An dieser Stelle setzte sie ihn davon in Kenntnis, was bei ihr die Angestellten verdienten. Schnabel lachte, er glaubte nicht, dass Rosländer diesem Lohn zugestimmt haben könnte. Anna schwieg. Zwei Tage später hatten zwei Angestellte, diskret befragt, die Richtigkeit ihrer Angaben bestätigt. Dann fiel einer der Sätze, die Schnabel im Nachhinein als Wendepunkte erkannte.

Anna sagte: »Ich fühle mich noch nicht alt genug, um eine Witwe zu sein. Ich meine: wie eine Witwe zu leben.«

»Vielleicht heiratet Ihr wieder.«

»Darauf würde ich an Eurer Stelle nicht warten. Man kennt mich zu gut. Selbst die größte Gier nach Geld wird nur einen lebensmüden Mann an meine Seite treiben.«

Unerwartet hatte sie sich bei Schnabel eingehakt: »Wie wär's mit uns beiden?«, hatte sie in neckischem Ton gefragt und wollte sich vor Lachen ausschütten, als er sie entsetzt anblickte. Er dachte: Dich kriege ich mit Leichtigkeit auf die Knie. Aber er war verheiratet und wusste, dass er es so bequem nicht mehr haben würde. Seine Frau war streitlustig und hörte auf das, was die Pfaffen predigten, aber sie war berechenbar, auch in ihren schlimmen Angewohnheiten.

»Auf Euch warten noch viele Abenteuer«, sagte Schnabel. Dann zählte er auf, wobei ihm sehr schnell nichts mehr einfiel. »Ihr könnt malen, Euch in den schönen Künsten erproben. Es gibt Maler in der Stadt, die Euch gern unterrichten würden.«

»Falls Ihr Kropf meint, den würde ich am zweiten Tag in seinem eigenen Farbtopf ertränken.«

An diesen minder talentierten Schleimbeutel hatte er in der Tat gedacht. So bot er ihr an: Musik, Dichten, Botanisieren, Reisen, Gründung einer Stiftung. Die Ärmsten der Armen warteten dringend auf eine Verbesserung ihrer bedauernswerten Lebensumstände, Waisenkinder sehnten sich nach neuen Eltern, Landstreicher träumten von einem Dach über dem Kopf.

»Eurer Stimme fehlt es an Überzeugungskraft«, entgegnete Anna lächelnd.

Schnabel wusste das. Ihm gingen die Sorgen der Armen nicht nahe. Lieber erhöhte er auf 4.700, das ging ihm sehr nahe. In seiner Not bot er Anna sogar an, nominell weiter das Sagen zu haben. »Jeder Stapellauf fällt in Eure Zuständigkeit.«

»Ich habe kein Talent zum Grüßaugust. Wenn Ihr nicht noch etwas in der Hinterhand habt, werden wir nicht zusammen kommen.«

Dann schenkte er ihr ein Haus. Er konnte selbst nicht glauben, dass er das gesagt hatte. Erstaunt blickten sich beide an. Anna lachte, Schnabel stimmte ein und sagte: »Ihr macht es einem nicht leicht.«

Danach konnten sie zum ersten Mal halbwegs vertraut miteinander reden. Etwas Menschliches war geschehen, das Eis war gebrochen. Als Anna eine Woche Bedenkzeit vorschlug, stimmte er sofort zu.

8

»Das war ein Fehler, ich wusste es sofort«, knurrte Schnabel, als man abends im Salon zusammensaß. Sechs Männer, neben Schnabel ein weiterer Werftbesitzer, zwei Kaufleute, Ratsherr Gleiwitz und der Theologe Distelkamp, dessen Eigenschaft es war, mit einflussreichen Leuten vertraut zu sein, hatten Schnabels Einladung Folge geleistet.

Jeder trug zusammen, was er im Verlauf der letzten beiden Tage erfahren hatte. Manches widersprach sich, manche Zahlen stimmten nicht überein, aber selbst, wenn man darauf verzichtete, die schrecklichsten Varianten für wahr zu halten, stand eine bedrückende Vision im Raum.

»Sie will es uns zeigen«, knurrte der Werftbetreiber. An ihm war bemerkenswert, dass zwei seiner Brüder ebenfalls eine Werft betrieben, an den Nebenflüssen der Elbe, keiner war groß, aber drei Mal klein war fast schon groß.

»Ihr kommt mir aufgeregt vor«, sagte Gleiwitz. Er war in Gedanken noch bei Schnabels Frau, dieser stillen Person mit den tiefen Augen, die er gern traf und gern häufiger getroffen hätte. Nicht um sie zu berühren oder auch nur mit ihr zu sprechen. Er sah sie einfach gern an und hielt sich gern in ihrer Nähe auf. Deshalb spielte er mit dem

Gedanken, die Kekse, die sie den Gästen auf den Tisch gestellt hatte, in Windeseile aufzuessen und um Nachschub zu bitten.

Schnabel setzte seine Besucher vom Gespräch mit der Witwe in Kenntnis und war nicht überrascht, dass alle von dem Spaziergang nach dem Stapellauf wussten. Schnabel fragte sich, wie groß eine Stadt sein musste, damit heikle Vorfälle die Chance hatten, unbeobachtet zu bleiben.

Dass er Rosländer kaufen wollte, verschwieg er nicht. Er hatte es auch in den Wochen vor dem Gespräch nicht für sich behalten. Jeder hatte damit gerechnet, es gab auch mehr als einen Kandidaten, der ein begehrliches Auge auf Rosländers Besitztümer geworfen hatte. Aber nur zwei besaßen die Potenz, einen Kauf zu stemmen, ohne das eigene Haus zu gefährden.

»Um kurz zusammenzufassen«, sagte Distelkamp, »Ihr bietet Anna die Übernahme an, sie bittet um Bedenkzeit, eine Woche später fängt sie an, das Schiff zu bauen. Habe ich das zutreffend zusammengefasst?«

Er fasste stets richtig zusammen, er fasste für sein Leben gern zusammen.

»Warum tut sie das?«, fragte Distelkamp. »Will sie Euch reizen?«

»Warum sollte sie mich reizen?«

»Weil sie Euch nicht leiden kann. Weil sie nach einer Gelegenheit sucht, es Euch heimzuzahlen. Und jetzt ist die Gelegenheit gekommen.«

Deshalb lud man diesen Mann ein. Er besaß die Unverfrorenheit, Dinge auszusprechen, vor denen gut erzogene Menschen zurückschreckten.

Schnabel war mit Rosländer nicht gut ausgekommen. Rosländer hatte jeden übervorteilt, Bankiers, Handwerker,

Auftraggeber. Man hatte nie gewusst, was bei Rosländer Vorsatz gewesen war und was normale Rücksichtslosigkeit. Ein Kaufmann musste seinen Vorteil im Auge behalten. Allerdings war dieser egoistische Ansatz bei den meisten durch Erziehung und Zurückhaltung gemäßigt gewesen. Rosländer schlug immer gleich auf den Tisch. Nicht mit der Faust, er bevorzugte es, die flache Hand zu nehmen. Das klatschte lauter und erschreckte mehr.

Rosländer war auch körperlich mit Kaufleuten aneinandergeraten. Nicht mit Schnabel, nicht mit Ratsherren, aber mit Handwerkern prügelte er sich regelmäßig und mit einfachen Gesellen noch viel lieber. Meistens hatte er den Sieg davongetragen, aber nicht immer. Das gab Rosländer nicht zu denken, er nahm so schnell nichts krumm. Ein zweiter Kampf klärte die offene Rechnung, zur Not ein dritter. Mit Bodeck, dem Schmied, hatte er sich viermal am Hafen getroffen. Hinterher hatten sie sich jedes Mal gemeinsam betrunken und einmal früh morgens um sieben in einem weiteren Kampf geklärt, wer das Recht hatte, die Zeche zu übernehmen.

Schnabel wusste, dass er einen Kampf mit Rosländer nicht überlebt hätte. Dennoch hatte er sich nicht vor ihm gefürchtet. Rosländer mochte ein wilder Stier gewesen sein, aber er war nicht dumm. Ihm war klar gewesen, dass der Tag, an dem er einen bekannten Lübecker geschlagen hätte, das Ende seines Unternehmens bedeutet hätte. Die Lübecker konnten Langmut aufbringen, sie ließen sich aber nicht auf der Nase herumtanzen.

»Warum tut die Frau das?«

An dieser Frage arbeiteten sich die Männer stundenlang ab. Es gab private Kontakte, natürlich gab es die. Alles lief über Frauen – Ehefrauen, Freundinnen, Frauen von Kollegen, Mägde, Näherinnen und Marktweiber, bei denen beide Seiten Kunden waren. Einiges lief auch über Hebammen.

»Ich habe mit der Deichmann geredet«, berichtete Distelkamp.

»Gibt es eigentlich jemanden, mit dem Ihr nicht redet?«, fragte Gleiwitz spitz.

»Wie war gleich noch mal der Name von dem gut aussehenden Kerl mit den zwei Hörnern? Er soll einen Pferdefuß haben.«

So war der Theologe Distelkamp. Traf sich an einem Tag mit dem Bischof zum Essen, fuhr am anderen Tag zum Sommersitz des Fürsten, um mit ihm eine Nacht über Bodenbehandlung und Fruchtfolge zu disputieren, und am dritten Abend tauchte er in die Unterwelt ab, wo die Hebammen, Teufelsaustreiber und Schnapsbrenner lebten.

Um Trine Deichmann zu treffen, war er in die Fluchbüchse gefahren. Dort half Trine ihrer Tochter in der voll besetzten Wirtsstube. Nicht nur Distelkamp war hinterbracht worden, dass der Wirt sich seit Kurzem rarmachte.

»Er wird sich doch nicht etwa herumtreiben?«

»Warum nicht? Er ist nicht zu alt dafür. Und sieht gut aus.«

Einige Minuten lästerten sie über Männer, die gut aussahen. Insgeheim wartete jeder in der Runde auf eine Bemerkung, die ihn selbst als zu dieser Gruppe zugehörig bezeichnen würde. Doch die Bemerkung blieb aus.

Die städtische Hebamme hatte angeblich nicht gewusst, was die Witwe zu dem Vorhaben getrieben hatte, ein großes Schiff auf Kiel zu legen. »Warum kommt Ihr mit der Frage zu mir?«, hatte sie gefragt, und Distelkamp hatte geantwortet: »Weil Ihr mehr wisst als andere.«

»Und Ihr glaubt, wenn es so wäre, würde ich mit Euch reden?«

»Ihr hättet nur Vorteile davon. Und die Witwe keinen Nachteil. Es ist ja kein Verbrechen, wenn auf einer Werft ein Schiff entsteht.«

»Hoffen wir, dass alle in jeder Minute daran denken werden.«

»Worauf spielt Ihr an?«

»Euer Besuch ist für mich der Beweis, dass es Lübecker gibt, die sich auf den Fuß getreten fühlen.«

So war die Hebamme: freundlich, vorsichtig, defensiv, um dann zu beweisen, dass sie alles bis zum Ende durchdacht hatte. Sie spendierte dem Besucher zwei Becher vom Wein, den das Rheinland geschickt hatte, und sagte: »Betrachtet Euch als eingeladen. Aber ich stelle Euch frei, eine Spende für die Armen zu geben.«

Distelkamp steckte zwei Münzen in die Dose. Nicht weil er musste, sondern weil er wollte. Weil die Armen dafür da waren, dass die Reichen fleißig blieben, um nie arm zu sein. Im Grunde hätte man die Armen dafür bezahlen müssen, die Armen zu spielen, wie man die Hebammen dafür bezahlte, neue Lübecker ins Licht der Welt zu ziehen. Nichts steigerte den Fleiß der Lübecker zuverlässiger als eine Handvoll verlauster und räudiger Strolche, die sich vor der Schifferbörse die Beine in den Bauch standen. Abschreckendere Beispiele waren nicht vorstellbar. Wer fleißig war, trug saubere Kleider und hatte jeden Tag ein warmes Essen auf dem Tisch. Wer faul war, litt an Ungeziefer, stank nach Dreck und lebte in den Tag hinein.

»Was sagt uns das?«, fragte Gleiwitz Kekse kauend.

Distelkamp antwortete: »Das sagt uns, dass die Madames

miteinander reden. Und dass sie sich vor Lachen ausschütten, wenn sie es uns zeigen können.«

»Wem?«

»Na uns!«

»Ja, aber wen genau meint ihr? Die Lübecker? Die Kaufleute? Alle redlich denkenden Menschen?«

»Ich meine die Männer! Wenn Ihr Euch weniger mit den
Keksen beschäftigen würdet, könntet Ihr dem Gespräch
leichter folgen.«

»Die Männer? Also, ich weiß nicht, ob …«

Auch die anderen in der Runde konnten Distelkamp
nicht folgen. Was hatte das Geschlecht mit dem Bau eines
Schiffes zu tun? Aber womit hatte es zu tun? Konnte etwas
anderes dahinterstecken als eine Feindschaft zwischen
Rosländer und Schnabel?

»Ihr denkt zu klein«, rief Distelkamp. Er schätzte es, in
einer Runde der Schnellste zu sein. Was er nicht schätzte,
war es, wenn die Langsameren ihre Begriffsstutzigkeit so
quälend breittraten. »Ihr denkt immer nur in Geschäften.
Rosländer ist größer als Schnabel! Rosländer baut die halt-
bareren Schiffe! Rosländer ist …«

»Na, na, na!«, rief Schnabel dazwischen. »Da muss ich
denn doch Einspruch einlegen.«

»Tut das«, knurrte der Theologe. »Solange Ihr Euren
Einspruch nicht mit der Wahrheit verwechselt …«

Natürlich hatten die beiden Werften in der Vergangenheit keine Schiffe gebaut, die identisch waren. Jede Werft
stattete ihre Schiffe mit Besonderheiten aus. Schnabel baute
Schiffe, die anderen in der Höchstgeschwindigkeit unterlegen waren. Dafür galten sie als besonders hochseetüchtig
und haltbar. Von Rosländer kamen schlanke Boote, von
Ladefähigkeit und Tragfähigkeit bescheiden, dafür stabil

und mit pfiffigen Lösungen im Detail ausgerüstet. Für einen Bollerkopf wie Rosländer wiesen sie überraschend poetische Verzierungen auf, die Dekoration war weithin sichtbar. An Farbe wurde auf seiner Werft nicht gespart, dabei war Farbe teuer und trug nicht zur Sicherheit bei. Sie war nur schön – vorausgesetzt, man schätzte Rosländers Farben Braun und Ochsenblutrot.

Die Schiffe anderer Werften waren farblich zurückhaltend oder kreisten um Rot und Weiß, die Farben Lübecks. Mit jedem Rosländer-Schiff wurde auch eine Truhe mit Wimpeln und Flaggen ausgeliefert. Sie waren naturgemäß nicht groß, aber die Abbildungen zeigten keine Wappen oder die Buchstaben von Werft oder Eigner. Sie zeigten deftige Motive: eine geballte Faust, ein enorm vergrößertes Auge, die Muskeln eines Oberarms, in jedem Fall Körperteile, die ein Seemann braucht, die den guten vom schlechten Seefahrer unterscheiden, die Besatzung und Schiff durch Stürme und unbekannte Gewässer manövrieren konnten.

In jeder Truhe lag auch ein Wimpel, der erst auf hoher See gehisst wurde – und nur dann, wenn sich keine Frau an Bord befand. Dieser besaß eine andere Form, er zeigte steil nach oben, und das tat auch das abgebildete Körperteil. Es hatte lange gedauert, bis sich die Kunde von diesem speziellen Wimpel herumzusprechen begann. Der Aufruhr in der Stadt war beträchtlich. Wie üblich wollte sich die Kirche an vorderster Front der Empörten aufstellen. Doch sie fand diesen Platz bereits besetzt, denn hier standen Frauen, die in Lübeck jeder kannte – wenn nicht persönlich, so dem Namen nach. Sie waren nicht mehr jung und immer verheiratet, zwei von ihnen hatten es geschafft, ihre Männer mitzuschleppen. Das war für die wackeren

Ehemänner der Beginn eines langen Martyriums, das bis zum heutigen Tag dauerte und zu ihren Lebzeiten wohl nicht mehr aufhören würde. Jeder machte sich über die unterdrückten Männer lustig, die dagegen protestieren mussten, wenn Teile des Körpers, die nach Lage der Dinge auch Teile ihres eigenen Körpers waren, denen gezeigt wurden, die diese Teile kannten und bei ihrem Anblick nichts anderes taten als zu pfeifen, zu lachen und unanständige Bemerkungen zu äußern, die im Kreis von Seeleuten keinen Schaden anrichten konnten.

Selbst Anna Rosländer, der die Hetären das Haus einrannten, fand an dem Wimpel nichts auszusetzen.

»Was wollt Ihr?«, lauteten ihre ersten Worte. »Sie sind Männer, sie sind auf See, sie üben einen anstrengenden Beruf aus, vielleicht den gefährlichsten, den es unter unserem Himmel gibt. Soll ich ihnen das bisschen Vergnügen verbieten? Wer hat einen Schaden davon? Nennt Namen!«

Die Hetären nannten die Namen aller anständigen Lübecker Frauen. Lange ging es hin und her, im Salon Rosländer stand man sich gegenüber wie feindliche Heere.

Bis Anna die entscheidende Frage stellte: »Wer von Euch hat den Wimpel schon gesehen?«

Ein einsamer Arm schoss in die Höhe und sank herunter, als der voreiligen Hetäre zugezischt wurde, dass mit dem Wimpel tatsächlich der Wimpel gemeint war und nicht die Wirklichkeit.

Anna blickte in die Runde und fragte: »Wollt Ihr ihn sehen? Ich habe einen im Haus.«

In diesem Moment veränderten sich Annas Beziehungen zu einigen Lübecker Frauen und zwar zum Schlechten. Distanz und Feindschaften entstanden, die auch der Tod des Reeders nicht auslöschen konnte. Bei der Beerdigung waren Plätze frei geblieben, die bei anderen Lübecker Honoratioren belegt gewesen wären.

Anna Rosländer hatte den Wimpel nicht gezeigt, es gab keinen im Haus, und sie forderte ihren Mann später auch nicht auf, ihn ihr zu zeigen.

Schnabel war dieser Auflauf im Hause Rosländer seinerzeit brühwarm hinterbracht worden. Er dachte heute noch gern daran zurück, wenn er es auch verstand, sein Gesicht im Zaum zu halten und nicht zu grinsen, wo nicht gegrinst werden durfte.

Es waren diese Kleinigkeiten, die ihn für seinen alten Rivalen einnahmen. Kein persönliches Anschreiben und kein Absender hatten in dem Umschlag gelegen, den ein Bote später im Kontor abgegeben hatte. Nur ein nachlässig abgerissenes Papier, auf dem die Worte »Nur entfalten wenn allein« standen. Schnabel kannte Rosländers Handschrift. Sie sah so aus, als würde ihm jedes einzelne Wort Mühe bereiten. Dass er einer Familie entstammte, in der man nicht schreiben und lesen konnte, hatte Rosländer nie verleugnet. Auch nicht, dass er sich noch an seinem 14. Geburtstag die schriftlichen Glückwünsche vorlesen lassen musste.

So gab es also – abgesehen von technischen Daten und Wimpeln – nur einen Unterschied zwischen den Werften: Das war der Preis. Seit dem ersten Auftrag, den Rosländer auf Kiel gelegt hatte, war er günstiger gewesen als alle Konkurrenten. Bis er auf der Bildfläche erschienen war, hatte unter den Lübecker Werften und den Werften der Umgebung eine stille Übereinkunft gegolten. Man tat sich bei den Preisen nicht weh. Man achtete darauf, dass die Preise nicht identisch waren, weil diese Politik für zornige

Bemerkungen gesorgt hätte. Aber man hielt die Unterschiede marginal. Der Preis konnte nicht den Ausschlag geben, wenn es darum ging, welchem Haus man den Auftrag erteilte.

Dann kam Rosländer, damit wurde alles anders. Als Schelling, der legendäre Salzhändler, zwei Boote ordern wollte, auf denen er künftig das Lüneburger Salz heranschaffen wollte, hatte er verdutzt auf Rosländers ausgestreckte Hand gestarrt. »Nehmt schon«, hatte der den Salzhändler aufgefordert, »das ist der Rosländer-Rabatt.«

Was klein begann, setzte sich im Großen fort. Bei jedem Schiff ließ sich Rosländer erst dann ein Angebot entlocken, wenn er wusste, wie viel die Konkurrenz verlangte. Dann griff er in die Kiste, die in seinem Bureau stand, griff, ohne hinzusehen, hinein und hielt dem Auftraggeber die Hand entgegen. »Nehmt schon, das ist der Rosländer-Rabatt.«

Schnell wurde der Rabatt in der Stadt zur stehenden Redewendung. Bei jedem Geschäft, ob groß, ob klein, ob es um eine Schiffsladung ging oder um ein Essen im Gasthaus – oft wurde ein ausgestreckter Arm mit dem Rosländer-Rabatt hingehalten. Es wurde Mode, billiger zu sein als die Konkurrenz. Mochte das im Gasthaus ohne Belang sein, so fuchste es bei größeren Beträgen den Kaufmann. Am allermeisten brachte es Schnabel in Brass. Ein halbes Dutzend Mal verlor er einen großen Auftrag an Rosländer – wegen einer lächerlichen Differenz im geforderten Preis. Schnabel tobte und stürmte in die Bureaus der Auftraggeber. »Warum tun wir uns das an?«, rief er anklagend, um sich zähneknirschend belehren zu lassen, dass ein Kaufmann dort einkauft, wo der Preis niedrig ist – zumal wenn es keine Unterschiede in Qualität und Lieferfrist gibt.

Zuerst hatte es Schnabel auf die plumpe Art versucht.

Ein Fläschchen Wein, ein Fässchen Bier, eine Torte für die Frau Gemahlin, eine Schuluniform für den Sprössling. Die Beschenkten nahmen es an – und blieben bei Rosländer. Schnabel beschwerte sich und musste sich belehren lassen, dass man seine Bestechungsgeschenke als kleine Aufmerksamkeiten angesehen habe. Was man künftig nicht mehr tun werde. Der erzürnte Schnabel wurde den bohrenden Verdacht nicht los, dass Rosländer ihn auch bei den Geschenken ausgestochen hatte. Aber das konnte er nie beweisen. Für Schnabel war das nicht etwa der Beweis, einem Irrtum aufgesessen zu sein. Im Gegenteil: Sein Hass auf Rosländer wuchs und wuchs. Einmal, ein einziges Mal, ließ sich Schnabel in seinem Grimm dazu hinreißen, den Rivalen, nachdem er auf bewährte Weise seinen niedrigen Preis genannt hatte, erneut zu unterbieten. Einen größeren Fehler hatte Schnabel nie begangen. Noch zwei Jahre später verlangte man von ihm keck, die Preise auf geringem Niveau zu halten. Er habe es einmal getan, nun müsse er es immer tun.

Verwirrt blickte Schnabel von einem zum anderen. Besorgt blickten seine Gäste ihn an.

»Es ist nichts«, behauptete er und straffte sich. »Ich denke, wir haben es für heute auch so weit. Mir war wichtig, dass wir uns austauschen.«

Man beschloss, alle Fühler auszustrecken, vor allem aber wollte man die Werft im Auge behalten. Jeder kannte eine arme Seele, die für einige Münzen bereit war, die Augen offenzuhalten.

»Wir wär's, wenn wir sie einfach fragen?«

Alle starrten Gleiwitz an.

»Ich meine ja nur«, wiegelte der ab. »Sie wird nicht die Wahrheit sagen. Niemand würde die Wahrheit sagen. Aber fragen kostet nichts.«

»Wir fackeln die Werft ab.«

Fassungslos starrten alle den vorlauten Werftbesitzer von der Elbe an.

»Abfackeln«, sagte Schnabel auf eine Weise, dass derjenige, der eben mit leuchtenden Augen das gleiche Wort herausposaunt hatte, es nie mehr mit so viel Gedankenlosigkeit herausblasen würde.

»Abfackeln also. Die Werft von Anna Rosländer. Mir würde selbst bei stundenlangem Nachdenken keine Lösung einfallen, die dümmer wäre.«

Der Redner knickte ein, aber Schnabel war noch nicht fertig.

»Anna als Opfer, das ist das, was man mit Geld nicht kaufen kann. Eine Stadt hat Mitleid mit einer Frau, die vor Kurzem ihren Mann verlor. Ein Brandstifter gibt ihr den Rest. Wunderbar. Hättet Ihr vielleicht Lust, jetzt in die Trave zu gehen und nie mehr aufzutauchen?«

Der kleine Werftbesitzer wand sich und murmelte: »So habe ich das nicht gemeint.«

Aber er hatte es so gemeint. Wo er herkam, machte man das so, seit alters her. Nicht zuletzt deshalb wurde in der Gegend ja so viel gebaut. Weil so viel abbrannte.

Die Gäste waren gegangen, Schnabel stand am Kamin. Das Holz war aufgeschichtet, denn die Kälte stand vor der Tür. Ständig stand etwas Unangenehmes ins Haus, ob es die Kälte war, ein Husten, der sich auf die Bronchien legte, eine tote Katze, in deren Innereien man auf der Gasse trat. Mal war es eine Zwiebelsuppe, die die Därme zum Platzen bringen wollte, dann ein Schreiber, der die Zahl zwei von einem Tag auf den anderen so schrieb wie die Zahl neun. Dann kam ein Däne und behauptete, er könne deutsch sprechen, aber er hörte sich an, als würde er mit der Zunge

Fleischstücke aus den Zähnen saugen. Die Kinder tobten durch das obere Geschoss, als wollten sie den Fußboden durchbrechen. Zwei Leinentücher fehlten, und das neue Dienstmädchen wollte zum Richter laufen, wenn man nicht aufhörte, sie zu verdächtigen. Es gab solche Tage, an denen es erst Abend wurde, wenn der Tag einem zehnmal gegen das Bein getreten hatte.

Und jetzt stand sie in der Tür, still und kaum sichtbar, wie es ihre Art war. Sie wartete darauf, dass er etwas sagte. Aber er wollte nicht schon wieder erleben, wie klug diese Person war, die er nicht geheiratet hätte, wenn er damals schon gewusst hätte, wie klug sie war oder werden könnte. Von wem hatte sie das? Von ihren Eltern nicht, das stand fest.

Aber sie würde nicht von allein fortgehen, das hatte sie tausend mal bewiesen. So seufzte Schnabel und sagte zum Kamin: »Mich regt das auf. Eine Witwe soll Ruhe geben. Es ist nicht verboten, ein Geschäft zu betreiben. Aber sie soll mir nicht ins Handwerk pfuschen. Ich habe mich so gefreut, als Rosländer gestorben ist. Und jetzt ist wieder ein Rosländer da und regt mich auf. Soll ich erst aus Lübeck wegziehen? Wo soll ich hin?«

»Oder wir?«

»Oder wir. Wo sollen wir hin?«

»Mach deinen Frieden.«

»Das kann ich nicht. Ich bin Kaufmann und kein Pastor.«

»Geh zu ihr und reich ihr die Hand.«

»Das kann ich auch nicht. Wenn man einem Rosländer die Hand gibt, weiß man nie, ob man hinterher noch alle Finger hat.«

9

Die Stadt besass einen neuen Treffpunkt. Kein Marktplatz, kein Brunnen, kein Platz vor der Kirche, kein Gasthaus und kein Geschäft, in dem geschlachtet, gebacken oder geräuchert wurde, sodass die Chance für Mensch und Tier groß war, sich an Resten laben zu können.

Zu essen und zu trinken gab es auch beim neuen Treffpunkt, denn in der zweiten Woche tauchten Händler auf, boten Fisch, Eingelegtes und Gebackenes an. Ein Apotheker schickte seinen Lehrjungen, die Zuckerwaren gingen weg wie warme Semmeln. Aber die gab es auch aus dem Korb des Bäckers.

Mittlerweile hatten die vorfahrenden Fuhrwerke wieder freie Bahn, nachdem es in den ersten Tagen zu mehreren Beinahe-Unfällen gekommen war. Jetzt hatte jeder seinen Platz gefunden: die Arbeiter, die Anlieferer, die Gaffer. Die meisten waren Nichtstuer, die man heute hier und morgen dort traf, je nachdem, wo sich Unerwartetes tat. Man plauderte, tauschte Rezepte und Einkaufstipps aus. Man redete über Nachbarn und Fischer, die Obsternte und den Bezug von Brennholz.

Einige gingen die Sache systematisch an. Eifrig schrieben sie in kleine Bücher, wenn ein Fuhrwerk Holz anlieferte. War der Besucher namentlich bekannt, wurde der Name festgehalten. War er unbekannt, wurde herumgefragt, und oft gab es einen Treffer.

Seitdem in Lübeck Werften existierten, hatten die Beschäftigten morgens ihren Arbeitsplatz unbehelligt aufsuchen und abends wieder verlassen können. Das war nun anders geworden, denn auf den letzten Metern zum Arbeitsplatz hatten die Arbeiter plötzlich Begleiter. Manchmal waren die Begleiter namentlich bekannt, manchmal nicht. In jedem Fall hatten die Begleiter Fragen. Wenn sie Antwort erhielten, wurde die Antwort notiert. Wenn nicht, wurde die Frage wiederholt, auch ein drittes und viertes Mal. Ein einziger Begleiter brachte es auf 18 Fragen. Ein anderer brachte es auf neun und eine blutige Nase, denn gefragt wurden nicht zierliche Tanzmädchen auf dem Weg zum Ballett, sondern stämmige Männer. Sie waren es nicht gewohnt, Fragen zu beantworten. Sie waren es überhaupt nicht gewohnt, morgens zu sprechen. Bei ihnen zu Hause hielten morgens alle den Mund.

Einer von ihnen wollte die lästigen Fragensteller ein für alle Mal abwimmeln, indem er sagte: »Ich sage nichts, weil ich nichts sagen soll.«

»Ist Euch verboten worden zu sprechen?«

»Was? Ja genau, verboten worden. Deshalb sage ich nichts. Und jetzt lass mich in Ruhe oder ich schmeiße dich in die Trave.«

Das war der Tag, an dem die Lübecker erfuhren, dass Anna Rosländer ihren Beschäftigten verboten hatte, über ihre Arbeit zu sprechen. Vor drei Wochen hätte dieser Umstand niemanden gejuckt, denn vor drei Wochen hatte sich niemand dafür interessiert, was ein Tischler oder Schlosser oder Segeltuchmacher auf einer Werft den Tag über treibt.

Das war Vergangenheit, jetzt gab es nichts Spannenderes als den Weg eines Stück Holz aus dem Wald in den Schiffsrumpf zu verfolgen. Die Zahl der Neugierigen verdoppelte sich. Ein Schlosser sah sich so vielen Fragenstellern ausgesetzt, dass er befürchtete, zu spät zur Arbeit zu kommen. Er holte aus und schlug zu. Der Fragensteller beging den Fehler, den Schlag abwehren zu wollen. Für den Schlosser sah es so aus, als wollte der andere ihn schlagen. Der Schlosser holte erneut aus, diesmal mit der Wucht, mit der er Nägel und Schrauben ins Holz zu treiben pflegte.

Die Ärzte, denen der Fragensteller später im Krankenhaus gezeigt wurde, kamen auf zwei gebrochene Schlüsselbeine sowie einen verschobenen Unterkiefer. Sie schlugen dem Fragensteller von der anderen Seite an den Kiefer. Es gab ein Geräusch, das von allen Ohrenzeugen als ungut empfunden wurde. Schnell stand fest, dass der Fragensteller seiner Aufgabe in der absehbaren Zukunft nicht würde nachgehen können.

Wo Menschen sich trafen, sprachen sie nach kurzer Einleitung und manchmal auch ohne Einleitung über die Rosländer-Werft und was dort geschah. Halbwissen paarte sich mit Gerüchten, Unterstellungen wurden mit Wahrscheinlichem gekreuzt. Heraus kam ein Brei von Wahrscheinlichkeiten: Ein Schiff würde entstehen, daran zweifelte niemand. Groß würde es werden, warum wurde sonst so viel Aufhebens darum gemacht? Anna Rosländer hieß die neue Chefin von Werft und Reederei, warum sonst hatte sich Reeder Schnabel im Rathaus unter Zeugen vor Wut in die Hand gebissen? Anna Rosländer baute auf eigene Rechnung, niemand hatte ihr einen Auftrag erteilt.

Und das war der Punkt. Warum tat die Frau das? Tat sie es für jemanden? Oder gegen jemanden? Und wie reich war die Witwe eigentlich, wenn sie es sich leisten konnte, so viel Geld auszugeben?

Auf der Werft wurde das Schiff gebaut, aber das Holz, das Eisen, die Taue und Segel entstanden nicht dort. Sie wurden in Tischlereien, Schmieden, Seilereien und Schneiderwerkstätten gefertigt und in fertigem oder halb fertigem Zustand zur Werft gebracht, wo die Weiterverarbeitung stattfand. Ebenso wie die Malerarbeiten und der gesamte Innenausbau.

Es kam der Moment, in dem jemand aus der Menge vor der Werft rief: »Querner, habt Ihr auch Kanonen?«

Der Techniker, den man in der Stadt kannte, blieb verdutzt stehen. Einen Moment nur, aber er blieb stehen und ärgerte sich noch abends darüber, dass er sich hatte düpieren lassen. Da machte die Neuigkeit längst die Runde: Das Schiff wird groß und es wird Kanonen haben. Was anderes sollte es sein als ein Kriegsschiff? Oder als ein Frachtschiff von so ungeheurer Größe, dass man es vor begehrlichen Piraten schützen musste?

Auf dem Weg in die Schifferbörse schlug ein Mann, den seine Kleidung als Schiffer auswies, dem Reeder Schnabel im Vorbeigehen auf die Schulter und rief: »Tja, Schnabel, jetzt kannst du Ruderboote bauen. Für die großen Pötte sind andere zuständig.«

Über diese Worte ärgerte sich Schnabel so sehr, dass er den Rinderbraten zurückgehen ließ. Gegen den Ärger trank er einen Genever, danach noch einen. Nach dem vierten war Schnabel duhn. Seine Kollegen wussten, dass er tagsüber keinen Alkohol vertrug. Sie nahmen ihn in die Mitte und geleiteten ihn umsichtig zurück ins Bureau. Schnabel musste sich einhaken, das blieb nicht ungesehen. Noch bevor er abends sein Haus betrat, hatte die Neuigkeit seine Frau erreicht: »Dein Mann ist so kaputt, dass er nicht mehr allein gehen kann.«

Frau Schnabel fütterte den deprimierten Mann mit Hühnerbrühe, verbot den Kindern, Krach zu machen und steckte Schnabel ins Bett. Fünf Minuten später verließ sie das Haus.

10

TRINE DEICHMANN KAM durch den Hintereingang. Hedwig Wittmer öffnete persönlich, das war noch nie geschehen. Den Salon ließ man rechts liegen und stieg ins zweite Geschoss empor. Hier war Trine noch nie gewesen. Unten lagen die Gesellschaftsräume, darüber erstreckten sich die Schlafzimmer und Gästezimmer. Im zweiten Geschoss, fast schon auf dem Dachboden, schliefen die Bediensteten.

Und hier arbeitete Hedwig Wittmer. Der Raum war nicht groß, aber Trine fühlte sich sofort wohl. Alle Möbel waren wohnlich und weiblich. Aber nichts sah aus wie Puppenstube. Dagegen sprachen schon die vielen Bücher, die zwei Wände bedeckten. Karten hingen an den Wänden, von Lübeck und Mecklenburg und allen Ländern rund ums Baltische Meer. Zum Schreiben setzte sich die Frau des Brauers an den Sekretär. Er sah aus, als hätten hier Kinder das Schreiben geübt. Tintenflecke waren ins Holz eingezogen.

Trine war der erste Gast, das fand sie mehr ungewöhnlich als unangenehm. In ihrem Beruf trat sie erst auf, wenn man sie ausdrücklich rief. Erschien sie dann am Bett der Schwangeren, fand sie die in der Regel von mehreren Frauen eingerahmt. Wie ein Kranz kam es Trine vor, ein schützender Kranz. Draußen lag die Welt der Männer und Geschäfte, der Zweckmäßigkeit und Arbeit. Im Inneren des Kranzes lag ein kleiner Mensch, man musste ihn nur noch überreden, sich nicht länger verborgen zu halten.

Innerhalb weniger Minuten tauchten sie dann auf: die Prinzessin – wild, schnell und wie stets von einem Schwall frischer Luft umgeben; Sybille Pieper, die Kräuterhexe aus dem Dorf vor den Toren der Stadt. Ihr Markenzeichen war nicht frische Luft, sondern die Mischung aus Kräutern und einer Hütte, die selten gelüftet wurde; die dritte Frau erkannte Trine erst auf den zweiten Blick. Selten hatte sie Ludowica Schelling in einem Kleid, der typischen Kleidung der Lübecker Frauen, gesehen. Ein Kleid war nicht typisch für eine Abenteurerin, die den Schwerpunkt ihrer Lebensführung auf die Planken eines Schiffs verlegt hatte. Die Piratin war seit zwei Tagen Hedwigs Gast.

»Wir sind fast vollständig«, sagte die Gastgeberin.

»Warum hier?«, fragte Trine.

»Würden wir uns bei Anna treffen, könnten wir uns genauso gut vor dem Rathaus treffen. Sie belagern nicht mehr nur die Werft. Was erwarten sie bloß von der Frau? Dass die Haustür aufgeht und das Schiff ist fertig?«

Trine fragte sich, warum Ludowica nicht auf der anderen Straßenseite Quartier genommen hatte. Das Schelling-Haus stand leer, seitdem der Salzhändler mit seinen Kindern in den Osten gesegelt war. Natürlich wurde das Kontor genutzt, an sechs Tagen pro Woche sorgte Jütte, die treue Seele, dafür, dass die Geschäfte nicht unter der langen Abwesenheit des Salzhändlers litten. Aber die Wohnräume waren frei, Ludowica war Schellings Schwester, nach ihrer Rückkehr von zehnjähriger Kaperfahrt hatten sich die beiden wieder versöhnt.

»Ich könnte natürlich«, antwortete Ludowica auf eine diesbezügliche Frage. »Aber es ist leer dort. Wie tot. Wenn keine Kinder durchs Haus laufen, musst du viel tun, um anderweitig Leben hineinzustopfen. Das kann ich nicht. Ich kann nur Krach machen, das ist nicht das Gleiche.«

Und dann gestand sie verschämt: »Ich werde auf meine alten Tage bequem. Ich genieße es, mich bedienen zu lassen. Außerdem ist es angenehm, mit Hedwig über geistreiche

Dinge zu plaudern. Auf dem Schiff ist es doch ... nun ja, Ihr könnt es Euch vorstellen, bei so vielen Männern. Die Zahl der Themen ist beschränkt, auch wenn sie sich alle Mühe geben. Aber noch schlimmer als ein grober Mann ist ein Mann, der sich Mühe gibt. Wobei auch immer.«

Jeder reagierte nach seinem Geschmack: Hedwig still und vielsagend, Sybille keckernd und mit einer saftigen Anekdote über tölpelhaftes Mannsvolk.

Hedwig präsentierte exotische Gewürze, vor zwei Tagen aus dem Fernen Osten gekommen.

»Pfeffer ist also nicht das Äußerste«, murmelte die Prinzessin. »Ob die Menschen, die bei den Gewürzen leben, überhaupt wissen, wie gut sie es haben?«

Angeblich hatte Gunda Borkenhagen das Schiff schon sehnlichst erwartet. Die Gefährtin des Mannes, der Keramik von Weser und Leine nach Skandinavien exportierte, ließ sich jedes Mal eine Truhe voller Pflanzen und Schösslinge aus dem Urwald mitbringen, um nach kurzer Zeit festzustellen, dass viele Pflanzen zwar die lange Reise überstanden hatten, die Begegnung mit der rauen Lübecker Seeluft ihnen aber nicht behagte.

»Unsere Gunda wird einfach nicht klug«, klagte Hedwig. Jede in der Runde wusste, dass Gunda die eingetopften Pflanzen unermüdlich dem Sonnenschein und der Wärme hinterhertrug. Sie hatte Pflanzen neben den Ofen gestellt oder mitten in den Garten gepflanzt, nachdem zuvor schöne Obstbäume abgeschlagen worden waren, damit ihre Blätter keinen Schatten werfen konnten. Zuletzt waren sie angeblich auf dem Dachboden gelandet. Kein Wind, viel Licht und so viel Wärme wie in Lübeck nur möglich war, aber keine Wärme von Öfen – diese Mischung hielt die Gärtnerin für hoffnungsvoll.

»Sie sollte sich mit unserem Gärtner unterhalten«, schlug die Prinzessin vor. »Er kennt alles, was darüber geschrieben wurde. Er wird ihr helfen können.«

Einige Minuten unterhielt die Prinzessin die Frauen mit den jüngsten Anekdoten über den zwergwüchsigen Gelehrten, dessen wichtigtuerische Art allgemein bekannt war.

Sie mieden das Thema so lange wie möglich. Aber Anna Rosländer wollte nicht erscheinen, auch kein Bote mit einer Nachricht. So ging es ohne Anna um das, was alle Lübecker umtrieb. Seltsamerweise war man gleich beim Testament. Hedwigs Mann, der Brauer, war gut bekannt mit einem Rechtsanwalt. Dem war vor einigen Monaten die Frau durchgebrannt, angeblich lebte sie jetzt auf Gotland in wilder Ehe mit einem Kaufmann. Der verlassene Rechtsanwalt hatte sich, seitdem er allein war, auf Ehestreitigkeiten und Testamente spezialisiert. Angeblich wollte er seine Mandanten davor bewahren, sein trauriges Schicksal zu erleiden. Der gute Mann ging vielen Leuten auf die Nerven, indem er ihre zufriedenstellende Lebensführung als Täuschung bezeichnete, die jederzeit mit großem Getöse auseinanderbrechen könnte.

In diesem Zusammenhang ging er auch mit dem Testament von Rosländer hausieren. Das durfte er nicht tun, Verschwiegenheit gehörte zu seinen vornehmsten Berufspflichten. Streng genommen redete er erst seit einer Woche und nur im privaten Kreis. Aber wenn fünf Männer etwas im Vertrauen erfahren, und jeder von ihnen hat zu Hause eine Frau, und diese Frau spürt, ob es ihren Mann drängt, sich von einem Geheimnis zu erleichtern, und die Frau hat fünf Freundinnen, denen sie im Vertrauen erzählt, was sie von ihrem Mann erfahren hat – wenn das einige

Tage so geht, kennt am Ende der ersten Woche jeder, der nicht flüchtet, das Geheimnis. Wenn die Lübecker sich auch als solide bezeichneten – es war nicht so, dass sie der Begegnung mit einem Geheimnis erschreckt auswichen. Besser, sie wussten es, als wenn ein Neugieriger davon erfuhr.

Hedwig Wittmer hatte geschlagene vier Minuten bohren müssen, bevor ihr Gatte schwach geworden war. »Er wird mit den Jahren immer störrischer«, klagte sie. »Früher hat ein Blick genügt. Jetzt will der Herr gebeten werden.«

Wenn sich in Lübeck ein Paar versprach und es existierten Werte, die ein vorausschauendes Handeln nahelegten, so geschah Folgendes: Sie setzten einen Ehevertrag auf, in fast jeder Ehe, in der nicht gerade ein Hausierer eine Kräuterhexe ehelichte, geschah dies. In dem rechtsgültigen Dokument wurde das Vermögen der Frau penibel festgehalten. Dies blieb so lange ohne Folgen, wie die Ehe hielt. Starb der Mann oder kam es zur Scheidung, durfte die Frau alles behalten, was ihr von Anfang an gehört und was der Mann ihr geschenkt hatte. Von den Gütern, die im Verlauf der Ehe angeschafft worden waren, verblieb der Witwe ein Drittel. Nach dem Tod des Mannes erbten auch die Kinder. Solange sie sich mit ihrer Mutter gut verstanden, erwuchsen daraus keine Probleme. Anderenfalls konnten die Verhältnisse giftig werden.

Wenn der Mann ein Testament aufgesetzt hatte, wurde alles leichter. Rosländer hatte einen Letzten Willen in Schriftform hinterlassen. Angeblich enthielt er manche Albernheiten, die er sich wohl schuldig war. Aber wo es auf Punkt und Komma ankam, gab es keinen Zweifel: Anna Rosländer erbte das Unternehmen ihres Mannes.

Sie sollte die Kinder auszahlen und mit dem Unternehmen verfahren, wie es ihr beliebte.

»Um das alles zu erfahren, habt Ihr nur vier Minuten gebraucht?«, sagte Sybille beeindruckt.

Hedwig lächelte geschmeichelt. Einen Moment spielte sie mit dem eitlen Gedanken, den Frauen Geheimnisse zu offenbaren, in die sie zwei Tage Arbeit investiert hatte.

»Das ist gut«, sagte Trine Deichmann. »Ich meine, das hört sich klar an. Oder gibt es Untiefen, die nur ein Rechtskundiger versteht?«

»Mein Holder sagt ›nein‹«, antwortete Hedwig. »Wenn Anna weitermachen will, kann ihr das niemand verwehren.«

»Könnte er es ihr denn schwermachen? Sind Schikanen möglich? Gemeinheiten?«

»Die sind immer möglich, solange Männer im Spiel sind. Schnabel hat sich darauf gefreut, Anna in den Ruhestand zu schicken. Er könnte zornig sein.«

»Aber dem geht es doch gut. Er kann zweimal am Tag warm essen!«

Alle blickten Sybille an.

»Redet schon«, murmelte sie eingeschüchtert. »Was habe ich übersehen?«

»Ihr habt übersehen, dass Schnabel nicht 20 Mal am Tag warm essen kann. Und solange er das nicht kann, wird er zornig sein.«

»Aber das ist doch nicht möglich! Niemand kann 20 Mal am Tag … ich verstehe. Ihr meint, es geht ihm gar nicht um das Essen. Ihm geht es um die Macht und die Größe. Er will das Sagen haben.«

11

PLÖTZLICH STAND SIE in der Tür, niemand hatte sie kommen hören. Sie war erst auf den zweiten Blick zu erkennen, denn sie trug die Tracht einer Frau vom Land, die auf dem Markt Rüben und Gemüse anbietet.

»Entschuldigt meinen Aufzug«, murmelte Anna Rosländer und pellte sich aus den Jacken. »Aber es ging nicht anders. Ich muss eine Maskerade aufführen, wenn ich mein Haus verlassen will.«

Die Magd war im Hof in die Kutsche gestiegen und durch den Bogen auf die Straße gefahren. Der Kutscher fuhr nicht zu langsam und nicht zu schnell, sodass der Pulk der Neugierigen die Kutsche verfolgte, in der Hoffnung, einen Blick auf die Witwe zu erhaschen. Derweil war Anna durch einen der hinteren Eingänge entschwunden.

Die Anspannung fiel schnell von ihr ab, sie konnte schon wieder lachen.

»Es ist doch zu albern«, sagte sie, »wohin soll das noch führen? Muss ich aus Lübeck fortziehen?«

»Schlagt Euer Lager in der Werft auf«, riet Sybille Pieper. »Da sind sie ja sowieso schon.«

Irgendetwas an dieser Bemerkung war nicht logisch, aber niemand wollte jetzt nachforschen. Stattdessen kamen Kleinigkeiten auf den Tisch: aufgeschnittene Kuchen, belegte Brote, Zaubereien mit Zucker. Jetzt gab es keinen Zweifel mehr, dass man sich in einem wohlhabenden Haushalt befand. Trine Deichmann war als Frau eines Gastwirts abwechslungsreicheres Essen gewohnt als die meisten Lübecker. Sybille aß, was auf den Tisch kam. Vor allem aß sie viel und schnell, denn sie wusste nicht, wann sie wieder so etwas Leckeres aufgetischt bekommen würde.

Anna Rosländer entschuldigte sich noch einmal, um dann zornig zu sagen: »Was mache ich eigentlich? Soll ich mich für die unverschämte Brut entschuldigen!?«

Trine sagte: »Es tut mir leid, dass Ihr so viel Ungemach erleiden müsst. Wir wären gern zu Euch gekommen.«

»Daran zweifle ich nicht. Aber Ihr würdet Euch damit Ärger einhandeln. Ich sehe nicht ein, warum die Freundlichen unter den Aufdringlichkeiten der Unfreundlichen leiden sollen.«

Keine stellte die Frage, die jeder auf der Zunge brannte. Anna Rosländer blickte in alle Gesichter und sagte lachend: »Ich rede ja schon.«

Sie brauchte viel Zeit, bevor die Worte in Fluss kamen. Das Angebot von Schnabel, die Werft zu übernehmen, war nicht der Anfang gewesen, obwohl alle so taten, als wäre der Tag des Stapellaufs der Schöpfungstag gewesen. Das aber war der Todestag von Rosländer gewesen und im Grunde nicht einmal der, sondern der Tag, an dem Anna den Hallodri in Stralsund kennengelernt hatte.

Anna spürte, dass ihr niemand folgen konnte. »Entschuldigt, ich rede geheimnisvoll daher! Ich bin selbst noch auf der Suche nach einer Erklärung.«

Schnabels Angebot, für 4.500 Taler das aktive Leben einzustellen, fiel in die Zeit, in der Anna darüber nachdachte, was nun werden sollte. Die rechtliche Lage war dabei nicht ausschlaggebend. Anna kannte ihre Lage und ihre Rechte. Sie wusste, dass sie Möglichkeiten besaß. Aber sie war nicht fähig, diese Möglichkeiten zu benennen, geschweige denn zu packen. »Ich wollte Klarheit in meine Gedanken kriegen und es ging nicht. Ich wollte meine Gedanken aufschreiben und es kam nur dummes Zeug dabei heraus.«

Spaziergänge, langes Stehen am Fenster, dann am nächsten Fenster, zurück zum ersten, bis es dunkel wurde und man sich einreden konnte, für heute sei es genug.

Sie hatte Angst. Sie hatte Möglichkeiten und gleichzeitig Angst vor den Möglichkeiten. Bis gestern war sie die Frau des Rosländer gewesen. Eine, die man ernst nahm. Anna hatte nicht das Leben eines Hausmütterchens gelebt. Wer eine halbe Flasche Branntwein austrinkt und danach noch auf eigenen Füßen steht, ist kein Hausmütterchen. Sie war die Frau von Rosländer. Sie musste mithalten, sonst hätte er sie verachtet. Aber sie hielt nicht nur mit, um ihn nicht zu verlieren, sondern weil ihr diese Art zu leben zusagte. Sie war so nahe an ihm und seinen Geschäften, dass sie einiges von den Geschäften mitbekam. Auch das sagte ihr zu. Der Bau von Schiffen war eine großartige Profession. Visionen haben, Pläne zeichnen, Aufträge erteilen, 500 Einzelheiten beachten, in die die Bauarbeiten zerfielen. Dann musste man den Bau im Auge behalten und mit den Männern reden, musste neben ihnen stehen, ohne dass sie fürchteten, die Frau des Chefs wolle ihnen auf den Füßen stehen.

»Ich bin auf einiges stolz in meinem Leben. Aber besonders stolz bin ich darauf, dass sie mich anerkannt haben. Natürlich haben die Kerle nicht die Zähne auseinander gekriegt. Aber sie haben mich von der Seite angeguckt, und der Blick sagte: Donnerwetter, der Drachen weiß, wovon er redet. Bestimmt gibt es poetischere Komplimente, aber dieses Kompliment hat mich stolz gemacht.«

Aber selbst in diesen Zeiten war sie nur die Frau des Reeders. Wäre sie heute im Meer ersoffen, wären morgen die Schiffe weiter gebaut worden. Sie war wichtig, aber sie war nicht nötig.

Bis zu dem Tag, an dem Rosländer tot auf dem Eis gelegen hatte. An dem Tag begann die Uhr zu ticken, langsam und bedächtig wie die riesigen Uhren in den Lübecker Kirchtürmen.

Aber Anna Rosländer wusste nicht, wohin und zu welchem Ziel die Uhren tickten. Lief die Zeit ab? Lief sie auf ein Ende zu? Oder wollten die Uhren sie lehren, dass sich die Zeit nicht darum kümmert, wer am Ruder steht? Sie vergeht so oder so, und die Menschen müssen sehen, wie sie sich sortieren. Wer zögert und im Weg steht, soll zur Seite treten. Morgen ist er vergessen. Nur wer sich etwas zutraut, wer ein Ziel ins Auge fasst, dessen Platz ist in der ersten Reihe. Der hebt den Arm und ruft: Ich mache es! Alles hört auf mein Kommando!

Der Nachmittag wollte in den Abend hinübergleiten, da saßen die Frauen immer noch in der Studier- und Lesestube von Hedwig Wittmer. Zwei Stunden hatte Anna Rosländer ihre Gedanken sortiert, erst jetzt kam sie zu dem Punkt, der ihr am meisten Verdruss bereitete.

»Das wäre alles nicht passiert und hätte nicht so lange gedauert, wenn ich ein Mann wäre. Ein dummer August ist schneller entschlossen als die kluge Anna. Ihr habt es gut, Trine, auf Euch haben die Lübecker vielleicht nicht gewartet, aber als Ihr wusstet, dass Ihr eine Hebamme werden musstet, um zufrieden zu werden, da musstet ihr nicht erst die Männerwelt aus dem Weg räumen. Für Euch war der Weg sozusagen frei.«

Aber Anna Rosländer war nur die Witwe. Eine Witwe mit Geld und einem Unternehmen, mit Ansehen und Respekt und dem Willen, scheeläugige Hänflinge wie den Ratsherrn

Gleiwitz oder den unglaublich freundlichen und daher unglaubwürdig freundlichen Reeder Schnabel aus dem Paletot zu hauen, wenn sie ihr dumm kommen würden.

Sie hatte die Möglichkeit dazu und sogar die Macht – aber der Gedanke, es tatsächlich zu tun, verwandelte sie in ein kleines Mädchen zurück, das zur Seite trat, wenn die Jungen ihre grobianischen Spiele spielten, obwohl sie gerne mitgespielt hätte. Die Kraft hätte sie gehabt. Sie riss sich nicht los, wenn ein Kindermädchen oder die Mutter sie zur Seite zogen und in den Raum führten, wo die anderen Mädchen mit Puppen spielten, wo sie sich mit Stricken und Häkeln abmühten und alles unterließen, was ein Junge tat: Schreien, Laufen, Toben, Ringen, Raufen, auf Bäume klettern, von Bäumen fallen, die Nase putzen und erneut auf den Baum klettern.

»Ihr seid nicht gern eine Frau?«

Für solche Bemerkungen besaß Sybille Pieper das Monopol. Man musste diese Bemerkungen ertragen können, sonst hätte man Sybille nicht ertragen.

Anna sagte: »Ich bin eine Frau und bin es gern. Aber zurzeit habe ich Ärger mit meinem Frausein.«

»Wärt Ihr ein Mann, wäre die Entscheidung längst gefallen. Zugunsten Eurer Wünsche und Ziele.«

Ludowica sprach selten, aber dann treffend. Und meistens, während sie kaute.

»Das ist meine Befürchtung«, entgegnete Anna. »Es gibt sachliche Gründe, um sich die Entscheidung schwer zu machen. Einige habe ich genannt. Aber es gibt auch grundsätzliche, quasi natürliche. Ich meine, was ist grundsätzlicher, als Frau oder Mann zu sein?«

Einige in der Runde fürchteten sich vor der nächsten Bemerkung von Sybille, die jedoch unterblieb.

Hedwig sagte: »Ihr wärt nicht die erste Witwe, die das Geschäft ihres Mannes weiterführt.«

»Das weiß ich. Aber ich kenne nur die Frauen von Handwerkern. Das sind überschaubare Betriebe. Die Witwen müssen einen Meister finden, der die Aufgaben ihres Mannes übernimmt. In der Firma, Sybille, nur in der Firma.«

Sybille ließ den Arm sinken.

12

DIE FRAUEN WUSSTEN, wie es ablief. Der Handwerksmeister starb, die Frau stand ohne Ersparnisse und mit kleinen Kindern da. In der Firma gab es einen Gesellen, jünger als der Verstorbene, und oft nicht hässlicher. Was lag näher, als sich zusammenzutun? Die Frau war versorgt, die Kinder waren versorgt, und der neue Meister hielt den Betrieb lebendig, bis die Kinder das Alter erreicht hatten, in dem man an die Nachfolge denken konnte.

Eine Reederei war mehr als ein Handwerksbetrieb. Eine Handwerker-Witwe, die sich entschloss, einen Meister und zwei Gesellen zu beschäftigen, damit sie Malerarbeiten ausführten, Reetdächer bauten oder eine Tischlerei betrieben, musste keine Angst davor haben, dass ihre Entscheidung Aufsehen erregte oder gar Widerstand erzeugte. Vielleicht wurde ein wenig gelästert, wie schnell die Witwe Ersatz gefunden hatte. »Der Alte ist noch nicht kalt, da liegt der Neue schon im Bett.« Vielleicht gab es einen Handwerker, der sich ärgerte, weil er nun doch nicht einen Konkurrenten weniger haben würde. Aber das war in einigen Tagen vergessen.

Im Fall der Anna Rosländer war nach einer Woche nichts vergessen. Nach einer Woche wusste der Letzte und Verschlafenste in Lübeck, dass die reiche Witwe ihr Unternehmen gegen die Konkurrenz alteingesessener Betriebe am Leben erhalten würde. Alle Widerstände, die einst der rüpelhafte Rosländer provoziert hatte, wurden jetzt auf Anna übertragen. Hätte sie einen Traditionsbetrieb besessen, wäre die Reaktion anders ausgefallen. Hätte es sich um ein Unternehmen in der zweiten oder dritten Generation gehandelt, wäre sie auf größeres Wohlwollen gestoßen. Nicht unbedingt auf Verständnis, aber man hätte sich die Mühe gemacht, sich in ihre Lage hineinzuversetzen. Im Fall Rosländer dachten alle nur an die Bubenstücke des toten Reeders und sahen rot. Würde das denn ewig so weitergehen? Würde Anna auch in Sachen Rücksichtslosigkeit in die Fußstapfen ihres Mannes treten?

Rosländer war ein Emporkömmling. In jedem Ort auf der Erdkugel hatten es Neulinge schwer, in die Kreise der alteingesessenen Kaufleute, Händler und Handwerker zu gelangen und von ihnen akzeptiert zu werden. Dieser Prozess konnte Jahre dauern, es war nicht unmöglich, ihn erfolgreich zu absolvieren. Rosländer hatte aber alles getan, um den Prozess zu erschweren. Immer wieder hatte er die Toleranz der Platzhirsche strapaziert. Nur die wenigsten betrachteten Rosländers Verhalten als willkommene Abwechslung. Jemand hatte sich zu der Bezeichnung »Blutauffrischung« verstiegen und damit allgemeines Kopfschütteln hervorgerufen.

Dazu kam, dass Rosländer sich für seinen gesellschaftlichen Aufstieg Lübeck ausgesucht hatte. Es gab nicht viele Städte auf der Erde und keine im nördlichen Europa, die so lange so viel Erfolg, Einfluss und Macht besessen hatte. Aus ihrer reichen Geschichte bezogen die Bürger Lübecks ein Selbstbewusstsein, das auf eine Figur wie Rosländer allergisch reagierte. Rosländers hatte es zu allen Zeiten gegeben. Aber in den Zeiten, als Lübeck die Erste unter den Städten der Hanse gewesen war, fiel einer wie Rosländer nicht weiter auf. Damals hatte jeder sein Plätzchen gefunden, damals gab es so viel zu tun, dass man froh um jede Hand war.

Diese Zeiten waren Vergangenheit. Niemand wusste das besser als die Lübecker. Niemand litt darunter so sehr wie die Lübecker. Einer wie Rosländer brachte der Oberschicht schmerzhaft ins Bewusstsein, dass man gezwungen war, sich mit solchen Figuren abzugeben. Einst hatten diese Beißer zur zweiten Garde gehört und konnten dort wertvolle Helferdienste verrichten. Jetzt gab es keine Möglichkeit mehr, einen wie Rosländer zu übersehen. Frech und feist stand er im Weg, grinste einem ins Gesicht und behauptete, sich auf gleicher Augenhöhe wie die Lübecker Kaufleute zu befinden. So einer fing dann an, sich aufzuführen, als habe er gleiche Rechte und Chancen. Bewarb sich um Aufträge und tat so, als ob er eine Scheibe vom Kuchen abhaben durfte. Verkehrte an den gleichen Orten wie die Alteingesessenen, schnappte ihnen Aufträge vor der Nase weg – angeblich im redlichen Bestreben, seine Tauglichkeit zu beweisen. Doch er nahm den Lübeckern Umsatz weg. Und Profit. Zwei Gründe, Rosländer zu hassen. Einen dritten Grund brauchten sie nicht.

Bis zu seiner letzten Stunde hatte Rosländer nicht begriffen, dass er nie dazugehören würde. Vielleicht seine

Kinder, vielleicht seine Enkel. Er nicht. Seine Frau, das war eine Nette. Die tat keinem weh, die war angenehm handfest. Kokettierte nicht, war kein Püppchen. Sie war schlau. Vor allem war sie so schlau, nicht schlauer sein zu wollen als ein männlicher Händler. Das schätzte man in Lübeck. Es hatte Kaufleute gegeben, deren Frauen den Ehrgeiz entwickelten, ihren Mann zu lenken, ihm zu sagen, was richtig war und was falsch; mit wem er verkehren sollte und mit wem nicht. Solche Paare kamen und gingen – sie gingen spätestens zwei Jahre nach ihrer ersten Grenzüberschreitung. Solche brauchte man in Lübeck nicht. Sollten sie in andere Orte ziehen und anderen Kaufleuten auf die Nerven gehen.

Die Stadt Lübeck besaß für Grenzüberschreiter ein eigenes Verdauungssystem. Durch dessen Gänge und Röhren leitete man diese Nervensägen, um sie zu zerhäckseln, ihnen die Zähne zu lockern und die Muskeln zu zerbröseln. Dergestalt geschwächt war es ein Leichtes, den Unrat zu beseitigen. Viele Menschen passten nach Lübeck, manche nicht. Es gab zwei Möglichkeiten, mit ihnen umzugehen. Man konnte sich an sie gewöhnen oder sie übersehen. Oder man konnte sie loswerden. Die letzte Möglichkeit war für alle Beteiligten die beste.

Anna Rosländer sagte: »Ich hatte Besuch von Schnabels Frau.«

Das fand man nun doch interessant.

»Sie hat gesagt, er wird krank vor Ärger. Ob ich mich nicht beeilen kann mit meinen Geschäften, damit er sich schneller daran gewöhnt.«

»Fand sie das nicht peinlich, zu dir zu gehen und für ihren Mann zu bitten?«

»Nein, Hedwig, fand sie nicht. Und so war es ja auch

nicht. Sie hat nicht gebettelt. Sie hat nur geschildert, wie sehr er leidet.«

»Aber worunter denn bloß? Es steht doch gar nichts fest. Es ist doch alles bloß Gerücht!«

»Es ist, weil ich eine Frau bin. Sie sagt, er leidet darunter, dass ich eine Frau bin.«

»Hat sie auch gesagt, dass er einen Knall hat?«

»Nein, hat sie nicht. Sie sagt, dass sie Angst um ihren Mann hat. Sie sagt, er könnte vor Gram sterben, und dann sei ich schuld.«

Trine stand auf und begann herumzugehen.

»Das kann alles nicht sein«, murmelte sie. »Die Stadt fängt an durchzudrehen. Anna, wie können wir dir helfen?«

»Ihr könnt mir sagen, ob es richtig ist, was ich tun werde.«

In Windeseile nahm Trine wieder Platz. Na endlich! Es wurde konkret! Das behagte ihr. Das Warten war bei ihrer Arbeit der schlimmste Teil. Wenn das Kind sich in Bewegung setzte, war alles leicht.

So erfuhren die Frauen von Annas Traum. Vier Wochen nach seinem Tod hatte es damit begonnen und seitdem nicht mehr aufgehört. In den ersten vier Wochen hatte sie nicht geträumt, sie hatte im Gegenteil sehr gut geschlafen. Unfassbar, aber wahr. Dann kam der Traum, jede Nacht der gleiche. Rosländer fuhr mit seinen Männern über ein Meer aus Sand. Ein Sturm zog auf, wie ihn die Welt noch nicht gesehen hatte. Die Männer schlossen mit ihrem Leben ab und legten sich zum Sterben hin. Jeder suchte die Nähe von Rosländer. Der Sturm aus Sand tobte, sie waren bereit.

»Ein Meer aus Sand?«, fragte Sybille. »Wieso denn aus Sand?«

»Frag mich was Leichteres. Ich weiß es nicht. Ich kenne kein Meer aus Sand. Ich war nie in der Wüste. Ich kenne nur die großen Dünen im Osten, von denen man sagt, so sähe auch die Wüste aus.«

Rosländer war ihres Wissens nie in der Wüste gewesen, Wüsten hatten in seinem Leben keine Rolle gespielt.

Anna sagte: »Ich denke mir, es ist das Entsetzen. Er hatte mit Wasser und dem Meer zu tun. Er ist zur See gefahren und mehr als einmal in Stürme geraten. Damals vor Rügen wäre es beinahe passiert, vier Männer der Besatzung sind ertrunken. Und gestorben ist er auf gefrorenem Wasser. Wasser hat ihn begleitet, im Leben und im Sterben. Vielleicht war das Eis das Letzte, was er gesehen hat, bevor er die Augen schloss. Ich denke wirklich, es ist das Entsetzen. Nicht seins, sondern meins. Ich traue mich nicht, in Verbindung mit ihm an Wasser zu denken. Vielleicht ist er erst dann wirklich tot, wenn ich ihn in Wasser sehe. Oder auf dem Wasser. Bis dahin versinken sie im Sand. Er dringt in ihre Nasen und in den Hals. Wenn ich aufwache, huste ich und krächze. Als wäre ich dabei gewesen, im Sandmeer.«

Anna nahm einen Schluck vom Tee, der kalt geworden war.

»Ich werde ihm ein Schiff bauen«, sagte sie leise. »Damit er sich retten kann. Sich und die Besatzung. Ich werde ein großes Schiff bauen, denn die Not ist auch groß. Er mochte große Schiffe, aber gebaut hat er seine kleinen Pfeile. Einmal haben wir gesponnen, wie es wäre, wenn wir die Adler nachbauen würden. Die Adler von Lübeck. 350 Mann Besatzung. Es gibt Orte, die haben weniger Einwohner.«

Trine konnte sich vorstellen, dass diese Vision einen wie Rosländer gereizt haben musste. Warum hatte er die Herausforderung nicht angenommen?

»Weil es zu lange gedauert hätte«, antwortete Anna. »Die Werft wäre über ein Jahr blockiert gewesen. Und nach dem Stapellauf wären die Männer monatelang mit dem Innenausbau gebunden gewesen. In der gleichen Zeit wären mehrere kleine Schiffe fertig geworden. Unterm Strich hat er mit den Kleinen mehr Geld verdient. Das gab den Ausschlag.«

»Hat es ihn nicht gereizt, dass sich Schnabel und die anderen ärgern würden?«

»Doch, der Gedanke hat ihm gefallen. Aber ihm hat auch das Geld gefallen. Denn er wusste, dass das die Kollegen ebenso ärgern würde. Wie viel Geld Rosländer gescheffelt hat! Einer, der schlecht lesen und schreiben kann. Aber um die großen Werftbesitzer und Reeder zur Weißglut zu bringen, dafür hat es gereicht.«

»Ihr liebt ihn immer noch, nicht wahr?«

Nach langer Zeit warf Anna der Hebamme wieder einen Blick zu. Trine verstand, warum die Witwe meistens auf den Tisch geblickt hatte. Ihre Augen glänzten, sie schwammen die ganze Zeit in Tränen.

»Ja, ist das nicht albern?«, sagte Anna leise. »Ich meine, andere sind nach ein paar Monaten wieder verheiratet und ein Jahr später wissen sie nicht mehr, auf welchem Friedhof sie ihn beerdigt haben. Ich meine, es ist schön und gut, wenn sich Frau und Mann lieben. Aber nötig ist es nicht, um zu heiraten. Wo kämen wir da hin? So viel Liebe gibt es gar nicht auf der Welt, um so viele Ehepaare zu verbinden. Damals in Stralsund hat er mich aus drei Mädchen ausgesucht, er kannte uns alle nicht. Er hätte genau so gut eine andere wählen können. Und zuerst fand ich ihn garstig. Zu laut, zu gedankenlos, zu rücksichtslos. Er war so gar kein Kavalier und ist es nie geworden. Trotzdem habe ich ihn von Jahr zu Jahr mehr gemocht.«

»Wenn man älter wird, wird man schwächer«, bölkte Sybille. »Früher konntest du mir die Kerle vor den Bauch binden und ich habe sie immer noch nicht gemocht. Erst Jütte, den alten Zausel, den habe ich richtig gern. Es muss am Alter liegen, da wird man schwächer. Als Frau, meine ich. Die Männer werden ja schon eher schwach.«

Zärtlich fuhr Anna über Sybilles Arm. »Das wird es sein«, sagte sie leise. »Es liegt am Alter. Denn so alt wie heute war ich noch nie. Und noch nie habe ich ihn so gern gehabt, diesen lauten polternden Mann.«

Die Tränen liefen, man wusste nicht, ob sie es überhaupt spürte.

»Ich muss es machen«, sagte sie. »Ich weiß, dass ich es mir sonst ewig vorwerfen werde. Ich will niemanden ärgern und keinen ausstechen. Es ist nur für Rosländer. Mein Andenken. Dafür kriegt er keinen Grabstein, er wollte auch nie einen haben.«

»Wir unterstützen dich«, sagte Hedwig. »Als Erstes unterstützen wir dich, indem wir dir alle sagen, dass deine Entscheidung richtig ist. Du willst ein Schiff bauen, du wirst ein Schiff bauen. Du betrügst niemanden, du nimmst niemandem etwas fort. Denn den möchte ich sehen, der behaupten will, dass er mehr Recht hat, dieses Schiff zu bauen. Du wirst sehen, bald wird sich niemand mehr aufregen. Wenn sie erst alle wissen, dass dieses Schiff mit dem Herzen gebaut wird … So gemein sind die Lübecker nicht.«

13

Sein Name war Topp, Friedrich Topp. Jeder nannte ihn Toppi, auch auf der Werft. Außer seiner Mutter kannte niemand seinen richtigen Namen, und fünfmal in der Woche kannte ihn auch seine Mutter nicht. Das waren die Tage, an denen sie so viel trank, dass sie kaum noch ihren eigenen Namen kannte. Wenn sie Glück hatte, fand sie Mitzecher, die sie nach Hause begleiteten. An den anderen Tagen musste sie darauf vertrauen, dass ihre eigenen Beine sie trugen. Manchmal klappte das, manchmal nicht. Dann musste sie eine Rast einlegen oder auf allen vieren kriechen. Manchmal begegnete sie unterwegs jemandem, der ihre hilflose Situation erkannte. Die meisten wichen in weitem Bogen aus. Das waren die Freundlichen. Die anderen gingen auf sie los. Wenn sie erwachte, meistens war es dann noch dunkel, erinnerte sie sich nicht, wie sie in diesen Stall oder in diesen Hauseingang gekommen war. Manchmal lag sie auch in einem schmalen Durchgang zwischen zwei Häusern. Immer aber lag sie, und je nachdem, wie sie lag, wenn sie die Augen aufschlug, wusste sie, was sie ihr angetan hatten. Im besten Fall war sie ausgeraubt worden, im schlimmsten Fall war sie schwanger. Der schlimmste Fall trat oft ein. Sie hätte das verhindern können, sie hätte weniger trinken müssen. Aber sie trank so gern, es schmeckte so gut, es wärmte sie. Wärme brauchte sie, wie sie Liebe brauchte. Aber Liebe gab ihr niemand, da nahm sie eben die Wärme.

Und wurde Stammkundin bei einer Hebamme.

»Mutter Topp, das geht nicht«, sagte die Hebamme. »Ich bin eine städtische Hebamme. Ich darf das nicht tun.«

»Ihr müsst barmherzig sein, das habt Ihr geschworen. Auf die Bibel!«

Nichts davon traf zu, unwirsch wurde die Schwangere abgewimmelt, die verwirrt schien. Wahrscheinlich war sie wieder betrunken. Sie landete bei Elsa Peurin, die stand nicht mehr in städtischen Diensten und hatte seitdem einen Hass auf Trine Deichmann, ihre ehemalige Vorgesetzte. Sie hielt Trine für die Wurzel ihres Übels. Dabei trug das Übel den Namen Hauke Braas, war Elsas Liebster seit acht Wochen und hatte sich in dieser kurzen Zeit so schlecht benommen, dass Elsa sich nach einem Neuen umsah. Sie kannte sich in den Gasthäusern des Hafenviertels aus. Dort war ihre berufliche Herkunft bekannt. Dementsprechend oft wurde sie mit dem Wunsch konfrontiert, körperliche Zustände so weit zu ändern, dass ungewollte Mitbewohner aus dem Leib vertrieben wurden.

Elsa war eine vorsichtige Frau. Noch eine Anklage, noch ein Verdacht, ein schlecht gelaunter Richter, und sie würde eine empfindliche Strafe erhalten. Ein Ortswechsel hätte Elsa geholfen, aber sie war phlegmatisch und hatte die Vorteile einer Hafenstadt schätzen gelernt, vor allem die große Zahl von Gasthäusern und von Seeleuten, die schlecht deutsch verstanden und leichte Opfer von Elsas kleinen Betrügereien wurden. Nie ließ Elsa sich zu schlimmen Taten verleiten, sie achtete darauf, dass ihre Übeltaten unterhalb der Grenze blieben, bei der das Opfer Zeter und Mordio schreit und für einen Auflauf sorgt. Einige Becher Wein oder Branntwein, ein Essen, fünf Minuten in einem Zimmer, das gerade frei war oder ein schneller Griff in eine Tasche – das war Elsa Peurins Leben. Ihr Kapital bestand in ihrem Aussehen. Sie besaß eine herbe Attraktivität, von der sich einsame Seeleute anziehen ließen. Auch einheimische Hafenarbeiter ließen sich nicht lange bitten, wenn sie auch mehr darauf achteten, dass nicht öffentlich wurde, was sie taten und Elsa zuließ.

Wer sich so oft im Hafen aufhielt wie Elsa, kannte viele Gesichter und bald auch die Namen zu den Gesichtern. Wenn man an einem Tisch saß, kam noch die Geschichte dazu, der Arbeitsplatz, was am Arbeitsplatz passierte, eine Anekdote jagte die nächste, man beschwerte sich, lästerte, lachte, nahm einen Kollegen auf den Arm. Nichts davon war ungesetzlich. Kritisch wurde es erst, wenn ein systematischer Geist begann, das Erlebte zu sortieren und das angesammelte Wissen denjenigen anzubieten, die auf der Suche nach Wissen waren.

So verwies Elsa verzweifelte Frauen an ein Gasthaus, in dem es die Adresse eines Mannes gab, der die Frauen kurierte, ohne sie zu berühren, nur mithilfe eines Tranks. Der Trank heizte die Frauen auf, brachte ihr Blut zum Kochen, es lief aus ihnen heraus, das Blut riss alles mit sich. Danach kühlte das Blut ab, die Frau fühlte sich einen Tag schwach und sollte liegen bleiben. Danach nahm das Leben wieder seinen alltäglichen Verlauf, und alles fing von vorne an.

Elsa Peurin gab diese Ratschläge nicht kostenlos. Sie verlangte aber kein Geld dafür, jedenfalls nicht mit Worten. Doch der Körper spricht auf manche Weise, mit dem Gesicht, mit der Hand, mit einem Zögern, mit der Aufforderung, etwas zu geben und dafür etwas zu hören. Jeder, der zu Elsa kam, kannte das Spiel. Nie ging es um Reichtümer, damit konnten die Ratsuchenden auch nicht dienen. Wer viel besaß, ging nicht zu Elsa Peurin.

So hatte Elsa ihren Platz in den ewigen Kreisläufen des Hafens eingenommen. Es gab viele Wege, die an ihr vorbeigingen, es gab manchen Weg, der direkt auf Elsa zusteuerte. Die Schwangere war nicht mehr schwanger, der einsame Däne lernte neben dem Holzstapel Lübecker Gastfreundlichkeit kennen, und wenn er großes Glück hatte, durfte er Elsa küssen. Der Mann in der Kluft des Kontors irrte herum, bis ihn einer anhielt und dann zu Elsa weiterschickte. Sie sagte: »Ob ich Fiddi Topp kenne? Ich kenne seine Mutter, wie sollte ich da Fiddi nicht kennen?«

Die Kontorseele war leicht zu täuschen, und während sie redete und redete, reimte sich Elsa zusammen, was er wollen könnte und behauptete, es ihm besorgen zu können. Geld wanderte von einem zur anderen, und als es Feierabend wurde und die Männer die Werft verließen, wurde Fiddi ganz aufgeregt, als die schöne Frau ihm im Vertrauen mitteilte, dass sie ein Gasthaus kennen würde, in dem heute Abend das Fass ausgetrunken werden würde, das gestern so unglücklich beim Entladen auf die Seite gerollt war.

»Warum sagt Ihr mir das?«, fragte Fiddi erstaunt.

»Weil ich einen Kavalier suche. Ich bin eine anständige Frau. Allein würde ich mich nicht in so eine Spelunke trauen. Willst du mein Kavalier sein?«

»Das will ich von Herzen gern«, stammelte Fiddi verzaubert.

Was er sonst noch wollte, gestand er ihr nach dem vierten Becher. Da sah er die schöne Frau längst doppelt, und die verstand es, ihn zum Reden zu bringen, sodass Fiddi glaubte, er würde alles freiwillig sagen. Die schöne Frau gestand ihm, einsam zu sein und treulose Männer zu hassen. Fiddi schwor Stein und Bein, dass er anders wäre, und bewies es ihr in dem Zimmer, das einer seiner Kollegen bewohnte. Fiddi war so aufgeregt, dass er nicht merkte, wie gut sich die schöne Frau mit Männern auskannte, obwohl sie behauptete, eine Klosterschule besucht zu haben. Auch beim zweiten Mal war er aufgeregt, und nach dem dritten Mal schlief er ein. Als er spät in der Nacht erwachte, war sein erster Gedanke: Jetzt bist du verheiratet.

14

SIE HIESS ROSALIA, damit fing das schon an. Sie mochte diesen Namen nicht und behielt ihn nur, weil er ihr von Gott gegeben worden war. Ihre Mutter besaß eine Leidenschaft für das Theater, und weil ihr das Lübecker Theater zu steif und vornehm war, erfuhr sie als Erste, wenn auf dem Marktplatz eine reisende Truppe aufbaute. Dann stand sie am Rand und schaute zu und fieberte der Vorstellung entgegen. Bevor sie ihn zum ersten Mal erblickte, spürte sie, dass er sie beobachtete. Sie drehte sich um, er schlug einen Salto und noch einen und noch einen. Sie rief, er solle aufhören, weil sie mit ihm reden müsse, aber er rief zurück, dass tagsüber tausend mal ein Salto auf dem Programm stünde, weil er sonst abends keine schöne Frau ausführen dürfe.

Er war ein Spanier und hieß Clemente. Sie führte ihn an die Orte, die ein Mädchen aufsuchen durfte, ohne sich zu schämen. Er führte sie an die anderen Orte. Zum Schluss flog er mit ihr durch die Wolken auf den Mond zu, und als sie sagte: »Um Gottes willen, was haben wir getan?«, behauptete er: »Das machen Artisten in jeder Stadt.«

Er hatte sie herumgeschwenkt und den Nachtwächter

wütend gemacht. Sie musste schrecklich lachen und würde das nie vergessen: Dieser Mann brachte sie zum Lachen und er machte sie zur Mutter. Während das geschah, war er schrecklich ernst.

Als Magd musste Rosalia mit ihrem Namen leben, denn ständig rief jemand nach ihr. Nur die Herrin war anders, sie bediente die Glocke. Die Herrin war eine spröde Frau, die wenig redete. Sie war oft in Eile und täglich stritt sie mit ihrem Mann. Erst nach Monaten begriff Rosalia, dass dies ihre Art war, sich zu unterhalten.

Die Herrin fragte sie nach ihrer Herkunft aus und berichtete von ihrer eigenen. Erst war die Magd Rosalia nur die Magd. Dann wuchs sie aus ihrer Rolle heraus und in eine andere hinein. Sie erledigte Besorgungen für die Herrin, niemand achtete darauf, wie lange sie bis zur Rückkehr brauchte. Rosalia nutzte ihre Freiheit nicht aus, sondern zeigte stolz ihre Bereitschaft, noch mehr Verantwortung zu übernehmen.

Bevor sie in dieses Haus gekommen war, hatte sie sich nicht für Schiffe interessiert. Aber sie wusste, dass Spanien eine große Seefahrernation war, deshalb musste nur jemand kommen und sie mitnehmen. Der erste Besuch auf der Werft an der Seite der Herrin war ein Schock: so viel Neues auf einmal, fremde Arbeiter, fremde Werkzeuge, ein Kran, das Dock.

Sie riss sich nicht darum, die Werft ein zweites Mal zu sehen. Aber die Werft kam zu ihr, denn auf dem Tisch der Herrin lagen Pläne, und der Mann, der die Pläne zeichnete, arbeitete im selben Haus, wenn er auch ein anderes Treppenhaus benutzte. Rosalia brachte Tee, als der Zeichner mit der Herrin sprach. Rosalia schwieg und machte einen langen Hals. Man fragte, sie blieb die Antwort nicht schuldig, eine zweite Frage, man war im Gespräch. Rosalia besaß eine Art, ihre Gedanken zu äußern, die den Zeichner auf Ideen brachte. Rosalia legte ihre Befangenheit ab, ihr Finger berührte zum ersten Mal die Zeichnung, Fragen, Gedanken, ein Scherz, den der Zeichner ernst nahm. »Ihr habt eine Art!«, rief er. Als Mann war er ihr einerlei, er hatte gar nichts Spanisches, war zu blond und dänisch. Aber es bürgerte sich ein, dass Rosalia ihre Meinung sagte. Wenn sie die Herrin bediente, verließ sie nicht auf kürzestem Weg den Raum, sondern stand am Tisch; es kam der Tag, an dem sie sich herunterbeugte; es kam der Tag, an dem sie plötzlich saß, und der Zeichner stand neben ihr und nickte ihr, als sie erschreckt hochfahren wollte, beruhigend zu, und hinter ihr stand die Herrin und drückte sie auf den Stuhl zurück.

So wurde Rosalia zur Technikerin. Die Zeichnung ging ihr nicht mehr aus dem Sinn. Sie wagte es nicht, eine eigene Zeichnung zu erbitten, man trug es ihr auch nicht an. Aber sie hatte alles, was sie wissen musste, im Kopf. Sie war die Dienstmagd Rosalia, die nie ihren Vater kennengelernt hatte. Als Kind hatte sie aus Holzstücken Türme und Burgen gebaut. Nie hatte sie einen Salto gelernt, kein einziges Mal hatte sie sich im Tanz bewegt, wie ihre Mutter es so gern gesehen hätte. »Du hast nichts von ihm«, hatte sie behauptet, ein Fuß trat zu, ein Turm stürzte ein, ein kleines Mädchen bekam keine nassen Augen, sondern baute den Turm neu. Sie hatte im Kopf, wie er aussehen sollte, sie brauchte keinen Plan.

So wiederholte es sich Jahre später bei dem Schiff, über das die Herrin mit dem Zeichner sprach. Er war mehr als ein Zeichner, ohne seinen Verstand und seine Fantasie wäre das Papier leer geblieben. Er liebte an ihr nicht, wie sie aussah und ihre zarte Haut. Er liebte, was in ihrem Kopf war. Das gefiel ihr. Wenn es einen Mann gab, der so war, musste es auch einen zweiten geben.

Kurz darauf stand er vor ihr. Er war ein Freund des Zeichners der Herrin. Rosalia mochte es, dass er gleich vom Schiff sprach, erst von Schiffen allgemein, danach von dem speziellen. Einen Plan hatte er nie gesehen, er konnte sich nur vorstellen, was er vor sich sah. Rosalia lachte ihn aus, er nahm ihr das nicht übel. Zweimal liefen sie sich über den Weg, er war großzügig, aber er protzte nicht mit seinem Geld. Rosalia genoss es, mit einem Mann auszugehen, der ihr nicht zu nahe kommen wollte. Sie sprachen nicht nur, aber immer wieder über Schiffe. Er wusste einiges und zeichnete es auf. Sie lachte ihn aus und zeigte ihm, wie es besser ging. Wenn sie sich trennten, behielt er die Zeichnungen. Er war kein Spanier, aber er sah nicht aus wie ein Däne. Rosalia freute sich auf die nächste Begegnung. Sie dachte: Du kennst dich aus mit Männern, das ist das spanische Blut in dir.

15

DIE PRINZESSIN BRAUCHTE zehn Minuten, dann wusste sie, wer der führende Kopf auf der Werft war. Er hieß Querner. Er hatte auch einen Vornamen, aber jeder rief ihn Querner. Deshalb tat es die Prinzessin auch, weil sie es liebte, sich nicht zu unterscheiden. Sie suchte ihn in seinem Bureau auf, Anna Rosländer stellte die beiden vor. Querner wusste, was sich gehört, aber die Prinzessin war dafür bekannt, dass man in ihrer Gegenwart nicht lange erstarrte.

Sie wollte alles über die Adler von Lübeck wissen, und er wusste alles über sie. Er wusste auch, dass der letzte Krieg, den die Lübecker gegen die Schweden geführt hatten, keine vier Jahrzehnte zurücklag. Um die frechen Burschen aus dem Norden in Grund und Boden zu schießen, bauten die Lübecker ein Schiff, wie es die Welt noch nicht gesehen hatte. 78 Meter lang, vier Masten, sieben Mastkörbe, 62 Meter hoch, ein Gewicht von 2.000 Tonnen, 350 Mann Besatzung, 650 Soldaten und 150 Artillerierohre auf drei Geschützdecks. Die Adler von Lübeck war das Führungsschiff im Nordischen Krieg. Aber als sie fertig war, war der Krieg so weit gediehen, dass sie nicht mehr auslaufen musste. Im Jahr 1570 gingen erneut Arbeiter an Bord, sie bauten alles ab, was gegen feindliche Nationen gerichtet war und widmeten die Adler zu einem Frachtsegler um. Die Bewaffnung blieb, jedes große Schiff verfügte über Geschütze, um die Freibeuter wegzuschießen und den Zielhafen mit vollständiger Ladung zu erreichen. Ein Jahrzehnt befuhr die Adler die wichtige Route des Salzhandels zwischen Iberischer Halbinsel und Ostsee. Dann schlug sie leck und wurde vergessen.

Gut 20 Jahre war das erst her. Manche Familienfehde überdauerte längere Zeiträume, aber die Schifffahrt war schnelllebig und die Adler auch deshalb vergessen, weil sie keine Nachfolgerin gefunden hatte. Kein Kaufmann dachte in so großen Zahlen, keine Werft schulterte so hohes Risiko. Die Finanzierung war bei jedem Schiff wichtig, im Fall einer neuen Adler wäre sie das A und O gewesen.

Rosländer wusste schon, warum er sich seinerzeit die

Provokation verkniffen hatte. Querner stellte deshalb auch nicht die Ladekapazitäten in den Vordergrund.

»Es ist ein Spiel«, sagte er bescheiden, »ein geistreiches Spiel. Was ist möglich? Wie könnte es aussehen? Was ist von baulicher Seite zu beachten? Denn was du für die größten Schiffe denkst, kommt später den Kleinen zugute.«

Die Prinzessin saß in seinem Bureau, aber meistens war sie unterwegs, ging hin und her, fand da etwas, fand dort etwas, ließ sich ablenken, um immer wieder aufs Thema zurückzukommen. Für einen wie Querner war sie eine rechte Last. Er liebte es, einen Punkt ins Auge zu nehmen und das Auge wochenlang auf ihm ruhen zu lassen. Undenkbar für die Prinzessin. Sie las viel – in drei Sprachen – und wusste viel, aber sie las keine zwei Bücher hintereinander über das gleiche Thema. Sie war heute hier und morgen dort, verfügte über zwei Kutschen, denn eine einzige war für ihre Sprunghaftigkeit zu wenig. Der erste Kutscher hatte händeringend darum gebeten, von seinen Pflichten entbunden zu werden, es sei zu viel für ihn, ständig unterwegs zu sein. Seine letzten beiden Kinder hätten keinerlei Ähnlichkeit mit ihm. »Darüber können die kleinen Kerle froh sein«, hatte die Prinzessin munter gerufen und es sich mit dem redlichen Mann endgültig verscherzt.

Adam Kropf, mittelmäßiger Maler nach der Natur und größter Nassauer der Stadt, hatte ein halbes Jahr gebraucht, um dem hohen Tempo der Prinzessin folgen zu können. Mittlerweile hatte er seinen Frieden mit ihren Launen gemacht und sogar akzeptiert, dass sie sich seinen Schmeicheleien wohl bis zum Ende aller Tage verweigern würde. Damit blieb es bei der Zahl von zwei blaublütigen Schönen, die dem Künstler gestattet hatten, ihnen so nahe zu kommen, dass er sich wie ein König gefühlt hatte. Die eine war hässlich gewesen, entstellt von einem Furunkel am Hals, der – obwohl er regelmäßig aufgestochen wurde – sich in Windeseile wieder füllte; die andere so betrunken, dass sie mehr ohnmächtig als bei Laune gewesen war, als der Maler zugegriffen hatte.

»Warum seid Ihr so sehr auf die Segel erpicht?«, fragte Querner.

»Oh, war mein Interesse so offensichtlich?«

»Bis zur 20. Frage nicht. Danach sehr wohl.«

Er durfte sich solche kleinen Freiheiten herausnehmen. Die Prinzessin, wiewohl einem der führenden Häuser des Nordostens entstammend, gab sich bei jedem Bürgerlichen bürgerlich, der ihr half, klüger zu werden. Zumal Querner nichts von der nervtötenden Art des Kropf besaß. Er war jung, sah gut aus, und wenn man ihn zum zweiten Mal anblickte, sah er noch besser aus. Man durfte nicht zu oft hingucken, zumal die Prinzessin dann nicht länger um die Erkenntnis herum kam, dass von diesem Mann nichts zu erwarten war. Querner kannte seine Grenzen und würde nicht bereit sein, sie zu überschreiten. Zwar befand man sich auf lübischem Boden, hier hatte selbst ein Fürst manierlich aufzutreten, wollte er sich nicht den geballten Bürgerzorn zuziehen. Die jahrelange Befummelei, der sich Kropf schuldig gemacht hatte, hätte ihn im Mecklenburgischen viermal den Kopf gekostet. In Lübeck sagte man: »Ach, der Künstler!« Das war auch ein Todesurteil, aber Kropf hatte lange gebraucht, um das zu begreifen.

»Ihr habt etwas vor«, sagte Querner. »Ich sehe das Leuchten in Euren Augen, die im Übrigen sehr reizvoll sind, wenn Ihr mir gestatten wollt, das zu bemerken.«

»Sagt, was Ihr nicht lassen könnt.«

97

Einen Moment war etwas zwischen ihnen, das bisher nicht vorhanden gewesen war. Die Luft im Raum hatte sich aufgeladen, frech und erwartungsvoll hielt die junge Frau dem forschenden Blick Querners statt. Er dachte: Gib dich mit dem zufrieden, was du hast. Es ist mehr, als du jemals für möglich hieltest.

Wäre nicht seit Wochen das Holz-Skelett auf der Werft gewachsen, hätte er immer noch nicht geglaubt, dass sein Traum in Erfüllung gehen würde. Das Schiff, das ihn unsterblich machen würde! In zwei oder drei Jahren würde Valentin Querner seine Aufträge frei wählen können. Man würde sich um ihn reißen, er würde Lübeck verlassen und seine Kunst in die Häfen der Welt tragen. Er sehnte sich nach Amsterdam und London, er dachte auch ans Mittelmeer, wo es warm war und Früchte wuchsen, die er gern auf seinen eigenen Frachtern verschifft hätte.

Valentin Querner sah die Dinge langfristig. Jemand, dessen Zukunft untrennbar mit dem Meer verbunden war, wollte nicht das Risiko eingehen, als mecklenburgischer Mistbauer zu enden. Adlige waren keine Seefahrer. Die Familie der Prinzessin stapfte lieber über fruchtbaren Acker. So viel Stillstand hätte Querner umgebracht. Natürlich hatte er auch Angst davor, einen Skandal hervorzurufen und von einem erzürnten Blaublütigen, der die Prinzessin als sichere Beute betrachtet hatte, zum Duell herausgefordert zu werden. Nicht jetzt, jetzt nicht und später am besten auch nicht.

Wie sie ihn anblickte! Sie war so niedlich und reizvoll. Sie war so viele verschiedene Frauen in einem Körper. Ein Teil von ihr war noch ein Kind, ein anderer Teil gerade erwachsen geworden. Kein Wunder, dass ein alter Lustmolch wie Kropf beim Anblick solcher Schönheiten zu sabbern begann.

Querner rettete sich in die Segel und setzte sein Privatissimum fort. Volltakelung mit drei Rahsegeln vorne, Lateinersegel hinten. Um sie zu prüfen, schweifte er zu den Geschützen ab, die Aufmerksamkeit der Prinzessin ließ dramatisch nach.

Endlich fiel bei ihm der Groschen.

»Ihr wollt die Segel bemalen«, stieß er hervor. »Ihr habt nur Kunst im Sinn.«

»Warum sagt Ihr das so vorwurfsvoll? Seid Ihr nicht genauso ein Träumer, wie ich eine Träumerin bin?«

Aber er hatte es nicht als Vorwurf gemeint, die harschen Worte waren seiner Überraschung geschuldet.

»Ein Träumer bin ich nicht«, sagte er. »Ein Träumer träumt von Schiffen und Reisen und malt sie sich aus. Ich baue sie.«

»Ihr habt selbst gesagt, dass Ihr von diesem Schiff geträumt habt. Am Anfang ist immer der Traum. Ich träume, ich träume erneut, ich erkenne, dass der Traum wichtig ist. Dann erst, keine Minute früher, beginne ich zu überlegen, wie ich den Traum herüberziehen kann. Über die Grenze, wo die Wirklichkeit wohnt.«

Wie sie es sagte, klang es einfach. Vielleicht war es für sie einfach. Sie lebte in Verhältnissen, die ihr ermöglichten, mit Geld und Arbeitskräften zu bauen, zu pflügen, zu fischen, zu drucken. Der Adel war zu beneiden. Erstaunlich, wie wenig Sinnvolles die Adligen zustande brachten. Die meisten waren faul, und ihre Eltern waren auch schon faul gewesen. Die wenigen, die Großes zustande brachten, hätten dies auch getan, wenn sie von Kaufleuten oder Handwerkern abstammen würden. Querner mochte den Adel nicht, er behielt das für sich. In Lübeck geriet man selten in Situationen, wo man sich als Anhänger oder Feind des Adels bekennen musste. Querner schätzte den Wert des Geldes, er verachtete aber auch die Armut nicht. Reichtum eröffnete Möglichkeiten, er konnte auch träge und einfallslos machen. Wer arm war, litt im schlimmsten Fall Hunger, aber er war gezwungen, sich Gedanken über Essen und Trinken zu machen. So war es dem Zeichner gegangen, als er mit sieben Geschwistern in drei Zimmern aufgewachsen war. Die Wendigkeit, mit der sich Querner als kleiner Junge seinen Lebensraum und ein Stück Brot erkämpft hatte, kam jetzt dem erwachsenen Mann zugute. Fix sein, Wege und Lösungen finden – das alles konnte Querner auch, weil er arm gewesen war.

»Es ist klug, was Ihr über das Träumen meint«, sagte Querner. »Für uns ist das Träumen der Schritt, bevor es ernst wird. Im Traum ist alles erlaubt, im Traum kann ich fliegen und herrschen und Menschen zerreißen. Aber ich muss aufhören mit dem Träumen, weil ich allein mit Träumen verhungern würde. Bei Euch ist das anders, für Euer Überleben ist gesorgt.«

»Ihr wollt damit sagen, Menschen wie Ihr sorgen dafür, dass wir überleben.«

Er ignorierte ihren Einwurf und fuhr fort: »Ich gehöre nicht zum Bauernstand oder zu den Bürgern. Ich gehöre zu den Menschen, die Maschinen bauen. Bei uns treffen sich Menschen aus den verschiedensten Ecken. Einer kommt aus dem Wald, einer wohnt neben dem Schloss im Kutscherhaus. Jetzt bauen wir das Schiff. Nicht unsere Herkunft vereint uns, sondern unsere Gegenwart. Das Schiff ist unsere Zukunft.«

»Ihr seid jetzt schon stolz, nicht wahr?«

»Dass mich die Herrin dafür ausgesucht hat, das Unternehmen ins Werk zu setzen, macht mich stolz, in der Tat.

Es macht mir auch Angst. Es gibt keine Garantie, dass am Ende der Erfolg steht. Wo gebaut wird, kann der Bau misslingen. Dafür halten wir den Kopf hin. Das macht Angst, das spornt auch an. Die Fehler lauern ja nicht hinter der nächsten Hausecke. Du siehst sie kommen, du kannst dich wappnen.«

»Ihr seid selbstbewusst.«

»Ich weiß, was ich kann. Und ich will noch mehr können. Ihr werdet verstehen, dass ich mit der Herrin sprechen muss, bevor wir beide weitersprechen.«

»Sie hat zugestimmt.«

»Mit Verlaub, das muss ich aus ihrem Mund hören.«

Anna Rosländer stimmte zu, die Prinzessin erfuhr alles, was sie wissen musste. Größe der Segelfläche, Größe der Segel pro Mast, Größe jedes einzelnen Segels. Vor allem erfuhr sie die Namen der Firmen, die die Segel und die Takelage bauten. Von denen erfuhr sie die Namen der Firmen, die die Farben herstellten. Adam Kropf behauptete, dass er als Künstler alles über Farben wisse. Aber er wusste nicht, wie bestimmte Farben auf bestimmte Unterlagen reagierten. Und ob sie einen Sturm überstehen würden.

Die Prinzessin träumte vom größten Bild, das das Land jemals gesehen hatte. Ihrem Vater rang sie die Erlaubnis ab, die Scheune auf dem alten Bauernhof neben dem Sommersitz nach ihrem Gusto herzurichten. Die Prinzessin träumte vom größten Atelier des Landes. Sie durfte Helfer benennen und machte sich die Entscheidung nicht leicht.

Bevor sie Anna Rosländer ihren Plan vorstellte, wollte sie erst einen genauen Eindruck vom späteren Ergebnis haben. Nachmittags traf sie sich mit den ersten Anwärtern für das Atelier. Der junge Mann, den sie gleich gemocht hatte, entpuppte sich als naseweis und vorlaut. Sie musste sich wieder von ihm trennen. Am nächsten Vormittag hatte der junge Mann eine weitere Besprechung, diesmal in Lübeck. Man traf sich im Rathaus, weil es nicht auffiel, wenn einer wie er das Rathaus betrat und nicht ein vornehmes Privathaus und sich auf dem Rathaus mit jemandem traf, der ins Rathaus gehörte.

Zwei Tage später stellte die Prinzessin den Mann ein, der sich auf eigene Faust bei ihr vorgestellt hatte. Er stammte aus Thüringen und war erst vor Kurzem nach Lübeck gekommen. Frau und Kinder wollten später nachkommen. Die Prinzessin war gerührt, wie sehr dem Mann seine Familie am Herzen lag. Aber sie hätte ihn nicht als Helfer eingestellt, hätte er nicht so kenntnisreich über Farben gesprochen.

16

»MIR GEFÄLLT DAS NICHT«, sagte Hippolyt Vierhaus und zog den Kragen vor der Brust zusammen. Wenn seine Frau dabei war, durfte er diese, wie sie es nannte, »weibischen Gesten« nicht zeigen. Doch im Kreis von Geschlechtsgenossen hielt er sich nicht zurück. Seine Freunde tadelten ihn nicht, wenn ihm kalt war, mochte es auch ein milder Sommertag sein. Und wie die Freunde hinter dem Rücken des Kürschnermeisters über ihn sprachen, hörte er ja nicht. So lebte er frohgemut und friedlich in seiner tragischen Fehleinschätzung.

Vor der Rosländer-Werft hielten sich kaum noch Schaulustige auf. Bei der Handvoll konnte es sich genauso gut um Menschen handeln, die beruflich im Hafen zu tun hatten. Pferde zogen einen Wagen heran, Planen deckten die Ladung ab, von der alle wussten, dass es sich um Holz handelte.

»Das geht mir zu glatt«, murmelte Vierhaus. »Das kann unmöglich ein Bauen aus der Laune heraus sein.«

Vierhaus war nicht vom Fach, aber soviel wusste er doch. Bei keinem Holzhändler und keinem Tischler lagen Balken in der benötigten Menge auf dem Hof. Bevor mit dem Bau eines Schiffs begonnen wurde, schwärmten Zimmerleute in die Wälder aus. Im Alltag handelte es sich um 100 Eichen oder einige mehr. Über die Zahl der Bäume, die für das Rosländer-Schiff geschlagen wurden, existierten in der Stadt Schätzungen, die mit jedem Tag mehr ins Unermessliche wuchsen. Die untere Schätzung lautete auf 800 Eichen, die obere war bei 3.000 angelangt, und noch war kein Ende absehbar. Um so viele Bäume zu schlagen, hatten die Zimmerleute mehrere Wochen zu tun.

Das war es, was Hippolyt Vierhaus ärgerte. Die Witwe hatte alles von langer Hand geplant! Das Mitleid, das Anna Rosländer aus weiten Kreisen der Bevölkerung entgegenschlug, stand ihr nicht zu. Sie war keine bemitleidenswerte Frau, sie war eine machtgierige Vettel, die über den Tod ihres Mannes nicht hinwegkam und sich dafür an allen Lübeckern rächen wollte.

»Warum bist du so zornig?«, fragte die Gestalt neben Vierhaus. Was auf den ersten Blick wie ein halbwüchsiger Jüngling wirkte, war in Wirklichkeit ein erwachsener Mann: Melchior Voigt, Ratsherr und Verbindungsmann des Rats zu dem Ausschuss ehrbarer Patrizierfrauen, der die Arbeit der städtischen Hebammen beaufsichtigte. Äußerlich ein Spiddel, innerlich ein Spiddel, hatte er sich entschieden,

auch im Verkehr mit anderen Menschen spiddelig aufzutreten. Er musste sich dann nicht ständig umstellen, was
ihn Kräfte kostete, über die er nicht verfügte.

»Ich bin nicht zornig«, knurrte Vierhaus. »Mich regt
das bloß auf. Bei uns macht jeder, was er will.«

»Ich nicht«, entgegnete Voigt. »Ich habe schon lange
nicht mehr gemacht, was ich will. Ich glaube, ich weiß gar
nicht mehr, was ich will. Weißt du es noch?«

»Du meinst, wie es war, als ich jung war?« Vierhaus ließ
die Schultern hängen. Sein Kollege hatte ein heikles Thema
angesprochen. Das war ja der Grund, warum er die Witwe
nicht leiden konnte. Weil er auch ihren Mann nicht leiden
konnte. Weil der sich einen üblen Scherz mit Vierhaus
erlaubt hatte, damals beim jährlichen Ball der Hanse, als
am Abend plötzlich das Gerücht aufkam, dass vier Häuser
weiter ein unsittliches Haus eingerichtet worden sei. Mit
schönen Frauen aus Pommern und Polen, stark, frech und
mit der Gabe gesegnet, einem Mann jeden Wunsch von den
Augen abzulesen. Und wenn nicht von den Augen, dann
von anderen Teilen seines Körpers. Hippolyt Vierhaus, nach
mehreren Gläsern Wein keck und verwegen, hatte von dem
Haus noch nie gehört, aber alle nickten wissend, sodass
auch Vierhaus es wissen wollte. »Nur gucken!« Diese Worte
wurden zur stehenden Redewendung der weiteren Nacht.

Eine Handvoll Männer stahl sich aus dem Saal, um einen
unbestechlichen Blick auf die frivole Seite des Lebens zu
werfen. Vierhaus, dessen Nachtblindheit kein Geheimnis
war, hielt sich am Erstbesten fest, den er zu packen bekam.
Dies war Rosländer. Er führte die Gruppe an das Haus,
damit man nicht auffiel, schlich man sich von hinten an.
Gickernd und kichernd, wie Männer werden, wenn sie
getrunken haben, stolperten sie über zwei Zäune. Dann

versammelte Rosländer, Alkohol durch jede Körperpore ausdünstend, seine Kadetten und teilte ihnen mit, dass sie nun in den Genuss kommen würden, den Raum zu genießen, der unter Eingeweihten als »das Boudoir« firmieren würde. In dem Raum würden zwei Frauen, unbekleidet und in jeder Hinsicht hungrig, einander in einer Weise verwöhnen, wie man sie selbst auf den unanständigsten Bildern und Elfenbein-Schnitzereien nur selten zu sehen bekäme. Einer nach dem anderen solle an das Loch in der Wand des Nebenraums treten und seinen Kopf in die Kamera obscura stecken, die ihm Sichtkontakt mit dem Boudoir verschaffen würde.

Hippolyt Vierhaus, das trunkene Ferkel, ließ einen Mann vorgehen, um zu sehen, wie er sich dabei machte. Der Kerl steckte den Kopf ins Finstere, und als er ihn zurückzog, leuchteten seine Augen.

Rosländer fragte flüsternd: »Wer will als Nächster?« Da steckte Hippolyts Kopf schon in der Kamera, und auf der anderen Seite rief eine Frauenstimme: »Du Schweinepriester! Komm du mir nach Hause!«

Rosländer hatte Frau Vierhaus in das, wie er es nannte, »schlaue Zimmer« gebeten, weil fünf Minuten in diesem Raum sie klüger machen würden als die Lektüre von 100 Folianten.

Viele einsame Nächte hatte Hippolyt Vierhaus seitdem in dem kleinen Zimmerchen unter der Dachschräge zugebracht. Man konnte den Raum nicht heizen, im Sommer war er brüllend heiß, im Winter lief das Wasser von den Wänden, und er fror doch so leicht und seitdem noch mehr, praktisch ununterbrochen und quasi vorbeugend. Seine Ehe bestand noch auf dem Papier, aber es war nicht mehr das Gleiche wie vorher.

Zwischen ihm und seiner Frau lag eine große Entfernung, und daran war niemand anders als Rosländer schuld. Vierhaus hätte wissen müssen, dass dem Kerl nicht zu trauen war. Es war doch nur ein Streich gewesen, seine Frau wusste es, alle wussten es, auch die Frauen der anderen Männer, die ihren gierigen Kopf durch das Loch gesteckt hatten. Allen Männern war verziehen worden, nicht gleich und manchmal erst, nachdem die Gemahlinnen ein Geschenk von beträchtlichem Wert entgegengenommen hatten. Aber ihnen war verziehen worden. Nur Hippolyt Vierhaus schmorte immer noch im eigenen Saft. Er verdächtigte seine Frau, dass sie sich an den neuen Zustand gewöhnt hatte. Dabei sehnte er sich so sehr nach ihr. Aber sie sich nicht nach ihm. Mehrfach hatte er Annäherungsversuche unternommen. Aber er war wohl etwas plump vorgegangen, denn sie hatte jedes Mal aufgeschrien, beide Hände vor die Augen geschlagen und gerufen: »Sofort bedeckst du dich! Besonders unten herum.«

Hippolyt Vierhaus wusste nicht mehr, was er noch unternehmen konnte. Mit Geschenken war sie nicht zu bestechen. Sie besaß schon alles, wonach sie sich gesehnt hatte. Ein Freund hatte ihm geraten, in ihr Eifersucht zu erzeugen, er selbst hatte damit angeblich gute Erfahrungen gemacht. Wochenlang hatte sich Vierhaus nach einer Frau umgesehen, mit der er seine Gemahlin eifersüchtig machen konnte. Lübeck wimmelte von Frauen, einige waren sogar schön. Doch die schönsten wurden vom Fleck weg geheiratet, und die, die von dieser anderen, fast tierischen Schönheit waren, konnte er unmöglich seiner Frau zeigen. Sie hätte ihn getötet und wäre dafür freigesprochen worden.

Nie im Leben war Hippolyt Vierhaus so einsam gewesen, nie im Leben hatte er soviel getrunken. Wenn er einen Kollegen überreden konnte, mit ihm den Abend zu verbringen, zog es Vierhaus in die Fluchbüchse. Bloß nicht ins Hafenviertel! Dort lockten zu viele Versuchungen. Sie hätten ihn verschlungen und nicht wieder freigegeben. In der Fluchbüchse ging es gesittet zu. Schauspielerinnen verkehrten dort, die meisten von ihnen lebten in sündhaften Verhältnissen. Jeder Mann von einigem Wohlstand musste damit rechnen, von ihnen verführt zu werden. Und ein zweites Mal. Und immer wieder. Wie sehr sehnte sich Vierhaus nach menschlicher Zuwendung. Doch alles, was er bekam, war der Wirt, Joseph, Mann der Hebamme, der Vierhaus auf den Kopf zusagte, dass er Probleme hatte. Der leugnete gar nicht erst, weil er neugierig war, was der andere ihm vorzuschlagen hatte. Dieser Deichmann war ein Teufelskerl. Einst ein Apotheker, mit einer Hebamme zusammenlebend, Gastwirt und mit allen bekannt, die Probleme hatten und sich von ihm ein Mittel gegen ihre Probleme versprachen.

Zum Glück war Deichmann über die Ehekrise seines Gasts informiert. So blieb dem die Peinlichkeit erspart, seine Lage in Worte zu fassen.

»Niemand liebt Euch«, sagte Deichmann, während neben ihnen fröhliche Menschen die Becher hoben, Scherzworte grölten und lachten, als seien sie auf der Welt, um sich zu amüsieren und nicht, um zu leiden.

»Ihr braucht einen neuen Blick auf die Welt«, behauptete der Wirt. Deichmann riet ihm, nicht zu Hause zu sitzen, sondern auf die Straße zu gehen.

»Aber da warten sie doch nur auf mich!«, rief Vierhaus. »In den Hafen kann ich nicht. Durch die Straßen will ich nicht. Sie werden mich entdecken und mich einladen, weil ich ihnen leidtue. Ich will ihr Mitleid nicht.«

»Was wollt Ihr denn dann?«

Einen Moment erwog Vierhaus, ihm die Wahrheit zu gestehen. Dass er eine Frau brauchte, die ihm ein Zuhause bot, die ihm Liebe und ihren nackten Leib bot, die ihm nicht widersprach, weil sie zu schätzen wusste, dass er viel arbeitete.

»Also doch der Hafen«, erwiderte Deichmann nüchtern.

»Nicht solche Frauen!«, sagte Vierhaus verzweifelt.

»Es gibt Jungfrauen, die wollt Ihr nach Lage der Dinge nicht.«

»Wieso eigentlich nicht?«

»Weil Ihr dem Vater der Ex-Jungfrau nicht gestehen wollt, dass Ihr bereits verheiratet seid. Wenn Ihr Pech habt, kennt er Männer, die körperlich arbeiten. Die könnten vor Eurer Tür stehen, und wenn sie weggehen, werdet Ihr hinter der Tür liegen und nicht stehen.«

»Nicht schlagen«, hauchte Vierhaus. »Das vertrage ich nicht. Ich habe eine empfindliche Haut.«

»Es gibt Ehefrauen, aber die habt Ihr ja, und sie will Euch nicht. Es gibt Ehefrauen anderer Männer, die wollt Ihr auch nicht, glaubt mir, obwohl Ihr manchmal vor dem Einschlafen von ihnen träumt. Vielleicht sogar von einer, die Ihr kennt. Aber Euch fehlt das Talent zur Schauspielerei. Ihr müsstet verwegen sein, mutig, frech …«

»Was denn noch?«

»Es gibt fromme Frauen. Die können sehr reizvoll sein.«

»Wären sie bereit …?«

»Wozu?«

»Dazu.«

»Nein!«

»Oh.«

»Es gibt ältere Frauen.«

»Wie alt?«

»Älter als Ihr.«

»Mein Gott, nein. Was für ein Gedanke!«

»Ihr seid noch nicht verzweifelt genug, glaubt mir.«

»Was habt Ihr noch anzubieten?«

Deichmann ließ den Blick über die Tische schweifen. Vierhaus folgte seinem Blick.

Deichmann sagte gedehnt: »Man sagt, dass man jedes Geschlecht lieben kann.«

»Ihr meint Männer!? Mein Gott! Und das alles nur wegen dieses dummen Streichs!«

»Na?«

»Natürlich nicht. Ich werde mich doch nicht gegen die Schöpfung versündigen.«

Vierhaus starrte Deichmann an. Was wusste er? Was hatte ihm die Hebamme verraten, der Vierhaus und seine Frau die intimsten Einzelheiten ihres privatesten Lebens verraten hatten! Konnte es möglich sein? Musste er neben dem Reeder und seiner Frau jetzt auch noch die Hebamme hassen? Und damit ihren Mann? Wo sollte das enden?

»Auf dem Land pflegt man ein liebevolles Verhältnis zu Tieren.«

Vierhaus starrte den Wirt an!

»Ihr nehmt mich auf den Arm«, murmelte er schockiert.

»Es gibt Häuser, in die kommt man garantiert ungesehen.«

»Das ist unmöglich.«

»Die Wette gilt.«

»Ich werde Euch töten, wenn man mich erkennt.«

»Ihr könnt auch jedes Mal nach Wismar oder Schwerin fahren.«

Den Gedanken fand Vierhaus nicht abwegig. Feige, wie er war, träumte er von absoluter Sicherheit, um das, wofür er sich schämte, auszuleben.

»Habt Ihr mit Eurer Frau darüber gesprochen?«

»Worüber?«

»Vielleicht hat sie gar nichts dagegen, dass Ihr Euch Trost sucht!«

Vierhaus stieß ein hoffnungsloses Lachen aus. »Die! Darauf wartet sie doch nur, dass ich mich mit so einem Wunsch in ihre Hand begebe!«

»Vielleicht ist sie Euch voraus? Vielleicht hat sie längst einen Kavalier gefunden.«

»Die?«

»Findet Ihr Eure Frau hässlich?«

»Natürlich nicht.«

»Ist sie dumm?«

»Passt auf, was Ihr sagt.«

»Warum sollte sie dann nicht … es sei denn, sie ist so feige wie Ihr. Dann hat sie garantiert nicht. Ist sie so feige?«

»Wie ich? Nein, das wohl doch nicht.«

An jenem Abend war er allein nach Hause gegangen wie an allen vorigen Abenden und an den Abenden danach, an denen er sich aufgerafft hatte, das Haus zu verlassen.

An diese Zeit dachte er, als er mit dem spiddeligen Ratsherrn Voigt vor der Rosländer-Werft stand. Wie konnte ein einziger Fehler ein Leben so durcheinanderschütteln?

»Sagt mal, Voigt, habt Ihr eine Frau für mich?«

Voigt blickte sich um, aber es gab keinen Dritten. Er musste gemeint sein.

»Ihr meint …?«

»Tut nicht so, als wüsstet Ihr nicht Bescheid. Jeder weiß Bescheid. Ich bin eine lächerliche Figur. Alle lachen über mich.«

»Nein, das ist nicht wahr.«

»Sie lachen nicht?«

»Nicht alle.«

»Ihr versteht es, einen Mann zu trösten.«

»Es gibt Häuser …«

»Warum redet jeder Mann zuerst von diesen Häusern?«

»Vielleicht, weil sie ihm zuerst einfallen?«

Hippolyt Vierhaus legte einen Arm um die schmalen Schultern des anderen.

»Wir beide, Voigt, wir würden ein schönes Paar abgeben. Meint Ihr nicht auch?«

Mit trüben Augen blickte Vierhaus dem davoneilenden Mann hinterher. Voigts wehende Jackenschöße erweckten den Eindruck, als würde er sich im nächsten Moment in die Luft erheben und fliegen.

17

IN DIE KNIE ZU GEHEN, fiel ihr leicht. Schwer war es, in die aufrechte Haltung zurückzukehren.

Stehend faltete sie die Hände, legte das Kinn auf die Brust, schloss die Augen. Irgendwo im Kirchenschiff wurde gearbeitet. In der Halle klang alles mächtig, auch kleine und bescheidene Bewegungen.

Wenn Anna die Augen schloss, wurde sie müde. Das würde sie wohl nie abstellen können. Ihr Vater hatte sich auf die Recamière gelegt und die Augen geschlossen. Keine Minute später war er eingeschlafen. Manchmal hatte er Besuchern diese Fähigkeit vorgeführt. Bei ihm war es die Müdigkeit nach schwerer körperlicher Arbeit gewesen. Anna war aus anderen Gründen müde, manchmal befürchtete sie, dass diese Müdigkeit nie mehr aufhören würde.

Jemand räusperte sich, etwas scharrte.

Dann die Stimme: »Lasst Euch Zeit. Der Herr hat auch Zeit.«

Seufzend drehte Anna sich um. Er war einer der jüngeren Pastoren, schwarz gekleidet. Seine Körperhaltung drückte Vorurteilslosigkeit aus. Harmlos wollten sie daherkommen, offen erscheinen, ein Mensch wie du und ich. Sie begriffen nicht, warum niemand ihnen das abnahm.

Anna sagte: »Herr Pastor« und senkte höflich den Kopf. Falls er gedacht hatte, dass er mehr kriegen würde, hatte er sich getäuscht. Das Gute an ihm war, dass er nicht spätestens mit dem dritten Satz beim Herrn ankam. Das Schlechte an ihm war, dass Anna während des Gesprächs ständig daran denken musste, dass er daran dachte.

Man schlenderte zum Seitengang, dort waren vor kurzem neue Platten angebracht worden, biblische Szenen, aus weichem Stein herausgeschlagen, zurückhaltend, fast zart. Das gefiel Anna, der sonst nicht viel an den Lübecker Gotteshäusern gefiel. Zu hoch, zu mächtig, zu selbstbewusst. Sie mochte die Kapellen auf dem Land, handliche Verhältnisse, fast noch Wohnräume, die von Menschen mit Gegenwart und Wärme zu füllen waren. In den Kolossen der Stadt war nichts möglich als Anbetung. Hier hatte jedes Senken des Kopfes doppelte Bedeutung, hier war der Mensch klein und unbedeutend. Wie groß war er in Wirklichkeit, dass man so viel Aufwand betreiben musste, um ihn zu stauchen?

Anna besaß ein gutes Gedächtnis für Namen, aber nicht für die Namen von Geistlichen. Er hieß Kessler. Sie vermied es, ihn förmlich anzusprechen, er würde von ihr nichts für sein Kostüm bekommen.

Er bedankte sich noch einmal für die Spende, auch und gerade im Namen der Witwen und Waisen. Nach Rosländers Beerdigung war die Summe geflossen, die Stadt sorgte mit Bauten für ihre Witwen und unwillig für die Waisen. Die erste Gruppe besaß Namen oder Verdienste oder beides, die zweite Gruppe besaß nichts.

Kessler lud Anna ein, Witwenstift und Waisenhaus einen Besuch abzustatten. Es war nicht so, dass er verächtlich über die Waisen gesprochen hätte. Doch bei den Witwen nahm seine Stimme eine wärmere Färbung an. Sie waren ihm näher, die Waisen waren nicht zu vermeiden. Dafür wollte Anna ihn nicht tadeln, ihr war klar, wie viele elternlose Kinder die Straßen bevölkerten. Auf sie wartete ein Leben in Armut und Hunger, ohne Bildung und Zukunft. Sie würden stehlen müssen, um zu überleben. Sie würden sich als Soldaten einkaufen lassen und jede Arbeit annehmen, deren Lohn miserabel war. Sie würden Partner finden, die ebenso arm waren wie sie, sie würden viele Kinder bekommen, denen sie nichts geben konnten außer Armut und einer Lehrzeit in Betrug, Diebstahl, Zechprellerei. Sie würden nicht alt werden, und am Ende ihrer Tage würden sie sich fragen, ob es das wert gewesen war. So war das Leben, Arme hatte es immer gegeben und würde es immer geben. Etwas anderes war nicht denkbar. Aber wer Geld besaß, konnte Geld geben, damit sie zu essen bekamen, damit sie nicht frieren mussten, ohne Läuse und Flöhe lebten.

Kessler sagte: »In unserer Stadt arm zu sein, ist etwas anderes als es woanders zu sein.«

»Pech für Euch, dass Ihr nicht arm seid.«

Lächelnd steckte er die Attacke weg. Einer wie Anna Rosländer teilte man es nicht mit, wenn man ihre Reden pöbelhaft fand. Einen Moment erwog sie, ihn so lange zu triezen, bis der Putz von seiner lächelnden Fassade abplatzen würde. Aber dazu war sie zu müde.

Als sie dachte, sie habe die Freundlichkeiten des Gottesmannes überstanden, redete er vom Schiff. Mehrfach legte er Pausen ein, um ihr Gelegenheit zu geben, sich zu äußern. Aber da er keine Fragen stellte, bekam er keine Antworten. So stellte er Fragen, daran erkannte Anna, dass man ihn beauftragt hatte.

»Die Arbeiten nehmen einen guten Verlauf«, sagte sie.

»In der Stadt redet man über nichts anderes mehr. Das ist Euch bestimmt nicht entgangen?«

»Wenn Ihr es sagt.«

»Niemand war darauf gefasst. – Auch ich persönlich war nicht darauf gefasst. – In der Stadt fragt man sich nun natürlich … die Kirche hat ihr Ohr am Puls der Menschen. Sagte ich Puls? Mund, ich meine am Mund der Menschen. Warum?«

»Pardon?«

»Warum tut Ihr das? Wir reden untereinander darüber. Jeder äußert Vermutungen. Aber ich denke, wer so etwas Großes ins Werk setzt, wird sich vorher Gedanken gemacht haben.«

»Ihr werdet es mir nicht glauben, aber der Entschluss fiel, als er fiel, sehr schnell. Praktisch über Nacht.«

»Mancher in der Stadt spürt eine gewisse … Irritation. Man kann es sich schlecht erklären.«

»Wenn Ihr Euch entschließen könntet, frei heraus zu sprechen, werdet Ihr schnell erfahren, was Euch als Einziges interessiert. Ihr wollt wissen: Wie kommt das alte Weib auf den größenwahnsinnigen Gedanken, ein Schiff zu bauen, wie es die Stadt noch nicht gesehen hat. Habe ich recht?«

Anna zog es ins Freie, sie ergingen sich auf dem kleinen Friedhof. Anna fürchtete keinen Friedhof, auch nicht die Erinnerungen. Der Schmerz war sowieso vorhanden, sie musste nicht Anblicke meiden, die sie im Grunde als friedlich empfand.

Mit dem Himmel über dem Kopf redete der Pastor gleich freier. Sicher hatte er sich vor dem Zorn der Witwe gefürchtet und vor dem Verlust ihrer Zuwendungen. Er war so froh über den Verlauf des Gesprächs, dass ihm nicht aufging, dass Anna immer weniger und er dafür immer mehr sprach. Angetreten, um die Witwe auszuhorchen, entpuppte sich Kessler als ihr Informant.

Alle waren außer sich, nicht nur Schnabel. Auf den und seinen Zorn hatte sich Anna kapriziert, weil zu ihm der engste Kontakt bestand. Und weil er den gleichen Beruf ausübte. Aber es ging weiter und reichte tiefer. Lübeck fühlte sich herausgefordert. Obwohl Rosländer, wiewohl nicht aus der Stadt gebürtig, 30 Jahre seines Lebens innerhalb der Mauern Lübecks gelebt hatte, galt er als ein Emporkömmling von außerhalb, der seinen zahllosen Frechheiten zu Lebzeiten eine letzte hinzufügen wollte. Als ausführenden Arm gab sich dafür die Witwe her – auch nicht aus Lübeck stammend, wenngleich von besserem Blut.

»Meint Ihr das alles ernst, was Ihr sagt?«, fragte Anna verblüfft.

Eilfertig nickend trug Kessler eine Äußerung nach der anderen vor. Woher wusste der Mann so viel über die Gespräche zwischen Kaufleuten? Hatte er mit am Tisch gesessen? War ihm alles brühwarm hinterbracht worden? Wie nah waren sich Kaufleute und Kirche? Zum ersten Mal bekam Anna Rosländer eine Ahnung von der großen Koalition, die sich in der Stadt die Aufgaben teilte.

Dass man Rosländer als einen von außerhalb bezeichnete, überraschte sie ebenfalls. Was war er denn noch alles? Ein Emporkömmling, ein Auswärtiger, ein Prolet. Und diese Vorwürfe stammten von Kaufleuten, deren Esssitten, Bildung und Humor Anna im Lauf der Jahre mehr als einmal schaudernd miterlebt hatte.

»Mein Mann hat damit nichts zu tun«, stellte sie klar.

Kessler widersprach nicht, aber sein Gesicht sprach Bände.

»Hätte er es gewollt, hätte er es getan«, setzte sie hinzu.

»Vielleicht wollte er es, vielleicht war er gerade im Begriff, es zu tun, als ihm Gott der Herr das Heft des Handelns aus der Hand nahm.«

Der Pastor war von Berufs wegen mit Himmel und Hölle befasst. Er kannte sich mit Sterben und Tod aus, mit Hinfälligkeit und Eiter. Er war noch nie aus einer Krankenstube oder einem Sterbezimmer geflüchtet. Aber wie ihn nun die Witwe ansah, kam er nicht um den Gedanken herum, dass Entfernung vom Schauplatz vielleicht der klügere Teil des Muts sein könnte! In ihrem Blick war so viel von dem, was der Pastor nicht sehen wollte! Bis eben war doch alles so erfolgreich gelaufen! Er hatte ein Gespräch zustande gebracht, wie man es von ihm verlangt hatte. Er hatte die

Witwe ans Reden gebracht und schon einiges erfahren, was er vorher nicht gewusst hatte. Noch fünf Minuten, und er hätte sich auf der sicheren Seite befunden. Sie wollte nicht aufhören zu starren. Und nun sprach sie auch noch:

»Was habt Ihr da eben gesagt?«

»Was habe ich denn eben gesagt?«

»Wolltet Ihr mir damit etwas sagen?«

»Was könnte das denn sein?«

»Der Grund, warum Rosländer nicht mehr lebt.«

Der Pastor rückte zwei Schritte nach hinten, bis er gegen ein Hindernis stieß. Ein Grabstein oder die Mauer eines Mausoleums. Bloß nicht umdrehen! Bloß dieser Frau nicht den Rücken zudrehen.

»Ihr übertreibt«, stammelte der Pastor im panischen Bestreben, etwas zu sagen, was diese Frau beruhigen würde.

»Ich übertreibe? Habt Ihr nicht eben selbst gesagt, dass Rosländer einem Komplott zum Opfer fiel?«

»Aber nein!«

»Dass er beseitigt wurde, weil Euch nicht gefiel, was er plante?«

»Aber nie und nimmer!«

»Und dass es am besten ist, das Problem ein für alle Mal zu erledigen?«

»Darüber kann ich nur lachen.«

»Worüber? Dass mein Mann tot ist?«

»Genau! Oder nein, genau deshalb nicht. Ihr bringt mich ganz durcheinander.«

»Sortiert Euch! Ich höre! Noch ein falsches Wort, und ich bin beim Bischof.«

Das waren sie, die Worte, vor denen sich der Pastor gefürchtet hatte. Natürlich würde sie sich an den Bischof wenden. Die Geldsäcke rannten immer gleich zum Vorgesetzten. Der Pastor sah sich vor dem Tisch des Bischofs stehen, der Tisch wurde immer größer, der Körper des Bischofs wurde immer größer. Die Zimmerdecke rückte nach oben, und der Fußboden kam immer näher. Der Pastor verwandelte sich in eine Schabe, man musste nur noch den Schuh auf seinen Leib stellen und ihn drehen. Der Körperpanzer knackte, ein feuchter Fleck zeigte die Stelle an, wo der Pastor sein Ende gefunden hatte. Immer, wenn er sich fürchtete, wurde er kleiner und kleiner.

Wie aufgedreht redete er auf die Witwe ein. Zum ersten Mal wurde ihm bewusst, dass sie kein Schwarz trug.

»Ich habe mich missverständlich ausgedrückt. Natürlich habe ich keinen Verdacht äußern wollen. Es gibt ja gar keinen. Gäbe es einen und wüsste ich von ihm, würde mich mein nächster Weg zum Gericht führen.«

»Ist das wahr?«

»So wahr mir Gott helfe.«

»Versprecht Ihr mir das?«

»Aber jeder … muss das sein? Reicht es nicht, wenn ich Euch zusage, dass ich …?«

»Was habt Ihr gegen ein Versprechen? Oder gegen einen Schwur?«

»Ein Schwur! Um Himmels willen!«

»Darf ein Pastor nicht schwören?«

Einen Moment erwog er, ihr eine Lüge aufzutischen. Aber sie war der Typ Mensch, der Lügen erkannte. Sie war wie ihr Mann. Kessler hatte ihn nur entfernt gekannt, aber sie hatte es mit dem Ungeheuer ausgehalten. Sie musste so sein wie er. Sippenhaft war keine Lüge, sie war naheliegend und natürlich. Schaben verstanden sich untereinander, Wölfe und Drachen!

Er redete und hörte einfach nicht mehr auf. Das konnte er gut. So trieb er auch seine Frau in die Flucht, und seine Kinder fürchteten nichts mehr als seine nicht enden wollenden Strafpredigten. Sein Ältester hatte ihm angeboten, verhauen zu werden, wenn der Vater nur den Mund halten würde. Zur Strafe hatte er doppelt so lange gesprochen und den kleinen Teufel geschubst, als er nicht mehr damit rechnete.

∾৩৵

Eine Stunde später stand sie vor der Tür des Ratsherrn Gleiwitz. Der hatte nicht damit gerechnet, der Witwe im Rathaus zu begegnen. Gleiwitz schluckte, worauf er gekaut hatte, herunter.

»Womit kann ich Euch dienen?«, fragte er zögernd.

»Mit der Wahrheit. Habt Ihr Wahrheit auf Lager?«

»Verehrte, Ihr befindet Euch auf dem Rathaus. Hier kommt die Wahrheit zur Welt.«

»Ich denke, die Kungelei.«

»Und manchmal auch die Kungelei. Ich will Euch nichts vormachen.«

Gleiwitz gab lieber zu, was nicht zu bestreiten war. Er hoffte, damit den Grimm der Frau zu besänftigen. Wie immer, wenn er zornigen Menschen begegnete, fürchtete er, dafür verantwortlich zu sein. Das konnte er sich einfach nicht abgewöhnen.

»Ich möchte hören, wie der Stand der Ermittlungen zum Tod meines lieben Mannes ist.«

Damit hatte Gleiwitz nicht gerechnet. Ihm lag so viel auf der Zunge. Aber er holte lieber Beistand. Dass er Emanuel Distelkamp auf dem Flur begegnete, war purer

Zufall. Gleiwitz hätte auch einen anderen in sein Bureau gebeten. Aber Distelkamp war perfekt: protestantisch, theologisch, beredt, skrupellos, furchtlos. Ein Meister der polemischen Zuspitzung und über alles informiert, was in der Stadt passierte, am besten über Durchstechereien, die im Geheimen abliefen.

»Was will der hier?«, lauteten Anna Rosländers erste Worte. »Er soll gehen, ich will ihn nicht sehen.«

»Aber Verehrteste«, säuselte Distelkamp. Im nächsten Moment stand er vor Anna und küsste ihre Hand.

Er lächelte honigsüß, als sie sagte: »Das ist ekelhaft.«

Meinte sie den Kuss oder das Lächeln? Beides war ekelhaft.

Distelkamp riss das Heft des Handelns an sich, obwohl Anna mehrfach sagte: »Ihr habt kein Mandat, Ihr seid mit den Ermittlungen nicht befasst. Ihr seid nur neugierig und mischt Euch gern ein.«

Alles traf zu, nichts ernüchterte Distelkamp.

»Lasst mich raten«, sagte er, »Ihr seid gekommen, um den Rat davon in Kenntnis zu setzen, wie der Bau Eures Schiffs vonstatten gehen soll. Ihr wollt, dass wir uns die Pläne ansehen und beschließen, ob wir sie gutheißen können.«

»Ihr seid nicht bei Trost. Ich bin Anna Rosländer. Ich baue, was ich will und wie ich will. Und wie groß ich will. Wenn ich Lust habe, einen Turm zu bauen, der bis zu den Wolken reicht, werde ich das tun.«

Geziert, nur mit den Spitzen der Finger, klatschte Distelkamp Beifall. Er liebte es, Öl ins Feuer zu gießen, um zu sehen, was daraus wurde. Zwar liebte er es, Verbote auszusprechen. Aber noch mehr schätzte er, wenn die Verbote übertreten wurden. Denn der Theologe lernte im zweiten

Fall mehr über die Menschen und die Verbote und Regeln, als wenn sie vor lauter Gehorsam Staub ansetzten.

»So könnt Ihr nur reden, weil Ihr den Spaß aus eigener Tasche bezahlt.«

Anna funkelte Distelkamp an.

»Warum fragt Ihr nicht? Warum kommt Ihr immer hintenherum? Das ist Euch zur zweiten Natur geworden.«

»Zur ersten und einzigen«, korrigierte Distelkamp lächelnd. Ein Streitgespräch! Der Tag war gerettet! Auf diesem Rathaus langweilte er sich zu Tode. An manchen Tagen stromerte er von Tür zur Tür, auf der Suche nach einem Thema, einem Plan, einer Intrige, aus der sich Funken schlagen ließen. Meistens fand er nichts, in dieser Stadt liefen die Geschäfte wie geschmiert. Manchmal sehnte sich Distelkamp nach einer aufstrebenden Gemeinde, einer ohne Vergangenheit, ohne Reichtum, ohne Selbstbewusstsein.

Der Fall des toten Rosländer war seinerzeit genauestens untersucht worden, volle zwei Tage lang. Dabei war festgestellt worden, dass sich Rosländer in den letzten 48 Stunden seines Lebens zweimal geprügelt und mit nicht weniger als acht Personen Drohungen ausgetauscht hatte – lautstark und vor Zeugen. Es waren genau die Prügel und die Drohungen, für die er seit Langem bekannt gewesen war. Nichts davon hatte sich als Spur erwiesen, die zu einem wütenden Mann führte. Man wusste auch nicht, was Rosländer auf das Eis getrieben hatte, wo man seinen Leichnam gefunden hatte. Es gab Wunden, die auch vom Sturm herrühren konnten, jedenfalls hatten sie einen Stier wie Rosländer nicht getötet.

»Es hat sich alles verlaufen«, berichtete Distelkamp.

Wie viel lieber hätte er einen Schuldigen gefunden. Oder einen Verdächtigen! Am besten: zwei Verdächtige, die er aufeinander loslassen konnte. Distelkamp liebte Duelle, die Konfrontation zweier Kreaturen. Oder Weltanschauungen.

Anna war nicht zufrieden gestellt. »Wer genau war an der Untersuchung beteiligt?«

»Außer Poulsen, meint Ihr?«

»Wer ist Poulsen?«

»Poulsen, der Däne. Er ist bei Gericht dafür zuständig, Beweise zu besorgen. Bevor die Fälle vor Gericht kommen. Was Poulsen findet, wird in der Verhandlung den Angeklagten vorgehalten.«

Anna hatte von diesem Mann gehört. Er stammte wirklich aus Dänemark und besaß offenbar die Fähigkeit, sich in Fälle zu verbeißen. Sie dachte: wie Trine Deichmann als Mann.

Poulsen hatte nichts gefunden. Dabei hatte er mit zehn Landstreichern zwei Tage das Eis um die Fundstelle des Leichnams abgesucht. Eine Tat, für die Distelkamp nachsichtiges Lächeln aufbrachte. Anna Rosländer dagegen mochte den Dänen.

18

FÜNF HEBAMMEN in städtischen Diensten standen den schwangeren Frauen Lübecks bei, die jüngste von ihnen war Katharina Tüschen. Streng genommen war sie für eine Hebamme mit gerade 20 Jahren zu jung, mehr als einmal hatte man sie aus dem Haus gewiesen. Angeblich fehlte das für eine Zusammenarbeit notwendige Vertrauensverhältnis. Dann sprach Trine Deichmann mit den Bürgern und sang das Loblied der Katharina Tüschen. »Wie soll sie Erfahrung gewinnen wenn nicht durch Praxis?«

Oft reichte diese Frage schon, manchmal erhielt sie die Antwort: »Sie soll üben, wo sie will. Wenn sie älter ist, werden wir sie gerne nehmen.«

Nun packte Trine die Trickkiste aus. »Eine Hebamme lernt auf zweierlei Weise. Einmal lernt sie von erfahrenen Hebammen, dafür stehe ich. Aber sie lernt auch von den Schwangeren und nicht nur von den Frauen. Sie lernt von den Häusern und der Atmosphäre in den Häusern. Diesen Teil kann ich ihr nicht vermitteln. Dazu ist sie auf herzensgute und kluge Menschen angewiesen. Versteht Ihr, was ich sagen will? Es ist ein Geben und Nehmen. Katharina gibt, aber sie soll auch etwas nehmen: die Freundlichkeit, die sie von Eurer Seite empfangen hat. Damit meine ich nicht lachen und scherzen und Kekse essen. Ich meine das ganze Paket. Ihr dürft gerne schimpfen und verzagen und jammern. Aber Katharina muss die Möglichkeit haben, das zu erfahren. Sie braucht die Situation. Denkt Euch den Besuch als Theaterspiel. Die Hebamme braucht Mitspieler, niemand wird eine gute Schauspielerin, wenn sie allein auf der Bühne steht.«

Im Lauf der beiden Jahre, in denen Katharina mit Trine zusammenarbeitete, hatte ein Paar am Ende trotz Trines Plädoyer abgelehnt. Alle anderen hatten nachträglich ihre Zustimmung erteilt, darunter harte Knochen, bei denen Trine insgeheim schwarzgesehen hatte.

Katharina Tüschen war die schönste Hebamme, die mit dem meisten Temperament war sie obendrein. Alles, was sie tat und unternahm, geschah etwas geräuschvoller als bei ihren Kolleginnen. Hektik und Unruhe kamen trotzdem nicht auf, denn das Verhalten passte zu Katharinas Art und wurde aufgefangen von ihrer Zuverlässigkeit und mitreißenden Art.

Ihr Auftreten hatte ab und zu eine Folge, die wohl unvermeidbar war. Immer wieder fand sich ein Mann, der Katharinas Verhalten als Einladung ansah, sich ihr auf eine Weise zu nähern, die die Nähe der Hebamme zur Schwangeren und ihren Angehörigen überschritt. Zweimal hatten sich unschöne Szenen ereignet, weil Katharina nur mit Ohrfeigen den geziemenden Abstand herzustellen vermochte. Zu einem Skandal war es nie gekommen. Die Vorfälle blieben im Schoß der Familie, die Männer erhielten ihre Strafen von Ehefrau und Familie und lebten fortan unter einer unbarmherzigen moralischen Fuchtel.

Katharina lebte in einer Gemeinschaft mit Milena, ihrer 14-jährigen Schwester, und ihrem Vater, der vor Jahren fast in einem Fischteich ertrunken wäre und seitdem als wunderlich galt. Er hatte einige Minuten unter Wasser zugebracht, bevor zwei Männer nach ihm getaucht waren und ihn an Land gezogen hatten. Der Vater konnte sich nicht konzentrieren und schweifte beim Reden nach wenigen Sätzen zu anderen Themen ab, bei denen er es auch nicht lange aushielt. Dabei blieb er stets freundlich und sanft. Das war die größte Veränderung, die er durch den Unfall erlitten hatte. Vorher war er ein rauer Bursche gewesen, der nicht viel redete und entweder zuschlug oder in die Kneipe auswich, aus der er vom Wirt mit den letzten Gästen herausgekehrt wurde.

Katharinas Mutter war früh gestorben, sie hatte lange gehustet, zuletzt auch Blut, und war immer schwächer geworden. Zwei kleine Geschwister waren gestorben, bevor sie das Sprechen gelernt hatten. Die Familie war immer arm gewesen. Seitdem der Vater nicht mehr arbeiten konnte, hatte es Tage gegeben, an denen nichts Essbares auf dem Tisch gestanden hatte, von dem man nicht den Schimmel hatte abschneiden müssen. Jetzt versorgte Katharina die Familie oder was von ihr übrig geblieben war.

Es gab nicht viele Menschen, die wussten, in welch kümmerlichen Verhältnissen die junge Hebamme lebte. Natürlich wusste Trine Deichmann Bescheid. Nur weil sie Katharina in den Ohren gelegen hatte, pilgerten Katharina und ihre Leute jeden Montag in die Fluchbüchse, wo sie sich satt aßen und nichts bezahlen mussten. »Ich habe das Gefühl, als würden mich alle mitleidig angucken«, hatte Katharina immer wieder gesagt, so lange, bis Trine sie vor die Wahl gestellt hatte, entweder das Klagen einzustellen oder das Essen in Trines Wohnung einzunehmen. Trine hatte gesagt: »Es geht nicht an, dass Ihr unsere stolzesten Gäste seid, während jeder Kaufmann und Offizier sich manierlich benimmt.«

Den Rest hatte Joseph besorgt. Seinem Charme konnte sich Katharina nicht entziehen. Er hatte auch so eine selbstverständliche Art, ihrer kleinen Schwester schönzutun und dem verwirrten Vater ohne Herablassung gegenüberzutreten. Dabei hatte Katharina wochenlang nach Zeichen heimlicher Geringschätzung gesucht, bevor sie beschämt das eitle Tun eingestellt hatte. »Ich muss mich eben mit dem Gedanken anfreunden, dass es Menschen gibt, die einfach nur freundlich sind«, hatte sie gesagt.

Wenn Katharina ihre Arbeit getan hatte und zu Hause Ruhe eingekehrt war, widmete sie sich einer Liebhaberei, die sie seit einigen Jahren betrieb. Katharina schrieb ihre Erlebnisse auf. Dies geschah in Gestalt von Briefen, die sie an eine imaginäre Freundin schrieb. Manchmal, wenn ihr danach war, richtete sie ihren Brief auch an ihren Mann, der in den Krieg gezogen war oder weit im Osten den Russen Pelze abkaufte. Katharina hatte einige Kavaliere und immer wieder neue, aber sie wollte sich nicht binden, weil sie befürchtete, dann nicht mehr arbeiten zu können. Nicht jede Frau traf es so gut wie Trine Deichmann, deren Joseph offenbar in Frieden mit ihrer Berufstätigkeit lebte.

Insgeheim war Katharina hin- und hergerissen zwischen dem Wunsch nach Mann und Kindern und der Freude an ihrem jetzigen Leben. Sie musste niemandem Rechenschaft ablegen, die Schwester war schon recht selbstständig, und der Vater, wiewohl nicht gesund, verlangte nicht oft nach Pflege. Manchmal verließ er das Haus, wandte sich nach rechts oder links und ging dann so lange geradeaus, bis ihn jemand erkannte und nach Hause zurückbrachte. Das geschah jede Woche und nahm Katharina manche Mühsal ab. Ein frecher Kavalier, ein junger Lehrer der Gelehrtenschule, brachte den Vater geschlagene vier Mal zurück, bevor Katharina dem Filou darauf kam, dass hier ein abgekartetes Spiel lief. Dem Vater war ein Humpen Bier versprochen worden, wenn er sich zu einem bestimmten Zeitpunkt an einem bestimmten Ort einfinden würde. Dann gab's den Humpen, danach ging man um zwei Ecken, bevor man Katharina oder der Schwester einen Bären aufband und so tat, als habe man den Vater kurz vor Erreichen des Meeres getroffen. Der Lehrer war nicht ohne Charme, Katharina hatte ihm erlaubt, sich mit ihr zu treffen, mehr nicht.

Von dieser Art waren die Erlebnisse, die sie aufschrieb: kleine Begebenheiten aus dem Alltag, oft spielten sie in den Häusern der Schwangeren. Katharina besaß ein gutes

Gedächtnis, sie erinnerte sich leicht und lange an Gesichter und Namen, es war ein Spaß, alle Menschen, denen sie begegnet war, aufzulisten. Unabhängig davon, ob sie mit ihnen gesprochen hatte oder nicht. Mit den meisten sprach sie nicht. Wenn sie das Haus einer Schwangeren betrat, kannte sie in der Regel nur die Frau und eine Bedienstete. Schon den Mann kannte sie nicht in jedem Fall, denn viele Männer hielten Abstand von Hebammen. Sie wussten mit ihnen nichts anzufangen. Die wenigen, die Katharina begrüßten und in ein Gespräch verwickelten, gaben sich leutselig. Man merkte ihnen an, dass sie sich benahmen, als würden sie mit einem Arbeiter aus dem Hafen sprechen. Wer im Hafen zu tun hatte, kam mit Überheblichkeit nicht weit. Im Hafen und unter den Menschen aus dem Hafen einen schlechten Ruf zu haben, war für das Geschäft nicht förderlich. Den einen oder anderen gab es, der es darauf anlegte, Arbeiter zu verprellen. Sogar mit Kapitänen suchten diese Kaufleute die Auseinandersetzung. Hätten sie gewusst, wie man hinter ihrem Rücken über sie sprach …

Auch an diesem Nachmittag saß Katharina an ihrem Tisch in der Küche. Ihr Beruf brachte es mit sich, dass von festen Arbeitszeiten nicht die Rede sein konnte. Katharina wurde gerufen, wenn die Natur es erforderte. Das konnte zu jeder Stunde des Tages der Fall sein, buchstäblich zu jeder Stunde. Oft brachte sie die Nachtstunden an fremden Betten zu.

Neben ihr stand der angeschlagene Becher, aus dem es nach Holunder duftete. Er befand sich so lange im Haushalt, wie Katharina sich erinnern konnte. Schön war er nicht, man musste auch aufpassen, dass man ihn beim Trinken schräg hielt und so die angeschlagene Stelle vermied. Anderenfalls drohte eine blutige Lippe.

Vier Tage war Katharina nicht zum Schreiben gekommen.

Heute war nicht nur deshalb ein Festtag. Genüsslich roch sie am Fläschchen. Echte Tinte! Ein Geschenk von Distelkamp, dem klugen Theologen! Natürlich war Katharina nicht bei ihm gewesen, weil es um eine Schwangerschaft gegangen war. Er hatte keine Frau. Durfte er überhaupt eine haben? Katharina wusste das nicht. Aber lange würde es keine bei dem alten Rechthaber aushalten. Im Nachbarhaus war sie gewesen, bei den Whitfields, Einwanderern aus London oder einer anderen englischen Stadt. Vor acht Jahren waren sie nach Lübeck gekommen, seitdem wurde sie pausenlos schwanger. Sogar Trine Deichmann hatte darüber Scherze gemacht, und nicht besonders zurückhaltende. »Entweder liegt es an der Luft oder an der Lust.«

Sie war im siebten Monat, alles verlief glücklich. Der Theologe war zufällig im Haus gewesen. Erst dachte Katharina, er habe einen Kuchen vorbeigebracht. Aber es verhielt sich umgekehrt. Frau Whitfield hatte ihr gestanden, dass er regelmäßig vorbeikam, um Süßes zu schnorren. Sie war eine Mütterliche, die nicht Nein sagen konnte. Katharina hatte die Tintenflecken an seiner Hand bemerkt. Natürlich hätte sie kein Wort darüber verloren. Erst einmal, weil sich das nicht gehörte; außerdem wusste sie, dass Distelkamp kein Freund der Hebammen war.

Umso erstaunter war sie gewesen, als er sie beim Verlassen des Hauses abpasste. Er musste auf sie gewartet haben, druckste herum, zog das Fläschchen hervor und drückte es ihr in die Hand. »Wenn Ihr Bedarf habt, Ihr wisst, wo ich wohne«, sagte er.

Katharina hatte ihn neugierig angestarrt. Zurückhaltung war ihre Art nicht. Manche Männer mochten das, manche gerieten in Pein. Distelkamp schien gerührt und gehemmt, beides gleichzeitig.

Erst zu Hause hatte sie angefangen, sich zu freuen. Zwei Tage später hatte sie vor seiner Tür gestanden. Eine Haushälterin hatte geöffnet, ein garstiges Weib voller Warzen, Gerstenkörner und Bartwuchs. Katharina hatte ihr Grüße an den Theologen aufgetragen, hinterher hatte sie sich gefragt, warum er sich mit diesem Dragoner umgab. Bestimmt konnte sie gut kochen. Aber er hatte Kuchen geschnorrt!

Distelkamp kam auf ihr Papier, die Whitfields natürlich auch. Er war Tischler. Katharina fiel ein, dass Rosländer die Familie seinerzeit von einer Reise mitgebracht hatte, mit Sack und Pack. So einer war Rosländer gewesen: schnell entschlossen. Ein Nein akzeptierte er nicht. Wen er mochte, der hatte es gut und konnte in der Firma alt werden. Wen er nicht mochte, den schrie er an, den warf er hinaus – um ihn später leise, still und heimlich wieder einzustellen oder dafür zu sorgen, dass er woanders unterkam.

Katharina blätterte in ihren Briefen. Vieles hatte sie vergessen, beim Wiederlesen war es wieder präsent. Sie hatte nicht geplant, nach Rosländer zu suchen. Aber dann lief ihr der Name immer wieder vors Auge. Es war der Geruch der Tinte, er führte zu Distelkamp, zu seinen Nachbarn Whitfield, von denen zu Deborah, ein englischer Name, eine deutsche Frau, die mit Zwillingen schwanger war, ihren ersten Kindern. Ganz gelassen ging sie damit um, im Gegensatz zu ihrem Mann, der sich das Schlimmste vorstellte. Seine Frau und Katharina redeten ihm gut zu, er wollte nicht von seiner Unruhe lassen, und weil er in einer Tischlerei arbeitete, die Holz für die Rosländer-Werft lieferte, berichtete er von den dort arbeitenden Zimmerleuten, die angeblich von Tag zu Tag unruhiger würden, weil morgens, wenn sie zur Arbeit kamen, Werkzeug verschwunden, Spanten verbogen und angesägt waren und auch sonst einiges darauf hinwies, dass in der Nacht Zerstörer am Werk gewesen waren. Wie auch in der Nacht davor und in der letzten Woche, und der Tischlermeister klagte darüber, dass sein Holz nicht mehr sicher sei, obwohl er den Verschnitt auf einen Haufen schichtete, damit sich jeder bedienen konnte, der Brennholz suchte.

Ein Wagen des Tischlers hatte neben dem Haus gestanden, an dem Katharina vorbei musste, um zur schwangeren Doris zu gelangen, der verrückten Frau, die bei jeder ihrer bisher vier Schwangerschaften aufgehört hatte zu reden, weil ihr jemand den Floh ins Ohr gesetzt hatte, dass jedes Wort aus dem Mund der Mutter sich schrecklich verstärken und als infernalischer Lärm beim Kind ankommen würde, das daher schwerhörig zur Welt kommen und nie die Ermahnungen seiner Eltern befolgen würde.

Neben dem Wagen hatte der Tischlermeister gestanden und mit zwei Männern gestritten, von denen Katharina einer bekannt vorkam, aber sie musste ja weiter.

Einige Tage später sah sie ihn wieder, als sie an Trine Deichmanns Seite zum Hafen unterwegs war, wo zwei Huren gleichzeitig niederkommen sollten und darauf bestanden, vorher eine Flasche Branntwein zu trinken, um die Schmerzen nicht zu spüren. Trine nahm sich die beiden zur Brust, Katharina stand währenddessen am Fenster der Absteige und sah zu, wie der Mann draußen mit einem Burschen diskutierte, der nicht so wirkte wie der Verhandlungspartner eines seriösen Menschen. Er sah aus wie ein Betrüger und Schläger, einer, der heimlich kam und heimlich verschwand, einer, der sich gern unter das Hafenvolk mischte, weil es den besten Schutz bot, denn mit diesem Aussehen würde er in der Stadt auffallen.

Ratsherr Barth sah Vaterfreuden entgegen, seine Frau, nicht halb so erfreut wie der Erzeuger, empfing Katharina von Mal zu Mal umfangreicher und schlechter gelaunt. »Das ist das erste und letzte Mal«, kündigte sie knurrend an, während ihr Mann davon träumte, eine Großfamilie zu begründen, für die das erste Kind den Grundstock bildete. Im Grunde bereitete er sich schon auf die Zeugung des Geschwisterchens vor, während ein Zimmer weiter die Schwangere Katharina Geld bot, damit die den irren Vater davon in Kenntnis setzte, dass auch kleine Familien viel Freude bereiten könnten.

Katharina lehnte lange ab, bis sie schließlich doch annahm. Von dem Geld konnte sie zwei Jahre die Miete zahlen, und es würde niemand erfahren. Von dem Pelzmantel Trine Deichmanns hatte ja auch niemand erfahren – dachte jedenfalls Trine.

Als sie den werdenden Vater aufsuchte, befand der sich in einem Gespräch mit zwei Männern, von denen Katharina einen kannte, den Ratsherrn Gleiwitz. In den Abschiedsworten der Männer ging es um das Schiff, das die Witwe Rosländer bauen ließ, und keiner von ihnen schien sich auf das Ergebnis zu freuen.

Bevor sie zum heiklen Thema vorstieß, machte Katharina eine Bemerkung über das Schiff. Sie war scherzhaft gemeint und lautete: »Frauen sind zu vielem fähig.«

Der Mann knirschte mit den Zähnen und sagte: »Sie wird sich noch wundern. Sie glaubt, mit Geld kann man alles kaufen. Aber vieles kann man nicht kaufen.«

»Kinder«, entgegnete Katharina leichtfertig und lachend.

»Kinder kann man kaufen«, stellte er klar. »Aber man kann nicht kaufen, dass man dazugehört. Man kann nicht kaufen, dass alle stillhalten, während man sie provoziert.

Und man kann nicht kaufen, dass Holz nicht brennt und
Tuch nicht reißt und Nägel nicht rosten.«

19

»MEINE LIEBE«, RIEF HEDWIG WITTMER mit strahlendem
Gesicht. Seit Neuestem umarmte sie Trine Deichmann bei
der Begrüßung. Das war der nicht unangenehm, aber sie
gewöhnte sich nicht so schnell daran. Die Frau des Brauers
zog sie in die Küche, wo die Reste eines Essens standen, das
ihr Mann für Besucher aus dem Binnenland ausgerichtet
hatte, die er als Kunden gewinnen wollte.

»Ich hoffe, Ihr betrachtet es nicht als Zumutung«, sagte
Hedwig, als sie schon kaute. »Aber ich komme aus einer
Familie, in der man es als Sünde betrachtete, solche Schätze
wegzuwerfen.«

»Es gibt arme Menschen, die sich darüber freuen«, sagte
Trine, ebenfalls kauend.

Sie erfuhr, dass die Reste aus der Wittmer-Küche Wege
nahmen, die in den Mägen von Bewohnern des Waisen-
hauses endeten. Trine hatte das nicht gewusst und hörte
unwillkürlich auf zu kauen. Aber das war albern, auf den
Platten lag einfach zu viel. So nahm sich jede einen Teller,
während eine Magd Vorbereitungen traf, die Essensreste in
Schüsseln zu packen, und ein Kutscher in der Tür darauf
wartete, dass sie damit zurande käme.

»Merkt Euch die beiden«, murmelte Hedwig, »in
spätestens einem Jahr gibt es Arbeit für Euch.«

Hedwig berichtete, dass das Wittmersche Haus sich unaufhaltsam zu einem Heiratsmarkt entwickeln würde.

»Das macht das gute Essen«, behauptete Trine.

»Mein Mann sagt, es liegt am Hopfen. Er sagt, hier wird kein Kind nüchtern gezeugt.«

»Und? Hat er recht?«

»Mehr als mir recht ist«, kam es verschämt. »Dabei bin ich gar nicht scharf auf Bier. Aber nach dem zweiten Becher seltsamerweise auf Wittmer.«

»Vielleicht werden deshalb so viele Männer Brauer«, sagte Trine.

»Na, die gut Aussehenden wohl nicht.«

Man betrat sumpfiges Gelände, zum Glück ging es nun in den Salon.

»Wir müssen reden«, begann Trine unverzüglich und berichtete, was sie von Katharina Tüschen erfahren hatte. Hedwig hörte konzentriert zu und unterbrach nur, um Verständnisfragen zu stellen.

Danach herrschte einen Moment Ruhe.

Dann sagte die Frau des Brauers:

»Ihr wisst, dass ich Euch jederzeit gern sehe. Ich bin auch angenehm berührt, dass Ihr zu mir gekommen seid. Aber eine Frage muss ich trotzdem stellen: Warum geht Ihr damit nicht zu Anna Rosländer?«

»Weil es mir wichtig ist, dass wir uns verständigen. Ich will sichergehen, dass wir die Sache auf gleiche Weise sehen. Und dass wir uns einig sind, was Anna Rosländer vorhat.«

»Was meint Ihr damit?«

»In der Stadt gehen Gerüchte um. Sie werden mit jedem Tag schlimmer.«

Gemeinsam trugen sie alle Äußerungen zusammen, die

sie persönlich gehört hatten oder die ihnen von Ohrenzeugen hinterbracht worden waren.

Trine sagte: »Es spitzt sich alles auf einen Punkt zu: Baut sie das Schiff zum Gedenken an ihren Mann? Oder will sie es Lübeck zeigen? Im ersten Fall wäre ich an ihrer Seite und würde mich gegen jedermann wenden, der den Bau des Schiffes zu hintertreiben versucht.«

»Womit wir bei der zweiten Möglichkeit wären«, sagte Hedwig. »Ich gestehe, dass ich darüber auch schon nachgedacht habe. Was wäre, wenn sie es den Lübeckern zeigen will? Ist das überhaupt möglich?«

»Ist es möglich, dass jemand so viel Geld ausgibt, um sein Mütchen zu kühlen? Denken wir nicht alle zu kompliziert? Wie soll es denn möglich sein, Lübeck zu verhöhnen? Und wie muss man sich das Verhöhnen vorstellen? Wer genau soll sich ärgern? Sollen die Lübecker sich ärgern? Sollen sich die Menschen aus anderen Orten über Lübeck amüsieren? Aber Lübeck könnte doch so ein großes Schiff bauen.«

»Sie haben es seit der Adler von Lübeck nur nicht mehr gemacht«, stimmte Hedwig zu. »Und nun ist es auf jeden Fall zu spät. Denn jetzt wären sie nur die Zweiten. Alles, was sie ab heute tun, wäre eine Reaktion auf Annas Schiff. Zweiter sein – das wäre allerdings für einen echten Lübecker eine Kriegserklärung. Ich kenne viele Kaufleute und Ratsherren, die immer noch den goldenen Zeiten der Hanse nachtrauern.«

»Die nie mehr wiederkommen werden.«

»Was die Trauer erhöht. Und die Empfindlichkeit.«

Für Trine Deichmann war es keine Frage, wie sie sich in dem Fall verhalten würde, dass jemand versuchen sollte, die Stadt zu provozieren. Als Frau in städtischen Diensten hätte Lübeck ein Anrecht auf ihre Loyalität.

»Ich habe keine Probleme mit der Stadt«, sagte Trine. »Ich habe Probleme mit einigen Männern. Na gut, mit vielen Männern.«

»Wo genau zieht Ihr den Trennungsstrich zwischen der Stadt und den Männern? Ist Lübeck nicht gleichbedeutend mit den Personen, die die Geschäfte verantworten? Sind das nicht alles Männer? Haben wir uns nicht manches Mal über diese Männer lustig gemacht?«

»Nach dem zweiten Glas.«

»Man kann auch nach dem zweiten Glas die Wahrheit sagen. Ich für mein Teil könnte Euch aus dem Stand zehn Namen von Männern nennen, die mich aufregen. Wenn Ihr mir ein wenig Zeit gebt, könnte ich auch mehr Namen nennen: 20, 50.«

Sie lächelten sich an.

»So ist die Welt«, sagte Trine. »Es ist eine Männerwelt. Alles, was wir tun können, ist, das, was sie umgeworfen haben, wieder aufzustellen; und alles, was ihnen nicht eingefallen ist, diskret zu erwähnen, sodass sie sich einreden können, es würde sich um ihre eigenen Einfälle handeln.«

Beide lebten lange genug in Lübeck, um die einflussreichen Personen in Aktion erlebt zu haben. Die Grenze zwischen öffentlichem Auftritt und privatem Leben war durchlässig. Ab einem gewissen Umfang seiner Geschäfte war jeder Kaufmann eine öffentliche Figur. Ab einem gewissen Umfang seines geschäftlichen Engagements wuchs bei ihm der Wunsch, Einfluss auf die Interessen der Stadt zu nehmen. Kaufmann und Politiker – das war keine Alternative, sondern eine Ergänzung. Natürlich verfolgte ein Kaufmann nur diejenige Politik, die seinen Interessen als Kaufmann nicht im Wege stand. Und ein erfolgreicher

Kaufmann verstand es, seine Geschäfte so zu entwickeln, dass sie mit der städtischen Politik Hand in Hand gingen. Wo die Geschäfte sich störend an der Politik rieben, wurde die hinderliche Politik an den Stellen abgeschliffen, die die Harmonie bedrohten. Im Mittelpunkt stand immer Lübeck.

Im Mittelpunkt stand immer der Kaufmann.

Hedwig Wittmer sagte: »Sie nennen es Weisheit.«

»Weil der Ausdruck Vetternwirtschaft unschön klingt.«

Ihr Mann war einer der größten Kaufleute der Stadt, er war auch einer der wenigen, die sich auf Produktion und Handel beschränkten. Der Brauer Wittmer wollte nicht im Rat sitzen, wollte nicht in Ausschüssen debattieren und jede gesellige Runde binnen weniger Minuten in eine Koalitionsabsprache verwandeln. Es musste auch solche Kaufleute geben, aber zu viele von dieser Sorte wären schädlich gewesen.

Trine sagte: »Was wäre, wenn Anna ein Mann wäre? Liegt es in Wirklichkeit daran?«

»Ich denke, dann wäre es zumindest nicht so schnell so garstig geworden. Natürlich liegt es auch an ihrem Mann. Wäre er ein echtes Lübecker Gewächs gewesen, hätte man Gründe für sein Verhalten gesucht. Ich denke, dann hätte man ihn nicht nur einen Grobian genannt, dann hätte man sich damit gebrüstet, wie stark und durchsetzungsfähig ein Lübecker sein kann.«

»Ein Lübecker Mann.«

»Natürlich. So denken sie. Nur so können sie denken.«

»Also hätten wir eine Gelegenheit ...«

Lange blickten sie sich an.

»Der Gedanke hat Charme«, sagte Hedwig Wittmer, »aber uns muss klar sein, dass wir damit ein Fass aufmachen.«

»Das, was meine Hebamme aufgeschnappt hat, kann nur bedeuten, dass es Kräfte gibt, die Annas Zulieferer unter Druck setzen. Wie sollen wir darauf reagieren?«

»Wie können wir darauf reagieren?«

»Wir können die Sabotage öffentlich machen. Niemand wird so ein heimliches Verhalten gut heißen.«

»Sie werden alles abstreiten. Wir haben kaum Namen und kennen die Kontakte nicht. Es muss jemanden geben, bei dem alle Fäden zusammenlaufen. Der die Befehle erteilt.«

»Und wenn es nicht einer ist? Wenn es mehrere sind? Wenn es viele sind? Oder alle?«

»Dann stehen wir gegen die Stadt. Dann steht auch Anna gegen die Stadt. Dann darf das Schiff nicht gebaut werden.«

20

BEVOR ER DEN TÜRKLOPFER bediente, atmete der Reeder Schnabel tief durch. So viel war er selten unterwegs und dann noch zu Fuß. Eine Besprechung jagte die nächste, und stets war die Entfernung zwischen den Orten so kurz, dass Schnabel auf eine Kutsche verzichtete, um nach der zweiten Straßenecke festzustellen, dass er den Weg unterschätzt hatte. Es war recht warm, in den schmalen Gassen stand die Luft. Die hohen Häuser verhinderten, dass von See her frischer Wind eindringen und die Luft in Bewegung setzen konnte.

Plötzlich war Schnabel nicht mehr allein. Vierhaus, der Kürschner, tauchte neben ihm auf. Trug wieder seine

Leichenbittermiene, die er seit Monaten nicht abgelegt hatte. In der ganzen Stadt gab es wohl keinen Mann, der so ein Theater veranstaltete. Und weswegen? Wegen einer Unstimmigkeit mit seiner Gemahlin. Zwar zog sich die Kalamität ziemlich in die Länge und nichts deutete auf Entspannung zwischen den feindlichen Heeren hin, aber ein Lächeln hätte Vierhaus gut zu Gesicht gestanden und den Verkehr mit ihm erleichtert. Ständig musste man damit rechnen, dass er begann, sich zu bemitleiden, und dann gab der Quälgeist keine Ruhe, bis auch die anderen begannen, ihn zu bemitleiden.

»Die Schwüle bringt mich um«, lauteten die Begrüßungsworte des Strohwitwers. »Vor einem Jahr hat mir dieses Wetter nichts ausgemacht«, fuhr Vierhaus fort. Schnabel ergriff den wuchtigen Drachenkopf, bevor das Wehklagen schon vor der Tür beginnen konnte.

Senftenberg, der Gastgeber, öffnete persönlich. Er war nun schon ein Jahr nicht mehr einfacher Lehrer, doch er wollte sich einfach nicht daran gewöhnen, Dienstpersonal zu beschäftigen.

»Wozu?«, rief er auf eine diesbezügliche Bemerkung des Reeders. »Kosten Geld, lassen Wertsachen mitgehen, ständig hast du das Gefühl, dass dich jemand beobachtet.«

»Vielleicht täte Euch das Gefühl gut, nicht allein zu sein.«

»Wie kann ein Mann, der Bücher liebt, allein sein?«, rief Senftenberg pathetisch.

Schnabel ging ungefragt in den Salon weiter. Er wusste nicht, woran das lag, aber in letzter Zeit war er schnell gereizt, wenn Freunde und Bekannte ihre Reden hielten. Jeder besaß ein Lieblingsthema, auf dem er bei jeder Gelegenheit herumritt. Früher hatte Schnabel das nicht gestört. Er dachte: Du wirst alt. Vielleicht gibt es ein Mittel dagegen.

»Apropos Mittel«, sagte er unvermittelt, »dürfen wir denn mit Pfeiffer, unserem allseits verehrten Hexenmeister, rechnen?«

Sie rechneten damit, dass er kam, doch er verspätete sich. Als sie erkannten, dass der Ratsapotheker wohl nicht mehr erscheinen würde, befanden sie sich bereits in der angeregten Debatte. Vierhaus hatte seine guten Verbindungen in die östlich gelegenen Städte spielen lassen. Schnabel, familiär mit den Hamburgern verbunden, berichtete von der Stimmung an Elbe, Alster und Bille.

Das Ergebnis war so verheerend, wie es alle befürchtet hatten: Die Welt blickte auf Lübeck. Der geplante Bau des größten Schiffs traf überall auf Interesse: bei Menschen vom Fach – Werftbetreibern, Reedern, Kaufleuten, Seeleuten –, aber auch bei einfachen Bürgern. Das vorherrschende Gefühl war das der Schadenfreude. Es gab also eine reiche Witwe, die es den Männern zeigte. Während die Herren der Schöpfung mit Getreidekörnern, Bindfaden und Heringen handelten, drehte sie ein großes Rad. Sie tat etwas, was sich bisher niemand zugetraut hatte. Sie zeigte den Männern, was möglich war. Sie erinnerte die Lübecker an ihre goldene Vergangenheit, denn die blickten ja nicht über den Tellerrand ihrer alltäglichen Geschäfte hinaus. 100 Meter sollte das Schiff lang sein und 100 Meter hoch würden die Masten in den Himmel reichen.

»Aber das ist ja der nackte Wahnsinn«, rief jammernd der Kaufmann Vierhaus. »Das stimmt ja alles hinten und vorne nicht!«

»Sag bloß«, fauchte Schnabel und warf eine Rosine nach der anderen in den Schlund. Er musste essen, wenn er nervös war, am besten ein Essen, das aus vielen kleinen Teilen bestand. Nüsse und getrocknete Trauben waren gut geeignet. Schnabel hatte ein Problem mit den Zähnen, deshalb musste er sich harte Nüsse schweren Herzens versagen.

Senftenberg hatte die Berichte in der Ecke verfolgt, in der sich das Stehpult befand. Als er das Wort ergriff, umfasste er mit beiden Händen das Holz des Pults und strahlte den feurigen Eifer aus, den seine Schüler gefürchtet hatten und seine Kollegen in der Gelehrtenschule übertrieben fanden.

»Witwen!«, donnerte er. »So sind sie, so waren sie immer, so werden sie für alle Zeiten bleiben.«

Mit beiden Händen dämpfte Schnabel die eifernde Art des Gastgebers. »Uns wird etwas einfallen«, behauptete er. »Nun dürfte allen klar sein, dass es schnell geschehen muss. Was diese Frau mit ihrem dicken Hintern umreißt, werden wir sonst in vielen Jahren nicht mehr aufgerichtet bekommen.«

Er blickte in die Runde und dachte: Pfeiffer, wo steckst du? Jetzt könnte ich dich gut gebrauchen.

21

OSWALD PFEIFFER BLICKTE durch den schmalen Türspalt, als würde er den Leibhaftigen erwarten. Dann trat er zurück, die Tür öffnete sich und mit unfrohem Lächeln sagte er: »Die Konkurrenz gibt sich die Ehre.«

»Herr Apotheker«, sagte Joseph Deichmann und zog einen imaginären Hut vom Kopf.

Aufmerksam schritt der Besucher durch den Verkaufsraum, nichts entging seiner Aufmerksamkeit.

»Das hat was«, sagte er anerkennend.

»Tut nicht so, als würde Euch das beeindrucken«, entgegnete der Ratsapotheker. »Ihr seid gar nicht scharf darauf, auch so etwas zu haben."

»Manchmal träumt man. Manchmal fließen die Gedanken, ohne dass man es verhindern könnte.«

Der Apotheker lachte. »Ihr hattet Eure Zeit als Apotheker. Weshalb seid Ihr nicht dabei geblieben?«

»Weil ich mich zu Tode gelangweilt habe.«

»Das lag am Ort. Ihr hättet woanders neu anfangen können.«

»Ich glaube, das hatte ich vor. Aber es ist lange her. Die Erinnerung lässt nach. Ihr habt nicht zufällig ein Mittel gegen Vergesslichkeit?«

Pfeiffer ging mit dem Besucher nach hinten. Hier wurden die Arzneien gemischt, angerührt und abgefüllt. Joseph Deichmann sah alles an und würde nichts vergessen. Er schritt die Regale ab, studierte die Aufschriften. Er nahm sich viel Zeit.

»Sagt es schon, bevor es Euch zerreißt«, forderte ihn Pfeiffer auf.

»Meine Lippen sind versiegelt. Der Schlag soll mich treffen, wenn ich einen Verdacht gegen einen der angesehensten Bürger der Stadt äußern würde.«

»Dann lasst uns über Wilhelmine reden.«

»Ein neues Medikament? Eins, das die Lebensgeister weckt?«

»Ihr seid unverschämt und wisst es.«

»Bietet mir etwas zu trinken an. Dann mäßige ich mich erfahrungsgemäß schnell.«

Aus dem Regal zog der Apotheker eine braune Flasche. Sie war unbeschriftet wie alle Flaschen, die rechts und links von ihr gestanden hatten. Er roch kurz und goss in Zinnbecher ein, auch für sich.

»Auf die Frauen«, sagte Joseph Deichmann.

»Auf die Ehre der Frauen«, sagte Pfeiffer.

Sie tranken, Deichmann schüttelte sich und sagte: »Ich will verdammt sein, wenn das nicht eine teuflisch gelungene Mixtur ist.«

Sie nahmen Platz am einzigen Tisch in dem Raum. Es roch nach frischen Kräutern. Beide schwiegen, maßen schweigend ihre Kräfte.

Joseph sagte: »Ich liebe solche Tage, an denen man von morgens bis abends Zeit hat. Nichts läuft einem weg, man verpasst nichts. Herrlich.«

Pfeiffer sagte: »Gastwirt Deichmann, Ihr schleicht Euch in meine Familie ein.«

»... von morgens bis abends.«

»Hört auf zu spaßen! Es ist mir ernst. Ihr macht Euch an mein Kind heran.«

»An Wilhelmine? Oder an eins der anderen?«

»Ihr seid ein verheirateter Mann. Eure Frau ist in der Stadt bekannt und sogar angesehen. Das ist der Grund, warum ich das Gespräch mit Euch suche, bevor ich die Affäre öffentlich mache.«

»Sprechen wir von derselben Affäre?«

»Von welcher Affäre sprecht Ihr denn, Deichmann?«

»Ich spreche von dem Apotheker, der das führende Haus der Stadt betreibt und mit einem Auge die Lage peilt, wie er seine Geschäfte auf eine breitere Grundlage stellen kann.«

Trotz des schummrigen Lichts war unverkennbar, dass Pfeiffers Gesicht einen Ton blasser wurde. Er sah es Deichmanns Gesicht an, dass dem das nicht verborgen blieb. Und er ärgerte sich, denn er wusste um seine verräterische Schwäche.

»Deichmann, worauf wollt Ihr hinaus?«

»Ich? Ich bin Euer Gast, ich weiß mich zu benehmen.«

»Ihr spielt auf etwas an.«

»Ach ja? War es bis eben nicht gerade umgekehrt? Dass Ihr mir etwas unterstellt?«

Pfeiffer stand auf, ging hin und her, fasste da etwas an, stellte da etwas um. Anders wusste er seine nervöse Unrast nicht zu mäßigen.

Joseph Deichmann blieb seelenruhig sitzen. Der Bursche war der bessere Schauspieler, das erkannte Pfeiffer jetzt. Man hatte ihn gewarnt, er solle sich die Sache nicht zu leicht vorstellen. An Deichmann hätten sich schon andere die Zähne ausgebissen. Aber er hatte sich auf der sicheren Seite geglaubt. Denn Wilhelmine war ein halbes Kind, der Deichmann war verheiratet. Und Pfeiffer war ihnen auf die Schliche gekommen. Was konnte da schiefgehen!? Aber es ging nicht voran!

Pfeiffer schlug auf den Tisch.

»Wackelt nicht«, sagte Deichmann anerkennend. »Guter Tisch.«

»Ich habe Euch gesehen. Man hat Euch gesehen.«

»Ihr oder man?«

»Beide. Erst ein anderer, dann ich.«

»Und was habt Ihr gesehen?«

»Euch und meine Tochter! Das unschuldige Kind! Dass Ihr Euch nicht schämt! Das muss sofort ein Ende haben. Ohne Strafe werdet Ihr nicht davonkommen.«

»Pfeiffer, was habt Ihr vor? Einer wie Ihr ist bekannt dafür, dass er sofort zum Gericht rennt. Ihr habt zwei Eurer Nachbarn belangt, wegen Kleinigkeiten. Und jetzt unterstellt Ihr mir Unzucht und Ehebruch und tut so, als ob es sich um kleinen Frevel handelt.«

»Er gibt es zu«, sagte Pfeiffer mit einer Befriedigung, an der ihn etwas störte. Er wusste nur nicht was. »Er gibt es zu«, murmelte er. »Der Schweinehund kann seine Finger nicht von meinem Kind lassen.«

Die Männer starrten sich an. Eigentlich starrte nur Pfeiffer, Deichmanns Blick war nicht unfreundlich. Nicht bedrohlich. Und nicht schuldbewusst.

»So geht das nicht«, stammelte Pfeiffer. »Schuld fordert Strafe.«

»In Ordnung«, sagte Deichmann und erhob sich.

Er war schon im Durchgang zum Laden, als Pfeiffer rief: »Wohin wollt Ihr?«

»Wir beide gehen jetzt zum Gericht. Da werdet Ihr erzählen, was Ihr mir vorwerft.«

»Und Ihr? Was werdet Ihr tun? Werdet Ihr den Frevel gestehen? Ihr wisst, dass auf Euch eine harte Strafe wartet.«

»Ich werde meine Sicht der Dinge erzählen, werde von Sybille Pieper reden, die seit einiger Zeit einen neuen Kunden in der Stadt hat. Und nicht nur sie, auch ihre Mithexen aus dem Dorf und aus dem Dorf nebenan, und wer weiß, wer noch alles auf den Tisch kommen wird. Die Luft im Gericht fördert die Wahrheitsliebe.«

»Deichmann, bleibt stehen!«

»Habt Ihr etwas gesagt?«, erklang es aus dem Laden. »Ich kann Euch schlecht hören.«

»Kommt her, wir trinken noch einen Schluck. Es hat

Euch doch gut geschmeckt! Vielleicht schenke ich Euch den Rest aus der Flasche!«

»Oder eine neue Flasche, eine gefüllte!«

»Oder das! Kehrt um! Ich sehe Euch nicht.«

Da erschien er, stand im Durchgang, lächelte ohne Angst, und Oswald Pfeiffer wusste, dass etwas schiefgegangen war. Er wusste nur nicht was.

Nachdem Joseph Deichmann einen Rundgang durch alle Räume absolviert hatte, lag vor ihm, was er ausgewählt hatte. Safran und Zucker vor allem. Aber auch Wurzeln der Alraune.

»Ihr seid großzügig mit anderer Leute Eigentum«, knurrte Pfeiffer.

»Dafür lasse ich Euch Euer Töchterlein. Schaut mich nicht so zornig an! Das Kind ist mir zu fromm. Das wird auf die Dauer anstrengend.«

»Wem sagt Ihr das«, brach es aus dem geplagten Vater heraus. »Sie betet von morgens bis abends. Dreimal am Tag in die Kirche, ist das Mindeste. Aber sie geht nicht hin und gut. Sie steht jedes Mal vor mir und will wissen, warum ich auch diesmal nicht mitgehen werde. Ich sage: Ich betreibe eine Apotheke und keinen Devotionalienhandel. Sie sagt: Das eine schließt das andere nicht aus. Ich sage: Ich muss eine Familie ernähren. Sie sagt: Ich ernähre mich von der Gnade des Herrn. Es ist nicht zum Aushalten mit dem Kind. Und ich weiß nicht, von wem sie das hat. Von mir gewiss nicht.«

Deichmann goss die Becher voll und den von Pfeiffer gleich noch einmal.

Dann sagte er: »Glaubt Ihr wirklich, das fromme Gör würde mit mir die Ehe brechen?«

»Ich glaube, dass Ihr Euch an sie herangemacht habt.«

»Da habt Ihr sogar recht.«

Damit hatte Pfeiffer nicht mehr gerechnet. Verdutzt starrte er den Wirt an, der darüber herzhaft lachte.

»Ach, Pfeiffer, Ihr seid ein rechter Lübecker!«, sagte Deichmann. »Immer bigott, immer selbstgerecht, immer einen Schuldigen im Blick. Wir beide sind Konkurrenten, lasst uns offen reden. Ihr treibt Euch in meinem Revier herum und bietet den Huren Mittel an, die sie bisher von mir bezogen haben. Gute Qualität, guter Preis, das ließ Euch nicht ruhen. Und wenn Euch die anständigen Bürger auf die Schliche kommen, werden sie Euch teeren und federn.«

»Sie kommen mir nicht drauf«, knurrte Pfeiffer. »Euch kommen sie ja auch nicht darauf.«

»Weil ich ein Halunke bin. Weil ich die Farbe meiner Umgebung annehme. Weil mich die Mädchen mögen und weil ich nach einer Flasche noch weiß, wo oben und unten ist.«

»Dafür habe ich mein Handwerk erlernt.«

»Na, da werden sie vor Euch aber in die Knie gehen und Euch anbeten!«

»Ich sehe nicht ein, warum ich mich auf die erlaubten Mittel beschränken soll.«

»Weil Ihr ein anständiger Mann seid und die Ratsapotheke betreibt. Weil Ihr eine Respektsperson seid. Weil Ihr dem Bürgermeister näher steht als einem Gastwirt. Ihr könnt nicht zwischen den Welten hin- und herreisen. In meiner Welt habt Ihr nichts zu suchen. Wenn Wilhelmine erfährt, dass ihr Vater Leben tötet, was meint Ihr wohl, was Euch erwartet.«

»Die Höchststrafe«, murmelte Pfeiffer. »Ihre Mutter fängt auch schon an mit der Frömmelei. Ich dachte, mit den Protestanten wird sich die Frömmelei entspannen. Aber sie wird schlimmer.«

Die Männer tranken sich auf einen Rausch zu. Längst hatte Pfeiffer vergessen, dass Deichmann nur indirekt zugegeben hatte, die verbotenen Mittel anzubieten. Ein Beweis lag nicht auf dem Tisch, dort lagen Safran, Zucker und Alraunen. Pfeiffer verbot sich, heimlich auszurechnen, welchen Wert das alles darstellte. Lieber sprach er dem Alkohol zu und verriet Deichmann leutselig, welche Häuser er aufgesucht und mit wem er dort gesprochen hatte. Deichmann erkannte, dass der Apotheker noch keine Sekunde an die Möglichkeit gedacht hatte, ein Opfer von Erpressung zu werden. Als er die Möglichkeit zart andeutete, geriet Pfeiffer in heftige Unruhe. Deichmann beruhigte den habgierigen Geschäftsmann und versprach, Pfeiffers Gesprächspartner auf andere Gedanken zu bringen.

Später führte Deichmann den Apotheker in dessen Wohnung, wo er ihn zu treuen Händen an die erzürnte Gemahlin weiterreichte.

∽◎✑

Als Pfeiffer am nächsten Morgen verkatert und halb blind die Apotheke betreten wollte, wartete vor der Tür ein junger Mann, ein halbes Kind. Er hieß Gotthart Hinsel und war angeblich der neue Lehrling, der lange eine Lehrstelle gesucht habe und hocherfreut sei, dass Pfeiffer sich gestern gegenüber dem Gastwirt Deichmann bereit erklärt hatte, ihn auszubilden. Pfeiffer erinnerte sich an nichts. Er war zu schwach, um sich auf Debatten einzulassen und nahm den Lehrling auf.

∽◎✑

Am Nachmittag stürmte ein Mädchen in die Fluchbüchse, kaum dass geöffnet worden war. Sie fragte sich nach Joseph Deichmann durch und sprang dem überraschten Mann um den Hals, wo sie ihn vor den Augen seiner Frau und seiner ältesten Tochter herzte und küsste. Rot vor Aufregung und Freude ließ sie von Deichmann ab und sagte zu den Frauen: »Er hat gesagt, es wird klappen. Ich habe das nicht geglaubt. Aber es hat geklappt. Jetzt ist mein Liebster Lehrling bei meinem Vater.« Sie deutete auf Deichmann und sagte: »Passt gut auf diesen Mann auf. Er ist ein Heiliger!«

Lachend sprang sie aus der Gaststube. Joseph Deichmann schnappte sich den Besen und begann, auszufegen, wobei er leise pfiff, was er sonst nie tat.

22

MORGENS KAM DAS FUHRWERK NICHT. Querner erfuhr davon erst nach der Mittagspause. Eine halbe Stunde später stand er vor dem Tor des Zimmermannbetriebs. Tore, Türen und Fenster waren verschlossen. Querner fragte herum und erfuhr, dass der Meister morgens seine Angestellten am Tor abgepasst und nach Hause geschickt hatte. Eine Stunde später sei er mit Frau und drei Kindern davongegangen. Einem Nachbarn habe er zugerufen, man müsse wegen eines unerwarteten Todesfalls den Betrieb einige Zeit schließen.

Zwei Tage später ereignete sich der gleiche Vorfall mit dem zweiten Betrieb, der die Werft mit Eichenholz für die Beplankung versorgte. Erneut wurden alle Angestellten nach Hause geschickt, erneut machte sich der Meister unsichtbar. Aber diesmal traf Querner die Ehefrau an, sie hatte zwei kleine Kinder, von denen eins noch die Brust bekam. Die Frau war schlecht gelaunt und wollte nicht mit Querner reden. Als der um Auskunft bat, drohte sie damit, ihn von Nachbarn verprügeln zu lassen. »Ihr habt mein Haus und meinen Grund widerrechtlich betreten.«

Der sonst so besonnene Querner bekam einen Wutanfall, eine Nachbarin mischte sich ein, eine Schüssel fiel zu Boden und zersprang. Die Nachbarin klaubte die Einzelteile auf und lief ins Rathaus, wo sie eine neue Schüssel forderte und Querner wegen versuchten Mordes anzeigte. Es kam zu einem Durcheinander, niemand hielt sich an die zuständigen Dienstwege. Aber abends standen vier vom Gericht geschickte Männer vor der Werft und wollten den Querner festnehmen. Anna Rosländer trat dazwischen, die Männer zogen sich zurück.

Seit diesem Tag schlief Querner auf der Werft und verließ sie nur, wenn es unumgänglich war. Jeden Tag erwartete er im Hafen die Ankunft des Holzschiffs aus dem Baltikum. Nur von dort waren die großen Mengen für das große Schiff zu beziehen. Querner wollte den Bau komplett mit Eichen aus dem Osten bewerkstelligen, es war Anna Rosländer gewesen, die darauf bestanden hatte, auch Betriebe aus der Region zu beteiligen.

Querner brauchte vier Tage, um eine neue Bezugsquelle für Eichenholz ausfindig zu machen. So lange gab es auf der Werft Arbeit, dann würde das vorhandene Holz verbaut sein.

Einen Tag später lieferte der neue Betrieb Holz in

großen Mengen an. Die Erleichterung war groß, nur deshalb dauerte es einige Zeit, bis man erkannte, dass das angelieferte Holz minderwertig war.

Am Tag darauf wurde die Arbeit unterbrochen, Anna Rosländer schickte ihre Leute nach Hause, versprach aber Bezahlung für Tage, an denen sie ohne eigene Schuld untätig bleiben würden.

In Begleitung von zwei Ratsherren erschien Anna Rosländer auf dem Rathaus und verlangte, den Bürgermeister zu sprechen. Der war angeblich vor einer Stunde gegangen, niemand wusste, ob er heute noch ins Rathaus zurückkehren würde.

Zeitgleich lief der Bürgermeister beim Versuch, das Gebäude durch einen Nebenausgang zu verlassen, einem der Männer in die Hände, die auf Annas Bitten dort Aufstellung genommen hatten. Es kam zu einer entwürdigenden Szene, als der Bürgermeister ausrief: »Ich bin nicht der, für den Ihr mich haltet!«

Der schlagfertige Posten entgegnete: »Das ist gut möglich. Ich hielt Euch nämlich bisher für einen Ehrenmann.«

Das wollte der Bürgermeister nicht auf sich sitzen lassen, er stritt noch, als die inzwischen alarmierte Witwe erschien. Der Bürgermeister weigerte sich, mit ihr zu sprechen, sagte einen Termin für den kommenden Tag zu, den er jedoch nicht einhielt. Danach hieß es, er sei Richtung Kopenhagen aufgebrochen, um einen seit langem beschlossenen Besuch bei seinem dänischen Amtskollegen zu absolvieren. Das entsprach der Wahrheit, wie Anna Rosländer in Erfahrung brachte.

Weitere zwei Tage später kam es zu einem Eklat, der die Stadt in Aufregung versetzte. Ein Seemann aus Schweden, seit einer Woche im Hafen und Stammgast in den übel beleumdeten Spelunken, besichtigte die Rosländer-Werft. Weil dort nicht gearbeitet wurde, verschaffte er sich Zugang, sah sich alles an und wollte die Werft verlassen, als er plötzlich einknickte. Mit den Händen fuhr er durch sein Gesicht, stieß gurgelnde Schreie aus, winkte Hilfe suchend zwei vorübergehenden Männern zu und brach zusammen. Die Männer eilten zu dem Reglosen. Sie wollten ihn auf den Rücken drehen, einer riss den anderen zurück und rief: »Die Pest! Er hat die Pest! Auf der Werft ist die Pest ausgebrochen!«

Soldaten riegelten die Werft ab, in die man zuvor den Seemann gebracht hatte. Seine Habseligkeiten wurden sichergestellt und verbrannt. Man wollte auch das Schiff, das noch im Hafen lag, aufs Meer hinausziehen und dort in Brand setzen. Doch die Besatzung kam den Abgesandten der Stadt zuvor, das Schiff machte los, nahm Kurs aufs offene Meer und ward nicht mehr gesehen.

Die Kunde von dem Pestfall raste durch die Stadt, die Geschäfte kamen zum Erliegen. Die Pest – das war die schlimmste Heimsuchung, die denkbar war. Alle 30 Jahre holte sich eine Epidemie Hunderte von Opfern. Erst vor einer Handvoll Jahren hatte der Tod reiche Ernte eingefahren. Das Risiko war hier größer als anderswo, denn mit den Schiffen kamen fremde Ladung und fremde Menschen an Land. Sie legten weite Entfernungen zurück und konnten die Krankheitserreger über Hunderte von Kilometern einschleppen. Niemand wusste, wie es zum Ausbruch der Epidemien kam, daher war vorbeugender Schutz unmöglich. Die Pest war ein unabwendbares

Schicksal. Wenn sie ausbrach, blickten die Menschen dem Tod ins Auge. Wer erkrankte, war verloren. Wenn die Pest raste, landeten die Körper der Toten in Massengräbern vor den Toren der Stadt.

Im Rathaus gingen nachts die Lichter nicht mehr aus. Weil der Bürgermeister nicht in der Stadt weilte, übernahm Ratsherr Gleiwitz den Vorsitz des Pest-Komitees. Er besaß die meiste Erfahrung mit Seuchen, er hatte Cholera, Ruhr, Typhus und Pocken überlebt – er war in seinem Leben viel herumgekommen. Gern erzählte Gleiwitz von seinen Heldentaten, er hatte sich als umsichtig, ausdauernd und kompetent erwiesen. Wer ihn jetzt sah, erlebte einen Mann, der wenig umsichtig, gar nicht ausdauernd und schrecklich inkompetent wirkte. Man schrieb es dem Schreck zu. »Morgen wird er sich gefangen haben«, murmelte man auf den Fluren.

Die Medici der Krankenhäuser eilten aufs Rathaus und stellten ihre Arbeitskraft zur Verfügung. Wer Erfahrung in der Pflege von Kranken hatte, erschien auf dem Rathaus, einfache Frauen aus den armen Vierteln hinterließen ihre Namen und sagten, dass man sie zu jeder Tag- und Nachtzeit holen könne. Inmitten des Durcheinanders auf dem Rathaus spielten sich rührende Szenen von Hilfsbereitschaft und Mut ab. Und dazwischen Gleiwitz, das Nervenbündel, den reiselustigen Bürgermeister verfluchend, der in Kopenhagen längst Lunte gerochen haben musste und die Lübecker in ihrem Unglück allein lassen würde.

Was ein Pestkranker berührt hatte, durfte von keinem Gesunden berührt werden, damit war jeder Zentimeter der Werft bis auf Weiteres tabu.

Die alte Schlüter, gestählt von Jahrzehnten schlimmster

Epidemien, war freiwillig auf das Gelände gegangen, um dem kranken Seemann beizustehen. Als die Nachricht die Runde machte, dass sich eine Bürgerin auf der Werft befand, hatte die alte Frau längst ihren Schreck überwunden, als sie unerwartet einem weiteren Mann gegenübergestanden hatte. Querner, aus tiefem Schlaf geschreckt, hörte, was geschehen war und wollte sofort die Werft verlassen. Mit vorgestreckten Lanzen trieben ihn die Wachen zurück und drohten, auf ihn zu schießen, wenn er sich nicht unsichtbar machen würde. Querner zog sich zurück, schockiert erst und nachdenklich. Leider konnte es sich eine der Wachen dann nicht verkneifen, höhnische Bemerkungen aufs Gelände zu rufen. »Wir werden Euch rösten!« hieß es, und »Einmauern werden wir Euch!«

Querner schnappte sich ein handliches Plankenstück und schlug dem Rufer das Gesicht flach. Der verlor seine Nase und auch das Bewusstsein. Es kam zu einer Schlägerei, Schüsse fielen, mit einer Kugel im Bein schleppte sich Querner in Sicherheit.

Die alte Schlüter versorgte ihn. Sie war eine seltsame Frau, klein, stämmig, schweigsam und ungeheuer fleißig. Die Frau musste etwas zu tun haben. Untätigkeit vertrug sie nicht.

Ein Verschlag wurde Querners Krankenzimmer, der schwedische Seemann lag dort, wo die Hölzer gestapelt waren. Querner war verboten worden, Kontakt zu ihm aufzunehmen, aber er wusste, dass er sich längst angesteckt hatte. So hinkte er auf den Krücken, die er sich gebaut hatte, zu dem Schweden. Der wirkte mitgenommen, war aber ansprechbar. Er verstand deutsch besser als er es sprach. Eine Verständigung kam dennoch zustande, sie wurde mit reichlich dänischen Zutaten ausgetragen, diese Sprache beherrschten beide Männer. Auch die alte Schlüter beteiligte sich am dänischen Palaver.

23

SYBILLE PIEPER REGTE SICH nicht schnell auf. Aber wenn, dann richtig.

»Das ist mir zu viel Zufall«, sagte sie, als sie mit Trine Deichmann vor ihrer Hütte saß. Im Osten lag Lübeck, hier war, gleich hinter dem Garten, nichts als Natur. Schräg rechts lag Urwald, schräg links das Moor. Die Kutsche vor der Hütte war gepflegt und gewienert, alles andere war windschief und gezeichnet von jahrelanger Vernachlässigung.

»Mir kann keiner vorwerfen, dass ich nur das glaube, was ich sehe«, fuhr die Kräuterfrau fort. »Aber das passt einigen Leuten einfach zu gut in den Kram. Findet Ihr das nicht auch?«

»Ich finde vor allem, dass es, wenn es ausgedacht ist, gut ausgedacht ist. Die Pest! Da hört doch jeder auf zu denken, da hat doch jeder nur noch Angst.«

»Ich kaue Baumrinde dagegen. Mir kann keiner.«

Trine behielt ihre Zweifel für sich. Sie war herausgefahren, um sich mit den Frauen zu besprechen. Die nächsten Stunden würden nicht nur über die Zukunft des Schiffs entscheiden, sondern über die gesamte Werft. Und damit über Anna Rosländer.

Hedwig Wittmer hatte die Kutsche zur Verfügung gestellt, nicht zum ersten Mal. Der blutjunge Kutscher hatte Trine schon mehrfach chauffiert. Er steckte im Wald und fraß sich an Blaubeeren satt.

Trine berichtete vom alten Ebel, dem früheren Stadtarzt. Er übte das Amt nicht mehr aus, aber im Ruhestand lebte Ebel nicht, konnte es gar nicht, so vital, wie er sich fühlte. Seine Kenntnisse kamen dem Krankenhaus und dem Siechenhaus zugute. Er schaute auch bei den Waisen vorbei, wenn sich die regulär mit dieser Aufgabe betrauten Ärzte zierten, weil sie es für unter ihrer Würde hielten, schmutzige Kinder zu untersuchen. Bei den Waisen ging es so: Waren sie stark genug, würden sie auch Krankheiten überleben. Waren sie zu schwach, machten sie Platz für eine neue Waise.

Ebel hatte bestätigt, wie gefährlich ein Pestausbruch war und dass nichts daran verdächtig war, wenn er sich im Hafen ereignete. Dies war der wahrscheinlichste Ort. Er wollte sich den Schweden ansehen, obwohl Trine ihn warnte, sich in Gefahr zu begeben. Sie befürchtete, der Körper des alten Mannes könne nicht widerstandsfähig genug sein, um die Begegnung mit den gefährlichen Krankheitserregern zu überstehen.

Gemeinsam trugen die Frauen zusammen, was sich um den schwedischen Seemann ereignet hatte. Er konnte sich auf dem Schiff oder im Osten angesteckt haben. Zuletzt hatte das Schiff in Stralsund angelegt und davor in Häfen des Baltikums.

Besonders wichtig war das Urteil der alten Schlüter. Sie hatte den Wachen zugerufen, dass sie den Schweden untersucht habe, es sei die Pest. Trine glaubte der alten Frau, die Pflegerin war zu fantasielos, um an einem Lügenspiel teilzunehmen. Auch zu anständig. Zwar unterschätzte Trine nicht die Macht des Geldes. Mit einigen Münzen ließen sich die Lebensumstände der meisten Menschen verbessern. Man konnte ihnen noch nicht einmal böse sein, wenn sie der Versuchung erlagen.

Auch bei Trine saß der Schreck tief. Die Pest! Das veränderte alles. Anna Rosländers Schiff war nicht mehr wichtig, denn wenn die Pest nicht bekämpft wurde, würde es nicht genug Menschen geben, die das große Schiff bauen konnten.

»Andererseits ist es so: Wenn jemand verhindern will, dass das Schiff gebaut wird, ist ein Pest-Ausbruch der beste Weg. Mir fällt kein besserer ein. Euch?«

Sybille Pieper zuckte die mageren Schultern. Sie nannte die Krankheiten, die den Menschen ein Schaudern über den Rücken jagten. Keine war gefährlicher als die Pest. Und letztlich war es einerlei, welchen Namen das kranke Kind trug, Pest oder Pocken.

»Aber ich glaube es trotzdem nicht«, beharrte Sybille.

Es gab eine einzige Tatsache, die sie misstrauisch machte. Der Seemann hatte die Werft betreten! Der Mann fuhr seit 15 Jahren zur See, er kannte Dutzende von Werften. Warum hatte er diese betreten?

»Und warum kippt er fünf Minuten später um, rollt mit den Augen und hat die Pest?«

»Er könnte vom Bau des Schiffes gehört haben«, wandte Trine ein. »Das könnte ihn neugierig gemacht haben. Für einen Seemann ist ein Schiff von dieser Größe interessant.«

Dagegen fiel Sybille nichts ein, auf ihre Stimmung wirkte sich das nicht segensreich aus. Trine wusste, dass ein Mensch wie Sybille Pieper nichts anderes hatte als sein Gefühl. Man konnte das nicht ignorieren. Gefühle, Instinkte, Ahnungen – das war genauso gut wie angelesenes Wissen. Es gab nicht viele Ärzte, die nach Jahren des Lernens und Studierens besser zu heilen vermochten als diese Kräuterfrau.

»Es ist nicht schwer, die Wahrheit zu finden«, sagte Trine. »Der Seemann muss untersucht werden. Man kann die Pest nicht vortäuschen.«

»Wenn meine Vermutung stimmt, werden sie uns nicht zu ihm lassen.«

»Dann werden wir Krach schlagen.«

»Sie werden sagen: Das sind die Hexen, denen die Rechthaberei näher am Herzen liegt als das Leben der Lübecker.«

»Wir werden sagen: Wenn er die Pest hat, habt ihr nichts zu befürchten.«

»Sie werden sagen: Seht her, wie sie ihr eigenes Süppchen kochen.«

»Wir werden sagen: Wenn er die Pest hat, pflegen wir ihn.«

»Sie werden sagen: Das machen wir lieber selbst, denn uns liegt das Leben unserer Frauen und Kinder am Herzen.«

»Sagt mal, Sybille, was ist das, was aus Eurem Mund spricht?«

»Die Erfahrung von 30 Jahren Lübeck.«

24

»BERUHIGE DICH DOCH«, sagte seine Frau. »Du musst dich beruhigen.«

Sie wollte sich ihm in den Weg stellen, wollte ihn an den Schultern packen. Aber er wollte sich nicht anfassen lassen und schlug Haken. Zu allem Überfluss kariolten die beiden Kleinsten herein und wollten mit ihrem Vater spielen. Schnabel wehrte die Rangen ab, solange es ging. Dann rief er:

»Könnte mir bitte jemand die Plagen abnehmen!«

Die Haushälterin stürzte herein. Sie wusste auch schon, was im Hafen geschehen war.

»Es sind doch nur Kinder«, sagte Schnabels Frau.

Das war eine kühne Behauptung. Wenn sie staatsmännische Aktivitäten verhinderten, waren sie Schädlinge, kleine Schädlinge, aber sie waren ja alle klein: der Kartoffelkäfer, der Holzbock, die Hummel und die Schnaken, die in den toten Armen der Trave schon wieder wie jeden Sommer in dicken Schwärmen emporstiegen und nach Körpern suchten, in die sie ihre Rüssel bohren konnten. Genau wie Kinder. Bei Schnabel waren die Ohren empfindlicher als alles andere. Kindergeschrei war für ihn wie der Besuch in einer Schmiede: helle, grelle, hohe Töne, immer dann auftretend, wenn man am wenigsten mit ihnen rechnete; und dann nicht mehr endend, stattdessen an Kraft noch zunehmend, sodass den geplagten Ohren nichts anderes übrigblieb, als das Weite zu suchen.

»Sie sind nicht deine Gegner«, behauptete Schnabels Frau.

Sie musste so reden, sie war die Mutter. Sie kümmerte es nicht, wenn die Pest ausbrach. Im Hafen! Auf einen Schlag waren alle bösen Träume des Reeders Schnabel wahr geworden. Die Nachricht von dem kranken Schweden hatte ihn genauso überrascht wie alle anderen. Nur dass es sich um einen Schweden handelte, stellte keine Überraschung dar. Von den Schweden kam alles Übel der Welt. Sie trugen ihre Kriege in den Süden, weil sie in ihrer Heimat keine Gegner fanden, die sie töten, schänden und quälen konnten. Schnabel kannte ein Dutzend Menschen, denen von Schweden übel mitgespielt worden war. Dass ein Volk so böse sein konnte!

»Die Kinder müssen weg«, knurrte Schnabel.

»Dass du in diesem Moment zuerst an sie denkst«, entgegnete seine Frau. Sie hatte diese belegte Stimme, die signalisierte: Ich bin gerührt und du kriegst meine Zuneigung ab.

Schnabel verzichtete darauf, das Missverständnis richtigzustellen. Solange die Plagen nur verschwanden, war ihm jedes Missverständnis recht. In seiner Umgebung begann man bereits, Angehörige fortzuschaffen. Für Bürger vom Schlage Schnabels war das nicht schwer. Viele von ihnen besaßen Sommerhäuser, nicht wenige befanden sich zurzeit sowieso dort. Sie würden ihren Aufenthalt verlängern, die anderen würden aufs Land fahren, dort würde man zusammenrücken und niemand würde klagen.

Die Pest war in der Stadt!

Das war, als würden die Schweden vor dem Holstentor auftauchen und die Herausgabe des städtischen Silbers verlangen. Mit dem Unterschied, dass man den Schweden das hässliche blonde Gesicht vom Hals schlagen konnte und der Pest nicht.

Jedes Mal, wenn die Pest ihr Haupt erhob, fiel Schnabel die gesellige Runde vor zehn Jahren ein. Man hatte im Hof von Ebel gesessen, dem Stadtarzt. Süffige Bowle vom Holunder war in Strömen geflossen, im Garten war der Ganter auf ein Nachbarkind losgegangen und hatte es blutig gehackt. Ebel hatte das Blut gestoppt, der Bruder des Opfers hatte dem Ganter den Hals gebrochen und auf Herausgabe des Tierkörpers geklagt. Ein neuer Topf Bowle hatte die Gemüter beruhigt und dem Gantermörder den ersten Schwips seines Lebens beschert. Er hatte sich mehrfach in die Beete erbrochen.

In dieser entspannten Atmosphäre war Ebel auf sein Lieblingsthema zu sprechen gekommen. War es nicht der Tag gewesen, an dem er seine neue Hebamme präsentiert hatte? Trine Deichmann, jung, beherrscht, schweigsam, aber ehrgeizig und beseelt vom Wunsch, keinen Fehler zu begehen? Das war ihr gelungen. In der Anfangszeit hatte man geglaubt, sie werde es nicht lange machen, aber sie hatte alle überrascht, ihre Hebammen-Schar hatte sie in einer Weise unter der Fuchtel gehabt, dass sich viele Handwerksmeister daran ein Vorbild nehmen konnten. Bei denen sprangen die frechen Gesellen über Tische und Bänke, bei Trine Deichmann herrschte Zucht und Ordnung. Erstaunlich, wie gehorsam das Hexenvolk sich aufführen konnte, wenn es eine gab, die die Regeln bestimmte. Wahrscheinlich flogen sie auf ihren nächtlichen Ausflügen in Formation wie die Gänse und Reiher auf ihren Wanderungen.

An diesem Nachmittag mit dem toten Ganter und der neuen Hebamme und den Schüsseln voll prickelnder Bowle hatte Ebel gesagt: »Was für ein schöner Tag. Alles blüht auf, alles lehnt sich gemütlich zurück. Morgen kann die

Pest kommen oder das Fleckfieber oder die Syphilis. Dann können wir uns immer noch überlegen, was zu tun ist.«

Wer Bescheid wusste, hatte den Kopf eingezogen. Stadtarzt Ebel ritt sein Steckenpferd! Vorbeugung wollte er betreiben, gegen alle Krankheiten, am meisten und schnellsten aber gegen die gefährlichen, die aus dem Nichts kamen und die Menschen zu Tausenden dahinrafften. Jede Krankheit besaß einen Charakter, den musste man kennenlernen, dann wüsste man, wie die Krankheit zusammengesetzt war, und konnte verhindern, dass sie Lübeck besuchte. Was war dafür nötig? Geld, gute Arbeiter, Austausch mit den besten Medici aller Weltkreise, Suche nach neuen Medikamenten und Zusammenarbeit mit den Kräuterweibern und Hexen, denn die wussten Dinge, die ein Barbier nicht wusste und ein Medicus auch mit 20 Jahren Studium an einer Universität nicht in Erfahrung bringen würde. Aber eine Universität sollte endlich nach Lübeck, nicht der Philosophie und Literatur, sondern einzig dem Baltischen Meer sollte sie dienen und allem, was mit ihm und seinen Menschen zusammenhing.

Der Stadtarzt Ebel träumte von einer Universität des Meeres und wollte sich um alles kümmern, was im Meer und an seinen Küsten stattfand. Die großen Krankheiten trieben ihn um, am meisten ärgerte ihn das Verhalten der Menschen. Jede Epidemie füllte die Friedhöfe und Gottesdienste. Es dauerte kein Jahr, bis die Menschen zu vergessen begannen. 20 Jahre später folgte die nächste Epidemie. Erneut Heulen und Zähneklappern, Sterben, Beten, Vergessen, 20 Jahre später die nächste Epidemie …

»Ihr versteht mich schon«, hatte Ebel an jenem Nachmittag gesagt, »es ist, als gäbe es einen Fluch, der uns verbietet, die Krankheit in ihrem Innersten zu erkennen.

Aber wer anders verbietet es uns als wir selbst? Warum trauen wir uns so wenig zu? Ist es nicht erstrebenswert, das eigene Kind nicht sterben zu sehen? Wie wichtig ist es mir, wenn meine Frau nicht blind wird und mein Knecht keine gekrümmten Hände zurückbehält? Warum findet Fortschritt nur bei den Kaufleuten statt, die ihre Geschäfte auf weite Entfernungen mit Krediten und Wechseln und den neuen Banken betreiben? Warum helfen uns die Protestanten nicht, die vor 100 Jahren angetreten sind, das Unwissen zu beenden und ein Bild des Menschen zu prägen, vor dem sich der Schöpfer nicht schamvoll abwendet?«

»Der Mensch ist träge«, hatte Schnabel damals entgegnet. »Er ist faul und verfressen, und die wenigen, die anders sind, werden nie so zahlreich sein, dem großen Dösen Paroli bieten zu können.«

Schnabel hatte sich auf ein Streitgespräch mit dem Arzt eingelassen, denn damals war auch Schnabel von einem Geist erfüllt gewesen, der sich nicht abfinden wollte, der aufbrechen wollte zu neuen Ufern, der mehr sein wollte als der vierte Spross im Stammbaum der Sippe, der Schiffe mit Ladung füllte und dafür sorgte, dass sie die Rückreise nicht leer antraten. Im Füllen von Laderaum übertraf niemand den Reeder Schnabel. Jahrelang war er darauf stolz gewesen. Mittlerweile sah er die Dinge nüchterner. Er tat, was getan werden musste, damit sich das große Rad drehte. Hätte er es nicht getan, würde es ein anderer tun. Nicht der Mensch Schnabel und sein schlagendes Herz waren wichtig. Wichtig war, dass die Arbeit getan wurde. Das war nicht wenig, aber es hatte Zeiten gegeben, in denen er sich wertvoller vorgekommen war.

»Was ist mit dir, mein Lieber?«

Verdutzt starrte er die Frau an, die seit Jahren in seinem Haus lebte und behauptete, von ihm geheiratet worden zu sein. Fürchtete er sich davor, allein zu leben? Hatte er geheiratet, weil jeder Mann heiratete? Die wenigen, die darauf verzichteten, waren Käuze und Hagestolze, und einige von ihnen hüteten ein Geheimnis, das sie in früheren Zeiten den Hals gekostet hätte, weil es abartig und widerlich war.

Vor vier Jahren war es dann passiert: Die Pest war nach Lübeck gekommen und hatte reiche Ernte eingefahren. Über 7.000 Menschen waren dahingerafft worden. Seitdem hatte die Stadt einen neuen Friedhof. Und auch damals war ein Phänomen aufgetreten, das Schnabel noch mehr ängstigte als alles andere. Bei keiner Gruppe der Bevölkerung gab es so viele Opfer zu verzeichnen wie bei den Ratsherren. Fast jeder Dritte hatte die Heimsuchung nicht überlebt. Gut, dadurch waren Positionen vakant gewesen, sie wurden von nachrückenden Kräften besetzt, die in manchem Fall eine deutliche Verbesserung des Niveaus bedeuteten. Dennoch … dennoch …

»Die Krankheit richtet sich nicht gegen dich«, behauptete Schnabels Frau. Sie las im Gesicht ihres Mannes wie in einem offenen Buch. Noch ein Grund, sich vor ihr in acht zu nehmen.

»Was starrst du mich so an?«, fragte sie unsicher.

»Es ist nichts«, behauptete er. Die Wahrheit konnte er ihr nicht sagen, dafür hätte er sich stundenlang erklären müssen. Aber es war so, dass die Frauen Ähnlichkeit mit Hexen besaßen. Alle Frauen! Manche mehr und manche weniger, aber jede ein wenig. Hexen waren aus ihrem Geschlecht modelliert, Hexen waren nicht außergewöhnlich. Nicht nur alte Frauen und Hebammen trugen ihr Blut, jede Frau tat es. Der Mensch musste nur kein Mann sein, schon war er eine halbe Hexe. Schnabel dachte: Wir dürfen sie uns nicht zum Feind machen, sie können uns töten. Aber sie wissen es nicht. Und dürfen es nie erfahren.

Er wusste nicht, was die Frauen davon abhielt, das Bewusstsein ihrer Stärke zu entwickeln und gegen die Männer zu richten. Und wenn es die Hexen waren!? Wenn die Hexen die Beschützer der Männer waren!? Wenn die Hexen das Bollwerk darstellten? Wenn sie die Frauen beherrschten, weil sie die Frauen am besten kannten? Wenn die Hexen es waren, die die Ordnung aufrecht hielten und sich der Männer nur bedienten, weil Männer am besten geeignet waren, die anfallenden Arbeiten zu erledigen?

Schnabel nahm sich vor, die Angelegenheit bei nächster Gelegenheit mit dem Bischof zu besprechen. Aber erst musste die Pest besiegt werden. Denn dass sie am Ende unterliegen würde, daran gab es keinen Zweifel. Die Geschichte kannte keinen einzigen Fall, in dem die Pest gekommen und geblieben war. Die Pest kam und ging wieder, sie nahm viele Opfer mit, aber es gab auch viele Menschen. Und man durfte vor lauter Kummer nicht die Augen vor der Wahrheit verschließen: Um viele Opfer war es nicht schade. Niemand hatte jemals behauptet, dass alle Menschen gleich viel wert waren! Das wäre auch ein schlechter Witz gewesen. Nein, es gab wertvolle Menschen, Ratsherren, Pastoren, Kaufleute vor allem. Es gab nicht ganz so wertvolle Menschen: die Frauen von Kaufleuten und Ratsherren. Und es gab den großen Rest. Natürlich war ein Gastwirt mehr wert als ein Landstreicher. Aber der Unterschied zwischen den beiden war geringer als der zwischen dem Gastwirt und einem Ratsherrn. Da biss die Maus keinen Faden ab. Die Pest, so schrecklich sie war,

hatte auch ihre guten Seiten, indem sie die Erde von nutz-
losen Menschen säuberte. Hinter der Pest steckte ein Plan,
manche Predigt von den Kanzeln handelte von diesem Plan
und wie sinnlos es sei, sich dagegen aufzulehnen.

Aber diesmal hatte sich die Pest den falschen Ort ausgesucht! Diesmal war etwas schiefgegangen.

»Ich muss los«, sagte Schnabel.

25

Auf dem Markt tanzte der Tod. Er bestand aus nichts
als Knochen, die hin- und herschlenkerten. Der Musicus
an der Seite schlug zwei echte Knochen aus dem menschlichen Oberschenkel gegeneinander, durch die Geräusche
klang der Tanz des Knochenmanns bedrückend und wahr.
Die Zahl der Zuschauer nahm zu, Kreuze wurden geschlagen und betretene Mienen zur Schau getragen. Ratsherr Schnabel wischte den Bettler zur Seite, der zahnlos
grinsend die schorfige Hand ausstreckte. Im nächsten
Moment stand er dem Vogelmann gegenüber. Der drosch
mit seinem Stock auf den Ratsherrn ein und rief: »Er gefällt mir nicht! Er ist so reizbar!«

Schnabel eilte davon, das Gelächter verfolgte ihn noch
lange. Knapp nahm er die Hausecke und prallte mit einer
Frau zusammen. Sie trug ein Kind, das hustete. Rotz lief
aus der Nase, schmutzig war es sowieso.

»Was bildet Ihr Euch ein!«, herrschte Schnabel die
erschreckte Frau an. »Sperrt gefälligst Eure Brut weg!

Glaubt Ihr, ich bin erpicht darauf, mich von Euch anstecken zu lassen!«

»Aber er hat doch nicht ... er ist doch nur ...«

»Spart Euch die Mühe! Ich weiß, wie die Pest aussieht!«

༄

Alle in der Runde wussten das. Dennoch mussten sie die quälend ausführliche Darstellung des Ratsherrn Voigt über sich ergehen lassen, bevor sie zum Eigentlichen kommen konnten. Fieber und Schüttelfrost ohne Ankündigung, Sehstörungen, Denkstörungen, danach alles zusammen: Verdauungsbeschwerden, Atemnot, rasendes, später stolperndes Herz, unter der Haut werden Knoten spürbar, die wachsen und bluten. Schneller körperlicher Verfall und Tod, alles im Verlauf weniger Tage.

»Es ist gut, Voigt«, stöhnte ein Mann in der Runde.

»Es kann nicht oft genug gesagt werden«, behauptete Voigt. »Ich war an der Pest erkrankt, ich weiß, wovon ich rede.«

Melchior Voigt hatte auf den Tod darniedergelegen und war auf wundersame Weise gerettet worden. Seitdem schwor er auf Branntwein, denn in seiner Todesangst hatte er seinerzeit begonnen, sich besinnungslos zu betrinken, um das Denken auszuschalten. Das war ihm gelungen, Voigt war zusammengebrochen, war aus dem Haus getaumelt, hatte sich im Wald wiedergefunden, war fast in einem Bach ersoffen, hatte mit einem Wolf gekämpft, hatte die Engel gesehen, und als er erwachte, nach mehr als zehn Tagen, an die er keine Erinnerung besaß, war der kleine Mann, nur noch Haut und Knochen, geheilt gewesen.

»Macht nicht so ein Gewese«, knurrte Schnabel. »Ihr seid der eine, der die Pest überlebt. Solche hat es immer gegeben. Ihr seid so dünn, die Pest hat geglaubt, Ihr seid schon tot. Es war ein Irrtum, dem Ihr Euer Leben verdankt.«

»Ich werde aufhören zu essen«, kündigte Voigt an. »Schmal sein, ist von Vorteil. Das Licht trifft dich nicht und glaubt, du bist nicht da.«

»Lasst uns zum Thema kommen!«, bat händeringend der Theologe Distelkamp. Er litt, wenn er in eine Runde geriet, in der Wissen, Angst und kruder Volksglauben eine unheilvolle Verbindung eingingen. Er litt doppelt, wenn diese Runde aus gelehrten Männern bestand, die beim erstbesten Härtefall in ihrer geistigen Entwicklung um ein halbes Jahrtausend lotrecht in die Vergangenheit zurückstürzten.

Dabei gab es heute einigen Grund, um sich nicht gehen zu lassen. Denn Goldinger gab der Runde die Ehre. Bürgermeister Edgar Goldinger, Gatte von Kreszentia, geboren in Passau kurz vor dem Mittelmeer, tagelang auf der Flucht vor Anna Rosländer, vor deren Zorn er nach Kopenhagen ausgewichen war. Dort wäre er geblieben, hätte ihn nicht eine Depesche erreicht, in der ihm Männer seines Vertrauens vors Auge gestellt hatten, welchen Eindruck es machen würde, wenn ausgerechnet der Bürgermeister bei schwerem Seegang den Schwanz einkneifen würde. Goldingers Standardausflucht: »Ich bin auch nur ein Mensch« verfing vielleicht bei rabiaten Witwen, bei der Pest war Widerspruch nicht möglich. Die Pest war das Äußerste an Ungemach. Wer der Pest nicht gewachsen war, war dem Amt nicht gewachsen. Und so gern Goldinger vor schweren Aufgaben gelenkig auswich, an das Amt hatte er sich gewöhnt und wollte es behalten. Die Familie seiner Frau, alteingesessene Seefahrer, hatte schon Signale ausgesandt, wie sie mit einem zu verfahren gedächte, der Feigheit vor dem Feind zeigte.

»Ich bin die Nacht durchgefahren«, behauptete Goldinger kernig. »Ich weiß doch, wo in schwerer Stunde mein Platz ist.«

Das wussten alle, sie wussten auch, was Überzeugung war und was Pathos. Aber sie saßen nicht zusammen, um Goldinger zu quälen, was sie sonst gern taten, denn keiner litt so schön wie er. Außerdem war er kein Lübecker, sondern ein Zugezogener, und es lag in der Macht der Alteingesessenen, wie lange sie ihn als Lübeck-Lehrling kurz halten würden, obwohl alles in Goldinger danach verlangte, zum inneren Zirkel zu gehören. Naiv, wie er war, hatte er geglaubt, das Amt allein würde ausreichen, um ihn zu adeln. Aber das Amt war bloße Dekoration, für das Funktionieren der Stadt war es ohne Belang. Ein Bürgermeister musste sein, weil es Tradition war und alle Städte einen Bürgermeister besaßen. Lübeck war nicht die Kommune, die zum Vorpreschen neigte und etwas als Erstes einführte, wenn es auch ohne die Einführung gehen würde.

»Na, das ist eine schöne Scheiße!«, tönte Goldinger. Er wollte einfach nicht von seiner Angewohnheit lassen, dick aufzutragen und sich wie ein Mann unter Männern aufzuführen. Dabei war dies keine lupenreine Männerrunde, wenngleich niemand Apollonia Wendt ohne Not als Frau bezeichnet hätte. Mannweib traf die Sachlage präziser. Die frühere Frau eines Schulleiters und jetzige Gattin des Weinhändlers Wullenhaupt-Ratzeburg hatte den Widerstand gegen Anna Rosländer organisiert und wollte nicht länger in den Kulissen agieren, weil das ihrem Naturell widersprach.

»Das ist die Pest«, sagte Distelkamp nüchtern. »Die Pest kommt und geht. Jetzt ist sie gekommen, zu keinem günstigen Zeitpunkt. Was wäre der richtige Zeitpunkt? Was würde uns passen?«

Nachdem dergestalt die Natur der Krankheit auf den Punkt gebracht worden war, konnte man zum konstruktiven Teil der Debatte überwechseln. Es bedurfte eines weiteren Einwurfs des Theologen, um zwei Punkte säuberlich zu scheiden. »Die Pest und Anna Rosländer« sowie »Die Pest und der Hafen«.

»Das eine ist ein Segen, das andere ist die Pest«, sagte Schnabel und nahm bescheiden Glückwünsche für seine schlagfertige Art entgegen. Er selbst hielt sich in aller Bescheidenheit für nicht unoriginell. Aber ihm glückten einfach zu selten Beiträge, die Beifall hervorriefen.

»Das mit Annas Schiff hat sich wohl erledigt«, behauptete Voigt. »Eigentlich schade, ich war gerade dabei, das Spiel zu genießen.«

»Vergesst das Schiff«, rief Schnabel, »das Schiff war eine Kabbelei. So was kommt immer wieder vor, ein Mückenstich der Zeitgeschichte …«

Er gierte nach Resonanz, die diesmal überschaubar blieb. »Aber es ist im Hafen passiert«, fuhr er nüchtern fort. »Der Hafen verträgt keine Pest.«

Distelkamp war kurz davor, einen Ort zu erfragen, an dem die Pest einen guten Eindruck machen würde. Er selbst kannte die Antwort: Stockholm. Aber das war in der Kürze der Zeit ja nun nicht machbar. Alles spitzte sich auf die Frage zu: Was sollte mit dem kranken Schweden geschehen?

Das Prekäre der Lage erschloss sich allen augenblicklich. Einerseits war der Schwede das Faustpfand gegen Anna Rosländer, denn er blockierte die Werft und damit die Bauarbeiten. Andererseits blockierte er auch die Geschicke des Hafens. Eins war nicht ohne das andere zu haben.

»Der Kerl muss da weg«, forderte Schnabel.

»Damit Anna fünf Minuten später ihre Männer heranpfeift und weiterbaut …?«

Erstaunt blickten alle Apollonia an. Es war erstaunlich, mit wie viel eisiger Ablehnung man eine Handvoll Wörter überziehen konnte.

»Ich präzisiere«, fuhr Schnabel fort. »Der Kerl ist akzeptiert, wenn wir ihn an einen neutralen Ort auslagern.« Er schlug ein Haus in den Vierteln der Armen vor, was von Apollonia Wendt mit dem Reizwort »Panik in engen Gassen! Bürger, überprüft Eure Vorräte an Löschwasser« abgeschossen wurde. Flexibel wich Schnabel nach Moisling vor den Toren der Stadt aus, wo die Juden lebten.

»Der Gedanke hat Charme«, sagte der Bürgermeister zufrieden. Doch zwei Männer in der Runde setzten sich – zurückhaltend, aber hartnäckig – dermaßen für die Juden ein, dass Schnabel für bewiesen hielt: Sie hatten Geld von ihnen geliehen. Die geschmeidige Art der Juden, sich unentbehrlich zu machen, könnte ihnen den Hals retten – diesmal.

Jemand schlug vor, den Schweden auf ein Schiff zu schaffen und Richtung Norden zu segeln. »An den Mast binden und ab dahin, wo er herkommt«, sagte Voigt. »Die Mannschaft stellen wir aus Häftlingen zusammen. Die werden froh sein, wieder an die frische Luft zu kommen.«

»Er darf sich nicht zu weit von Annas Werft entfernen«, erinnerte Schnabel vorsichtig.

Die Runde verfiel in dumpfes Brüten. Auch Appollonias Vorschlag, den Schweden im Rosländer-Haus zu internieren, fand keine Zustimmung. Man kannte Annas Nachbarn und mochte sie.

Mit jeder Minute, die verging, bröckelte die Fassade stärker. Es war nur eine Frage der Zeit, bis der Erste aussprechen würde, was nach Lage der Dinge unvermeidbar war: Die Pest würde sich ausbreiten. Die Pest hielt sich nicht an Grundstücksgrenzen.

»Das mit dem Schiff war eigentlich keine dumme Idee«, murmelte Apollonia. »Wir schaffen ihn auf ein Schiff und werfen Anker. Dann stecken wir Anna auch aufs Schiff oder jemand, den sie mag. Das wird sie nachdenklich machen.«

Schnabel starrte Apollonia an. Das neue Liebesglück hatte keine Wirkung auf ihren Appetit gehabt. Sie stand immer noch gut im Futter und beanspruchte die Sitzfläche zweier schlanker Menschen. Apollonia bot man keinen Stuhl an, man lotste sie auf ein Sofa und sorgte dafür, dass sie dort allein sitzen konnte. Heute kam die Sitzordnung durcheinander, denn plötzlich saß Melchior Voigt neben ihr. Wäre der Anlass des Treffens nicht so ernst gewesen, hätte man lachen können: Die Füllige und der Spiddel. Ihr Weinhändler war auch kein Herkules, Apollonia zog schlanke Männer vor. Während ihrer ersten Ehe waren Apollonias Affären Stadtgespräch gewesen. Der Weinhändler musste noch nichts befürchten, die Ehe war zu neu, um unter Abnutzungserscheinungen zu leiden.

Wieder war es Distelkamp, der dem Gespräch eine Wende zum Sinnvollen gab. »Wir müssen der Wahrheit ins Auge blicken. Die Wahrheit ist die Pest. Vergesst den dummen Streit um Annas Schiff. Betet, dass am Ende noch so viele Lübecker am Leben sein werden, dass nicht alle auf das Riesenschiff gepasst hätten.«

»Ich will es schriftlich, dass sie aufhört«, beharrte Schnabel.

Niemand widersprach, niemand unterbreitete einen Vorschlag, wie Anna Rosländer von der Forderung erfahren sollte.

Man aß und trank, abwechselnd und durcheinander. Jemand ging, ein anderer kam, Apollonia blieb.

Sie plauderte mit Voigt an ihrer Seite. Selbst im Sitzen musste er zu ihr aufblicken. Zuerst hatte ihn das eingeschüchtert, einige Gläser später fand er die Nachbarschaft des Fleischbergs beruhigend. Er fühlte sich beschützt, obwohl ein Rest Angst blieb. Der schmächtige Ratsherr stellte sich Dinge vor, die ungesagt bleiben mussten. Einerseits entzückten sie ihn, andererseits war ihm klar, dass sie ihn zerbrechen könnten. Nicht nur Apollonias Affären waren Stadtgespräch gewesen, auch pikante Einzelheiten dieser Affären. Stets war es darum gegangen, was Apollonia mit Männern zu tun imstande und willens war. Bei einigen Einzelheiten musste es sich einfach um haltlose Gerüchte handeln, jedenfalls hoffte Voigt das im Interesse der Männer.

»Ich könnte zu ihr gehen«, sagte der Bürgermeister plötzlich. Mit so viel Entschlusskraft hatte niemand gerechnet, zweimal musste er bestätigen, dass es ihm mit dem Vorschlag ernst sei.

»Ich sehe mich als Vermittler«, stellte er klar. »Ich kann nicht Partei sein ...«

»Nicht einmal für die Vernunft?«

Er starrte Distelkamp an. Die meisten, die der Theologe aufs Korn nahm, reagierten eingeschüchtert, denn seiner spitzfindigen Art waren sie nicht gewachsen. Ständig zitierte er Philosophen, die niemand kannte. Daher konnte auch niemand überprüfen, ob Distelkamp sich seine Zitate nicht aus den Fingern gesogen hatte.

»Lübeck steht an erster Stelle«, sagte Goldinger, »darin sind wir uns wohl einig.«

»Sind wir nicht«, schoss Distelkamp quer. »Lübeck steht nicht über der Vernunft. Stand es nie und steht es in diesen unvernünftigen Zeiten gewiss nicht.«

»Wollt Ihr sagen, Ihr haltet mich für unvernünftig?«, fragte Goldinger.

Distelkamps Interesse ließ nach. Dieser Mann war kein Gegner für ihn. Er nahm alles persönlich. Natürlich hielt Distelkamp den Kerl für unvernünftig. Aber darum ging es nicht. Wäre es ihm darum gegangen, hätte er Lübeck schon lange verlassen. Ein weiteres Mal bedauerte es Distelkamp, dass der Bestand an Größen, die geistig mit ihm auf einer Ebene standen, so überschaubar war. Kaufleute und Kaufmannsgeist konnten hier vorzüglich gedeihen. Aber alles, was klüger war als ein Hering, begann sich nach einiger Zeit doch zu langweilen. Deshalb suchte er immer wieder die Gesellschaft von Trine Deichmann. Sie war im klassischen Sinn ungebildet, aber sie besaß eine Vernünftigkeit, an der sich Distelkamp so hingebungsvoll rieb wie das wilde Schwein am Baumstamm. In Debatten vertrat Trine Deichmann ihre Position mit einer Hingabe, die manchen in die Flucht gejagt hatte. Sie gab einfach nicht nach und legte immer noch ein Argument nach. Kein kluges Gerede aus der Antike mit Verweisen bis Rom und Athen. Ihre Beispiele stammten alle aus ihrer Arbeit als Hebamme. Die Frau war dabei, eine Philosophin zu werden. Hätte man ihr das auf den Kopf zugesagt, hätte sie darüber gelacht. Das war eine Gegnerin, mit ihr hätte Distelkamp alles getan, was Männer und Frauen miteinander tun konnten. Leider war sie verheiratet, und Distelkamp würde das Tun nicht überleben. Aber er stellte es sich gern vor – wenn auch nur, nachdem seine vierschrötige Haushälterin den Raum verlassen hatte. Solange diese Person sich im selben Raum aufhielt, konnte sich Distelkamp nichts vorstellen außer den Leckerbissen auf Platten und Tellern.

Man formulierte einen Schriftsatz. Anna Rosländer wird kein Schiff bauen und erhält dafür ihre Werft zurück. Die Arbeit war schnell getan, die Kutsche fuhr vor.

26

Keine Stunde später standen sich der Bürgermeister und die Witwe gegenüber. Sie hatte Gäste, die sich in einem anderen Teil des Hauses aufhielten. Er hatte den Reeder Schnabel an seiner Seite.

»Bürgermeister«, sagte die Witwe und neigte den Kopf so leicht, dass man, würde man im falschen Augenblick blinzeln, die Bewegung verpasst hätte. Ihr Kleid war braun mit fragilen Stickereien. Lange Ranken, die man mit dem Auge unwillkürlich vom Anfang bis zum Ende verfolgen musste. Um die Schultern lag eine Stola – aus Stoff und kein Pelz. Die Dame hatte es wohl nicht nötig, Besuchern vorzuführen, wie reich sie war. Goldinger fand das herablassend, er hätte nie im Leben auf den Siegelring verzichtet, den er über dem zweiten Ring trug. Seine Frau fand das protzig, aber ihre Großeltern waren noch Fischer gewesen. Da fand man alles protzig, was auf zwei Beinen ging.

»Man sieht sich zu selten«, entgegnete Goldinger.

»Wer weiß, wofür es gut ist.«

Wäre er schlagfertig gewesen, hätte er zu erwidern gewusst. So gaffte er die Witwe an und fragte sich, wen sie wohl zu Besuch hatte.

Dann sagte die Witwe: »Sicherlich werdet Ihr mir mitteilen, dass ich endlich wieder auf die Werft kann. Die Werft, die mein Eigentum ist.«

»Und jetzt ein Spital«, warf Schnabel ein.

Sie sah ihn an, als würde sie in diesem Moment erkennen, dass der Bürgermeister einen Hund mitgebracht hatte. Wieder diese Kopfbewegung, bei der man nie sicher war, ob man sich nicht verguckt hatte.

»Kranke Menschen sollten in einem richtigen Spital behandelt werden«, sagte Anna Rosländer.

»Wenn die Umstände es zulassen«, entgegnete Schnabel eilfertig.

»Es ist die Frage, was man will«, fuhr Anna fort. »Will man armen Menschen helfen oder will man sie für seine Zwecke ausnutzen?«

»Keine Frage.«

»Meine Frage.«

»Die ich soeben beantwortet habe.«

»Das wüsste ich aber. Der Seemann ist nicht zufällig auf meiner Werft gelandet.«

»Wollt Ihr etwa sagen, dass jemand nachgeholfen hat?«

»Jetzt habt Ihr es ja schon gesagt.«

»Pfui. Das ist schäbig. Das ist einer Witwe und Kollegin unwürdig.«

»Was ist unwürdig? Dass ich zwei und zwei zusammen-zähle?«

»Hätte das Schicksal die arme Seele in mein Haus ver-schlagen, würde ich keine Sekunde zögern, ihn bei mir auf-zunehmen und ihm jede erdenkliche Pflege zuteilwerden zu lassen.«

»Ist das wahr?«, fragte Anna, während der Bürger-meister erstaunt dreinblickte.

»Ich schwöre es«, sagte Schnabel.

»Ich warte.«

»Wie bitte?«

»Ich warte darauf, dass Ihr schwört. In Gegenwart des Bürgermeisters.«

Schnabel war nicht wohl dabei, aber er hob die Hand zum Schwur.

Anna sagte: »Dann hätten wir es ja soweit.«

Für Schnabels Verhältnisse wirkte sie zufrieden. Sehr zufrieden. Verdächtig zufrieden. Alarmierend zufrieden.

»Oh nein«, stieß Schnabel hervor, »das tut Ihr nicht.«

»Es passiert bereits. In diesem Augenblick.«

»Was passiert?«, fragte der Bürgermeister verwirrt.

»Der kranke Seemann wird ins Haus des Reeders Schnabel gebracht, damit er dort die beste Pflege erfährt, die denkbar ist.«

Während es vor Schnabels Augen dunkel wurde, ergriff der Bürgermeister seine Hand, schüttelte sie und sagte gerührt: »Das tut Ihr nicht für Euch allein, das tut Ihr für die ganze Stadt.«

»Das habe ich nie gesagt!«, rief Schnabel. Er mochte seine Stimme nicht, wenn sie laut wurde. Aber er musste protestieren, bevor das Unglück Gestalt annehmen konnte.

Dann hatte er eben einen Meineid geleistet. Er war ein bekannter Kaufmann, er hatte einen Irrtum frei, eine lässliche Sünde.

Schnabel trat vor die Witwe. Sie hatte sich in den letzten Minuten nicht bewegt, stand, als sei sie festgenagelt.

»Das könnt Ihr nicht tun«, jammerte er. »Ich habe eine Familie.«

»Vielleicht hat der Seemann auch eine Familie. Wie heißt er eigentlich?«

»Das tut nichts zur Sache«, antwortete Schnabel.

»Lundberg.«

»Was?«

»Er heißt Lundberg. Ties Lundberg, und er stammt aus Malmö.«

Schnabel lachte. »Das könnt Ihr gar nicht wissen«, rief er, glücklich, die Witwe bei einer Flunkerei ertappt zu haben. »Das könntet Ihr nur wissen, wenn Ihr mit ihm geredet habt. Das habt Ihr aber nicht. So dumm ist keiner, mit einem Pestkranken zu reden.«

Er brach ab und starrte die Witwe an. Warum blickte sie immer noch so zuversichtlich drein wie vor einer Minute? Warum brach sie unter Schnabels Beweisführung nicht in 1.000 Stücke?

»Ihr habt nicht mit ihm gesprochen«, stieß er hervor. »Keiner hat mit ihm gesprochen. Außer der alten Schlüter. Und Eurem Zeichner. Aber mit denen hat auch keiner gesprochen. Also sprecht Ihr nicht die Wahrheit.«

»Sie sagt doch gar nichts«, rief der Bürgermeister dazwischen. »Ihr redet doch wie aufgezogen die ganze Zeit.«

Der Reeder starrte Goldinger an, so lange, bis der einen Schritt zurückwich. Dann starrte der Reeder die Witwe an. Ihr Gesichtsausdruck hatte sich geändert. Bisher unergründlich und unbewegt, zeigte sich jetzt ein neuer Ausdruck: Mitleid.

27

»Er weiss nichts. Er ist nicht informiert. Ich habe gesehen, wie er begriff, dass ein Spiel gespielt wird, von dem er nichts weiß. Er hat mich angestarrt, als könne er nicht bis drei zählen. So sehr kann man sich nicht verstellen.«

»Gebt es zu, Ihr mögt ihn doch!«, rief Hedwig Wittmer. Wenn sie lachte, laut und scheppernd, konnte man sich leichter als sonst vorstellen, dass sie mit einem Mann verheiratet war, der Bier braute.

Die Freundinnen saßen im Frauenzimmer, wie Anna den Raum nannte, der ihr im Haus der liebste war. Hell, weil in der ersten Etage, freundlich, weil alle dunklen Hölzer an Wänden und Decken entfernt und durch frische Hölzer ersetzt worden waren. Kein dunkles Möbelstück fraß Licht, helle Buche und Eiche erzeugten eine freundliche Atmosphäre, die der Bewohnerin in der Seele gut tat.

Sie waren nur zu fünft, die Piratin war in unbekannten Geschäften unterwegs. Aber die anderen waren da: neben der Gastgeberin und der Brauergattin Trine Deichmann, Sybille Pieper und die Prinzessin.

»Immerhin ist er ein Kollege«, entgegnete Anna Rosländer, »wenn er mich auch nicht mag, weil er meinen

Mann nicht mochte. Ich bin verblüfft, wie leicht manche Menschen ihre Abneigungen vererben.«

»Ich könnte ihm den Dödel weghexen«, bot Sybille an. Kiebig hielt sie den erstaunten Blicken stand. »Ich kann das«, knurrte sie, »das ist keine große Sache.«

Trine sagte: »Manchmal frage ich mich, wie der gute Jütte es an Eurer Seite aushält. Er ist doch ein empfindsamer Mann.«

»Nicht so sehr wie zu Beginn«, trumpfte Sybille auf. »Zu Beginn war es nicht auszuhalten mit dem Kerl. Ständig eingeschnappt. Ich musste viel an ihm arbeiten.«

»Und jetzt?«

»Jetzt ist es besser. Aber gut ist es noch lange nicht.«

Trine hatte den guten Geist des Salzhauses Schelling vor einiger Zeit auf der Straße getroffen. Man erkannte auf den ersten Blick die ordnende Hand einer Frau. Wo ein Knopf sein musste, war einer angenäht worden, das Leder der Schuhe erhielt Fett und Pflege, der ganze Mann wirkte sauberer und aufgeräumter als in der Zeit nach der Trennung von seiner Frau. Damals war Jütte auf dem absteigenden Ast gewesen.

»Es ist nicht immer leicht mit ihr«, hatte er Trine erzählt, »aber ein Segen ist es jeden Tag. Sie sagt, sie quält niemanden so gern wie mich. Aber ich weiß, sie hat mich gern, auch wenn man genau hingucken muss, um das zu erkennen.«

»Sie tut Euch gut«, hatte Trine gesagt, er hatte genickt und gelächelt. Er war jünger geworden, seitdem er mit Sybille Pieper ein Paar bildete – sicher eins der bizarrsten in der Stadt. Aber besser hätte Jütte es nicht treffen können, denn er brauchte keine Frau, die seine festgefahrenen Rituale bestätigte. Er brauchte eine wie Sybille, die Gift und Galle spuckte, wenn ihr etwas gegen den Strich ging,

die ihn behexte und verzauberte, die seine alten Weh-
wehchen linderte, ihm einige neue verschaffte und ihn
mit warmen Mahlzeiten bekochte, die er seit Jahren nicht
mehr kannte.

Vor einer guten Stunde war der Reeder Hals über Kopf
aus dem Rosländer-Haus gestürzt, um zu verhindern, dass
der Pestkranke in sein eigenes Haus geschafft wurde. Bürgermeister Goldinger war mit zwei Sätzen abgefertigt worden.
Zum Abschied hatte er versucht, sich Liebkind zu machen,
indem er versuchte, ein bisschen zu einer Fraktion und ein
bisschen zur anderen Fraktion zu gehören. Anna Rosländer
hatte ihre Abneigung gegen den windelweichen Kerl im
Zaum gehalten und es sich mit ihm nicht verdorben.

Die Frauen zogen eine Bilanz von Schnabels Auftritt.
Seine Angst war echt gewesen, er fürchtete sich vor dem
Pestkranken, vor Ansteckung und Ausbreitung der Krankheit. Umso verwerflicher war es, dass er die Krankheit
benutzen wollte, um Annas Schiffbau zu stoppen.

Um den Namen des Schweden in Erfahrung zu bringen,
hatte sich niemand in Gefahr begeben müssen. Zwei Werft-
arbeiter hatten sich per Ruderboot von der Wasserseite dem
Gelände genähert, Querner hatte ihnen alles zugerufen,
was sie wissen mussten. Wichtiger als der Name war eine
Nachricht der alten Schlüter. Sie war nicht sicher, ob es
sich um Pest handelte. Eine Krankheit sei es gewiss, aber
eindeutig sei nichts.

Seit zwei Tagen waren Abgesandte im Hafenviertel
unterwegs und ermittelten die letzten Wege von Lundberg.
Tatsächlich hatte er vor einer Woche Lübeck erreicht, zwei
zurückgelassene Besatzungsmitglieder waren in ihrem Versteck entdeckt und untersucht worden. Sie wirkten gesund,
doch es war bekannt, dass zwischen Ansteckung und Aus-

bruch der Pest über zehn Tage liegen konnten. Weil niemand wusste, was die Krankheit hervorrief, fürchteten sich alle vor der Luft und direktem Kontakt. Denn der gesunde Menschenverstand wusste, dass es gefährlich war, Gegenstände zu berühren, die der Pestkranke berührt hatte. Und er wusste, dass die Luft der Weg war, der die Krankheit von einem Ort zum anderen beförderte.

Lundberg hielt sich zum zehnten oder elften Mal in Lübeck auf. Er hatte seine festen Anlaufstellen. Dies war neben einer nicht mehr jungen Hure namens Verena und dem Bordell, in dem sie lebte, vor allem eine Spelunke, die dafür bekannt war, preiswert zu sein und gepanschten Branntwein auszuschenken, der nicht nur das Bewusstsein, sondern auch das Sehvermögen angriff. Hier köchelte in einem großen Topf von morgens bis abends Kohlsuppe. Wenn Fischer eingelaufen waren, fand sich kurzfristig auch eine Kiste frische Ware ein, die in einer großen Pfanne landete. Man roch den Fisch noch zwei Gassen weiter.

Zwischen diesen Orten spielte sich das Leben von Ties Lundberg ab. Weil er nicht fromm war, besuchte er keine Kirchen. Weil er arm war, ging er nicht in die Viertel, aus denen die Bürger ihre Waren bezogen. Weil er gesund war, ging er nicht auf den Markt, um sich einen Zahn ausreißen zu lassen.

Verena, die Hure, konnte den Fragenstellern nicht weiterhelfen. »Er hatte Hunger auf Liebe und auf mich«, verriet sie eitel und erkundigte sich danach, wie stark ihre Gesundheit gefährdet sei. Weil ihr die Antwort nicht ausreichte, fragte sie andere. Die antworteten in üppiger Ausschmückung. Danach hielt sich Verena für eine Todeskandidatin. Sie besuchte ihre Eltern auf dem Friedhof und gönnte sich ein Essen, das sie »meine Henkersmahlzeit«

nannte. Danach packte sie ihre Siebensachen, verschenkte das meiste an andere Huren und stand wenig später vor dem Tor der Werft. Dort bot sie dem verdutzten Querner den Himmel auf Erden an, als der dankend ablehnte, verschwand sie mit Lundberg in einem stillen Eckchen, in dem es kurz darauf laut wurde.

Die alte Schlüter störte das Liebespaar mit den Worten: »So kann ich nicht arbeiten.«

Eine Brosche stellte sie ruhig.

»Wo hat sie ihre Henkersmahlzeit gegessen?«, fragte Trine Deichmann. Das war nicht bekannt. Trine vertiefte das Thema nicht weiter, aber sie hatte kein gutes Gefühl. Ihr war klar, dass die Pest die gesamte Stadt in Mitleidenschaft ziehen würde. Wenn Menschen, die krank oder angesteckt, in namentlich bekannten Häusern aufgetaucht waren, würden die Bewohner oder Besitzer dieser Häuser Probleme bekommen. Momentan hatte nur der Reeder Schnabel die Nerven verloren, einen wie Schnabel konnte man bändigen. Wenn sich 100 oder 200 Menschen auf den Weg machten, wäre Widerstand zwecklos. Trine Deichmann hatte ihr Leben in Lübeck verbracht, sie war Zeugin gewesen, wie der Mob mit Hacken und Knüppeln losgezogen war. Auf Fackeln verzichtete man in der Stadt, ein brennendes Haus konnte der Auftakt zu einer Kettenreaktion werden, gegen die die Pest ein Kinderspiel war.

Abends waren Verena und Lundberg betrunken, die Hure hatte zwei Flaschen eingeschleppt. Singend zogen beide über das Gelände. Sie hatten sich untergehakt, weil sie nicht mehr stehen konnten. Später fielen sie gemeinsam in die Holzwolle.

28

Ein Schatten tauchte über dem Tisch auf.

»Du malst ja«, knurrte die alte Schlüter.

»Ich male nicht, ich zeichne«, korrigierte Querner.

»Warum nimmst du keine Farbe wie ein anständiger Maler? Ohne Farbe ist es kein Bild.«

Seufzend arbeitete er weiter. Er wusste, wann es Sinn hatte zu reden und wann nicht.

Die alte Schlüter ließ nicht locker: »So sieht doch kein Schiff aus.«

Schweigen.

»Ich denke, du bist der Liebling von der Witwe. Warum kannst du dann nicht besser malen?«

»Ihr könnt einem wirklich auf die Nerven gehen. Kümmert Euch um die Kranken.«

»Die schlafen, er hat die Hose offen und sie die Bluse. Das sind Tiere. Sollen sie sterben, ist nicht schade drum.«

»Mich könnt Ihr nicht täuschen. Ich weiß, dass Ihr so redet und anders handelt.«

Sie betrachtete die Zeichnungen, die an die Wände geheftet waren. Querner beobachtete sie, vorsichtig fuhr sie mit den Fingern über die Blätter. Die alte Schlüter war keine 50, ihre Haare waren schon weiß geworden, als sie die 30 noch nicht erreicht hatte. Angeblich war sie im Wald Wölfen begegnet, aber Querner traute den Schauergeschichten der Einheimischen nicht. Jedenfalls hatte sie früh ihren Mann verloren, durch eine Krankheit, die keinen Namen besaß. Danach hatte sie begonnen, sich um Kranke zu kümmern. Etwas musste an ihr sein, denn die Krankenhäuser rissen sich um sie. Wenn es sein musste, arbeitete sie

30 Stunden ohne Pause. Man musste ihr nichts erklären, weil sie alles kannte und nie einen Fehler beging. Sie redete kaum, das hielten einige für ihren größten Vorzug. Vor allem wurde die alte Schlüter nie krank. Sie hatte sich allen Heimsuchungen ausgesetzt, die in einem Krankenhaus möglich sind, und sich kein einziges Mal angesteckt. Wenn sie sich ins Bett legte, handelte es sich um eine Erkältung, und einmal hatten ihre Bronchien gerasselt wie die Kette am Brunnen.

Sie näherte sich den Kranken ohne Scheu. Wo andere den Schutz der Vogelmaske suchten und Patienten nur mit dem langen Stock berührten, wenn überhaupt, legte ihnen die alte Schlüter ohne Umstände die Hand auf die Stirn, schaute ihnen in den Mund und kümmerte sich um das, was die Kranken schissen und pissten. Es hatte Ärzte gegeben, die den Raum verlassen hatten, als sie die Pflegerin hantieren sahen.

Die alte Schlüter war für zahllose Menschen die letzte Verbindung zum Leben gewesen. Stadtarzt Ebel hatte ihr Geld aus eigener Tasche zugesteckt und später Geld von der Stadt locker gemacht. In dem Maße, wie sich der selbstlose Einsatz der alten Schlüter herumsprach, nahm auch die Zahl der Bürger zu, die ihr Geld zusteckten oder Kleidung überließen. Sie lebte in einem besseren Viehstall und behauptete, darunter nicht zu leiden. Wenn jemand gebraucht wurde, war sie zur Stelle: stumm, klein, unauffällig. Sie machte sich schon an die Arbeit, wenn Schlaumeier noch darüber palaverten, was zu tun sei und wie es zu tun sei. Nie hatte die alte Schlüter jemanden korrigiert, doch die Zahl der Ärzte, die sie beschämt hatte, war sehr groß.

Stadtarzt Ebel hatte gesagt: »100 von ihrer Art, und Lübeck wäre die christlichste Stadt von allen.«

Trine Deichmann suchte die Zusammenarbeit mit der Pflegerin nicht. Zwar bestand kein Zweifel, dass die alte Schlüter auch als Hebamme eine gute Figur abgeben würde, doch Trine war mit ihren Kolleginnen zufrieden. Und in ihr lebte ein Rest von Zweifel. Was, wenn die Krankheitserreger, denen die Pflegerin jahrelang begegnet war, in ihren Körper eingedrungen waren und dort nur schliefen? Wer konnte wissen, ob sie nicht eines Tages zu wachsen beginnen würden? Und ob sie sich nicht zuerst über das Schwächste und Wehrloseste hermachen würden, was sie zu packen kriegten? Das wären neugeborene Kinder.

»Kannst du auch was anderes malen als Schiffe?«

»Wollt Ihr mich mit Absicht nicht verstehen?«

»Du malst Schiffe, weil es dein Beruf ist. Die Witwe will nur Schiffe von dir.«

»Sie baut Schiffe. Wäre sie Müllerin, müsste ich Windmühlen malen ... zeichnen.«

»Ist nicht ein Schiff wie das andere?«

»Ist denn ein Kranker wie der andere?«

Darüber dachte sie nach, er sah es ihr an.

»Außerdem geht es hier um ein besonderes Schiff, wie Ihr bestimmt wisst.«

»Das größte.«

»Alle reden immer nur von der Größe. Keiner spricht über die handwerklichen Herausforderungen.«

»Die Menschen können sich nicht so viel auf einmal merken. So merken sie sich eben, dass es groß ist. Und dass die Witwe von dem Hallodri das Schiff baut, weil sie viel Geld hat und alle bestrafen will.«

»Ist das Eure Meinung oder habt Ihr das nur aufgeschnappt?«

Schweigen.

»Und wofür bestrafen? Was soll das bedeuten?«

»Keiner mag sie. Das zahlt sie ihnen heim.«

»Aber das stimmt nicht. Die Rosländers haben ein offenes Haus geführt. Bei denen war jeden zweiten Abend etwas los. Ihre Züge durch die Gasthäuser kennt jeder in der Stadt.«

»Sie haben ihre Freunde gekauft. Wenn du Essen und Trinken spendierst, hast du Freunde. Wenn ich Geld hätte, könnte ich auch Freunde haben.«

»Habt Ihr eigentlich Familie?«

»Jedenfalls kann nicht jeder herkommen und etwas tun, was in Lübeck noch niemand getan hat.«

»Wer dürfte denn ein großes Schiff bauen?«

»Ich kenne keine Namen, ich lebe nicht da, wo die Reichen leben.«

»Aber wenn die Witwe morgen krank wird, würdet ihr sie auch pflegen.«

»Aber ich würde sie nicht anlächeln.«

Querner grinste. Dann begann die alte Schlüter, Fragen zu stellen. Sie wollte alles über das Schiff wissen. Was sie auf den Plänen entdeckte, wollte sie erklärt haben. Sie wollte die Maße erfahren und das Holz, die Dauer der Bauarbeiten, die Haltbarkeit der Farben und der Segel. Über die Segel wollte sie besonders viel wissen, kam immer wieder darauf zurück. Beide standen an der Wand mit den Plänen, Querner erklärte, beide Arme waren in Bewegung, damit sie sich das fertige Schiff plastisch vorstellen konnte. Minutenlang redete er sich in Rage. Der Absturz kam schnell und war grausam.

»Was hast du?«, fragte die alte Schlüter.

»Ich habe etwas vergessen, eine Kleinigkeit. Das Schiff wird ja nun gar nicht gebaut.«

»Wieso denn nicht? Wir machen die Kranken gesund, dann können sie weiterbauen.«

Querner lachte bitter. »Ihr habt es doch selbst gesagt. Sie wollen das Schiff nicht, bisher hatten sie bloß noch keinen Vorwand. Jetzt haben sie ihn. Ihr könnt Euch Zeit lassen mit dem Kurieren. Am besten, Ihr bringt Euch in Sicherheit, solange noch Zeit ist. Aber vergesst das Schiff.«

Er trat gegen das Erstbeste, das ihm im Weg stand. Ein Stuhl stürzte um, hinkend verließ Querner das Bureau.

Später stand er am Kai. Drüben lag die Stadt, zum Greifen nah, zum Fürchten fern. Und so was nannte sich Hafenstadt. Stolz sollten sie darüber empfinden, dass in ihren Mauern solche Visionen Gestalt annahmen. Stattdessen stänkerten sie herum und benahmen sich wie die Schreiber im Rathaus, die sich gern gegenseitig Streiche spielten.

Die alte Schlüter stellte sich neben Querner. Sie blickte dorthin, wohin er auch blickte. »Du sagst, das Schiff wird nicht gebaut. Aber du malst daran.«

»Ja, und? Ist das ein Widerspruch? Ich lebe dafür. Die Ideen kommen aus mir heraus, ich halte sie fest. Ich muss sie aufschreiben, muss Berechnungen anstellen. Die Arbeit muss gemacht werden. Und es ist nicht irgendeine Arbeit, sondern die, die ich kann und die ich will. Ich kann nicht Fässer auf die Wagen laden, weil das Schiff nicht gebaut wird. Ich muss zeichnen, es arbeitet in mir die ganze Zeit. So geht es schon seit Jahren, wenn ich die Rosländers nicht getroffen hätte, wäre ich geplatzt. Die Ideen müssen irgendwohin, am besten in die Welt. Das Schiff ist möglich, deshalb sollten wir es bauen. Nicht für uns, nicht gegen die anderen. Sondern um zu zeigen, dass es geht. Um in Zukunft bessere Schiffe bauen zu können. Nicht jedes Schiff muss das größte sein. Aber so ein Schiff muss erlaubt sein, es ist eine ehrenvolle Aufgabe, und es ist nicht nur die Witwe, die das Schiff baut. Ich bin der, der denkt und zeichnet und berechnet. Andere schlagen die Bäume, wieder andere bearbeiten das Holz, die Männer der Werft bauen den Rumpf und die Aufbauten, währenddessen arbeiten die Schmiede und die Seilmacher, und die Segelmacher nähen Tag und Nacht, und Lübeck wird stolz sein. Alle werden stolz sein. So ein Schiff baust du nicht gegen jemand. Du baust es für dich und für die Firma und für die Stadt, in der du lebst.

Lübeck gibt mir den Mut, große Gedanken zu denken und ein großes Schiff zu bauen. Wir tun es, sie hassen uns dafür. Sie wollen es gar nicht selbst bauen. Sie wollen nur, dass wir es nicht bauen. Sie wollen nicht groß denken, sie wollen lieber für immer klein bleiben. Vielleicht geht es so mit Städten. Am Anfang sind sie klein, die meisten bleiben klein für immer. Einige wachsen, und von denen gibt es drei oder zwei oder eine, die wird sehr groß und denkt sehr groß und baut sehr groß.

Vor vielen Jahren bauten sie die Pyramiden. Einige waren neidisch, die meisten waren stolz. Heute stehen die Pyramiden immer noch. So lange lebt kein Schiff, aber die Erinnerung an das Schiff kann leben und die Erinnerung kann gut tun, weil sie die Erinnerung an ein großes Unternehmen ist. Nicht gegen irgendwen, sondern für uns. Und die, die mitgebaut haben, können sagen: Ich war dabei und werde es nie vergessen. Aber sie wollen uns nicht, sie wollen uns einfach nicht, und jetzt hilft ihnen die Pest, und sie wird auch mich holen. Das ist die Strafe, weil ich große Gedanken hatte.«

Zorn und Kummer überwältigten Querner, ein Sprung ins Wasser, Kurs auf die offene See und solange schwimmen, wie die Kräfte reichten!

Dann sagte die alte Schlüter: »Du hast recht. Die, die gerne laut reden, auch wenn sie nicht getrunken haben, sind gegen euer großes Schiff. Sie fühlen sich herausgefordert, sie haben Angst, dass sie neben dem großen Schiff ziemlich klein aussehen. In den letzten Tagen habe ich im Siechenhaus gearbeitet, da, wo die Verwirrten leben, die immer umfallen und sich vor Gestalten fürchten, die außer ihnen niemand sieht. Ich war draußen in der Lepra-Kolonie und natürlich war ich da, wo die kranken Landstreicher darauf warten, dass einer nach ihnen sieht, bevor sie sterben. Ich habe kein Wort von dem Schiff gesagt, ich rede nicht gern und habe nicht viel Zeit. Aber die anderen reden gern und viel und sind froh, wenn einer da ist, der ihre Geschichten nicht schon hundertmal gehört hat. Alle wissen über das Schiff Bescheid, alle sind der Meinung, dass sich in den letzten Jahren nichts Aufregenderes bei uns in Lübeck bewegt hat. Sie wollen, dass das Schiff gebaut wird, sie wünschen der Witwe alles Gute. Sie gönnen ihr jeden Taler, den sie für das Schiff ausgibt.

Jeder von meinen Schutzbefohlenen hatte Träume, da war er jünger und mutiger, gesünder vor allem, und die Enttäuschungen und Ungerechtigkeiten hatten ihm noch nicht den Hals gebrochen. Jeder von ihnen wollte ein großes Schiff bauen. Bei den meisten war es natürlich kein Schiff, aber ein Ziel hatten sie, einen Traum, und sie hatten die Kraft, die Sache anzupacken und den Traum in die Welt zu holen. Dann ging vieles schief, dann ging Zeit ins Land, jetzt sind sie krank und schief und schwach und froh über jeden Tag, an dem sie nicht geprügelt werden. Sie werden in diesem Leben nichts mehr bauen, aber sie freuen sich, dass es jemand stellvertretend für sie tun wird. Und als sie hörten, wer alles gegen das Schiff ist, freuten sie sich doppelt, denn da wussten sie, das Schiff ist gut, nur die Gegner sind schlecht. Wenn du das nächste Mal deine Witwe siehst, sag ihr, sie ist nicht allein. Keiner von uns kann ihr mehr geben als einige Pfennige, aber unsere guten Wünsche können wir ihr geben, und weil sie solche Kerle hat wie dich, wird sie es am Ende packen. Sie darf sich nur nicht entmutigen lassen. Denn so läuft es bei uns: Sie schlagen dich nicht, sie töten dich nicht, aber sie entmutigen dich, sie nehmen das Tempo aus dem Rennen, sie wischen die Farbe aus dem Bild, sie brechen die Spitzen ab, damit die Mitte dick und kugelrund wird und keiner den Kopf über den Durchschnitt hebt.

Sag deiner Witwe, Lübeck ist ein starker Gegner, aber sie kann den Kampf gewinnen, denn es gibt ein zweites Lübeck, von dem man wenig hört. Das steht auf ihrer Seite, und nun hör auf, mich so anzustarren, sonst schmeiß ich dich in die Trave. Und vorher gebe ich dir ein Mittel, dass du nicht mehr schwimmen kannst.«

29

DER TOD WAR SEHR FIDEL und hatte gute Laune. Eine Hand lag auf der Schulter der Bürgerin, die andere auf der Schulter des Gottesmannes. Der schaute noch verdutzt drein, als der Knochenmann schon den Tanz begann. Die knöchernen Kollegen tanzten mit den gut Situierten, den Reichen und Schönen und Einflussreichen den Tanz, der alle gleich machen würde. Tot waren sie schon, aber sie mussten noch lernen, von ihren Symbolen der Prächtigkeit abzulassen. Sie sahen aus wie aus dem Ei gepellt. Schmuck glitzerte, Kleidung schmückte. Aber rechts und links von ihnen tanzten die Totenmänner den Tanz, bei dem sie sich lebendig fühlten. Jahre vergingen, bevor ein neu geborener Mensch lernte, was es hieß, lebendig zu sein. Wie können wir annehmen, dass das Totsein innerhalb eines Augenblicks zu lernen ist?

»Was murmelt Ihr da, Schnabel? Gehört Ihr auch zu denen, die im Angesicht der tanzenden Toten ihr Gleichgewicht verlieren?«

Missmutig und ertappt blickte der Reeder den Theologen Distelkamp an.

»Wie schafft Ihr es, stets da zu sein, wo Ihr einen anderen in Verlegenheit bringen könnt?«

»Das erfordert jahrelange Übung«, entgegnete der Theologe, ohne im Mindesten beeindruckt zu wirken. »Ich kenne doch meine Lübecker. Kaum winkt Freund Hein mit dem Knochen, entdecken sie ihre eingestaubte Frömmigkeit wieder, die ihnen beim Geschäftemachen abhandenzukommen pflegt.«

»Ihr spottet über den Wohlstand, der die Grundlage von allem ist.«

»Nicht von Gott. Gott macht keine Geschäfte.«

»Aber nur, weil er weiß, dass das Handeln bei uns in besten Händen ist.«

»Hat die Witwe eigentlich unterschrieben?«

»Wie? Nein, nein, das hat sie nicht.«

»Vielleicht hätte sie es getan, aber Ihr musstet ja eilig aufbrechen.«

»Bleibt vor Euch eigentlich nichts geheim?«

»Von irgendeinem muss es der Herr ja erfahren. Glaubt

Ihr, er hat Zeit, sich um alles selbst zu kümmern? Stellt Ihr Euch Gott in menschlicher Gestalt vor, nur mit tausend Augen und Ohren?«

»Seitdem ich Euch kenne, weiß ich, dass der Herr für manche Überraschung gut ist.«

»Ich nehme das als Kompliment. Und nun verratet mir schon, was Ihr gegen die Pest unternehmen wollt? Das bekannte Programm? Pilgerfahrt, Gründung einer neuen Stiftung, eine fette Spende, ein wenig geißeln, aber nicht zu sehr, weil Ihr kein Blut sehen könnt?«

»Das ist das Programm der Kirche.«

»Ach ja, richtig. Ich hatte gleich das Gefühl, dass mich etwas daran stört.«

»Ihr könnt hochfahrend reden. Ihr habt die Pest überlebt und seid nun immun gegen sie.«

»Wisst Ihr, wie unsere Kirche noch schneller gegen die verkommenen Römischen obsiegt hätte? Wenn Protestanten immun gegen die Pest wären. Das würde uns Zulauf bringen. Zwar aus den falschen Gründen, aber jede Seele, die nicht nach Rom geht, ist eine gute Seele.«

Distelkamp blickte sich gestört um, als mehrere Bürger die Beicht-Kapelle betraten. Schnabel faltete die Hände. Eine Unterhaltung war nicht mehr möglich, weil die Neuankömmlinge sich gestört fühlten.

Zurück im Freien, teilte der Reeder mit, dass der Schwede heute von den besten Ärzten der Stadt untersucht werden würde. Angeblich hatte er sich seine Hure auf die Werft nachkommen lassen und pflegte mit ihr einen unanständigen Lebensstil.

»Das kann so nicht bleiben«, sagte Schnabel. »Die Werft ist als Pesthaus gedacht und nicht als Bordell.«

»Was stellt Ihr Euch vor?«

»Wir warten die Arbeit der Ärzte ab, danach werfen wir den Schweden in die Trave, weil er uns an der Nase herumgeführt hat oder wir verfrachten ihn ins Pockenhaus, das in diesen Stunden von den Halunken gesäubert wird, die sich dort eingenistet haben. Danach stellen wir die Werft unter Quarantäne, für einen Monat oder ein halbes Jahr. Wenn die Witwe unterschreibt, kriegt sie ihr Gelände auch schneller zurück.«

»Und fängt an, weiter zu bauen.«

»Wenn sie Krieg haben will, kann sie Krieg haben. Aber mir ist ein Krieg lieber, der den Hafen leben lässt.«

»Der Hafen! Der Hafen! Habt Ihr eigentlich keine anderen Sorgen?«

»Nein. Ich bin Reeder und mir gehört auch eine Werft. Welche anderen Sorgen sollte ich denn haben? Dann wäre ich ja ein schlechter Reeder.«

»Bei uns blickt keiner über seinen Tellerrand hinaus.«

»Das ist normal. Ihr seid mit dem Schöpfer intim, ich kümmere mich darum, dass wir Geld verdienen. Sollen wir warten, bis einer wie Ihr Geld verdient? Bis dahin wären wir alle verhungert.«

»Wollt Ihr damit andeuten, dass ich nicht in der Lage wäre, Geld zu verdienen?«

»Habe ich das nicht eben deutlich gemacht?«

»Das hört sich nicht freundlich an.«

»Ich kann nicht gut Freund mit einem sein, der den Hafen gering schätzt.«

»Der Hafen ist Euer Götze.«

»Ihr habt Euren Götzen, ich habe meinen.«

Vertraulich hakte sich der Theologe bei Schnabel ein und führte ihn vom Gotteshaus fort. Ihnen kamen weitere Bürger entgegen, die es zum Totentanzfries zog. Stunden der Not füllten die Kirchen. In dieser Hinsicht unterschied sich die neue Religion nicht von der alten. Verstaubte Frömmigkeit und funkelnde Frömmigkeit wiesen eine Gemeinsamkeit auf, die einen wie Distelkamp naturgemäß ärgerte: Sie schmolzen die Unterschiede zwischen den Religionen ein.

»Redet schon«, knurrte Schnabel. Er wollte mit dem scharfzüngigen Theologen nicht länger zusammen gesehen werden als notwendig.

»Im Augenblick sind wir alle in großer Sorge wegen der Pest. Wir hoffen, dass sich der Verlauf in Grenzen halten möge. Aber wir wissen, dass der Tag kommen wird, an dem wir den letzten Pesttoten der Erde übergeben – wenn auch nicht der geweihten Erde, denn diese Massen gehören vor die Tore der Stadt und nicht in Sichtweite einer Kirche.«

»Hört auf damit! Ihr redet so genüsslich darüber!«

»Am ersten Tag ohne Pest werden wir vor der gleichen Situation stehen – immer vorausgesetzt, die Pest holt sich nicht gerade diejenige Mitbewohnerin, der wir in diesen Tagen nicht alles Gute wünschen.«

»Ihr wollt Anna zu den Pestkranken stecken!?«

»Schnabel, Schnabel, die Angst gibt Euch sonderbare Gedanken ein. Nein, ich gehe davon aus, dass Anna am Leben bleiben wird. Dann ist die Frage dieselbe, vor der wir bis vor wenigen Tagen standen. Wie verhindern wir, dass dieses unselige Schiff gebaut wird?«

»Euch müsste es doch eigentlich freuen, wenn es gebaut wird. Das gibt Streit und Aufregung. Davon ernährt sich einer wie Ihr.«

»Ihr denkt daran, dass mein Draht zu den höheren Instanzen etwas kürzer sein dürfte als Eurer? Warum sollte ich mir nicht den Spaß gönnen, eine ungläubige Seele wie Euch schon vor der ewigen Verdammnis zu zwiebeln?«

»Das könnt Ihr Euch sparen. Das tut schon meine Frau.«

»Ich wiederhole: Die Pest ist zu Ende, Anna ist kiebig wie eh und je. Was können wir tun, um den Elan der Furie zu stoppen?«

Was Distelkamp zu sagen hatte, überraschte Schnabel dann nur im ersten Moment. Mit jedem weiteren Satz des Theologen fand der Reeder dessen Gedanken naheliegend, ja nachgerade vernünftig.

30

MITTAGS MACHTEN SICH zwei Männer auf den Weg zur Werft. Einer trug die Vogelmaske, mit der man sich gegen die Pest zu schützen pflegte. Wohlriechende Kräuter im künstlichen Schnabel sollten die krankmachenden Bestandteile der Luft fest- und fernhalten. Auf dem Weg zur Werft stießen weitere Männer zu den beiden. Man plauderte kurz und schritt energisch weiter. Kein Zweifel: Etwas Wichtiges stand bevor. Auf den Straßen blieben die Menschen stehen und riefen dem Trupp aufmunternde Wünsche zu. Einige klatschten Beifall. Ein Mitglied des Trupps sah sich von einer Frau umarmt und auf beide Wangen geküsst. Auf dem weiteren Weg erklärte er wohl zehnmal, dass er die Frau nicht kannte und heute zum ersten Mal gesehen habe. Erst als auch der Langmütigste begriffen hatte, was für ein schlechter Lügner der Geküsste war, gab er endlich Ruhe.

Zu acht erreichten sie die Werft. Wie in den ersten Tagen von Anna Rosländers Bauvorhaben hatten sich Passanten eingefunden, nur hielten sie diesmal größeren Abstand. Zwei weitere Männer legten die Vogelmaske an, die Mehrheit verzichtete auf den Schutz, bis auf einen kommentarlos. Der eine musste unbedingt loswerden, dass die Maske ein untauglicher Versuch sei, sich gegen die Pest zu schützen.

Die alte Schlüter erwartete die Besucher am Eingang. Zwei Medici näherten sich ihr umstandslos und ergriffen zur Begrüßung ihre Hand. Die anderen taten so, als hielten sie zeremoniellen Abstand. Aber die alte Schlüter konnte man nicht täuschen.

Querner zerstörte die stillschweigende Allianz. Weil er spürte, dass man seine Nähe mied, regte er sich auf. Als das nichts half, trat er dicht vor den zögerlichsten Besucher, hustete ihn an, legte die Hand auf den Mund und sagte: »Ein Versehen!«

Der frühere Stadtarzt Ebel trat zwischen die Streithähne und mahnte zur Sachlichkeit.

»Sachlichkeit!«, rief ein junger Kollege. »Bei der Pest! Das ist wie Schönheit bei einer Hure.«

»Was habt Ihr gegen schöne Huren?«, konterte ein anderer und zog Verena nach vorn. Ungekämmt wirkte sie auf anziehende Weise bettwarm und erinnerte mehr als einen Besucher daran, wie dünn die Trennlinie zwischen Beruf und Vergnügen war.

Die Untersuchung fand in aller Sachlichkeit statt. Lundberg, der Schwede, zeigte sich kooperativ. Verena zeigte mehr her, als die Medici sehen wollten. Doch da es nun einmal vor ihren Augen war, riskierten sie einen

Blick. Schließlich waren sie Experten für den menschlichen Körper, zu dem auch der weibliche Körper gehörte, wenngleich sie gewohnt waren, dass er bei der Untersuchung stets bekleidet blieb. Die Inaugenscheinnahme fand im Schutz des Holzlagers statt, sodass die Gaffer von draußen keine Befriedigung fanden.

Lundberg wurde befragt, zwei Medici sprachen schwedisch mit ihm. Offensichtlich lebte der Kerl, wenn er an Land ging, nur in Bordellen und Kneipen. Auf See war er betrunken, eine sichere Art, gesund zu bleiben, denn im Gegensatz zu Wasser und Lebensmitteln konnte Alkohol nicht schimmeln.

»Ich weiß genau, was sie da drinnen treiben«, murmelte vor dem Tor Hippolyt Vierhaus seinem Begleiter Senftenberg zu. Der zog den Kürschner vom Tor weg. Niemand sollte sich fragen, warum die beiden Männer so wenig Furcht an den Tag legten.

»Das war's dann wohl«, murmelte Vierhaus, »man hätte damit rechnen müssen.«

»Was Ihr aber nicht getan habt«, bemerkte Senftenberg voller Häme. »Wir haben getan, was wir konnten. Einiges haben wir ja auch erreicht. Der Schwung ist aus dem Schiffbau raus, und wann die Werft wieder offen sein wird, steht dahin.«

»Sie werden sich Fragen stellen, wenn sie herausgefunden haben, dass der Schwede nicht die Pest hat.«

»Einen Tag später wird der nächste Seemann die Pest haben. Wir sorgen dafür, dass sie nicht zur Tagesordnung übergehen können. Das wird ihren Elan hemmen.«

»Und wieder im Hafen …«

»Es muss der Hafen sein, damit die Menschen stets Annas Schiff im Kopf haben. Schiffe transportieren die

Pest. Große Schiffe transportieren mehr Pest. Ein Riesenschiff ist nicht zu kontrollieren. Sie müssen das Geisterschiff vor sich sehen. Anna Rosländer baut Fliegende Holländer. Sie ist die Geißel der Menschheit.«

Ernst blickten sich die Männer an. Kürschner Vierhaus informierte den Mitverschwörer, dass vier weitere Männer bereitstünden, mit zwei Frauen sei man in Verhandlungen. Eine würde unter einem hässlichen Ausschlag auf Gesicht und Hals leiden, dessen Wirkung nicht ausbleiben werde. Der Ausschlag sei noch besser als die fehlenden Finger eines Mannes, obwohl er alle in Spiritus aufbewahrt habe und behaupten werde, dass sie ihm in der letzten Woche abgefallen seien.

»Denkt daran, dass sich alles auf der Werft abspielen muss«, sagte Senftenberg. »Oder in der Nähe. Die Leute müssen diese abgefallenen Finger in Verbindung mit der Werft sehen. Sind sie sehr abstoßend?«

»Ihr glaubt doch nicht, dass ich mir so etwas ansehe. Mir würde übel werden.«

☙

Die Untersuchungen des Schweden und der Hure waren abgeschlossen, die Meinung der alten Schlüter war eingeholt worden, Querner hatte man vergleichsweise uninteressiert abgefertigt. Was sich jedoch in die Länge zog, war die offizielle Verlautbarung. Zwischen den Medici und der Stadt war abgemacht worden, dass zuerst Bürgermeister und Rat und danach die Bevölkerung in Kenntnis gesetzt werden sollten. Dazu war der Marktplatz vorgesehen, er lag gleich neben dem Rathaus, und heute war Markttag.

Seit dem früheren Nachmittag versammelten sich die Menschen, um die Neuigkeit aus erster Hand zu erfahren. Die Spannung war mit den Händen zu greifen. Was fehlte, war ein Medicus, der aus einem Fenster mit zwei Sätzen für Klarheit sorgen würde.

Unruhig pilgerte Bürgermeister Goldinger durch die Gänge. Weil er so nervös war, begann er, mit dem Fingernagel einen Fleck vom Porträt eines Vorgängers abzupulen. Im Flur hingen die Porträts in langer Reihe. Der Farbplacken platzte ab, entsetzt starrte Goldinger auf die handtellergroße Wunde im Bild, der das Kinn zum Opfer gefallen war. Spontan versuchte er, das abgesprungene Stück an seinen angestammten Platz zu drücken und starrte auf das Nachbarstück, das sich nun auch gelöst hatte und bald abfiel.

Das Bild zeigte einen Bürgermeister des vorigen Jahrhunderts, ein Mann, von dem im Rathaus mit Hochachtung gesprochen wurde. Goldingers erster Gedanke war: Das werden sie mir nie verzeihen. Er wollte das Bild abnehmen, es hing fest. Mit beiden Händen ruckelte er am Rahmen und hielt zwei Seiten in der Hand. Das obere Stück hing noch am Haken, das Bild fiel zu Boden. Beim Versuch, es aufzuheben, geriet ein Fuß des Bürgermeisters auf die Ecke. Ein hässlicher Riss, der durch den leeren Flur unheilvoll verstärkt wurde. Goldinger geriet in Panik, raffte alles an sich und stürzte davon. Bei seiner kopflosen Flucht eilte er an dem Raum vorbei, in dem die Medici tagten.

»Es ist nicht die Pest«, sagte der frühere Stadtarzt Ebel. »Es ist ein Ausschlag, er riecht nicht gut, er sieht nicht gut aus, aber es ist nicht die Pest. Kein Gebrechen, das uns Grund zur Sorge gäbe.«

»Es ist diese neue Art, von der man in letzter Zeit

viel hört«, wandte ein junger Kollege ein. Angeblich war zwischen dem Osmanischen Reich und Persien eine Form der Pest aufgetreten, die man weiter im Westen nicht kannte. Aber der Seemann war nicht im Osten gewesen, weiter als bis Kurland hatten ihn seine Wege nicht geführt. Es gab also keinen Hinweis darauf, wo der Mann Kontakt zur Pest aufgenommen haben könnte.

Die acht Medici hatten versäumt, sich darüber zu verständigen, wie sie zu einer Diagnose gelangen wollten, mit der sie an die Öffentlichkeit treten konnten. Die Mehrheit der Ärzte sollte sich einig sein, das wären fünf gewesen. Dennoch gingen sie davon aus, nur Einstimmigkeit werde ihre Diagnose seriös erscheinen lassen. Damit lagen sie weit neben den Bedürfnissen der Bevölkerung. Die hätte sich mit jeder Verlautbarung einverstanden erklärt, hinter der ärztliches Wissen aufschien. Je mehr Zeit sich die Medici nahmen, umso größer wurde die Nervosität auf dem Markt.

»Warum dauert das so lange? Das kann nichts Gutes bedeuten.«

»Wahrscheinlich packen sie schon ihre Taschen und lassen uns mit der Pest allein.«

»Wir verlassen Lübeck. Hier ist es nicht mehr sicher.«

In der Menge standen Belesene, die sich mit der Pest in Lübeck auskannten. Zahlen begannen, die Runde zu machen. 7.000 Namen im Totenbuch des Jahres 1351; fünf Jahre später der nächste Pestzug, dem vor allem Kinder und Jugendliche zum Opfer fielen; 41 Pestjahre zwischen 1400 und 1500; 30 Pestjahre zwischen 1500 und 1600. Es wollte kein Ende nehmen, so wie es keinen Anfang gegeben hatte. Die Pest war immer da gewesen wie die Sonne und die Wolken und die Jahreszeiten. Die Pest gehörte zum Leben, auch wenn sie den Tod brachte. Aber auch der

Tod gehörte zum Leben, jeder Christ wusste das, wuchs in diesem Bewusstsein auf und lebte mit ihm bis zu seiner letzten Stunde.

Wer auf dem Land wohnte, in kleinen Dörfern, hinter den sieben Bergen, konnte hoffen, dass die Pest ihn nicht entdeckte und an ihm vorbeiziehen würde. Wer in einer Stadt lebte, wo die Menschen dicht zusammenwohnten und auf jedem freien Meter Vieh gehalten wurde, wer sein Trinkwasser durch Kot und Urin schleppte und zudem in einer Hafenstadt wohnte, wo fremde Schiffe festmachten und sich Menschen mit fremdem Aussehen und fremder Sprache mit den Einheimischen mischten – wer also in Lübeck lebte, dem musste bewusst sein, dass ein Schutz gegen die Pest nicht möglich war. Er wusste es oder er war ein Narr.

Deshalb war es keine Panik, die sich auf dem Markt ausbreitete, es waren Lebenserfahrung und Einsicht in die Notwendigkeit.

Viele Menschen hatten nicht die Möglichkeit, die Stadt zu verlassen, die meisten lebten ohne den Willen, das zu vermeiden, was die Natur für sie vorgesehen hatte. Sie gerieten ja auch nicht in Aufregung, wenn es regnete oder schneite, sie hielten aus, wenn die Nachbarn husteten oder Blut spuckten. Wurden sie von einem Hund gebissen oder einer Ratte, bissen sie die Zähne zusammen und jammerten nicht. Die Familien waren groß, man wusste, dass es einen mit an Sicherheit grenzender Wahrscheinlichkeit treffen würde. Bevor die Pestbeulen sichtbar wuchsen, hatte der Kranke jeden in der Familie angesteckt. Das war so, das war immer so gewesen, niemand hatte jemals einen Vorschlag entwickelt, wie man die Kette unterbrechen könnte. Wie auch? Selbst die Medici wussten wenig über den menschlichen Körper. Sie scheiterten ja schon an den großen Fragen: Warum leben wir? Wie pflanzen wir uns fort? Warum wachsen bei den Eidechsen abgeschlagene Körperteile nach, beim Menschen aber nicht?

Die Menschen waren es gewohnt, vieles zu ertragen. Sie kannten es nicht anders, und niemand verhieß ihnen, dass sich in der Zukunft etwas ändern würde. Für alle, die von besseren Zeiten und Bedingungen träumten, gab es das Paradies. Man erreichte es umso sicherer, je ergebener man sein Erdenleben lebte.

Deshalb hätten die wenigsten verstanden, warum sich die acht Medici stundenlang stritten. Am Ende stand noch einer gegen den Rest. Helmuth Polikoff, aus Hamburg kürzlich zugezogener Medicus, dessen Frau eine Woche später Drillinge zur Welt gebracht hatte, die alle lebten und die Mutter auch. Er pochte darauf, dass der Schwede die Pest hatte. Er wollte zur Werft zurückkehren und die Untersuchung wiederholen. Er wollte, obwohl noch keine Beulen zu sehen waren, in den Körper des Schweden hineinstechen, solange, bis die Nadel auf eine Beule treffen würde. »Wir müssen sie gleich bei ihrer Ankunft begrüßen«, sagte er eifrig. »Jede Krankheit muss ihre Grenzen aufgezeigt bekommen.«

»Polikoff, Ihr redet dummes Zeug«, entgegnete Ebel. »Lasst uns endlich den Menschen sagen, dass sie sich keine Sorgen zu machen brauchen.«

»Aber das wissen wir nicht!«, rief laut, fast gellend der Medicus.

»Wir sollten ihn in die Kutsche setzen und nach Hamburg zurückschicken«, raunte man in der hinteren Reihe.

»Ich höre sehr gut!«, rief Polikoff. Er redete wirklich laut. Er redete das Falsche und das zu laut. Auf diese

Weise würde er sich hier keine Freunde machen. In Lübeck mochte man keine Eiferer. Wenn einer schon von seiner Meinung nicht lassen mochte, hatte man es gern, wenn sich seine Meinung mit der der Mehrheit zur Deckung bringen ließ. Nur einer Handvoll gelehrter Quälgeister wie etwa dem Theologen Distelkamp sah man es nach, wenn sie Anstoß erregten. Mehr Widerspruch vertrug man in Lübeck nicht. Die Geschichte hatte gezeigt, dass es sehr gut ohne Widerspruch ging.

Zwischen den Medici wurde es laut. Hunger, Durst, Müdigkeit steigerten die Gereiztheit. Als ein Arzt vom Abort zurückkehrte, berichtete er, dass der Bürgermeister mit Holzteilen durch die Flure eilte, es würde so aussehen, als wolle er sich verstecken.

31

Plötzlich waren die acht nicht mehr allein.

»Es war so laut, da bin ich einfach eingetreten«, sagte Trine Deichmann entschuldigend.

»Einer Kollegin sehen wir das nach«, entgegnete Ebel zur Begrüßung.

Erstmals erlebte Polikoff die städtische Hebamme persönlich. Er hatte sie sich älter vorgestellt und größer. Herrischer insgesamt. Die Frau, die jetzt eingetreten war, wirkte ja, als könne es sich um eine liebenswürdige Person handeln. Polikoff wusste, dass er sich nicht hinreißen lassen durfte. Keine Verbrüderung mit Hebammen!

Wenn Zusammenarbeit unabwendbar war, mussten sie sich auf ein sachlich-korrektes Nebeneinander beschränken. Damit war er schon in Hamburg gut gefahren. Damit fuhr er ja sogar in seiner Ehe gut.

Ebel benahm sich der Hebamme gegenüber, als wäre er ihr Vater. Oder – noch schlimmer – ihr Kollege.

»Die beiden können sich seit Langem leiden«, raunte man sich zu. »Sie wäre nichts ohne ihn geworden. Und ohne ihn wäre sie nicht mehr da, wo sie heute ist.«

Wo Polikoff herkam, hörte ein Medicus nicht auf den Rat von Kräuterweibern und Hexen. Wenn die Schwangeren schon nicht darauf verzichten wollten, sich in die Hände dieser fahrlässigen Weiber zu begeben, musste die Vernunft eben so lange in der Hand der männlichen Heiler liegen.

Ebel forderte die Hebamme auf, frei von der Leber weg zu sprechen.

»Vielleicht wollt Ihr gleich zu den Leuten reden!«, rief Polikoff gehässig und wies zu den Fenstern, die auf den Markt hinausgingen.

»Bitte etwas Sachlichkeit«, sagte Ebel. Polikoff fragte sich, warum seine Kollegen einem alten Stadtarzt gestatteten, das große Wort zu führen.

»Glaubt Ihr, Ihr könntet es besser?«, raunte ein Kollege.

Verdutzt starrte Polikoff ihn an. Das glaubte er in der Tat. Die alte Generation tritt ins Glied zurück, an ihre Stelle tritt die neue Zeit. Missmutig starrte Polikoff die blonde Frau an. Sie trug eine dunkelgrüne Jacke, wie er sie bei Seeleuten gesehen hatte. Um den Hals lag ein Pelz, nicht groß und breit, kein Zobel, aber ein Pelz war es. Man sollte die Hebamme fragen, woher das Stück stammte. Vielleicht vermisste ein Bürger seit einiger Zeit diesen

Pelz. Hebammen waren räuberisches Volk. Wenn ihr Auge erst einmal begehrlich auf einem fremden Stück Eigentum ruhte, war es nur eine Frage der Zeit, bis es die Besitzerin wechselte. Polikoff kannte Hebammen. Zwar stammte das meiste aus Erzählungen von Kollegen, aber er glaubte jedes Wort.

»Es geht um den Schweden auf der Werft«, begann die Hebamme.

Wie frech sie jedem Anwesenden ins Gesicht blickte! Als hätte sie nichts zu verbergen! Als befände sie sich in einem Raum mit Gleichgestellten. So war es ja nun nicht, Polikoff verspürte Lust, dies klarzustellen.

Doch die Hebamme sprach schon weiter, und die Medici machten nicht den Eindruck, als würden sie sich beleidigt fühlen. Zuerst schmierte sie den Anwesenden Honig ums Maul, indem sie deren Wissen und Klugheit betonte. Polikoff hörte das nicht ungern, aber bei einem Lob kam es darauf an, aus wessen Mund es über einen kam. Den meisten Lobpreisern glaubte Polikoff unbesehen, denn sie sprachen die Wahrheit und nichts als die Wahrheit.

Bei einer Hebamme war es anders. Ihr durfte man nicht trauen, sie führte etwas im Schilde, das sich nicht gleich erschloss. Deshalb durfte man sich nicht einwickeln lassen, musste hellwach bleiben und jedes Wort auf den verborgenen Sinn abklopfen. Polikoff war hellwach und unbestechlich. Mochte er den Hamburgern mit seiner Art am Ende auch auf die Nerven gegangen sein, den Lübeckern wollte er zeigen, dass sie nicht einen x-beliebigen Medicus gewonnen hatten, sondern einen mit Verstand und Scharfsinn.

»Es handelt sich um Maulwurf.«

»Häh!«

»Maulwurf«, wiederholte die Hebamme, »was ich am Hals trage, ist vom Maulwurf. Ich dachte, ich sollte es verraten, bevor Euch die Augen aus dem Kopf fallen.«

Sieben Männer glucksten vergnügt, einer kochte vor Zorn.

Trine Deichmann fuhr fort: »Mir wurden Informationen zugetragen, die ich nicht für mich behalten kann.«

»Wir sind gespannt«, sagte Ebel neugierig.

»Der schwedische Seemann Lundberg, der auf der Rosländer-Werft festgehalten wird, hat nicht die Pest. Er ist ein Betrüger.«

Überraschtes Murmeln erfüllte den Raum.

»Das könnt Ihr gar nicht wissen«, rief ein Medicus, es war nicht Polikoff.

»Mir stehen Informationen zur Verfügung, die keinen anderen Schluss zulassen.«

»Redet nicht so geschwollen daher. Nennt Ross und Reiter!«, rief Polikoff.

»Gerne. In Lübeck hat sich eine Vereinigung gegründet, die den Kampf gegen das Schiff der Witwe Rosländer auf schmutzige Art führt.«

»Daran ist nichts schmutzig«, protestierte ein Medicus. »Dies ist eine freie Stadt, hier darf jeder Bürger eine Meinung haben und sie vertreten. Jedenfalls, wenn seine Meinung von allgemeinem Interesse ist und nicht aus dem Schweinekoben aufsteigt.«

»Ihr meint die Armen.«

»Die vor allem. Und noch einige andere, die ich nicht einzeln nennen will.«

»Ich meine nicht den Widerstand, den der Reeder Schnabel und seine Freunde anführen.«

Alle starrten Trine an. Wie seltsam es war, eine Wahrheit, die jedem im Raum bekannt war, aus einem Mund zu hören, von dem man das nicht erwartet hätte.

»Weiter, weiter«, forderte Ebel die Hebamme auf.

»Der Reeder Schnabel und seine Freunde haben sich einige Finten und Gemeinheiten einfallen lassen ...«

»Das nehmt Ihr zurück! Das ist eine Meinungsäußerung, die Euch nicht zusteht. Nicht einer wie Euch!«

Polikoff wusste, dass er aufpassen musste. Er war bis zu einer Grenze vorgedrungen.

»Kollege, ich muss doch sehr bitten.« So kannte Polikoff den alten Arzt noch nicht. Schneidend, ohne seine sonstige Verbindlichkeit, die nach Blumen roch. Ernüchtert und eingeschüchtert verstummte Polikoff.

»Ich denke, ich habe nicht übertrieben«, fuhr die Hebamme fort. Was musste passieren, bevor sie sich daran erinnerte, wie gering ihr Stand war!?

»Schnabel mag Anna Rosländer nicht, das spricht nicht für ihn. Er hat seine Abneigung nicht verleugnet, das spricht wiederum für ihn. Er hat nicht mit offenem Visier gekämpft, aber man wusste doch, woran man bei ihm war. Ich meine also nicht den Reeder Schnabel. Denn in der Stadt fürchtet man sich sehr, seitdem uns die Pest erreicht haben soll, auch Schnabel. Daraus schließe ich, dass er an dem Lügenspiel nicht beteiligt ist.«

»Wovon spricht diese Frau?«, fragte stöhnend Polikoff.

»Sie spricht von der geheimen Gesellschaft«, antwortete die Hebamme. »Der Schwede hat nicht die Pest und weiß dies auch. Er hat die Pest zum Preis von 50 Talern. Man hat ihn gekauft, es ist ein abgekartetes Spiel. Die geheime Gesellschaft will Anna Rosländer besiegen und nimmt dafür in Kauf, dass sich 20.000 Menschen fürchten. Das können wir nicht zulassen. Jetzt wisst Ihr die Wahrheit und könnt die notwendigen Schritte einleiten.«

»Was stellt Ihr Euch vor?«, fragte Ebel, als sei ihm klar, worum es ging.

»Die Menschen müssen erfahren, dass sie keine Angst zu haben brauchen. Sie müssen wissen, dass niemand sterben wird.«

»Nennt Namen!«, forderte Polikoff. »Ich will Namen hören. Ich will hören, woher Ihr das alles wisst?«

»Nun, wir haben mit dem Schweden gesprochen.«

»Aber das geht doch nicht! Er wird bewacht! Wisst Ihr keine bessere Lüge!?«

»Wir sind übers Wasser auf die Werft gefahren und haben mit ihm geredet.«

»Aha! Ihr habt geltendes Recht gebrochen! Kollegen, Ihr habt es gehört. Das war ein Geständnis.«

»Würdet Ihr so freundlich sein und endlich Euer vorlautes Maul halten? Mit Verlaub, aber Ihr habt etwas von einem Marktweib an Euch.«

Schockiert starrte Polikoff den alten Arzt an. Das hast du nicht umsonst gesagt, dachte er. Das werde ich nicht auf sich beruhen lassen.

»Ihr habt Euch in Gefahr begeben«, sagte ein anderer Medicus zur Hebamme.

Lächelnd erwiderte sie: »Das tut Ihr jeden Tag. Das ist nichts Besonderes. Das weiß man vorher und tut es trotzdem.«

»Um welchen Preis?«

»Um den Preis der Wahrheit.«

»Ihr sprecht ein großes Wort gelassen aus.«

»Ich mache das nicht ohne Not, aber ich glaube, die Umstände sind ernst, und wenn wir nicht schnell handeln, werden sie außer Kontrolle geraten. Schlimm genug, dass die Pest viele Opfer fordert. Aber wollen wir die erste Stadt werden, in der die Menschen sterben, weil es nur das Gerede über die Pest gibt? Sollte uns das Leben nicht etwas mehr wert sein?«

Polikoff hasste rhetorische Fragen. Er selbst war ein glühender Anhänger dieser Art der Gesprächsführung. Treibe den anderen zu einem Punkt, an dem er deine Fragen nur in dem von dir gewünschten Sinn beantworten kann. Herrlich! Was für ein Triumph! Er hasste diese Frau.

»Wie habt Ihr es geschafft, dass er Euch die Wahrheit sagt?«, fragte ein Medicus.

»Wir mussten ihm Geld versprechen. Er nimmt Geld für Lügen und für die Wahrheit. Bei 55 Talern war er zur Wahrheit bereit. Wir mussten ihm versprechen, dass er nicht durchgehauen wird.«

»Habt Ihr auch versprochen, dass er nicht ertränkt wird?«

Sie lächelte den Medicus an, er lächelte zurück. Polikoff begann sich nach Hamburg zurückzusehnen. Dort war alles berechenbar und mittelmäßig. Dort gehörte er hin. Dort waren die Armen bescheiden und die Reichen freundlich zu Ärzten. Dort hasste man die Lübecker und hielt sie für eingebildet, weil sie ein ganzes Meer beherrscht hatten, was den Hamburgern nie gelungen war. Sie lagen ja nicht einmal an der offenen See, sondern zwei Tagesreisen von ihr entfernt.

Die Hebamme hatte mittlerweile berichtet, dass der Schwede untersucht worden war. Angeblich waren zwei Personen dabei gewesen, die sich mit Pestkranken auskannten, weil sie Erfahrung darin hatten, sie zu pflegen. Namen wollte sie nicht nennen und bat dafür um Verständnis. Aber es sei niemand dabei gewesen, der sich in diesem Raum aufhalten würde.

»Da bin ich ja beruhigt«, höhnte Polikoff.

Trine Deichmann sagte: »Es war alles zu perfekt. Ein ausländischer Seemann, er besichtigt die Werft, die Krankheit bricht aus. Wenn das zwei Tage später passiert wäre, hätte ich mich vielleicht täuschen lassen. Aber so …«

Und dann nannte sie endlich die Namen, denen alle entgegenfieberten. Vierhaus und Senftenberg waren am bekanntesten, Kaufmann der eine, Lehrer der andere, gute Namen, gutes Blut und viel Hass. Die anderen Namen regten keinen weiter auf. Sie waren nicht zum ersten Mal dabei, wenn es darum ging, die Sache zuzuspitzen und des Guten zu viel zu tun.

»Sind das alle?«, fragte Ebel streng. »Es darf kein Zweifel bleiben.«

Trine Deichmann blickte sich im Raum um, Polikoff hielt den Atem an. Er dachte: Sie kann es nicht wissen, es ist nicht möglich. Der Blick der Hebamme schweifte weiter, sie sagte: »Das sind alle Namen.«

»Gut«, sagte Ebel, »und nun reden wir deutlich weiter.«

»Reicht das noch nicht?«, fragte sie in einem für ihren bisherigen Auftritt erstaunlich unsicheren Ton.

Ebel sagte: »Der Schwede mag ein Halunke sein, man mag ihn gekauft haben, damit er diese Scharade aufführt. Aber er ist ein Fremder, er kennt unsere Leute nicht. Ihr könnt die Namen nicht von ihm erfahren haben. Wer hat geplaudert? Was habt Ihr getan, um alles zu erfahren?«

Schweigen.

Dann eine vorsichtige Frauenstimme: »Könntet Ihr Euch damit zufriedengeben, nur das Ergebnis zu wissen? Und nicht den Weg, der nötig war, um zum Ziel zu gelangen?«

Ebel schüttelte den Kopf: »Es ist die alte Geschichte mit dem faulen Apfel. Lübeck ist der Apfel, und nun erfahren wir von Euch, dass in dem Apfel Maden herumkriechen. Dieses Ungeziefer hat die Angewohnheit, einen Apfel nach dem anderen zu befallen.«

»Ich möchte mit Euch allein sprechen.«

»Einspruch!«, rief Polikoff. »Das habe ich mir gedacht. Die Dame sucht sich aus, mit wem sie redet. Das können wir nicht zulassen, ich bin sicher, dass ich für alle Kollegen spreche.«

Er wollte sich noch weiter aufregen, aber er wollte ihnen auch die Möglichkeit geben, sich auf seine Seite zu schlagen. Umso verwirrter war er, als er sah, was sich hier abspielte. Bevor das nächste Wort ausgesprochen worden war, wusste Polikoff, dass sie vor der Hebamme niederknien würden. Wie sie sich untereinander anblickten! Taten so, als würden sie weise abwägen, dabei war die Entscheidung längst gefallen.

32

DIE HEBAMME UND DER ALTE ARZT verließen den Raum. Sofort wollte Polikoff auf die anderen losgehen, aber ein Medicus kam ihm zuvor: »Haltet Euch zurück! Redet halb so viel, wie Ihr meint, reden zu müssen. Dann redet Ihr immer noch doppelt so viel, wie es nötig wäre.«

»Aber sie tanzt uns auf der Nase herum!«, protestierte Polikoff.

»Ist sie gekommen, um uns mitzuteilen, was sie weiß?«

»Ja, aber ...«

»Hat sie uns etwas Wichtiges mitgeteilt oder nicht?«

»Ja schon, aber ...«

»Ist Ebel einer von uns und von allen Kollegen der würdigste?«

»Möglich. Ich kenne den Mann ja nicht, aber ...«

»Seht Ihr, Polikoff, das ist Euer Problem. Ihr wisst nicht viel. Aber anstatt in den ersten Monaten zuzuhören und zu lernen, reißt Ihr das Maul auf!«

»Aber das mache ich doch nur, weil ich ...«

»Ihr habt eine Pause verdient! Eure Stimme hört sich vom vielen Schreien angegriffen an. Wie wär's, wenn Ihr hinausgeht, um Euch auf dem Markt die Beine zu vertreten! Kauft einen Apfel, er wird Euch gut tun. Aber passt auf, es könnte sich eine Made darin befinden.«

Schockiert starrte Polikoff auf die Tür, die man ihm aufhielt. Sie waren so viele, und er war allein. Er schritt durch die Tür, die Tür fiel hinter ihm ins Schloss.

Im Amtszimmer des Bürgermeisters kam die Hebamme zum Thema.

»Es hat mit den Frauen zu tun«, sagte sie zögernd. »Die Männer reden miteinander. Manchmal tun dies auch die Frauen. Oft reden sie über das, was die Welt der Frauen ausmacht: die Kinder, das Haus, das Personal, der Markt, und ob Ihr es glaubt oder nicht, sie reden auch über Männer und das, was die tun und lassen.«

»Das kriegen wir alles mit!«, rief vergnügt Goldinger. »Dann klingelt es immer in unseren Ohren!«

Ebel blickte ihn an, als würde er erwägen, ob ein gnädiger Tod nicht das Beste sei bei so viel Dusseligkeit.

»Man trifft sich, man plaudert, man redet über das,

worüber alle reden, und manchmal trifft man eine Frau, die besorgt ist.«

»Man fasst es nicht«, entgegnete Ebel kopfschüttelnd. »Ihr habt das Zeug zur Ratsherrin.«

»Das habe ich nicht.«

»Und ob! So gewunden, so umkreisend, so pflaumenweich. Dass ich das noch erleben darf.«

»So reden doch alle«, behauptete der Bürgermeister.

Ebel sagte: »Oh nein, das tun sie nicht. Und das ist auch gut so. Auf dem Markt reden sie zur Sache. Laut, zupackend, Fisch ist Fisch und Fleisch ist Fleisch. Bei uns ist zu viel Durchgedrehtes.«

Trine Deichmann fühlte sich nicht wohl. Sie hatte dafür plädiert, einen anderen Weg zu finden, um die Neuigkeiten an die richtige Adresse zu bringen. Ihr hatte ein Brief vorgeschwebt. Oder ein Besuch, den Hedwig Wittmer tätigen sollte. Oder Anna Rosländer. Bloß nicht Trine Deichmann. Sie konnte das nicht. Es gab nur einen Grund, warum sie noch nicht aus dem Rathaus geflohen war. Dieser Grund hieß Ebel und blickte sie aufmunternd an.

»Mehr ist es nicht«, sagte Trine. »Einiges habe ich durch bloßes Reden erfahren. Einer Bekannten erging es ähnlich, einer dritten auch. Eins kam zum anderen, wir mussten es nur noch zusammentragen.«

»Und dann die Reise auf die Werft unternehmen.«

»Wie? Ja genau, das mussten wir dann auch noch tun.«

»Mit männlicher Hilfe?«

»Auf was wollt Ihr hinaus?«

»Was glaubt Ihr denn?«

»Ich glaube, dass Ihr Euch etwas Falsches vorstellt.«

»Ich höre.«

»Ihr glaubt, es gibt noch eine zweite geheime Gesellschaft, nicht nur den Kürschner Vierhaus. Ihr glaubt, diese Gesellschaft könnte nur aus Frauen bestehen, weil manche Frauen glauben, dass es einiges gibt, wobei Männer nicht von Nutzen sind.«

Verblüfft und begriffsstutzig, wie es seine Art war, glotzte Goldinger die Hebamme an.

Trine schluckte, aber Ebel war noch nicht zufrieden. So setzte sie hinzu: »Wir reden nur. Frauen reden viel, wenn der Tag lang ist. Manchmal fällt dabei einiges an, das muss man nur noch zusammenfügen. Wie die Kinderspiele, bei denen man die Holzteile so lange aneinanderlegt, bis sie ein Gesicht ergeben oder ein Haus.«

Ebel sagte: »Lasst uns sehen, ob ich alles richtig verstanden habe. Ein Holzteil ist Frau Vierhaus, ein Holzteil ist die Schwester von Senftenberg. Ein drittes Holzteil hat keinen Namen, weiß aber gut Bescheid, hat also keinen Holzkopf. Diese Teile tauschen sehr private Dinge aus, die sonst nie aus dem Haus oder aus dem Schlafzimmer gedrungen wären. Vielleicht wollen sie, dass etwas passiert oder dass etwas nicht passiert. Vielleicht glauben oder wissen sie, dass man diese Wünsche nur bei der richtigen Adresse abladen muss. Ich stelle mir eine Adresse vor, wo Frauen zusammenkommen, die mutig sind und klug und unternehmungslustig. Frauen, die ein Gefühl für Recht und Unrecht besitzen. Die finden, dass einiges in Lübeck nicht richtig läuft. Und die sich zutrauen, diese Fehler zu korrigieren, indem sie eingreifen. Behutsam, aber energisch.«

»Stadtarzt Ebel, Ihr habt eine verwegene Fantasie. Man könnte das Fürchten kriegen.«

Trine und Ebel lächelten sich an. Dann blickten beide den Bürgermeister an. Der schrak zusammen und sagte hastig: »Ich habe es nicht mit Absicht gemacht. Das Bild ist von allein kaputt gegangen.«

Die Tür wurde aufgerissen, Polikoff stürzte herein und hauchte mit einer für seine Verhältnisse ungewöhnlich leisen Stimme: »Die Ungeheuer sind da, jetzt sind wir alle verloren.«

33

MÄNNER STELLTEN SICH ihnen entgegen. Die Mäntel wiesen sie als Wächter aus, die Lanzen als zu allem entschlossene Wächter. Die Medici schoben den Bürgermeister in die erste Reihe.

Im Angesicht der Lanzenspitzen wisperte der nach hinten: »Wo ich herkomme, werden die Verantwortlichen geschützt und nicht als Kanonenfutter nach vorne geschickt.«

»Wo Ihr herkommt, findet man für einen wie Euch auch nicht so schnell Ersatz. Das ist bei uns im Norden anders.«

Trine Deichmann starrte den Medicus an, der die Worte gemurmelt hatte.

»Was wollt Ihr?«, fragte er schulterzuckend. »Ich habe doch recht.«

Man teilte den überforderten dienstbaren Geistern mit, dass sich der Verdacht auf Pest erledigt habe. Goldinger pochte auf seine Amtsautorität, ein Wächter pochte auf Goldingers Brust, ein Medicus eilte hinzu, damit der Bürgermeister nicht ohne ärztliche Versorgung bleiben musste. Der große Rest überrannte die Wächter, insgeheim waren die froh, es hinter sich zu haben.

Das Tor der Werft öffnete sich, in der Menge, die dadurch sichtbar wurde, entdeckte Trine den Zeichner Querner. Aber sie vergaß ihn gleich wieder, denn was sich ihren Augen darbot, war mehr, als sie erwartet hatte. Die Werft wimmelte von Menschen! 30 oder 35 oder noch mehr hielten sich auf dem Dock auf, andere waren mit Holz auf dem Weg dorthin. Und alles, was sie taten, sah zielgerichtet aus. Es war kein Durcheinander, wie Trine spontan unterstellt hatte. Hier fand keine Plünderung statt, wurde kein Holz für die Winterfeuerung geraubt. Diese Männer wussten, was sie tun mussten. Und dass es auch der letzte und dümmste wusste, dafür sorgten die Rufe, die ihnen in den Ohren klangen. Männer riefen und dirigierten, ordneten an, lenkten, schaufelten mit den Armen, lachten, schimpften, packten einen Träger und stießen ihn in eine neue Richtung. Nichts daran war Drohung und Strafe, Trine Deichmann war von einer ungeheuren Energie umgeben, frohgemut, zielstrebig, guten Willens. Auch Querner gehörte zu denen, die Anweisungen riefen! Auch er wirkte in dem Gewusel zuversichtlich und erleichtert. Nirgendwo entdeckte Trine jemanden, der sich über das Aussehen der Fremden wunderte. Die Haut jedes Einzelnen wies Zeichen von Schnitten und Stichen auf, die vernarbt waren. Aber nicht bei allen gleich gut.

Alle waren auf den Beinen, alle arbeiteten! Bis auf einen. Der saß auf einer Kiste, die Beine von sich gestreckt, und war damit beschäftigt, sich eine Zigarre zu rollen. Hingebungsvoll widmete er sich der fummeligen Arbeit, biss die Spitze ab, zog einen Fidibus hervor, hielt einen vorbeigehenden Mann an und holte sich von dessen Pfeife Feuer für die eigene Zigarre. Er inhalierte, behielt den

Rauch in den Lungen und betrachtete den Betrieb um sich herum voller Wohlwollen, wie eine Glucke ihre Küken beaufsichtigt und sich dabei wohlfühlt.

»Joseph Deichmann, wir müssen reden!«

Aus Mund und Nasenlöchern der männlichen Glucke strömte Rauch.

»Mein geliebtes Weib. Was für eine schöne Überraschung.«

»Überraschung könnte die Sache treffen. Ob sie schön ist, wird sich zeigen.«

Er stand auf, bevor sie ihn in die Höhe ziehen konnte. Sie wusste noch keine Einzelheiten, aber sie ahnte schon, dass sie in Kürze einen der größten Streiche ihres Mannes zu hören bekommen würde.

Auf dem Weg in einen ruhigen Winkel winkte er mehrmals Männern zu, die ihn vertraulich anredeten.

»Man kennt sich«, knurrte Trine.

»Die Welt ist klein.«

»Aber man kann nicht überall gleichzeitig sein – bis auf meinen Mann.«

Joseph Deichmann hatte deshalb so viel Erfolg bei Frauen, weil er ihre Signale früher als andere Männer empfing. Die seiner Trine empfing er besonders schnell, manchmal schon, bevor sie Trines Körper verlassen hatten.

»Ich kann natürlich alles erklären«, sagte er zuvorkommend.

»Komisch, daran hatte ich keinen Zweifel. Wie kommt das nur?«

»Du bist klug und verdienst es, einen klugen Mann zu haben.«

Sie durfte ihn nicht anblicken, nicht jetzt, jetzt gerade nicht. Sie durfte nichts tun, was ihren Zorn unterwandern konnte. Und sie wusste ja auch, was sie sehen würde: diesen unwiderstehlichen Gesichtsausdruck zwischen liebedienerischem und unverschämtem Lächeln. Sie hatte diesen Kerl nicht zufällig geheiratet, auch wenn beide bis zum heutigen Tag darüber stritten, wer seinerzeit die treibende Kraft gewesen war.

Trine sagte: »Ich fange mit dem Wichtigsten an. Warum sehen diese Menschen so aus? Die Wunden beweisen, dass sie Pestbeulen hatten und dass diese Pestbeulen aufgeschnitten und ausgedrückt wurden.«

»Womit sie gesund wären.«

»Lenk nicht ab. Da laufen 30 Männer herum, 30 Pestkranke! Das ist eine Katastrophe!«

»Streng genommen sind es 36, und drei von ihnen sind keine Männer.«

»Dann eben Kinder.«

»Auch keine Kinder.«

»Was soll das werden? Ein Rätselspiel? – Frauen!? Frauen arbeiten auf der Werft!?«

»Als Tischler und Zimmerfrau. Das müsste dich freuen.«

Er wollte sie ablenken, sie kannte diese hinterlistige Taktik. Sie blieb hart und störrisch. Am Wasser packte er endlich aus. Die 36 stammten aus Uelzen, dem Ort im Süden, wo Joseph Deichmann gelebt hatte, als er vor 20 Jahren Trine kennenlernte. Sie war einmal dort gewesen, ein kleiner Ort, noch verschlafener als die verschlafenen Orte rings herum. Wenn man nicht aufpasste, war man hindurchgefahren, bevor man gemerkt hatte, dass man angekommen war.

»Immerhin eine Hansestadt«, betonte Joseph.

»Es gibt 50 Hansestädte, die niemand kennt. Was ist so Besonderes an dem Kaff?«

»Ort. Nennen wir es einfach Ort. Das klingt so, als würden dort Menschen leben und nicht Vieh.«

Bei Trine fiel der Groschen. »War da nicht …? Da war doch … In Uelzen ist die Pest.«

Vor wenigen Jahren hatte die Pest den Ort entdeckt und reiche Beute gemacht. Jeder dritte Bewohner war gestorben, nach kurzer Zeit hatte der Ort in der bekannten Form nicht mehr existiert.

Trine blickte Joseph an, der einfühlsam berichtete, wie Familien den Vater, die Mutter und Kinder verloren hatten. Es gab einen Tonfall bei dem Mann, den sie nicht oft hörte. Nur wenn ihm etwas naheging, wurde seine Stimme so weich.

»Joseph Deichmann, du liebst diese Stinkstiefel immer noch!« Und als er nicht gleich reagierte: »Du warst da! Da warst du also! Du hast gar nicht mit einer anderen … du hast nicht herumpoussiert. Was hast du da gewollt? Was denkst du dir dabei, deine Kinder in Gefahr zu bringen?«

Sie verlor die Fassung, sie wusste das und konnte doch nicht damit aufhören. Erleichterung war im Spiel und gleichzeitig Ärger. Er bestätigte alles, was sie vermutete. In den letzten Wochen war er mehrmals in Uelzen gewesen, zwei Tage zu Pferd hin, zwei Tage zurück.

Einmal stach die Angst noch zu: »Du hast da doch nicht eine …?«

Er nahm sie in die Arme, das tat gut, viel mehr als viele Worte. Es war die alte Anhänglichkeit, erklärte er, er kannte noch so viele und von manchen die Kinder. Der Ort war so klein, die Pest hatte ihn zerstört. Die meisten waren noch am Leben, aber es war ein Leben ohne Sinn und Halt geworden. Eine so kleine Gruppe konnte es nicht verkraften, wenn jeder Dritte ausfiel. Das war das

Harte an der Pest. Wenn das letzte Opfer in der Erde lag, war die Pest noch lange nicht vorbei. Dann begann das Leben nach der Pest. Dann mussten die Menschen mit dem zurande kommen, was die Seuche übrig gelassen hatte. Viele kamen nie mehr auf einen grünen Zweig. Ohne Ernährer, ohne Arbeit, ohne Abnehmer für die hergestellten Werkzeuge, Kleider und Nahrungsmittel. Ohne Sinn, wenn man die Kinder verloren hatte, ohne Halt, wenn man den Liebsten verloren hatte und über seinen Verlust nicht hinwegkam.

»In einem großen Ort findest du immer etwas, womit du dich ablenken kannst«, sagte Joseph. »Du gehst ins Gasthaus und trinkst, gehst ins Bordell und liebst, gehst zur Arbeit, denn es sind genug am Leben geblieben, die deine Kunden werden können. Aber es gibt Orte, die zerbrechen an der Pest. Es gibt nicht genug Überlebende, die die Lücken schließen können. Es gibt keine Arbeit mehr, keine Familien mehr, kein Geld und nichts, was Hoffnung macht. Denn fromm bist du nur, solange du glaubst, es kann wieder besser werden. Wenn alles nur noch grau in grau ist, sparst du dir den Weg zur Kirche, denn du merkst, warum der Pastor so oft zu dir kommt. Er hofft darauf, ein Essen zu erhalten. Das ist verständlich, aber Hoffnung ist das nicht.«

Sein Gesicht war ernst, die Zigarre lag auf dem Boden, und er schilderte, dass er auf einen Friedhof kam, als er zum ersten Mal nach langer Pause wieder seine alte Heimat besuchte.

»Du weißt, sie haben dort Kräuter, die wir bei uns lange suchen müssen.«

»Ich weiß, Joseph. Ich weiß auch, wofür diese Kräuter geeignet sind.«

»Das ist schön, meine Liebe. So komme ich nicht in Versuchung, dir einen Bären aufzubinden.«

»Ich weiß es zu schätzen, wenn du dich schlaflos im Bett wälzt, weil dich das schlechte Gewissen quält.«

Sie lächelten sich an und wussten beide, dass Joseph zum letzten Mal Schwierigkeiten mit dem Schlafen gehabt hatte, als bei der jüngsten, jetzt 14-jährigen, Tochter die Zähne durchgebrochen waren.

»Ich ging durch die Gassen und alles war still. Keine Kinder, die spielten. Keine Hühner, die kratzten. Nicht mal ein Hund, in Uelzen gab es immer viele Hunde. Dann trat ein Mann aus dem Haus, er sah mich an, als würde er überlegen, wo er seine Flinte aufbewahrt. Ich meine, ein Ort mit großer Gastfreundschaft war das nie. In den Wäldern lernst du keine Offenheit wie bei uns. Wenn du bei uns von den vielen Stinkstiefeln die Nase voll hast, musst du nur ans Meer gehen, da hast du deine Offenheit. Bei uns kannst du einer Möwe hinterhersehen und siehst sie eine Minute lang, bevor sie zu klein geworden ist. In Uelzen gibt es keine Weite, sondern immer nur den nächsten Wald. Die Menschen aus Uelzen haben alle ein Brett vor dem Kopf, und das Brett ist ein lebendiger Baum.«

Er hatte die alten Freunde besucht und die Frauen, die für ihn die Kräuter suchten, die ihn in Lübeck zu einem gefragten Mann machten, wenn auch hauptsächlich bei liederlichen Frauenzimmern und solchen, die viel tranken und viele Blicke warfen und hinterher nicht wussten, wer der Vater war.

Nach dem Besuch hatte Joseph Deichmann den kleinen Ort hinter sich gelassen. Als er in Lübeck ankam, hatte sein Entschluss fest gestanden. Die Arbeit würde nicht in die Wälder kommen, damit war der schleichende Tod vorherbestimmt. Einer würde der Erste sein, er würde seine Habseligkeiten auf einen Wagen packen, wenn er Glück hatte, war ihm ein Pferd geblieben. Dann würde er sich auf den Weg machen, dessen Ziel er nicht kannte, und er würde eine weitere Lücke hinterlassen, die den Nächsten dazu brachte, aufzubrechen. So kam der Niedergang in Bewegung. Am Ende würde der Ort aus einem Brunnen bestehen, aus dem niemand mehr Wasser schöpfte.

»Sie werden nicht morgen ausgestorben sein, aber den Ort, den ich kenne und gern habe, den wird es in absehbarer Zeit nicht mehr geben. Deshalb habe ich gehandelt.«

Joseph war durch den Ort gegangen. Mit Holz kannten sie sich aus, davon gab es genug. Bergleute hätte er dort nicht gefunden und Fischer auch nicht. In Uelzen gab es mehr Menschen, die an festsitzenden Gräten zu Tode gekommen waren als solche, die ein Netz auswerfen konnten. Die Uelzener waren auch nicht die Schnellsten. Lieber fingen sie im Fluss Krebse als wendige Forellen.

Am Ende waren es 38 gewesen, die auf drei Wagen geklettert waren. Unterwegs waren zwei verloren gegangen, sie waren nach einer Rast nicht mehr aus dem Wald aufgetaucht. Zwei Stunden hatte man gewartet, nicht länger.

Ein Schiff hatten sie nie gebaut, lesen und schreiben nie gelernt, aber sie wussten, was Holz ist und wie man es anfassen muss, damit es tut, was es soll.

»Du hättest fragen sollen«, sagte Trine Deichmann. Lange hatte sie mit sich gerungen, wie sie die Worte in dieses ernsthafte geliebte Gesicht hineinsprechen sollte.

»Hast du nicht gesagt, es bricht dir das Herz, weil auf der Werft die Arbeit ruht?«

»Ja, das habe ich wohl.«

»Sieh dich um. Jetzt wird gearbeitet.«

»Daran gibt es wohl keinen Zweifel.«

»Wo ist also dein Problem?«

»Hast du zwischendurch fünf Minuten an die Pest gedacht?«

»Sogar zehn Minuten. Sie haben alle die Pest gehabt. Jetzt kann die Pest ihnen nichts mehr anhaben.«

»Wussten sie, was auf sie zukommt? Dass sie hier vielleicht nicht von allen gern gesehen sind?«

»Das wissen sie. Es ist ihnen gleichgültig, denn sie haben etwas bekommen, womit sie nicht gerechnet haben. Sie dürfen arbeiten, und deine Witwe wird ihnen für ihre Arbeit Lohn zahlen.«

»Woher weißt du das? Hast du sie gefragt?«

»Dazu war bisher keine Zeit, aber ich bin zuversichtlich, dass du diesen Teil übernehmen wirst. Auf dich hört die Witwe.«

»Ist das so?«

»Viele denken es.«

Darüber wurde in der Stadt also auch bereits geklatscht. Wenn in Lübeck nur alles so schnell gegangen wäre wie das Klatschen!

Wie aufs Stichwort stand Anna Rosländer vor ihnen. Man sah ihr an, dass sie in großer Eile aufgebrochen war. Für ihre Verhältnisse sah sie unvollständig aus, obwohl kein Kleidungsstück fehlte. Gefehlt hatten nur die Momente vor dem Spiegel, in denen noch einmal geprüft, gezupft, geglättet wird.

Anna sagte: »Ich höre.«

Dabei blickte sie Joseph an und nicht Trine. Wusste sie schon das meiste oder kannte sie den Kerl so gut, dass sie wusste, wem man diese verwegenen Spielzüge zutrauen konnte?

Joseph Deichmann begann zu erklären. Er spielte nicht den Narren, erlaubte sich keine Koketterie und tat nicht so, als wäre alltäglich, wovon er sprach. Er war aufrichtig und ernst. Anna Rosländer hing an seinen Lippen und stellte keine einzige Frage. Sie zweifelte an nichts, was sie da erfuhr. Einmal blickte sie sich um und beobachtete die Männer. Niemand von ihnen hatte seine Arbeit unterbrochen, mittlerweile waren noch mehr von Annas Angestellten angekommen und leiteten die neuen Kräfte an. Die Werft summte und brummte wie ein Bienenstock.

Dann war Trine an der Reihe und berichtete, dass sie im Rathaus gewesen und berichtet hatte, was der Kreis der Frauen besprochen hatte. Es war ihr nicht recht, dass Joseph mithörte. Wenn er neugierig war, besaß er so eine Art, hingebungsvoll hinzuhören, dass man glaubte, sein Hals werde länger und die Ohren würden sich auf jeden ausrichten, der gerade redete.

»Das hast du gemacht«, lauteten danach seine ersten Worte. »Aber dann passen wir ja wunderbar zusammen.« Strahlend wandte er sich an die Witwe, packte ihre Hände und rief: »Ihr könnt Euch glücklich schätzen, so eine Freundin zu haben.«

»Oh, das weiß ich. Das weiß ich wohl. Und seit zehn Minuten habe ich das Gefühl, besser als vorher zu wissen, warum unsere Trine so ist, wie sie ist.«

»Was meint Ihr damit?«

»Ich meine, dass sie als junges Mädchen so noch nicht war. So wird man nur, wenn man bestimmte Menschen kennenlernt oder es vermeidet. Lernt man sie aber kennen, wird man unweigerlich beginnen, in eine bestimmte Richtung zu denken und in eine bestimmte Richtung zu handeln. Sicher wisst Ihr, an wen ich gerade denke.«

Nun kokettierte er doch, kehrte den Charmeur heraus, küsste zwei Hände, und die fassungslose Trine wurde Zeugin, wie er die Witwe um den Finger wickelte. Der Kerl hatte ein Händchen für Frauen. Er hätte jede kriegen können – fast jede. Aber er hatte Trine gewählt. War das ein Grund, Stolz zu empfinden? Oder lieber starkes Misstrauen?

Joseph sagte: »Ich habe mich tagelang darauf gefreut, was für dumme Gesichter die Herren Kaufleute und Händler machen werden, wenn sie sehen, dass ihr schlauer Plan nicht aufgeht. Jedem können sie Angst vor der Pest einjagen – nur nicht denen, die die Pest überlebt haben. Und jetzt stellt sich heraus, dass es gar keine Pest gibt. Natürlich freut mich das. Aber ein wenig Enttäuschung fühle ich auch.«

»Und Ihr?«, fragte Trine Deichmann die Witwe, »was werdet Ihr jetzt tun?«

»Na, was wohl? Da muss ich doch nicht überlegen. Wir bauen weiter!«

Anna Rosländer hielt eine Rede vor allen Angestellten. Insgeheim fände sie es irritierend, innerhalb eines Tages eine Belegschaft zu besitzen, die sich ums Vierfache vergrößert hatte. Aber vor allem würde sie ein Gefühl des Aufbruchs verspüren.

Im letzten Moment fingen sie Bürgermeister Goldinger ein, der sich gerade aus dem Staub machen wollte. Er musste die neuen Bürger begrüßen, und obwohl er den hässlichen Fratzen am liebsten geraten hätte, sich in ihren Urwäldern zu verstecken und nie mehr blicken zu lassen, rang er sich Sätze ab, in denen es um Lübeck ging und wie stolz man sein durfte, sich um Lübeck verdient zu machen. Mit jedem Satz wurde Goldinger ein Jahr älter.

Er dachte: Das werden sie mir nie verzeihen. Er wusste nicht, wie recht er hatte.

34

Hippolyt Vierhaus schlug auf die Pferde ein. Sie schnaubten und rührten sich nicht von der Stelle. Er schwang die Peitsche und stieß Rufe aus, die er bei Kutschern gehört hatte. Die Pferde schüttelten Kopf und Mähne.

»Will es nicht klappen?«

Vierhaus zog den Kopf zwischen die Schultern, riss an den Zügeln und hätte den faulen Schindmähren am liebsten das Messer in den Hals gesteckt.

»Wir üben noch«, knurrte er. Er stieg vom Bock und achtete darauf, dass er keine falsche Bewegung machte. Bloß kein Fehler, während sie danebenstand. Einen Augenblick gönnte er sich den Gedanken, die Peitsche gegen seine Frau zu schwingen, und prallte vor der Kühnheit des Gedankens zurück. Er griff ins Geschirr und zog. Widerwillig bewegten sich die Tiere. Aber so ging es nicht.

»Sind das Kleiderkisten?«

Vierhaus riss am Geschirr. Das störrische Tier musste dafür büßen, dass er nicht längst über alle Berge war.

»Ich konnte mich nicht entscheiden«, log er. »Da habe ich alles hineingeworfen.«

»Du konntest dich also nicht entscheiden«, kam es als Echo. »Wieder mal. Möchtest du dich von deinen Kindern verabschieden?«

»Das habe ich schon. Ich will sie nicht aufwecken. Sie brauchen ihren Schlaf.«

»Sehr rücksichtsvoll von dir. Du bist wirklich ein guter Vater.«

Dann standen sie sich gegenüber. Die Pferde stanken, er mochte den Geruch von Fellen.

»Ich komme bald wieder«, behauptete er. »Sollten dir in der Zwischenzeit gemeine Gerüchte zu Ohren kommen, weißt du ja, was davon zu halten ist.«

»Ich glaube kein Wort.«

»Richtig.«

»Weil ich dumm bin.«

»Richtig. Äh, wie meinst du das?«

Verächtlich winkte sie ab. Sie verschwand im Haus und ersparte ihm die Peinlichkeit, erneut Zeugnis von seiner Unfähigkeit abzulegen. Insgeheim hatte er darauf gewartet, dass sie fragen würde, warum er keinen Kutscher nahm. Es hatte Zeiten gegeben, da hätte sie sich um ihn gesorgt. Aber früher war alles besser gewesen.

Der Abend zog mit Macht herauf, als er endlich in die Gasse einbog. In der Werkstatt würden die Angestellten morgen den Brief mit den Anweisungen vorfinden. Es war nicht möglich, das Geschäft in vier Wochen herunterzuwirtschaften.

Mit jedem Meter fühlte sich Vierhaus sicherer. Man musste die Viecher nur ins Laufen bringen, danach wurde es einfach. Den Kragen hochgeschlagen, den Hut in die Stirn gezogen, ließ er die Gegend hinter sich, in der er damit rechnen musste, erkannt zu werden.

Das Tor passierte er trotz der altklugen Ratschläge der Wächter. Nach der ersten Biegung hielt er an und trank die halbe Flasche aus. Er vertrug keinen Alkohol, aber er vertrug die ganze Situation nicht. Und nun würde alles von vorn beginnen, dazu passte ein Schluck.

Senftenbergs Kutsche wartete am verabredeten Treffpunkt.

»Das ist Antje, meine Magd«, sagte er.

Die Magd war vornehm gekleidet und alarmierend jung.

»Habt Ihr Euch das auch gut überlegt?«, flüsterte der Kürschner Senftenberg zu.

»Wenn schon alles den Bach runtergeht, will ich wenigstens Spaß haben«, kam es leise zurück. Und lauter: »Nicht wahr, Antje, du kommst freiwillig mit und freust dich auf die Reise.«

Ihre Stimme war dünn wie die eines Vögelchens: »Ich komme freiwillig mit und tue alles freiwillig, was Ihr von mir wünscht, denn Ihr bezahlt mich gut dafür und mir wird kein Leid geschehen, weil ich heute in der Kirche gebetet habe.«

»Sie ist sehr fromm«, flüsterte Senftenberg, »aber der Gehorsam wiegt die Frömmigkeit auf. Ist das Branntwein, was ich rieche?«

Sie teilten sich den Rest, köpften eine neue Flasche und teilten sich den Inhalt mit Antje. Erst wurden sie vergnügt, dann schnell müde. In Senftenbergs Kutsche rückten sie dicht zusammen, und wie die Männer auch saßen, immer saß Antje zwischen ihnen. Sie war wirklich sehr gehorsam. Manchmal wusste sie, was zu tun war, bevor man es ihr sagte. Davon hatte Vierhaus lange nur träumen dürfen. Im Vergleich zu Antje war das Dienstpersonal in seinem Haus frech und ungehorsam, unnahbar sowieso.

Als Antje eingeschlafen war, berichtete Senftenberg von unfassbaren Beweisen ihres Gehorsams. Trübe dachte Vierhaus: Der eine nimmt warme Unterhosen mit auf die Reise, der andere eine warme Hure.

Vierhaus tat sich leid. Das Gefühl, ungerecht behandelt zu werden, wurde nur von der Angst übertroffen, was mit ihm passieren würde, wenn sich die Wahrheit über die Pest herumsprechen würde. Der Hass auf Anna Rosländer hatte ihn zu der Finte mit der Pest geführt. Die Idee war nicht dumm gewesen, er begriff nicht, warum der Schwindel so schnell aufgeflogen war.

Senftenberg wirkte nicht halb so niedergeschlagen. Dabei gab auch er alles auf. Vierhaus verdächtigte ihn, nur auf einen Neubeginn gewartet zu haben. Sie tranken und aßen süßen Kuchen. Den Teig zogen sie über Antjes Hals und Brüste, bevor sie ihn in den Mund steckten.

Morgen früh wollten sie weiterfahren, Richtung Norden, wo die Dänen das Sagen hatten und die Friesen lebten, die sich freuen würden, in Zukunft warme Pelze tragen zu können. Im Norden sollte es prächtige Herrenhäuser geben, in denen viel Geld lebte. Senftenberg schwebte ein Leben als Hauslehrer vor. In den Städten leckte man sich nach einem wie ihm alle Finger. Die Bibliothek eines Grafen oder Barons aufzubauen – das war eine Idee, die ihm gefiel. Bücher schätzten die Blaublütigen, mit der Systematik hatten sie es nicht.

Zwischendurch drückte Vierhaus seine Lippen auf Antjes Gesicht. Er wollte sehen, wie tief sie schlief. Ihr Geruch war besser als ihr Aussehen. Selbst ihr Schweiß roch angenehm. Aber am wichtigsten war der Gehorsam.

Vierhaus war sehr müde, doch an Schlaf war nicht zu denken. Warum konnte Lübeck mit einem wie ihm nicht leben? Er hatte sich nie etwas zuschulden kommen lassen. Übereifer war für Vierhaus kein Verbrechen. Alle waren gegen das Riesenschiff der Witwe gewesen. Und die, die sich am meisten gegen das Schiff einfallen ließen, sollten nun dafür mit dem Verlust der Heimat büßen. Das war nicht gerecht, aber Gegenwehr war nicht möglich, denn man würde sie als Sündenböcke brandmarken. Vierhaus hätte nicht anders gehandelt. Er hatte es nur nicht für möglich gehalten, dass es ihn eines Tages treffen würde.

Vielleicht hätte er standgehalten, wenn er mehr Unterstützung erfahren hätte, zum Beispiel von seiner Frau und den Verwandten. Die eine verabscheute ihn, die anderen hielten ihn für einen Schöngeist, mit dem ein Gespräch nicht möglich war.

35

AM ENDE WAR ER wohl doch eingeschlafen, denn als er das Geräusch hörte, schrak er hoch, stieß sich den Kopf am Kutschenhimmel und wusste im ersten Moment nicht, wo er sich befand. Draußen raspelte der junge Tag das Schwarz der Nacht vom Firmament. Aber da war dieses Geräusch, es passte nicht dazu. Der erste Gedanke von Vierhaus war: Wölfe! Aber die Pferde blieben ruhig. Beim Geruch von Wölfen würden sie durchdrehen. Pferde waren feige Tiere, deshalb mochte Vierhaus sie gern. Sie waren so menschlich. Senftenberg lag schlafend auf der gegenüberliegenden Bank, eingedreht in seine Jacke. Nachts wurde es nicht kalt, und die warme Antje stand ja zur Verfügung, um ...

Wo war Antje?

Jetzt ging alles schnell. Vierhaus steckte den Kopf aus dem Fenster. Mehrere Schemen machten sich an der zweiten Kutsche zu schaffen. »Heda! Was denkt Ihr Euch dabei!«, rief Vierhaus. Ein Schuss knallte, neben Vierhaus wurde es heiß. Er dachte: Sie schießen auf dich. Nie im Leben hatte jemand auf Vierhaus geschossen, nie im Leben hatte er sich geprügelt, in keine einzige Wirtshausschlägerei war er verwickelt worden. Er hatte immer alles mit dem Verstand gemacht: arbeiten, die Gattin wählen, ausweichen, Finten schlagen, sich mit dem zweitbesten Geschäft zufriedengeben, die Konkurrenten nicht bis zur Weißglut reizen. Hippolyt Vierhaus hatte sein Leben im Windschatten verbracht und war damit zufrieden gewesen. Ein Fehler hatte gereicht, um seine Frau zu verjagen. Ein zweiter Fehler hatte ihm nach der Frau die Heimat genommen. Vierhaus war bereit, sich viel bieten zu lassen. Aber er war nicht bereit, sich beschießen zu lassen. Während Senftenberg neben ihm sich aufgeregt sortierte, verließ Vierhaus die Kutsche und ging auf die zweite Kutsche zu, seine eigene, die 20 Schritte weiter vorne stand.

»Bleibt stehen oder ich schieße!«, rief eine männliche Stimme. Bevor Vierhaus reagieren konnte, ging der Schuss los. Auch er traf nicht. Die Gestalten, drei waren es, Antje war dabei, sprangen in die Kutsche. Sie wollten fliehen. Jetzt kam Bewegung in Vierhaus. Er machte kehrt, lief auf Senftenbergs Kutsche zu, freute sich, dass sie gestern nicht daran gedacht hatten, die Pferde auszuspannen. Er sprang auf den Bock wie ein junger Mann. Senftenberg rief: »Was habt Ihr vor? Das könnt Ihr nicht machen! Sie werden uns totschießen!«

»Sie treffen ja nie«, knurrte Vierhaus, schnalzte, gab die Peitsche, die Pferde schossen davon, als würden sie den Kutscher seit Langem kennen. Etwas war mit Vierhaus passiert. Während der Wagen den Weg mit den tief hängenden Zweigen entlangrollte, spürte er, wie er ruhig wurde. Jeder Handgriff saß, die Pferde parierten, er ließ ihnen soviel Zügel, wie sie brauchten, der Abstand zur fliehenden Kutsche wurde nicht größer.

Die Hatz führte in den jungen Morgen hinein. Es ging Richtung Osten, aber Vierhaus hatte vorher nicht gewusst, wo er sich aufhielt und wusste es jetzt nicht. Hinter ihm zeterte Senftenberg und wollte wissen, wo Antje geblieben war. Jetzt war nicht die Zeit, um zu reden. Jetzt war die Zeit, um Dinge richtigzustellen. Um Banditen zu zeigen, was ging und was nicht ging. In Hippolyt Vierhaus kehrte eine unheimliche Ruhe ein. Er war entschlossen und zielstrebig, erlaubte sich keinen einzigen Gedanken, mit dem er sich nur gehemmt hätte. Eins nach dem anderen. Erst die Banditen zur Rechenschaft ziehen, danach reden. Genau so.

Der Weg war von beiden Seiten mit Hecken und jungen Bäumen zugewachsen. Wie breit er im Frühjahr auch gewesen sein mochte, jetzt war gerade noch Platz für eine Kutsche. Vorne trieben sie schreiend die gestohlenen Pferde an, Vierhaus sagte keinen Ton. Er saß locker, seine Arme waren locker, einmal bewegte er seinen Kopf hin und her, um auch ihn zu lockern. Senftenberg gab endlich Ruhe, die grünen Hecken wichen zurück, Felder schlossen an, danach ein Waldstück, hier hatte es kürzlich gebrannt, es roch noch danach, und die fliehende Kutsche kam einfach nicht weg.

Vierhaus wusste, dass er sein Eigentum verfolgte. Aber das war nicht der Grund, warum er tat, was er tat. Es musste erledigt werden, und er musste es tun, weil es keinen anderen gab. Die Welt war voller Räuber, außerhalb der Lübecker Mauern herrschte das Gesetz des Stärkeren. Vierhaus war kein dummer Mann, natürlich wusste er, dass die Spielregeln innerhalb der Mauern starke Ähnlichkeit mit dem aufwiesen, was sich hier draußen ereignete. Aber in den Mauern hatte er bisher selbst zu den Stärkeren gehört; innerhalb der Mauern waren die Verhältnisse so weit kultiviert, dass es ohne körperliche Gewalt und Schüsse abging. Dort machte man Beute mit kaufmännischer Buchführung. Dort wurden die verfolgt, die nichts besaßen und nicht die Reichen. Das war gerecht und machte viel mehr Freude. Aber das hier draußen hatte auch was!

Hippolyt Vierhaus, so beherrscht er war, spürte, dass er im Begriff stand, etwas Großes zu leisten. In Lübeck hatte ihn niemand mehr haben wollen. Einsam war es um ihn geworden, die meisten Freunde wollten künftig die Freunde seiner Frau sein. Dabei war er der Kaufmann Vierhaus, handelte mit Fellen, zog die Lübecker Frauen an; mit seinen Pelzen schmückten sie sich; unattraktive Plumpsäcke, tranig und dickhalsig, nur mithilfe eines Vierhaus-Pelzes hatten sie den Schritt vom Hausmütterchen in die Salons geschafft. Selbst Frau Vierhaus hatte in harmonischen Zeiten zugegeben, dass ihr Hippolyt ein Händchen für Frauen besaß. Er konnte Frauen anziehen. Wie gerne hätte er zwischendurch auch eine ausgezogen, aber in den Zeiten der Harmonie war er mit seiner Frau glücklich gewesen; und die Hebamme Deichmann hatte ihnen bestätigt, dass sie sich ihrer Wünsche nicht zu schämen brauchten. Dabei rückte Hippolyt im ehelichen Schlafgemach mit Wünschen heraus, die seine Frau sehr nachdenklich gemacht hatten.

Hippolyt Vierhaus war ein Mann, mit dem man rechnen musste, bis er in ein tiefes Loch fiel, aus dem er mit eigener Kraft nicht mehr herausfand. Er hatte sich damit abgefunden, den Rest seines Lebens am Rande zu stehen. Jetzt war er den Kutschendieben dankbar. Sie hatten sich mit dem Falschen angelegt, in Vierhaus floss noch Blut. So leicht gab er sich nicht geschlagen. Man konnte nicht ankommen und ihm seine Habe wegnehmen.

»Ich kriege euch«, rief er in den rauschenden Fahrtwind. Kühl war es, aber die Kühle weckte seine Lebensgeister. Zum ersten Mal setzte er die Peitsche ein. Er würde die Banditen jetzt einholen, überholen, stellen. Er würde ihnen fortnehmen, was ihnen nicht gehörte, und wenn sie sein Eigentum nicht freiwillig herausrückten, würde er ihnen wehtun. Er würde ihnen auch Antje wegnehmen; dass sie freiwillig mitgegangen war, wusste er schon. Er freute sich darauf, sie zu bestrafen, aber er würde ihr die Gelegenheit geben, ihren Fehler wiedergutzumachen – jeden Tag und an manchen Tagen auch zweimal.

Die Peitsche knallte, die Pferde gehorchten, der Abstand zur fliehenden Kutsche nahm ab. Vierhaus stieß einen Schrei aus.

Der Wald kam überraschend. Es wurde dunkel, fast wieder Nacht. Nur ein kleines Stück an beiden Seiten, die Bäume verabschiedeten sich gleich wieder, aber in diesen wenigen Sekunden war die Sonne hervorgekommen, die Kutschen fuhren in gleißende Helligkeit hinein. Die Augen brauchten einen Moment, um sich zu gewöhnen, auch die Augen der Tiere, und das Fuhrwerk, das ihnen hinter der Kurve entgegenkam, war so breit wie der Weg. Der überraschte Kutscher verriss die Zügel, die Pferde wandten sich nach links, die erste Kutsche schaffte es, heil hindurchzukommen, weil der Kutscher nicht den Fehler beging, das Tempo zu verringern. Einen Wimpernschlag hinter der Kutsche schlossen die Pferde des Fuhrwerks den Weg wie mit einem Schlagbaum. Hippolyt Vierhaus, Höllenkutscher aus frisch erwachter Neigung, sah, was passieren musste und lenkte darauf zu. Er schrie erneut. Alle, die man später befragte, äußerten übereinstimmend den Eindruck, dass es kein Schrei der Angst war, sondern der Begeisterung, so unfassbar das sein mochte. Die Vierhaus-Kutsche traf das entgegenkommende Fuhrwerk zwischen Pferden und Deichsel. Vier Tiere verkeilten sich unheilvoll. Beinknochen brachen, innere Organe wurden verschoben, stauten sich und platzten. Der fremde Kutscher hechtete nach rechts, landete im Graben, machte sich nass, lebte. Vierhaus flog wie ein schwerer Vogel. Der Aufprall seiner Kutsche ließ ihn abheben, während er flog, blickte er sich um, ohne Angst auch dies, stattdessen Überraschung. Es war nicht so, dass er gelacht hätte. Aber sein Gesicht war das eines Mannes, dem etwas Neues bevorstand. Er hatte sich das nicht gewünscht und es nicht vorsätzlich herbeigeführt. Aber da nun nach Lage der Dinge nichts an dem Ablauf zu ändern sein würde, wollte er kein Spielverderber sein und war gespannt, wie sich die Dinge weiter entwickeln würden. Es war doch noch nicht alles verloren, er würde in seinem Leben doch noch etwas Neues erleben.

Zuerst erlebte er, dass krummes Holz, in seiner Welt der Inbegriff minderwertiger Ware, für ein bestimmtes Gewerbe sehr begehrt war: für den Schiffbau. Da es kein Mittel gab, Holz so zu bearbeiten, dass es künstlich gebogen werden konnte, war der Schiffbau, vor allem für den Bau sehr großer Schiffe darauf angewiesen, Hölzer zu suchen, die von Natur aus krumm gewachsen waren. Diese Hölzer erhöhten die Festigkeit des Schiffskörpers, der damit größer werden konnte. Auch die Manövrierfähigkeit wurde besser. Zimmerleute, Bauern, Holzhändler, jeder, der mit Holz befasst war, wusste, dass die krumm gewachsenen Bäume keinen Ausschuss darstellten, sondern bares Geld.

Svante Flinn gehörte zu den Holzhändlern, die den Krach um das geplante Lübecker Riesenschiff mit Interesse verfolgten. Er wusste, dass die für den Bau benötigten Hölzer bevorzugt in baltischen Wäldern geschlagen werden würden. Doch er sah die Marktlücke, und als er hörte, dass der Bau stockte und es an Holz fehlte, wurde er aktiv. Zwei Tage war er gefahren, heute würde er Lübeck erreichen, wo er mit einem Abgesandten der Werft verabredet war. Flinn war ein korrekter Händler und wusste, dass der erste Kontakt über alles Weitere entscheiden würde. Deshalb trug er seine beste Leinenkluft, für die der Aufenthalt im matschigen Graben Gift war. Auch sein Blickwinkel wurde dadurch ungünstig, denn, auf dem Boden liegend, sah er, wie sich das Krummholz durch den heftigen Zusammenprall aufrichtete und sich dem heranfliegenden Mann entgegenreckte, als freue es sich, seine Bekanntschaft zu machen. Den Körper des Mannes durchstießen die Spitzen des Holzes an drei Stellen zugleich. Der durchbohrte Oberarm wäre zu verschmerzen gewesen, aber die nächsten Äste trafen Brust und Bauchraum. Hippolyt Vierhaus war nicht mehr am Leben, als Antje zu schreien begann. Eine Hand hielt sie vor ihren Mund gepresst, mit der anderen wies sie auf den Leichnam, gekreuzigt vom Krummholz und ein Lächeln im Gesicht, selbst jetzt noch.

36

DIE STADT ATMETE DURCH. Die Erlösung von der Pest ließ keinen Bewohner unbeeindruckt. So ergeben man sich ins Schicksal gefügt hätte, weil es unabwendbar war, so erleichtert fühlten sich alle, als der Alb an ihnen vorüberzog. Die strenge Suche nach den Verantwortlichen für das böse Spiel erbrachte sechs Namen. Alle sollten unnachgiebig zur Verantwortung gezogen werden, doch nur zwei traf am Ende der Bann. Sie verloren alle Rechte als Bürger, einer landete im Turm, der andere, der über Beziehungen verfügte, verschwand über Nacht aus der Stadt und ließ alles zurück, was größer war als eine Tasche. Die zurückgelassenen Güter wurden einem Wohnstift überlassen. Zwei weitere Schuldige, als Aufrührer bekannt und ohne Schutz, traf die Wut des Pöbels. Kalten Herzens sahen die Bürger zu, wie die Habe der Verräter im Triumphzug aus der Stadt an die Trave getragen wurde, um dort im Wasser versenkt zu werden.

Mit den Verrätern Vierhaus und Senftenberg verhielt es sich anders. Einerseits galten sie als ehrbare Mitbürger, andererseits ließ ihr Schicksal kaum einen kalt. Der tragische Tod des Vierhaus bescherte ihm ein würdiges Begräbnis in bester Friedhofslage. Senftenberg gelang die Flucht, Gerüchte wollten ihn nördlich der Schlei wissen, wo er angeblich beim ländlichen Adel die Klinken putzte und mit seinem Angebot, Bibliotheken einzurichten, für Heiterkeit sorgte. Seiner Frau wurde nahegelegt, die Scheidung zu betreiben. Sie war dazu um so eher bereit, als ein Nachfolger im Amt des Gatten wohl schon bereitstand.

Große Erleichterung herrschte im Hause Schnabel und

bei allen Bürgern, die um die Handlungsfähigkeit des Hafens besorgt waren. Dass die Rosländer-Werft wieder in Betrieb ging, war die Kröte, die man schlucken musste. Aber der Ruf des Hafens blieb rund ums Baltische Meer unangekratzt. Nichts war wichtiger. Kein anderer Hafen konnte nun in die Bresche springen und Lübeck Ladung abspenstig machen. Und wen es schmerzte, den regelmäßigen Zug der Holzfuhrwerke zur Rosländer-Werft zu sehen, konnte sich abwenden und im Haus des Reeders Schnabel an einem Umtrunk zu Ehren des Hafens teilnehmen. Er konnte der Einladung des Ratsapothekers nachkommen. Und wenn er es verdient hatte, ruhte das Auge des Bischofs wohlgefällig auf ihm und berief ihn in einen erlesenen Zirkel, für den einige der besten Weine auf den Tisch kamen, die Lübeck zu bieten hatte.

»Ich mag Anna Rosländer und ihre Pläne nicht. Aber einen blockierten Hafen mag ich noch weniger.« So lautete der Trinkspruch, den der Reeder Schnabel im Kreis seiner Getreuen ausbrachte. Alle stimmten zu, alle leerten ihre Gläser, und Frau Schnabel tat es nicht leid, zur Feier des Tages das Muranoglas freigegeben zu haben.

Einige Tage gefielen sich Schnabel und seine Getreuen in der Überzeugung, bessere Lübecker zu sein als die Sechserbande, die die Lüge von der Pest in die Welt gesetzt hatte. Dass sich beide Fraktionen im Ziel einig gewesen waren – Verhinderung des Rosländer-Schiffs – blendeten sie aus, und einige Tage gelang das ausgezeichnet, denn die Erlösung von der Pest überstrahlte alles. Schnabel gab für sein Geschäft ein neues Schiffssiegel in Auftrag, der Maler Kropf erhielt von einem anderen Kaufmann den Auftrag, ein Seestück zu malen und dabei nicht an Wasser zu sparen, in den Salons ließ man es sich gut gehen, fromme

Reiche richteten zum Dank Stiftungen ein und spendeten für die Wohnstifte. Wer sich gar nicht mehr einkriegte vor Erleichterung, dachte sogar an die Siechen und Waisen.

Und jeden Tag rollten die Holzfuhrwerke zur Rosländer-Werft. Dass ein Trupp fremd und vernarbt aussehender Menschen aus den Tiefen der sächsischen Wälder aufgetaucht war, um sich auf der Werft breit-zumachen, hatte 24 Stunden nach ihrer Ankunft der verschlafenste Bewohner Lübecks gewusst. Dass diese Menschen einst an der Pest erkrankt waren, wollte ihnen niemand vorwerfen, dass sie die Pest überlebt hatten, auch nicht. Aber sie waren so zahlreich und sie arbeiteten jeden Tag. Die Ersten hatten sogar schon Quartier in der Stadt genommen, wenn auch in den Vierteln, die für ihresgleichen vorgesehen waren. Anna Rosländer hatte ihnen Arbeit gegeben, und wie es aussah, war sie mit der Qualität ihrer Arbeit zufrieden. Dass drei Frauen zu den Arbeitern gehörten, fanden einige Lübecker nur geschmacklos, die meisten hatten sich bei den Zünften kundig gemacht und manches Haar in der Suppe gefunden. Die Arbeit mit Holz war ein Männerberuf, Frauen hatte er verschlossen zu bleiben. So war das in Lübeck und im Rest der zivilisierten Welt.

Aber diese Wilden kamen aus Uelzen. Zwar betonten sie ungefragt und immer wieder, dass sie als Bewohner einer Hansestadt praktisch Vettern seien. Doch über den Humor einfacher Menschen machten sich die Lübecker keine Illusionen. Jedenfalls durften die Frauen nicht als Zimmerleute arbeiten. Es hätte nur eines Augenaufschlags von Anna Rosländer bedurft, und die Affäre wäre aus-gestanden gewesen. Allein – der Augenaufschlag blieb aus. Anna Rosländer sagte stattdessen: »Macht euch nicht ins emd – was können euch drei schwache Frauen an Arbeit wegnehmen?«

Die Zünfte heulten auf, alle Zünfte, denn alle fühlten sich getroffen und herausgefordert. Überhaupt kam ihnen die Witwe wenig kooperativ vor. Für eine Person, die vor wenigen Tagen noch froh gewesen sein konnte, dass der Pöbel nicht ihre Werft angezündet hatte, benahm sie sich reichlich rabiat.

Erst war es nur ein unbedeutender Kaufmann, der die Worte sprach: »Ich vermisse Dankbarkeit.«

Die Äußerung machte die Runde, niemand hatte an ihrer Richtigkeit etwas auszusetzen. Bald war von fehlender Demut die Rede, und eines Morgens tauchten die drei Frauen nicht mehr am Schiffsrumpf auf. Stattdessen arbeiteten zwei von ihnen in der Küche der Werft, in der das Essen für die Angestellten vorbereitet wurde. Die dritte galt als verschollen, man glaubte, sie sei in ihre Heimat zurückgekehrt. Doch dann sah man sie in Begleitung der Prinzessin. Das konnte kein Zufall sein. Und tatsächlich sprach sich herum, dass sie in der Werkstatt aktiv war, in der die Prinzessin ihre Bilder malte. Niemand hatte bisher dafür Interesse aufgebracht. Von der jungen adeligen Frau wusste man, dass sie absonderliche Vorlieben hegte. Die Bilder von kranken und verrenkten Menschen waren einigen Lübeckern noch in schlechter Erinnerung. Hätte man mehr Interesse für die Malerei aufgebracht und nicht nur Ignoranz, hätte man sie schon vor längerer Zeit zur Ordnung gerufen. Jetzt ging man auf Nummer sicher, kümmerte sich und stellte Fragen. Bald herrschte Klarheit: Die Prinzessin hatte Maler um sich geschart, mit denen sie die künftigen Segel des Riesenschiffs verzierte. Auf dem Sommersitz des Fürsten waren die Künstler fleißig damit beschäftigt, Segeltuch zu bemalen, das zu diesem Zweck aus Lübeck zu ihnen reiste. Nachdem es bemalt war, sollte es zur Werft geschafft werden, wo die Segelmacher die Teile später zu großen Einheiten vernähen würden.

Die meisten Lübecker fanden die Beschäftigung bizarr, doch entsprach sie andererseits auch ihrer Vorstellung von der Welt des Adels. Frei von beruflichen Verpflichtungen und unfähig zu produktiver Tätigkeit, suchten sich die Adeligen Beschäftigungen, die sie über den langen Tag brachten. Doch blieben sie dabei in der Regel unter sich, wie die Bürger Lübecks unter sich blieben. Berührungspunkte gab es bei festlichen Anlässen, sonst wahrte jede Seite ihr Terrain. Im Grunde herrschte auf beiden Seiten herzliches Desinteresse an der Lebenswelt der anderen. Man hielt nichts voneinander, aber man respektierte sich. Abseits der Städte besaß das Wort des Adels noch Kraft. Auf den Gütern im Osten spielten sich die Barone und Grafen als kleine Könige auf, in den Residenzstädten des Südens pflegten die Adeligen sich zu benehmen, als würde man in der Zeit 500 Jahre zurück sein.

Das änderte alles nichts an der Tatsache, dass die Lübecker gern gewusst hätten, was denn die Prinzessin und ihre Maler-Leibeigenen so eifrig malten. Gesichter? Gegenstände? Erfundenes oder Wahres? Farbiges? Mythologisches? Szenen aus der Seefahrt?

Man wollte nicht neugierig erscheinen, aber man wollte wissen, was in der Malerwerkstatt vor sich ging. Ein, zwei Fragen, ein, zwei Antworten, und man wäre zur Tagesordnung übergegangen. Die Fragen wurden gestellt, doch die Antworten blieben aus. So musste die Tagesordnung warten. Denn nun waren die Fragesteller verblüfft, der Ton der Fragen nahm an Dringlichkeit zu, verschärfte sich, um danach eingeschnappt zu verstummen. Es war nicht möglich, Antworten zu erhalten. Stattdessen machten Ausflüchte die Runde. Angeblich hatte die Prinzessin sich weitschweifig geäußert, über einen künstlerischen Schaffensprozess habe sie schwadroniert, über das Entstehen des Pinselstrichs im Zuge des Malens. Niemand nahm ihr das ab. Ein Heringshändler wusste nicht erst während des Befüllens, dass er Fische in Fässer stopfte, ein Barbier, der die Zange um den verfaulten Backenzahn schloss, wusste schon vorher, was er aus dem stinkenden Maul ziehen würde.

Kunst war ein Handwerk wie jedes andere, jeder Kaufmann kannte einen Künstler, wenn auch die meisten nur Künstler wie Adam Kropf kannten. Doch Kropf war die Speerspitze der bildenden Kunst in Lübeck und sorgte dafür, dass er es blieb. Mehr als ein junger Kollege hatte nach kurzer Zeit den Wohnort gewechselt, weil er die Hänseleien und Intrigen des Kropf nicht mehr ertragen mochte. Im Fall der Prinzessin verbot sich solches Benehmen. So zog sich Kropf auf das einzige Feld zurück, auf dem man ihm Kompetenz zuschrieb. Er äußerte sich zum Talent der Prinzessin und ihrer Kollegen. Das war nicht ohne Pikanterie, denn einst hatte er der Prinzessin Unterricht gegeben, jeder Tadel wäre zwangsläufig auf ihn zurückgefallen. Die anderen Maler kannte er nicht.

So rettete sich Kropf in die Kunst, die er als zweite beherrschte: die Kunst der Unterstellung und des Schlechtmachens. Zwar lebte eine Handvoll kunstsinniger Menschen in Lübeck, die in der Lage gewesen wären, ihm in den Arm zu fallen. Doch waren diese von morgens bis abends berufstätig, während der Kropf lange schlief, wenig malte und viel aß. Niemand hatte mehr Zeit als er, um herumzugehen und seine Meinungen loszuwerden, wie der Fuchs das Revier durchstreift, um seine Markierungen abzusetzen.

Bald gab es keinen Zweifel mehr: Die minder talentierte Prinzessin malte an einem Bild, auf dem sie sich über die Lübecker lustig machen wollte. Sie unterstellte den wackeren Menschen kein Verbrechen und keine Dummheit. Sie tat nichts, wofür man sie vor den Richter ziehen konnte – vorausgesetzt, jemand wäre so tollkühn gewesen, die Tochter des einflussreichen Fürsten zu behelligen. Doch die Prinzessin wollte die Lübecker in Verkleidungen stecken, in die Kostüme der italienischen Spaßmacher, die stolperten und hinfielen, die weiße Gesichter hatten und hohe spitze Hüte trugen, die sie als Narren und Gaukler kenntlich machten.

»Sie ist so jung, unsere Prinzessin«, verkündete Kropf in der vorgeblichen Ernsthaftigkeit, die sein Markenzeichen war. »Sie weiß nicht, was sie tut, und die Witwe nimmt ihr nicht den Pinsel aus der Hand.«

Langsam begannen sich die Lübecker Fragen zu stellen. Man hatte die Witwe zu Beginn vielleicht vorschnell bekämpft. Man hatte mit der Pest-Lüge übers Ziel hinausgeschossen. Aber durfte man nicht trotzdem oder gerade deshalb von der Witwe den Willen zur Zusammenarbeit erwarten? Alles, was von Anna Rosländer überliefert wurde, waren Äußerungen wie: »Die Prinzessin weiß, was sie tut.«

Der Zufall wollte es, dass sich Anna Rosländer in diesen heiklen Tagen häufiger im Stadtbild sehen ließ als bei ihr üblich. Sie war nicht allein, Leonhard Ivanauskas war den Lübecker Händlern kein Unbekannter. Hoch in den 40-ern, stand der Mann aus Riga für die Bedeutung des baltischen Holzhandels. Er belieferte den Westen mit bester Qualität, bis nach London fuhren seine Schiffe, von denen vier auf der Rosländer-Werft entstanden waren. Daher rührte die Bekanntschaft zur Witwe, seinerzeit hatte Ivanauskas oft zu der Bagage gehört, die mit den Rosländers um die Häuser gezogen war. Südländischen Esprit hatte der Balte in die Lübecker Gassen getragen, allein deshalb begegnete man ihm nicht überall mit offenen Armen. Man konnte es mit der Munterkeit auch übertreiben. Das schwere Blut hansischer Bräsigkeit wollte nicht zu Ivanauskas passen. Er war ein großer Trinker, ohne dies pausenlos unter Beweis stellen zu müssen. Selbst nach drei Litern Wein stand er wie eine Eiche; er hatte zu den wenigen Männern gehört, die das Trinkduell mit Rosländer aufgenommen und ohne Vergiftung hinter sich gebracht hatten. Leutselig war er, für jeden fand er ein offenes Wort, den koketten Frauen küsste er die Hand, mit den frommen plauderte er über Stellen der Bibel, die keiner kannte. Pastoren verblüffte er mit Kenntnissen über die Statik des Kirchenbaus, Ratsherren, die ihn insgeheim für einen Wilden aus dem Osten hielten, brachte er den hohen Stand des Rigaer Stadtlebens nahe. Zu dieser Zeit lebten viele Deutsche im Baltikum, von ihnen ließ man sich bestätigen, dass Ivanauskas in seiner Heimat als großzügig, fleißig und wohlhabend galt, was er zeigte, ohne es damit zu übertreiben.

Lübeck war eine Stadt, in der Gerüchte schneller durch die Gassen wetzten als ausgebüxte Ferkel. Schnell wurde in Erfahrung gebracht, dass Ivanauskas den größten Teil des Holzes für das Rosländer-Schiff heranbrachte. Vor allem erfuhr man, dass der Mann, der noch nie eine besondere Nähe zu Lübeck an den Tag gelegt hatte, plötzlich halbe Wochen in der Stadt verbrachte. Quartier hatte er im Haus des Brauers Wittmer genommen, aber die treibende Kraft war wohl Gattin Hedwig gewesen, der ihr Mann keinen Wunsch abschlagen konnte. Ehrlicher wäre es gewesen, hätte der Holzhändler ein Zimmer bei der Witwe Rosländer bezogen, was sich aufgrund der Etikette natürlich verbot. Schon morgens stand er dort vor der Tür, die Bediensteten mussten dann ein kleines Frühstück herrichten, weil Ivanauskas seit Neuestem nur kleine Mahlzeiten vertrug, davon aber so viele, dass es unterm Strich auf die gleiche Menge wie früher hinauslief, als er ein mächtiger Esser gewesen war.

Man hatte die beiden in der Fluchbüchse gesehen: zu zweit, ohne Anhang und Aufpasser. Man ging nicht in die Fluchbüchse, wenn man unter sich bleiben wollte. Dort zu essen und zu trinken, war das Gleiche wie zweimal über den Markt zu spazieren. Danach wusste es die ganze Stadt.

»Die alte Fregatte guckt ihn so freundlich an.«

»Sie gehen immer eingehakt.«

»Sie kriegt das beste Holz, besser als das, was er an den englischen Hof liefert. Was mag er wohl von ihr dafür kriegen?«

»Die Wittmers haben sich ein Cembalo liefern lassen und einen Musiker dazu, damit der Balte mit der Witwe tanzen kann«.

Der Klatsch brauchte, wie üblich, Anlauf, bevor er sich zu Unterstellungen aufschwang, die die Grenze zur üblen Nachrede hinter sich ließen. Der Musiker musste über jedes Musikstück Rechenschaft ablegen, die Bediensteten listeten auf, was Ivanauskas verzehrt hatte. Ein Zimmermädchen berichtete über den Inhalt der Kleidertruhe und der Tasche, in der Kämme und Rasierutensilien aufbewahrt wurden. Angeblich hatte Ivanauskas Pfauen und Elefanten aus dem fernen Indien heranbringen lassen oder zugesagt, es tun zu wollen. Angeblich besaß er ein Gerät, durch das man in den Himmel schauen und nie gesehene Gestirne betrachten konnte.

37

DIE DELFS SAHEN ihrem ersten Kind entgegen. Er war 20, sie 15. Beide taten so, als seien sie im Kindergeschäft erfahren, und erfreuten mit ihrer echten Vorfreude Trine Deichmanns Herz. Für ihren Geschmack hielt sich im Haus zu viel Verwandtschaft auf, die Menge der Blutsverwandten und Angeheirateten war unüberschaubar. Delf hatte im Rathaus als Schreiber angefangen und es durch Protektion in zwei Jahren zu dem Mann gebracht, der für die Wasserleitungen und Abwässer zuständig war. Wo andere die Nase rümpften, legte er Ehrgeiz an den Tag. Zweimal im Jahr reiste er für zehn Tage nach London, dort war man erfahrener mit den Wassertechniken.

Nach der ersten Station auf ihrer Hebammen-Runde schaute Trine bei Hedwig vorbei. Die Frauen duzten sich mittlerweile und sahen sich auch im kleinen Kreis. Der Älteste der Wittmers ging im väterlichen Betrieb in die Lehre und gab zu Hause mit dem Gelernten an. Hedwig musste deutlich werden, um den Angeber aus dem Raum zu bekommen. Danach stürzten sie sich in den Klatsch. Anna Rosländer war verliebt! Beide wussten es aus erster Hand, wenn auch nicht von Anna oder Leonhard persönlich.

»Ich gönne es ihr so«, sagte Hedwig verträumt. »Wäre ich nicht glücklich verheiratet, würde ich auch gern noch einmal verliebt sein. Und du?«

»Ich? Oh, ich weiß nicht. Darüber habe ich nie nachgedacht.«

»Trine Deichmann, manchmal übertreibst du es mit der Nüchternheit.«

Dass der Bau des Schiffes weitergehen würde, stand für die Freundinnen nicht in Frage. Jetzt erst recht.

∼◦∼

»Sie ist was? Glücklich? Warum ist die Schabracke denn glücklich? Ein neuer Mann? Was für ein Unglück.«

Auch auf dem Rathaus machte die Neuigkeit die Runde. Wo viele Männer zusammen waren, fiel die Lust auf Klatsch besonders kraftvoll aus. Nicht jeder konnte sich Anna mit einem neuen Partner vorstellen. Dafür hatte sie mit Rosländer ein zu starkes Gespann gebildet. Es fragte auch niemand nach Liebe, denn Liebe war keine Voraussetzung für eine Partnerschaft. Abneigung wäre hinderlich gewesen, aber Liebe musste nicht vorhanden sein. Wichtiger war, wie gut das Paar geschäftlich ineinandergriff. Und da stand es zum Allerbesten: eine Werftbetreiberin mit einem Holzhändler!

»Das passt«, knurrte Schnabel und verschränkte die Finger beider Hände ineinander, »da beißt die Maus keinen

Faden ab. Das wäre genauso, als wäre ich mit Anna verbandelt.«

Natürlich hatte er in einer stillen Minute daran gedacht, er war ja nicht dumm. Jeder Kaufmann dachte vor der Hochzeit darüber nach, wie seine perfekte Gattin beschaffen sein sollte. Schnabels Frau entstammte einer Familie von kleinen Händlern und Handwerkern. Das war besser als nichts und weniger als ein Traum. Anna Rosländer gehörte zu den drei besten Lübecker Partien – falls man keinen Wert auf Kinder legte. Aber jeder Mann wollte Kinder haben, Söhne jedenfalls. Mädchen nahm man, wenn sie kamen, und behandelte sie liebevoll. Aber Mädchen waren keine Investition in die Zukunft, sie waren Verzierung. Wenn man Pech hatte, handelte man sich einen Schwiegersohn ein, der schwach war, unfähig, arm und unstet. Wenn man Glück hatte, erwischte man einen guten Mann aus Lübeck.

Anna Rosländer und der Holzhändler – das war zu schön, um wahr zu sein. Schnabel, der sich bei aller Bescheidenheit für einen patenten Kuppelvater hielt, wollte selbst bei längerem Nachdenken keine glücklichere Partie einfallen. Schnabel kannte den Holzhändler, jeder Reeder kannte ihn. Bevor er begonnen hatte, eigene Schiffe bauen zu lassen, war er ein guter Kunde gewesen. Dass Rosländer die Aufträge an Land gezogen hatte, war keine Überraschung gewesen. Er war der Typ, um sich solche Aufträge zu sichern. Das war ja das Empörende an dem Mann gewesen. So unverschämt er gewesen war, so beeindruckend war er gleichzeitig gewesen.

Ratsherr Voigt, der Spiddel, brachte die vorherrschende Stimmung auf den Punkt: »Unsere Anna hat eine Glückssträhne. Erst stirbt ihr Gatte und hinterlässt ihr ein Riesenvermögen. Dann baut sie ein Riesenschiff, weil sie unsterblich werden will, und fängt es so geschickt an, dass sich niemand traut, ihr in die Suppe zu spucken. Und nun schnappt sie sich den Mann, der am besten zu ihr passt. Wenn die beiden es geschickt anfangen, gehört ihnen bald das Baltische Meer.«

38

AM NACHMITTAG WAR ein Bote bei Joseph Deichmann erschienen. Zehn Personen, der größte Tisch, keine Extrawünsche. Gegen 21 Uhr hielten sie Einzug.

»Dass ich das noch erleben darf.« Versonnen stand Joseph an der Theke und sah zu, wie der Tisch auf Touren kam. Es war wie eine Reise in die Vergangenheit. Anna Rosländer und ihr Partner bildeten das Zentrum, um das Sonne, Mond und Sterne kreisten. Anna hatte in den ersten Monaten ihrer Witwenschaft nicht den traurigen Raben gegeben. Schwarz hatte sie getragen, aber nicht lange, dann hatte sie sich mit braun etwas aufgehellt – alles in Maßen, sie wurde nicht plötzlich zum Papagei. Aber sie hatte nicht so dick aufgetragen wie andere Witwen. Die wurden mit dem Tag der Beerdigung des Gatten unsichtbar, sie tauchten nicht mehr im Stadtbild auf und taten nichts, worüber andere später sprachen. Ihr Leben hörte einfach auf, ohne dass sie zu atmen aufhörten. Anna Rosländer hatte vor der Witwenschaft ein öffentliches Leben geführt und sich allein dadurch von fast allen Ehefrauen unterschieden.

Das Leben an der Seite eines Wilden wie Rosländer ließ ein anderes Verhalten wohl auch nicht zu, als graue Maus wäre Anna in den Boden getreten worden. Sie musste den Rücken gerade machen, um eine Persönlichkeit zu werden, die Rosländer schätzte.

Aus handfesten Verhältnissen stammend, wusste Anna, wie man als Frau auftrat, Rechte einforderte und Freiraum erkämpfte. Frauen von Handwerkern führten, selbst wenn sie nicht im Geschäft mitarbeiteten, ein Leben an der Seite ihres Mannes. Sie standen einem großen Haushalt vor, selbst wenn sich die Zahl der Kinder in Grenzen hielt. Sie waren die Ansprechpartnerin für Mann und Geschäft, wenn sich der Mann tagsüber am Arbeitsplatz aufhielt. Die Frau war für Nachbarn, Bewohner und Kunden das Gesicht des Geschäfts. Undenkbar, einen Handwerksbetrieb ohne Frau zu betreiben. Es gab Männer, die es versucht hatten. Es war ihnen schlecht bekommen.

Anna war der einzige Mensch gewesen, auf den Rosländer gehört hatte. Sie war imstande gewesen, den Gewalt- und Gefühlsmenschen zu lenken. Das war nicht mit Lächeln und Poesie möglich gewesen. Mehr als einmal waren harte Gegenstände am Kopf des Reeders gelandet, die ein zarterer Mann nicht überlebt hätte. Gewalt gehörte nicht zum Alltag, aber Anna wich der Gewalt nur einmal aus, beim zweiten Mal trat sie ihrem Mann entgegen. Er selbst hatte nie die Hand gegen sie erhoben, auch nicht, wenn die Eheleute unter sich gewesen waren. Anna hatte nie darüber gesprochen, wie hoch sie ihm das anrechnete. Sie war nicht sicher, ob er ahnte, dass sein erster Schlag das Ende der Ehe bedeutet hätte.

Es war nicht ungehörig, sich in der Öffentlichkeit wieder sehen zu lassen. Es war nicht zu verurteilen, wenn dies in

Gesellschaft eines Mannes geschah. Natürlich schauten alle genau hin. Da die Neugier aber nicht aufdringlich zur Schau gestellt werden durfte, war ein Gasthaus der ideale Ort, um die Lage zu peilen. An diesem Ort war einiges gestattet, was sich an anderen Schauplätzen verbot. Das Gasthaus war ein Ort außerhalb der Ordnung. Mit dem Betreten des Gasthauses erteilte man die Erlaubnis, sich anders zu verhalten als an anderen Orten. Niemand konnte ein Gasthaus betreten und fordern, dort müsse eine Atmosphäre wie beim Nachmittagstee herrschen. Der Norden lebte ein steiferes Leben als die warmen Regionen des Südens. Dort boten Fasching, Karneval und kirchliche Feste Gelegenheiten, Lebensäußerungen an den Tag zu legen, die vorher und hinterher nicht gern gesehen waren. Auch auf dem Land ging es froher zu. Zwar war dort im Alltag die Unterdrückung durch die Grundherren stärker, in der Zeit der Feste durften die Menschen aber über die Stränge schlagen, dass es eine Lust war. Manchmal dauerten die Aufräumungsarbeiten länger als das eigentliche Fest.

Deshalb mochte man Gasthäuser. Dort durfte man zusehen, wie Anna und ihr Holzhändler nicht nebeneinandersaßen. Für jeden Menschen mit Lebenserfahrung war das der Beweis, wie nahe sie sich standen. Die Eheleute Wittmer saßen mit am Tisch sowie der Werftleiter und seine Frau, die immer dreinschaute, als habe sie gerade ihren Gatten zu Grabe getragen. Dabei saß er neben ihr. Querner war zugegen. Wie schaffte er es nur, jedes Mal eine andere Begleiterin aufzutreiben? Und was stellte er mit den Begleiterinnen an, dass sie nie ein zweites Mal mit ihm ausgehen mochten? Apollonia Wendt war auch dabei, niemand war über die Einladung verwunderter gewesen als die weit ausladende Intrigantin. Ihr Mann saß heute zum ersten Mal in der Fluchbüchse. Er war dem Schöpfer dankbar, dass er diesen Tag erleben durfte. Der Holzhändler, der den tödlichen Unfall von Hippolyt Vierhaus miterlebt hatte, war auch zugegen und schilderte wohl zum hundertsten Mal, wie sich alles zugetragen hatte. Seine Schilderung wies kaum noch Ähnlichkeit mit dem auf, was er am ersten Tag berichtet hatte.

Trine Deichmann war nicht eingeladen worden, aber es verstand sich von selbst, dass sie auch anwesend war. Als Gattin des Wirts war ihre Gegenwart unvermeidlich, sie trank aber nicht mit, denn sie hatte Dienst. Bei den Delfs musste es jeden Moment so weit sein.

Joseph Deichmann demonstrierte die hohe Schule des Bewirtens. Pausenlos war er unterwegs, hielt die Bedienungen an, wusste, wie die Lage in der Küche war und half, ein neues Fass anzustechen. Er war sich nicht zu schade, Asche zu entfernen und Schüsseln aufzutragen. Im Gegensatz zu manchem Lübecker Wirt, der sich benahm, als habe er ein Schweigegelübde abgelegt, war Deichmann ein Plauderer bester Schule. Neun von zehn Gästen kannte er mit Namen und die dazu gehörenden Geschichten auch. Oft war er über Geheimnisse informiert, die dieser Gast hegte und pflegte. Natürlich plauderte er sie nicht aus, für einen Wirt wäre das ein selbstmörderisches Verhalten gewesen. Aber zu jedem Satz, den er aussprach, kannte er den Hintergrund. Das steigerte Josephs geistreiche Art, und die gut Informierten gelangten an doppelte Unterhaltung.

Der Reeder Schnabel war nicht zugegen, obwohl er eine Einladung erhalten hatte. Schnabel hielt das für einen schlauen Schachzug von Anna Rosländer. Zuerst hatte sie es mit Ausgrenzung versucht, jetzt war das Stadium der Umarmung dran. Wie sollte man einen Menschen angreifen, auf dessen Kosten man getrunken hatte? Schnabel war bereit, sich manchen Vorwurf gefallen zu lassen. Aber als habgierig wollte er nicht gelten. Mit süßsaurer Miene hatte er abgesagt und litt zu Hause Höllenqualen, denn seine Gattin hatte die Persiehls eingeladen. Mit Gerda Persiehl war sie in gemeinnützigen Dingen unterwegs, deren Einzelheiten sie ihrem Mann fünfmal erzählt und die er fünfmal vergessen hatte. Daniel Persiehl war ein Popelzähler und Rechthaber mit der Neigung, sich an Nebensächlichkeiten festzubeißen. Er ließ Schiffe auf Gläser, Teller und Münzen drucken und machte viel Geld damit. Schnabel kam das wie Spielzeug für Kinder vor. Für ihn verlor jedes Schiff, sobald man es verkleinerte, an Bedeutung. Seine Kinder spielten mit Holzschiffen, denen sie alle paar Wochen neue Namen gaben und einen frischen Anstrich gönnten. Das konnte Schnabel nachvollziehen. Eisbein von einem Teller essen zu müssen, auf dem ein Schiff durch die fette Sauce fuhr, fand er affig.

Im Auftrag Schnabels weilten zwei Abgesandte in der Fluchbüchse. Der Reeder wusste, dass sie ihm morgen eine haarsträubende Rechnung präsentieren würden, die er zähneknirschend begleichen musste, weil er den Betrug nicht nachweisen konnte. Es ging ja auch um eine gerechte Sache: Man musste Anna Rosländer im Auge behalten. Der neue Mann war aus Gründen wichtig, die außer dem Reeder Schnabel kaum jemand einschätzen konnte. Solche Konstellationen schätzte Schnabel. Es brauchte noch etwas Zeit, bis alles greifen konnte, was in diesen Stunden vorbereitet wurde. Deshalb und nur deshalb ertrug er die Persiehls. Erstaunlich, dass diese Langweiler eine dermaßen temperamentvolle Meute von Kindern in die Welt gesetzt hatten. Vielleicht bezogen Kinder ihre Anlagen doch nicht nur von Vater und Mutter.

39

ALS TRINE DEICHMANN ins Haus eilte, schlug die Uhr Mitternacht. Delf, der werdende Vater, stand zähneklappernd an der Tür, Trine spürte eine schweißnasse Hand und dachte: Noch drei Kinder und du hast alles im Griff. Sie kannte mehr als ein Paar, das mit jedem Kind kühler geworden war. Aufregung war immer im Spiel geblieben, aber diese fahrige Stotterei des schwitzenden jungen Vaters musste Trine Deichmann nicht jeden Abend haben. Das Natürliche durfte einen nicht überwältigen.

Das Natürliche wartete in einem separaten Raum, in dem alles hergerichtet war. Die werdende Mutter hatte gut zugehört, als Trine bei früheren Besuchen berichtet hatte, welche Utensilien ihr die Arbeit erleichtern würden. Warmes Wasser vor allem, kein Zug von Fenster und Türen, Wärme, aber keine schweißtreibende Hitze; nicht zu viele Menschen, keine Betrunkenen, keine Klugschwätzer, keine unangenehmen Gerüche; Essen und Trinken in Reichweite, aber nicht neben dem Bett.

Nichts fehlte, die beiden Frauen aus der Nachbarschaft waren richtig, was Alter, Kleidung und Nervengerüst betraf. Die junge Mutter atmete pfeifend, als müsse sie ein Segelschiff in Bewegung setzen.

Das Söhnchen verließ den Leib und begann augenblicklich, ebenso pfeifend zu atmen. Jedenfalls dachten dies alle Zuschauerinnen, denn es spitzte den kleinen Mund genauso wie die Mutter. Es war eine Geburt wie aus dem Lehrbuch, ohne Misstöne, ohne Geschrei. Als der Vater herumging und jedem einen Schnaps spendierte, war auch dies angebracht. Lübeck war um einen Bürger reicher.

Die Vorhänge wurden aufgezogen, die Nachtluft war belebend, im Hintergrund wurde der Lebensplan des Säuglings festgeklopft, während die Hebamme am Fenster stand und an der Milch nippte, die sie rituell nach jeder Geburt in großen Mengen zu trinken pflegte. Mit langer Zunge den Bart ableckend, schaute Trine in die Nacht hinaus und ließ die Anspannung aus dem Körper weichen. Erst als sie den Lichtschein sah, wurde ihr bewusst, dass es sich um Anna Rosländers Anwesen handelte. Das Haus war groß, die Wohnlage war es nicht, auch hierbei hatte sich der Reeder frohgemut gegen den bürgerlichen Kanon versündigt. Hier wohnte, wer dabei war, aufzusteigen. Dies war ein Quartier, in dem man nicht lange wohnte, weil nach fünf Jahren feststand, dass es aufwärts gehen würde. Manchmal ging es geradewegs ins Scheitern hinein, auch dann musste gepackt werden, denn etwas Preisgünstigeres musste her.

Wieder der Lichtschein. Es war kein dramatisches Bild, aber Trine wunderte sich doch, dass Anna Rosländer so verstohlen durch ihr Eigentum huschte. Und wenn es der Holzhändler war? Wenn da drüben, fast in Griffweite, unsittliche Dinge im Begriff standen, sich zu ereignen? Oder sich schon ereignet hatten? Etwas blitzte auf und war verschwunden. Trine Deichmann drückte dem verdutzten Vater den Milchkrug in die Hände.

»Wohin wollt Ihr?«, rief er.

»Bei Anna sind die Einbrecher!«

»Was? Aber Ihr könnt doch nicht allein gegen …«

Sie zog ihn mit sich, erst auf halbem Weg wurde Delf bewusst, dass er ausersehen war, eine Heldentat zu begehen. Das widersprach allem, was er im Leben anstrebte. Er fürchtete sich vor Schlägen, vor Schmerzen sowieso. Außerdem war er betrunken. Es gab einen Hausdiener, nicht mehr jung, aber ans Gehorchen gewohnt. Der wusste, wo die Holzprügel standen, und hielt den Knüppel vielversprechend. Auf dem Weg nach nebenan fand sich noch ein Spätheimkehrer. Er war blau und unternehmungslustig. Trine wählte den Weg durch den Garten, denn da war das Licht gewesen.

Delf warf sich mit der Schulter gegen die Tür. Trine drängte ihn zur Seite und öffnete die Tür auf zivile Weise. Sie hatten sich nicht abgesprochen, aber plötzlich begannen alle drei gleichzeitig zu schreien, der Prügel schlug gegen alles, was Lärm versprach, im Hintergrund hörte man die Einbrecher fliehen.

Nachts hatte die Haushälterin dreimal so viel Haar wie tagsüber. Aufgelöst und angriffslustig, war sie bereit, sich zu verteidigen. Sie verglich die beiden Männer und legte in Reichweite des Hausdieners von nebenan den Handrücken gegen die Stirn, bevor sie seufzend zu fallen drohte. Er tat, was von ihm erwartet wurde, und packte zu. Lange hielt er fest, was er zu packen bekam, und vielleicht wurde auch das von ihm erwartet.

Trine wollte den Raum verlassen, als Gemurmel ertönte. Sie kehrten nach Hause zurück. Die Haushälterin genas auf der Stelle und öffnete Anna die Haustür. Ivanauskas und zwei Laternenträger schauten verdutzt, Trine lieferte die nötigen Erklärungen, in jedem Raum erwachte Kerzenlicht.

Eine halbe Stunde später, Vater Delf war ins eigene Heim zurückgeeilt, zog man in der Küche Bilanz. Die Diebe waren durch die hintere Tür gekommen und durch ein Fenster gegangen. Sie hatten mitgenommen, was klein war: Schmuck, Broschen, Ketten, Silber, Teller, Schiffsmodelle, Geldmünzen natürlich, Exotisches aus Indien, Frivoles aus Elfenbein, Bernstein, grüne, lilafarbige, rote Diamanten.

Anna Rosländer kündigte an, bei Tageslicht einen zweiten Durchgang zu absolvieren. Sie wirkte gefasst, etwas blass, das war der Schreck. Sie weinte nicht, rang nicht die Hände. Der Holzhändler hielt sie im Sitzen umfasst, aber sie drohte nicht zu stürzen.

Anna und ihre Tischrunde hatten dem Deichmann die Haare vom Kopf getrunken und waren für einen Nachtrunk zu den Wittmers gegangen, wo sie im Probierraum des Hauses abwechselnd Geräuchertes und Gebrautes verzehrt hatten.

So nahe war Trine dem Holzhändler noch nie gewesen. Er sprach ein seltsames Deutsch. Einerseits klang es fast fehlerfrei, auch in den schweren Passagen. Andererseits war eine Färbung in seiner Redeweise, die seine angestammte Region verriet und die er wohl nie verlieren würde. Gesicht und Haut verrieten, dass er sein Leben im Freien zugebracht hatte. Das Haar war gelichtet und von einem Grau, das bei Kerzenlicht grünlich wirkte. Im Ohr trug er einen Ring wie die Freibeuter. So sah der ganze Mann aus: stark, verwegen, auf den Buchstaben des Gesetzes pfeifend, wenn es ihm angebracht erschien. Aber er las Anna jeden Wunsch von den Augen ab. Auch Trine bekam seine Aufmerksamkeit ab, selbst die geschmeichelte Haushälterin, deren Haar flach an den Schädel gesteckt war.

»Sie haben gewusst, dass niemand im Haus ist«, behauptete Ivanauskas.

Die Haushälterin war im Haus gewesen, aber das Haus war groß, und es sah so aus, als hätten sich die Diebe nur unten aufgehalten.

»Warum muss ein schöner Tag so enden.« Annas Worte klangen nicht wie eine Frage.

40

DIE HAUSHÄLTERIN WAR ÜBERRASCHT; Querner, der mit einer Zeichnung vorbeigekommen war, zeigte sich überrascht; Anna Rosländer war ebenso überrascht.

»Was habt ihr nur alle?«, rief Trine Deichmann unglücklich.

Sie stellten dann fest, dass sie zum ersten Mal allein waren, ohne Freundin oder Bekannte. Sie waren zusammen, ohne dass Trine ein Zimmer weiter neues Leben nach Lübeck holte.

»Ihr seid eine hart arbeitende Frau«, sagte die Witwe. »Aber Ihr arbeitet nicht in der Fischräucherei und nicht im Hafen und nicht in einem Beruf, der so schmutzig und schwer ist, dass ihn kein Mann machen würde. Vielleicht seid Ihr weiter als wir alle. Wir merken es nur nicht, weil Ihr nichts davon hermacht.«

»Wie meint Ihr das?«

»Ihr braucht nicht so entsetzt zu gucken. Ich meine, dass Ihr nicht angebt und Euch nicht beklagt. Ihr macht einfach das, was getan werden muss. Wann hat sich zum letzten Mal ein Mann über Eure Arbeit beschwert?«

»Vor drei Wochen. Fernhändler Kuschke. Er wollte mir seine Tochter in die Hände drücken und stattdessen einen Sohn haben. Er hat mir Geld geboten. 500 Taler für einen Sohn – im Tausch gegen sein Mädchen. Seine Frau lag nebenan, während er mir das antrug.«

»Was habt Ihr getan?«

»Ich bin mit der Nachgeburt ausgerutscht und habe sie ihm versehentlich ins Gesicht geklatscht.« Trine sah das erst verdutzte, dann amüsierte Gesicht der Witwe. Leiser sagte sie: »Beim nächsten Mal kommt mir der Hund nicht so billig davon.«

In der Küche wurde Trine Deichmann dann Zeugin der Zubereitung von Kaffee. Sie trank ihn mit Genuss, aber sie hätte darauf verzichten können. Denn es war der Duft, der sie verzauberte. Dass etwas so wohltuend riechen konnte! Kein Duftwasser, sondern ein Lebensmittel. Etwas, das man verzehrte und das dann im Körper in etwas verwandelt wurde, was wiederum nicht gut roch.

Anna Rosländer bezog den Kaffee von einem englischen Händler, der ihn aus Arabien einführte. Sie hatte noch eine zweite Bezugsquelle. Dieser Transport lief von Arabien auf dem Landweg zum Mittelmeer und von dort per Schiff bis nach Venedig, von wo es auf Fuhrwerken über die Alpen und über einen langen Landweg weiterging.

»Wir wohnen in der falschen Gegend«, sagte Anna. »Wir müssen uns alles erst beschaffen, was wohlschmeckend ist.

Wir sollten in den Süden ziehen. Nach allem, was man hört, soll es dort auch weniger Lübecker geben.«

Anna zeigte Trine die Stellen im Erdgeschoss, wo die Einbrecher Spuren hinterlassen hatten. Sie wunderte sich, als sie sah, wie Trine diese Stellen kaum beachtete und sich vielmehr um die Wege kümmerte, die die Diebe zurückgelegt hatten.

»Ich habe keinen Raum betreten, auch das Personal nicht. Wir haben alles so gelassen, wie Ihr es in der Nacht erbeten habt. Nun bitte ich Euch um Auskunft, wozu das gut sein soll.«

»Es ist nur ein Versuch. Ich will sehen, ob die Diebe etwas hinterlassen haben.«

»Sicher haben sie das. Leere Stellen in allen Kästen und Schachteln, aus denen sie den Schmuck und das Geld genommen haben. Vielleicht noch Dreck von den Schuhen.«

»Das hoffe ich sehr.«

»Wozu soll das gut sein? Dreck ist Dreck.«

»Mit Verlaub, aber so ist es nicht. Es gibt Dreck, der aus Matsch besteht oder aus Stroh. Dann wissen wir, dass die Diebe zuletzt durch eine Gasse gingen, wo Vieh gehalten wird. Wenn wir nichts finden, wissen wir, dass sie aus einer Gasse kommen, die sauber ist. In der einen Gasse wohnen andere Menschen als in der anderen Gasse. Wir haben Glück, dass es gestern Abend geregnet hat. Nicht viel und nicht lange. Aber zu der Zeit und vor der Zeit, als der Einbruch stattfand.«

»Ihr könnt doch nicht jeden beschuldigen, der in einer Gasse zusammen mit Schweinen und Enten wohnt.«

»Nein. Aber ich habe einen ersten Hinweis. Ich habe bereits hinter dem Haus nachgesehen. Dort war alles zertrampelt. Dabei könnte der Abdruck eines Schuhs uns einen weiteren Hinweis geben. Es gibt reiche Schuhe und arme Schuhe. Ihr wisst, wie ich es meine.

Dann suche ich weitere Hinweise. Wie viele Zerstörungen haben die Diebe angerichtet? Wo haben sie überall nach wertvollen Gegenständen gesucht? Wenn sie viel umgeworfen haben und alles durcheinander liegt, weiß ich, dass sie keine Männer sind, die öfter Einbrüche begehen. Wenn sie sorgfältig und zielsicher zuschlagen, weiß ich, dass es sich um Männer handelt, die diese Beschäftigung regelmäßig betreiben.«

»Ihr redet immer von Männern.«

»Ihr habt recht, das sollte ich nicht tun. Es kann auch eine Frau dabei gewesen sein. Ich suche nach Spuren, ob es zwei oder mehr Einbrecher waren. Ich werde auch nach der Außentür sehen. Wurde sie mit Gewalt aufgebrochen oder haben die Einbrecher Werkzeuge benutzt? Ist es sogar möglich, dass sie einen Schlüssel besitzen? Wenn ja, wo kommt der her? Ich werde Euch fragen müssen, wie viele Schlüssel es gibt und wer sie besitzt. Wir werden darüber reden, ob die Einbrecher gekommen sind, um Schmuck zu stehlen.«

»Was? Aber wieso? Deshalb kommen Einbrecher doch. Sie nehmen uns das Wertvollste weg. Sie sind doch nicht dumm.«

»Entschuldigt, wenn ich Euch widersprechen muss, aber ich …«

»Wisst Ihr was, Trine Deichmann? Wenn Ihr meint, mir widersprechen zu sollen, so tut das einfach. Es regt mich auf, wenn Ihr Euch jedes Mal dafür entschuldigt. Unser Verhältnis ist nicht so, dass eine niedriger steht. Also frei heraus, ich entschuldige mich auch nicht für meine dummen Fragen.«

»Ihr stellt doch keine dum…«

»Ihr fangt schon wieder an.«

Sie lächelten sich an. Die Witwe hatte in der letzten Nacht erkennbar wenig geschlafen.

Trine Deichmann fuhr fort: »Hätte dieser Einbruch vor einem halben Jahr stattgefunden, hätte ich sofort an Einbrecher geglaubt, an Durchreisende, Zigeuner, Menschen vom Hafen, Lumpenpack eben.«

Ins Gesicht der Witwe zog Verstehen ein, als Trine sagte: »Das Geld ist nicht das Interessanteste an Euch. Mancher in der Stadt findet, dass Euer Schiff bedeutender ist.«

»Aber wenn sie die Pläne wollen, müssen sie in der Werft einbrechen.«

»Wer sagt Euch, dass sie das nicht getan haben? Und sicherheitshalber auch hier? Für den Fall, dass Ihr nach allem, was bisher vorgefallen ist, vorsichtig geworden seid und wichtige Unterlagen ausgelagert habt?«

Die Witwe schwankte plötzlich, Trine sprang hinzu, hielt sie und sorgte dafür, dass sie sich setzte. Da saß Anna Rosländer und schüttelte fortgesetzt den Kopf.

»Es hört nie auf«, murmelte sie.

»Noch wissen wir nichts Genaues«, sagte Trine beruhigend und setzte behutsam die Untersuchung fort. Jeden Fleck des Fußbodens suchte sie ab, sie kniete sich hin, schnüffelte an einigen Stellen, und man wusste nicht mehr, warum Anna ihren Kopf schüttelte: aus Kummer oder aus Verwunderung.

»Was tut Ihr da bloß?«, murmelte die Witwe.

»Benutzt Ihr Kardamom? Und Zimt?«

»Das sind wertvolle Gewürze. Ich glaube, sie sind im Haus. Aber man benutzt sie für die Winterbäckerei. Wir haben späten Sommer.«

Sie schloss aus, dass sich in diesem Raum kürzlich ein Gebäck aufgehalten hatte, das diese Gewürze enthielt.

Und warum auf dem Fußboden? Dazu konnte Trine nichts sagen. Sie sagte überhaupt wenig in den folgenden Minuten, kroch über den Teppich, blickte unter die Schränke, förderte ein Tuch zutage, das Anna als ein lange vermisstes Stück erkannte.

Trine nahm sich auch die anderen Räume vor. Dann ging man gemeinsam an den Sekretär, wo die Pläne steckten, die Querner zur Lektüre vorbeigebracht hatte. Es waren vier Bögen gewesen, Anna erinnerte sich genau, alles war noch vorhanden.

Die Außentür erbrachte ein beunruhigendes Ergebnis: Sie war unversehrt. Die Kratzer waren im Lauf der Zeit entstanden und deuteten nicht darauf hin, dass kürzlich Gewalt angewendet worden war. Im Gegensatz zu dem Fenster neben der Tür, das war eingeschlagen worden. Aber die meisten Scherben lagen draußen, selbst Anna erkannte sofort, was das bedeutete. Das Fenster war von drinnen eingeschlagen worden, weil jemand den Eindruck erwecken wollte, durchs Fenster eingedrungen zu sein und den Hebel benutzt zu haben. Klug war das nicht, die Einbrecher mussten damit rechnen, dass dieser Täuschungsversuch schnell aufgedeckt werden würde.

»Vielleicht hat das Personal vergessen, abzuschließen«, sagte Anna.

Aber von innen steckte kein Schlüssel. Das wäre für jemanden von Vorteil, der von draußen aufschließt – mit dem passenden Schlüssel.

Sie befragten die Bediensteten. Es gab zwei Schlüssel für diese Tür. Einer fand sich in einer Schublade in der Küche, der zweite war verschwunden. Rosalia, das Dienstmädchen, schwor Stein und Bein, den Schlüssel gestern in der Tür gesehen zu haben. Die Haushälterin mit der wandlungsfähigen Frisur schwor Stein und Bein, die Tür gestern eigenhändig abgeschlossen und den Schlüssel im Schloss gelassen zu haben. Beide Frauen hoben die Hand zum Schwur, obwohl Anna sie aufforderte, das fromme Gefuchtel zu unterlassen. Aber es war ihnen wichtig, an ihrer Unschuld keinen Zweifel zu lassen. Einerseits fand Anna das verständlich, andererseits reagierte sie empfindlich auf große Gesten. Zumal sie bedeuteten, dass es um den Schlüssel ein ungutes Geheimnis gab.

Als man allein war, kam Trine auf ihr Anliegen zurück. War den Bediensteten zu trauen? Könnte sich einer zu einer unrechten Tat hinreißen lassen? Gegen Geld? Aus Liebe? Aus Dummheit? Aus Böswilligkeit?

»Wir entfernen uns vom eigentlichen Anlass«, sagte Anna knurrend. »Mir ist zu viel Wenn und Aber im Spiel. Wir wissen nichts, alles ist Vermutung.«

»So redet Ihr, weil Ihr den Gedanken nicht ertragt, unter einem Dach mit jemandem zu leben, der Euch feindlich gesinnt ist.«

»Was will jemand, der die Pläne sucht, mit ihnen anfangen? Er kann nicht glauben, dass es nur eine einzige Ausfertigung gibt.«

»Er wüsste dann, woran er ist, was er zu erwarten hat. Und er wüsste, wo er ansetzen muss, um die Pläne zu bekämpfen.«

»Was soll das heißen? Wenn er das Schiff bekämpfen will, muss er es doch nur versenken. 20 Hiebe mit der Axt, eine Nacht, am nächsten Morgen ist alles vorbei.«

»Ihr denkt so, als würde es um einen Wettkampf gehen. Wie beim Ritterturnier. Es gibt Regeln, an die sich alle halten. Es gibt Kampfrichter und viele Zuschauer, deren Augen die beste Sicherheit gegen hinterlistiges Verhalten darstellen. Aber hier geht es nicht um einen gerechten Kampf. Das Schiff darf nie fertig werden. Selbst wenn es in der Nacht nach der Fertigstellung zerstört wird, haben die Feinde des Schiffes verloren, denn Ihr, verehrte Anna, hättet ihnen bewiesen, dass man Euch nicht aufhalten kann und dass Ihr ein Schiff baut, wie es die Stadt nie fertig gekriegt hat.«

»Aber ich weiß immer noch nicht, warum sie die Pläne haben wollten.«

Die Frauen beugten sich über die Entwürfe aus Querners Feder. Sie zeigten den Rumpf von der Totalansicht über einzelne Teile bis zu den Verbindungsstücken. Ebenso bildeten die Pläne die Segel ab – Totalansicht, Masten, Segeltuch, Nähte. Die Masten waren sehr hoch, die Segel waren schmaler und länger geschnitten, als man es kannte. Unten waren sie deutlich breiter als oben. Anna gab die Informationen, über die Trine nicht verfügte. Denn diese Segel hatten Auswirkungen auf die spätere Größe der Besatzung.

In der Schifffahrt richtete sich die Zahl der Besatzungsmitglieder traditionell nach der Anzahl der Leute, die nötig waren, um das größte Segel zu bedienen. Deren Zahl würde durch das neue Format deutlich geringer werden. So nahm die Zahl der Männer an Bord also nicht automatisch mit wachsender Länge des Schiffs zu. Eine kleinere Besatzung hatte viele Vorteile: weniger Heuer, weniger Wohn- und Schlafräume an Bord, weniger Nahrungsmittel, geringere Gefahr von Konflikten, die bei längeren Fahrten über offene See oft vorkamen und bis zur Meuterei führen konnten. In jedem Fall musste der Kapitän harte Strafen aussprechen und das Klima an Bord wurde nachhaltig vergiftet.

Die Ruderanlage war verzeichnet, natürlich auch Platz und Zahl der Geschütze. Beim Innenausbau war Querner noch nicht ins Detail gegangen.

Die Rückseite trug die persönliche Handschrift Querners. Kleine Zeichnungen, Detailansichten, Papageien, Porträts von Ratsherren und vornehmen Bürgern, karikaturenhaft bis zur Fratze übertrieben. Daneben eine Liste der Zulieferer.

»Seltsam«, murmelte Trine, »ich hätte angenommen, dass alles auf der Werft entsteht. Und nun sehe ich, dass viele Teile aus allen Himmelsrichtungen angeliefert werden.«

»Das ist auf Querners Mist gewachsen. Er sagt, wir müssen verteilen, weil es uns sonst die Werft zersprengen würde. Wenn wir alles hier herstellen, würden auf der Werft Verhältnisse wie auf den Schiffen herrschen. Zu eng, zu gereizt, zu viele Fehler.«

»Ist es wirklich so schlimm an Bord, wie man hört?«

»Falls Ihr jemals den Wunsch verspürt haben solltet, eine lange Reise per Schiff zu unternehmen, lasst Euch warnen: Ihr werdet das Ziel erschöpft erreichen, und unterwegs werdet Ihr Euch ab dem dritten Tag wünschen, es möge schnell vorbei sein.«

»Könnte diese Liste für die Diebe von Bedeutung sein? Wenn Ihr sagt, dass es nicht üblich ist, die Rückseiten so vollzuschreiben? Das bedeutet ja, dass nicht jedes Blatt solche Listen trägt, weil es zwar die Vorderseiten mehrfach gibt, aber die Rückseiten wären etwas Einmaliges. Was hätten Eure Gegner für einen Vorteil, wenn sie wissen, welche Handwerksfirmen für Euch arbeiten?«

Lange blickte die Witwe Trine Deichmann an.

Dann sagte sie: »Im Grunde bedeutet es nichts. Es sei denn, man will nicht nur beobachten, sondern in die Geschicke eingreifen. Immer noch. Es geht alles wieder von vorne los. «

41

Poulsen regte sie seit der ersten Minute auf. Erst weigerte er sich, Platz zu nehmen. So was konnte Anna Rosländer gerade ab. Männer, die sich wichtig nahmen!

Dann war der Mann unfassbar blond. Nicht nur die Kopfhaare, die von einem leuchtenden Blond waren, als würde sich in ihnen Tag und Nacht das Sonnenlicht fangen. Auch der Bart war blond, obwohl er einen Vollbart trug, wirkte er, als wäre er rasiert. Die Körperhärchen waren blond, Anna sah nur die Haare auf Fingern und Handrücken, aber sie hatte keinen Zweifel, dass sich das unter der Kleidung fortsetzen würde. Die Wimpern waren blond, die Augenbrauen sahen aus, als habe man sie abgeschnitten. Unwillkürlich stellte sich Anna vor, wie er wohl unter den Armen und um das Geschlecht aussehen würde. Blond, nichts als blond.

Die Haut, kein Wunder, passte dazu. Heller Teint, überall Sommersprossen. Blass war er nicht, dazu hielt er sich zu oft im Freien auf. Aber seine blonde Haut nahm von Wind und Sonne keine braune Tönung an, wirkte lediglich eine Nuance weniger blond.

Seine Augen waren Wolfsaugen, grau, hell, durchscheinend. Der erste Eindruck war nicht: blau, braun oder grau. Er war blond.

Dazu kam der Aufzug. Er hatte einen Schneider aufgetrieben, der ihm hellbraune, ins Gelbe mäandernde Farben besorgt hatte. Und dann die Schuhe! Halbhohe Stiefel aus Seehundfell.

Poulsen war jünger, als Anna gedacht hatte. Er war auch kleiner. Der ganze Mann wirkte wenig männlich. Sein Deutsch war so unernst wie das aller Dänen. Aber was er zu sagen wusste, war von der Qualität, wegen der ihn Anna hergebeten hatte. Poulsen war der Mann, den man in Lübeck engagierte, um rätselhafte Fälle zu klären. Wenn sich vor Gericht ein Fall verknotete oder die Ermittlungen keine vielversprechenden Hinweise lieferten, trat Poulsen auf den Plan. Er besaß kein Mandat außer seiner Kompetenz. Beim Senat der Stadt hatte er sich mit den Worten eingeführt: »Ich will Eure Augen und Ohren sein, damit Ihr das, was ich sehe und höre, später bedenkt.«

Poulsen stammte aus einer Familie, die zur Hälfte Händler, zur Hälfte Gelehrte hervorzubringen pflegte. Vor die Wahl gestellt, sich für das eine oder andere zu entscheiden, hatte er das Dritte gewählt. Er war in den Süden gegangen, um rätselhafte Ereignisse zu untersuchen. Poulsen verlangte Geld, nicht für sich, sondern für seine Schwadron. So nannte man die Schar von Bettlern, mit der er zum Ort des jeweiligen Geschehens zog, um alles penibel abzusuchen.

Als der blonde Mann der Witwe gegenüberstand, dachte sie: Warum tust du dich nicht mit Trine Deichmann zusammen? Die steckt ihre Nase in jeden Haufen.

Anna sagte: »Ich danke Euch, dass Ihr gekommen seid.«

»Dankt mir lieber dafür, dass ich trotz der Drohungen gekommen bin.«

Bürger, deren Namen er angeblich nicht kannte, hatten ihm den Rat gegeben, den alten Fall nicht aufzuwärmen, sondern sich auf seine aktuellen Fälle zu konzentrieren. Schließlich sicherten sie Poulsens Lebensunterhalt, und es müssten in der Zukunft ja nicht so viele Fälle bleiben wie zurzeit.

»Wer kann etwas dagegen haben, dass eine Frau wissen will, wie ihr Mann starb?«

»Wenn auch etwas spät.«

Sie funkelte ihn an. War das Kritik? An ihrer Liebe zu Rosländer? Eine sicherere Methode, sie gegen sich aufzubringen, gab es nicht.

Anna erklärte dem Besucher, warum sie ihn erst jetzt hören wollte. Bisher sei sie wie alle anderen von einem Unfall ausgegangen. Der betrunkene Reeder auf einer seiner Touren, vielleicht hatte er sich mit einem Zechkumpan gekabbelt. Vielleicht war es zu einer Prügelei gekommen, aber der Wille zu töten – nein, das wäre ein abwegiger Gedanke gewesen. Eine der üblichen Protzereien unter Männern war diesmal aus dem Ruder gelaufen. So hatte Anna gedacht, bis sie begonnen hatte, das Schiff zu bauen. Seitdem hatte sie viel Gegenwind empfangen, von dem Poulsen wohl gehört habe. Sie sei nachdenklich geworden und könne sich nicht erklären, woher die Ablehnung rühren mochte.

Poulsen begann zu berichten. Er stand im Raum wie der Lehrer neben dem unsichtbaren Katheder. Er redete klar, zusammenhängend und frei. Er wusste auch, wo er seine Arme lassen sollte. Der Däne hatte den Ort untersucht, an dem der tote Reeder gefunden worden war. Am Ufer der

Trave, umgeben von meterhohem, ineinandergeschobenem Eis. Die Wunden des Reeders stammten wahrscheinlich vom steinharten Eis, letzte Sicherheit gab es nicht.

»Wir beide wissen, dass Euer Mann es liebte, die Dinge auf den Punkt zu treiben und den Geschäftspartner mit dem Rücken gegen die Wand. Ich kenne seinen Lebensweg und weiß, dass seit 50 Jahren niemand in Lübeck so schnell aus dem Nichts aufgestiegen ist. So etwas geht nicht mit sauberen Fingernägeln, aber Euer Mann liebte es deftig. Ohne Behumpsen und Rangeln machte es ihm kein Vergnügen. Deshalb habe ich nicht nur das Eis abgesucht, sondern auch die Seelen.«

Anna rückte auf ihrem Sessel nach vorne.

Lächelnd sagte Poulsen: »Ihr könnt nicht wollen, dass er gewaltsam zum Tode befördert wurde.«

»Was ist falsch daran, die Wahrheit hören zu wollen?«

»Ihr müsstet dann Lübeck verlassen. Es würde Euch zerreißen, in einer Stadt mit dem Mörder zu leben.«

»Der Mörder wird bestraft werden.«

»Seine Familie nicht, und die bleibt Euch erhalten.«

Er sah, wie es in Anna arbeitete, und fügte hinzu: »Ich habe das grundsätzlich gemeint. Denn ich weiß nicht, wie Euer Mann zu Tode kam. Aber ich weiß, dass 50 Menschen ihm den Tod gewünscht haben, wahrscheinlich mehr. Die anderen haben sich nur besser beherrscht.«

Es ging immer um Geschäfte. Hätte ein Konkurrent mit Rosländers Methoden den Sieg davongetragen, hätte man über ihn geflucht und wäre neidisch auf seinen Erfolg gewesen. Aber zehn Tage später hätte man wieder am selben Tisch gegessen und gestritten, wer die Rechnung übernimmt. Rosländer dagegen rief Hass hervor, »ein feindliches Gefühl, haltbar, als wäre es geräuchert worden.«

Rosländer konnte keine Ruhe geben. Es war ihm nicht möglich, den Sieg im stillen Kämmerlein zu genießen. Er musste feiern, grölen und den Unterlegenen triezen. Es war zu unappetitlichen Vorfällen gekommen: der betrunkene Rosländer mit einer Bande von Nassauern nachts vor dem Haus eines Handwerkermeisters, dem er übel mitgespielt hatte. Sie hatten gesungen und gerufen, Steine waren geflogen, Diener verhauen und einmal ein Hund erschlagen worden.

»Tiefer seid Ihr nicht in die Seelen eingedrungen?«, fragte Anna unzufrieden. »Das, was Ihr berichtet, ist doch kein Geheimnis.«

»Schätzt den Hass nicht gering. Er kann zu einem Nahrungsmittel werden, das man immer wieder braucht, um sich wohlzufühlen. Jeder, der gehasst hat, kannte einen, der auch gehasst hat. Man hat sich erinnert und bestärkt. Euer Mann hat lange in Gefahr geschwebt, das Unglück hätte fünf Jahre früher geschehen können.«

Diese Gedanken hatte auch Anna gedacht und wohlweislich für sich behalten. Rosländer hatte es übertrieben, und ihr war es nicht gelungen, ihn zu mäßigen. »Tu es mir zuliebe«, hatte sie hundertmal gesagt. Einige Male hatte er sich zusammengerissen – um zwei Tage später alles nachzuholen.

Anna fragte: »Ein Verdacht?«

Er schüttelte den Kopf. Aber er wusste, mit wem Rosländer in der letzten Nacht gezecht hatte. Angefangen hatte es in der Fluchbüchse, danach war man ins Haus eines Freundes gewechselt – ein Medicus, der nicht mehr in Lübeck wohnte. Dessen Frau war es zu laut geworden, sie hatte die Gesellschaft vor die Tür gesetzt. Rosländer und ein Kumpan hatten die schockierte Frau geschnappt, sie unter den Arm geklemmt wie einen Balken und in die

Ratsapotheke geschleppt. Dort hatte man den Hausherrn aus dem Schlaf geholt und von ihm ein Mittel gefordert, um renitente Frauen zu bändigen. Rosländer hatte dem Apotheker eine Münze gezeigt. Sie wäre sein Eigentum, wenn ein Abführmittel in ihrem Bauch landen würde. Anna legte eine Hand vors Gesicht, auf solche Einfälle war nur ihr Mann gekommen.

Der Apotheker hatte sich geweigert. Nach einer zweiten Münze fand er Rosländers Idee schon spaßiger, eine dritte Münze überzeugte ihn. Sie hatten der Frau einen Becher eingeflößt. Gewürgt und gespuckt hatte sie, aber es war ja kein Gift, und Schnaps schwamm im Becher, um den Geschmack zu überdecken.

Sie hatten die Frau nach Hause zurückgetragen und sie dem Medicus in die Arme gedrückt. In dieser Nacht hatte der Medicus aus dem Fenster um Hilfe gerufen. Die Nachbarn hatten ihn nicht ernst genommen. Wo käme man hin, wenn jetzt schon die Medici anfingen, nachts Lärm zu veranstalten?

Irgendwann stand eine Frau vor seiner Tür, eine der Hebammen von Trine Deichmann. Das Geschrei des Medicus hatte sie auf dem Rückweg von einer Entbindung erreicht. Dem Mann war das wohl unangenehm, kein Medicus lässt sich von einer Hexe helfen. Aber er war in heller Aufregung um seine Frau, der unerträgliche Schmerzen Bauch und Därme zu zerreißen drohten.

Die Hebamme, eine von den jungen, sehr jung, sehr schön, hatte ihrer Tasche ein Mittel entnommen, das angeblich Krämpfe lindern sollte. Der Medicus wollte sie eindringlich befragen, sie klappte die Tasche zu. An der Haustür holte er sie ein und stellte ihr frei zu verfahren, wie sie es für nötig hielt.

Es handelte sich um ein Mittel, das Frauen bekamen, um die Geburt leichter zu machen. Es war ein starkes Mittel, rabiat und gnädig. Der pochende Bauch der Kranken fand Frieden, sie schlief ein. Der Medicus wollte der Hebamme seinen Dank in die Hand drücken. Sie lehnte ab, das sei in ihrem Lohn enthalten, den sie von der Stadt bezöge.

»Eine schreckliche Geschichte«, sagte Anna Rosländer. »Leider habe ich keinen Grund, daran zu zweifeln, dass es sich so zugetragen haben könnte – jedenfalls soweit es meinen Mann betrifft. Oh, was konnte der Kerl bloß dumm sein!«

»Falls Ihr Euch Vorwürfe macht, solltet Ihr das unterlassen. Der Mann war ein starker Charakter. In ihm war nicht vorgesehen, auf seine Frau zu hören.«

»Ihr kennt Euch aus mit Frauen?«

Einen Moment zögerte Poulsen, in diesem Moment war es, als würde sich vor Anna ein Buch öffnen. Dann war der Moment vorüber, und Poulsen sagte: »In meinem Beruf komme ich mit vielen Menschen zusammen, auch mit Frauen.«

42

AM ABEND DESSELBEN TAGES starrte Katharina Tüschen verdutzt die späte Besucherin an. Trine Deichmann kam sofort zum Thema, nachdem sie die junge Kollegin gebeten hatte, mit ihr vors Haus zu treten. Niemand sollte hören, was sie zu besprechen hatten.

Katharinas erste Worte lauteten: »Dieser Abend? Das liegt doch Jahre zurück!«

So lange war es nicht her, und das tat auch nichts zur Sache. Im nachlassenden Licht des späten Tages erkannte Katharina wohl, dass Trine Deichmann unzufrieden war. Sie bestätigte alles, was Poulsen der Witwe berichtet und diese später Trine übermittelt hatte.

»Die Frau hat sehr gejammert, und ihr Mann hat sehr gelitten. Ich hielt es für richtig, ihr zu helfen, obgleich sie nicht schwanger war.«

»Du hast richtig gehandelt. Die Frau hatte Schmerzen. Dann geht man nicht an ihr vorbei, zumal wenn du über die richtigen Mittel verfügst.«

Trine wusste selbst am besten, dass sie ihre Kolleginnen gewarnt hatte, ihren Sachverstand freigiebig zur Verfügung zu stellen. Der Auftrag der Hebammen war streng begrenzt, die Vertreter der anderen medizinischen Bereiche beäugten argwöhnisch, ob sie sich an die Grenzen hielten. In diesem speziellen Fall sah Trine keine Gefahr heraufziehen, immerhin hatte ein Medicus ausdrücklich zugestimmt.

»Aber darum geht es mir auch nicht«, sagte Trine. »Ich möchte von dir wissen, ob das die Geschichte war. Von vorn bis hinten.«

Katharina war erfahren darin, Trines Rede zu interpretieren. Trine sah der schönen Kollegin dabei zu, wie sich die Gedanken zu Worten verfestigten. Für Katharinas Verhältnisse nahm dieser Vorgang viel Zeit in Anspruch. Trine zwang sich, abzuwarten und sich nichts auszumalen, wofür ihr nur dunkle Farben zur Verfügung standen.

»Das ist die Geschichte – soweit sie die kranke Frau betrifft«, sagte Katharina gewunden.

»Ich höre.«

»Hinterher hörte ich, dass es ihr wieder gut ging. Das hat mich gefreut. Man hilft ja gern, wenn man …«

»Katharina, ich höre immer noch!«

Die Jüngere stieß einen Seufzer aus. Als sie fortfuhr, war ihre Stimme nur noch halb so laut: »Er hat mich später noch einmal besucht.«

»Wer, Katharina, wer?«

»Himmel, ich rede ja schon, so schnell ich kann.«

»Ich habe dich schon schneller erlebt.«

Es ging um den Medicus. Er hatte Katharina auf der Straße abgepasst. Überrascht hatte er getan, sie wiederzusehen, obwohl Katharina den Eindruck hatte, das Treffen sei nicht so zufällig, wie er behauptete. Dass es seiner Frau besser ging, erwähnte er nur, weil es die Höflichkeit erforderte. Dass er Katharina wiedersehen wollte, darüber verlor er viel mehr Worte. Er lud sie ein, nicht in sein Haus, sondern in ein Gasthaus. Nicht in Lübeck, sondern weiter entfernt an der Küste. Er wollte sie mit der Kutsche abholen, sie müsse darüber nicht mit anderen sprechen, man wisse nie, wie so etwas aufgefasst würde und außerdem …

»Ja, Katharina, das habe ich begriffen, wie es sich anhört, wenn ein verheirateter Mann mit einer unverheirateten Frau anbändelt und vermeiden will, dass jemand ihn dabei sieht und es seiner Frau hinterbringt. Was mich interessiert, ist etwas anderes: Mit welchen Worten hast du ihn abgewiesen? Warst du höflich dabei? Du hast ihn doch abgewiesen? Katharina, mach mich nicht unglücklich.«

Katharina gebrauchte die rücksichtsvollsten Worte und benutzte die weitschweifigsten Wendungen. Aber am Ende kam sie nicht darum herum, Trine zu gestehen, dass sie mit dem Medicus angebändelt hatte, dass seine Frau den beiden auf die Schliche gekommen war und ihren Mann gezwungen hatte, Lübeck zu verlassen. Dass er seiner Frau Treue geschworen hatte, um sie kurz darauf erneut mit Katharina zu hintergehen, gestand die junge Hebamme erst auf viermaliges Nachfragen.

»Woher habt Ihr das gewusst?«, fragte sie voller Unschuld. »Ich war sicher, gut geschwindelt zu haben.«

Trine Deichmann war von den Neuigkeiten so bedient, dass sie sich schon zum Gehen gewandt hatte, als Katharina noch sagte: »Als Ihr von dem Streich des Reeders anfingt, dachte ich, Ihr wollt mich zu den Schuldscheinen fragen. So kann man sich täuschen.«

Schon bevor sich Trine zu ihr umgedreht hatte, wusste Katharina, dass sie zu viel redete. Zu viel und zu schnell. Sie dachte: Das musst du dir noch abgewöhnen. Dann ging die Ausfragerei von Neuem los.

43

Trine Deichmann holte Luft und rief: »Es ist sehr laut hier! Wir müssen aber in Ruhe reden!«

Anna Rosländer rief: »Ihr müsst lauter reden! Es ist sehr laut hier.«

Katharina rief: »Es wäre leiser, wenn sie nicht alle singen würden.«

Sie wies auf die Männer, die am Rumpf arbeiteten, an dessen Gerippe die drei Frauen gerade vorübergingen.

Anna rief: »Sie sagen, sie müssen singen. Daran würde

ich erkennen, dass sie guter Dinge sind. Sie sagen, wenn sie aufhören zu singen, ist Gefahr im Verzug.«

Trine winkte Querner zu, der einem unbekannten Ziel zustrebte. Er sah sie, beachtete sie aber nicht. Trine lief hinterher. Zuerst sah es so aus, als wolle er ihre Hand unwillig abstreifen. Doch er riss sich zusammen und fragte mit erzwungener Ruhe: »Was gibt's denn?« Und gleich darauf dreimal so laut: »Was gibt es? Ich habe keine Zeit.«

»Ihr seid schlechter Stimmung.«

»Das sieht nur so aus. In Wirklichkeit bin ich stinksauer.«

Er lächelte sie an. Sie wusste, dass er sie mochte. Sie war gewillt, den Vorteil zu nutzen.

In seinem Bureau wurde der Lärm mit der sich schließenden Tür abgeschnitten. Trine war erleichtert, aber in den ersten Momenten redete sie zu laut: »Wie haltet Ihr das nur aus?«

»Wer sagt Euch, dass ich das aushalte? Ich habe noch keine Zimmerleute erlebt, die so viel Lärm veranstalten wie die aus Uelzen. Sie singen von morgens bis abends. Niederdeutsch! Wer spricht denn heute noch Niederdeutsch? Sie wollen mir nicht verraten, wovon sie singen.« Er wandte sich vom Fenster ab und murmelte: »Wären sie nicht so fleißig, würde ich sie auf einen Wagen werfen und in ihre Wildnis zurückschaffen.«

Angeblich musste man sie abends von der Werft vertreiben, weil sie von allein nicht die Arbeit einstellten.

»Freut Euch doch«, riet Trine. »Je mehr sie arbeiten, umso schneller sind sie fertig.«

Querner hielt ihr einen Vortrag über das gleichmäßige Arbeitstempo, das allein Qualität garantiere und bei dem man über viele Wochen durchhalte. »Eine Woche kann jeder ranhauen, danach ist er erschöpft und es schleichen sich Fehler ein. In diesem Stadium darf es jedoch keine Fehler geben. Alles, was später Wasser berührt, muss vom feinsten und edelsten sein. Du musst deinen Rhythmus finden und ihn beibehalten.«

Damit konnte Trine etwas anfangen. Bei der Geburt war es genauso. Das Atmen, das Pressen, die Unterstützung – alles hatte seinen Rhythmus. Wenn eine einzige Frau dabei war, die hektisch war oder verträumt, war es, als würde man allen kleine Hunde zwischen die Beine werfen.

Die meisten Zimmerleute hatten es inzwischen geschafft, ein Quartier zu finden. Am Wasser wollte keiner wohnen, sie hatten eine Abneigung gegen Wasserflächen. Keiner von ihnen konnte schwimmen, keiner wollte es lernen. Ja, sie bestritten vehement, dass man es lernen könne. Angeblich hatten Querners Lübecker Kollegen daraufhin einen Uelzer ins Wasser geworfen und waren erst hinterhergesprungen, als er bei »20« nicht wieder aufgetaucht war.

»Ich gebe zu, sie hätten schneller zählen können«, sagte Querner. »Aber er hat es schließlich überlebt. Und er kann unter Wasser unmöglich all das gesehen habe, das er seitdem behauptet.«

»Wollt Ihr noch etwas zu Eurer Stimmung sagen?«

Er funkelte sie an und murmelte: »Will ich nicht, nein. Es gibt Dinge, die muss ein Mann mit sich selbst ausmachen.«

»Ihr habt Ärger mit Eurer Rosalia?«

Er fiel vor Überraschung beinahe um und wollte dann unbedingt wissen, woher sie wusste und wie sie darauf käme. Worüber sonst sollte sich ein junger Mann Sorgen machen, wenn nicht um seine Herzensdame?

Erst als sie schon dachte, dass es damit sein Bewenden

hatte, murmelte er: »Sie schwindelt, aber sie kann nicht schwindeln. Das regt mich auf.«

»Ist ein anderer im Spiel?«

»Ich glaube, es ist ein Spanier. Sie ist verrückt nach allem, was mit den Spaniern zu tun hat. Gut, dass das Salz aus Portugal kommt. Sonst würde sie sich daran überfressen.«

Endlich tauchten Anna Rosländer und Katharina auf. Dass Katharina es nicht eilig hatte, konnte Trine verstehen. Querner wollte sie höflich allein lassen, aber Anna forderte ihn auf, zu bleiben, weil er vielleicht etwas wisse, was helfen könnte.

»Fragt ihn aber nichts wegen Rosalia«, sagte Trine launig. »Darüber weiß er nichts.«

»Rosalia? Ist das die Rosalia mit dem Spanier?«

Alle starrten die vorlaute Katharina an. Querner sah aus, als wolle er ihr an die Kehle gehen.

»Später«, sagte Anna ungeduldig, »später stellen wir die Paare zusammen. Jetzt geht es um die Schuldscheine.«

Falls Querner nicht gleich mitbekam, dass er unter scharfer Beobachtung stand, begriff er es im nächsten Moment. Denn Anna und die Hebamme fielen regelrecht über ihn her.

»Was soll denn das?«, rief er verschreckt, »ich habe kein Wort gesagt.«

»Eigentlich doch«, sagte Anna Rosländer. »Eure Reaktion ist eindeutig. Was wisst Ihr und warum weiß ich es nicht?«

Zuerst wollte er sich noch damit herausreden, dass er alles nur vom Hörensagen kannte. Nichts Genaues wisse er, in einer großen Stadt werde viel geredet.

»Querner, es ist genug! Keinen Vortrag!«

»Wo soll ich anfangen?«, fragte er müde.

»Ihr seid nicht dumm genug für diese Frage.«

Nichts in ihm drängte danach, Auskunft zu geben. Dazu war das Thema zu heikel.

Die ungeduldige Trine sagte: »Ich mache es Euch leichter, denn ich sage Euch, was dieses Früchtchen an meiner Seite uns zu berichten wusste.«

Katharina hatte sich mit ihrem Medicus oft getroffen. Sie hatten getan, was aus Bekannten Liebende macht. Sie hatten geschmeichelt und Pläne geschmiedet; und als der Medicus ihr gestand, dass er nicht so viel verdiente, wie sie dachte, auch nicht halb so viel, hatten sie über Möglichkeiten gesprochen, an Geld zu gelangen. Halb war es Spielerei, halb war es ernst gemeint. Katharina hatte davon geträumt, als selbstständige Hebamme zu arbeiten, er hatte in etwa gesagt: »Es gibt drei Wege, an Geld zu kommen. Du kannst dafür arbeiten, du kannst es von deinen Vorfahren erben und du kannst es leihen. Das ist die zweitleichteste Lösung, denn du musst dafür nicht arbeiten und brauchst nur deinen guten Namen. Zwar musst du es zurückzahlen, aber wir müssen heute nicht an morgen denken und können ab heute mit dem geliehenen Geld ein besseres Leben führen.«

»Mich ärgert, dass ihr Pläne gemacht habt«, knurrte Trine.

»Wunderbar«, sagte Anna. »Dann haben wir alle vier schlechte Laune. Wir sollten uns an den Händen fassen und im Kreis tanzen.«

»Warum ist sie so zornig?«, murmelte Querner.

Trine antwortete: »Weil wieder alles auf Rosländer zuläuft. Dieser Mann ist ein Mysterium. Als habe es 50 von seinem Aussehen gegeben. Denn es kann doch nicht sein, dass einer, den angeblich keiner mag, ständig in den Mittelpunkt gerät.«

»Es gibt keinen Zweifel«, sagte Anna, nachdem sie Querner zuvor zur absoluten Verschwiegenheit verpflichtet hatte. »Nachdem ich wusste, was ich suchen muss, wusste ich auch, wo ich suchen muss.«

Hinter den Landkarten auf dem Dachboden war sie fündig geworden. Die drei Frauen und Querner standen um den Tisch, auf dem die Scheine lagen. Die Handschrift war aus tausenden herauszufinden. Rosländer besaß eine Kinderhandschrift, und weil er nur mit äußerster Anspannung zu schreiben vermocht hatte, waren große Buchstaben seine Rettung gewesen. Anna hatte er den Grund gestanden: »Du brauchst viel Zeit, um den Buchstaben zu malen und kannst dir dabei schon Gedanken machen, wie du den nächsten in Angriff nimmst.«

Der Text auf den Scheinen war nicht identisch, aber in Sinn und Zweck unterschieden sie sich nicht. Bürger aus Lübeck hatten sich Geld von Rosländer geliehen. Der Zinssatz war so niedrig, dass man ihn nur symbolisch nennen konnte: »eins von 100«. Die Summen auf den Scheinen reichten von wenigen Talern bis zu 2.000 Talern.

»Wer leiht sich denn fünf Taler?«, fragte Querner kopfschüttelnd.

Wer sich das Geld geliehen hatte, blieb in keinem Fall zweifelhaft. Die Namen der Schuldner ließen keine Frage offen: Ferdinand von Waller, Haye Bosch, Donald Kapuzius, Hoimar Stuhl, Melchior Voigt. Vier Ratsherren, ein Kaufmann, jedem in der Runde waren sie von Angesicht bekannt. Zweien von ihnen hatten Trine und Katharina zu Stammhaltern verholfen. Wofür sie das Geld brauchten, darüber gaben die Dokumente keine Auskunft.

So überraschend dieser erste Teil des Textes war, so unfassbar setzte er sich fort. Denn der, der das Geld verliehen hatte, hieß nicht Rosländer. Anna musste mehrfach mit dem Finger auf die Unterschrift deuten, bevor sich den anderen das erschloss. So selbstverständlich war allen gewesen, dass Rosländer der edle Geber gewesen war, dass das Staunen jetzt umso größer ausfiel. Denn das Geld gegeben hatten Eugenie Schäfer, Vinzenz Nawka, Svante Leckebusch, Engelbert Kross und Sven-Eric Tannenbaum.

Verdutzt blickten sich die vier an.

»Das kann nicht sein«, sagte Anna Rosländer. »Jedes Wort auf diesen Scheinen stammt aus seiner Feder. Warum nicht auch die Unterschrift?«

»Vielleicht gefälscht?«, fragte Querner.

»Warum haben die Schuldscheine dann dort gesteckt, wo mein Mann seine wichtigen Dokumente aufbewahrte?«

»So etwas bewahrt doch immer ein Advokat auf«, sagte Katharina.

»Rosländer sah das umgekehrt. Je wichtiger, desto weniger Anwalt, pflegte er zu sagen. Weil man nie wusste, mit wem der Anwalt intim war. Was man aus der Hand gibt, darüber verliert man die Kontrolle.«

»Und wenn es ein Spiel war?«, fragte Trine unschlüssig. »Ein Spiel, das wir nicht kennen, das sich die Männer ausgedacht haben, wenn sie unter sich waren und getrunken hatten?«

Ein Spiel mit Schuldscheinen? Trine bestand nicht auf dieser Vermutung, die auch nur ein Ausfluss ihrer Verwirrung war.

Lange starrten sie die Namen an, die angeblich Summen bis zur Höhe von 2.000 Talern verliehen hatten.

»Unmöglich«, sagte Trine Deichmann. »Einer von uns müsste einen der Namen kennen.«

Querner unterbreitete einen Vorschlag, den man nicht ablehnen konnte. Nacheinander betraten alle einheimischen Mitarbeiter der Werft das Bureau und wurden mit den unbekannten Namen konfrontiert. Beim ersten Treffer glaubte man noch an Zufall oder Irrtum. Am Ende gab es vier Männer, die einen der Namen kannten, dreimal fiel das Erkennen auf Engelbert Kross. Beruf: Bettler. Wohnort: eine Kiste im Hafen. Anzutreffen: tagsüber vor der Schiffergesellschaft, abends in den Kaschemmen, nachts: vor den Kaschemmen und neben den Abfallhaufen. Bei den Ratten rechts.

∽≥∽

»Der da! In dem langen Mantel, der so aussieht, als ob er mit ihm die Straße gewischt hat.«

Der Zimmermann wurde fuchsig, als sich in den Gesichtern seiner drei Begleiter keine Freude einstellen wollte.

»Denkt noch einmal nach«, forderte Querner ihn auf.

»Aber wenn er es doch ist!«, rief der Zimmermann und machte Anstalten, zum Bettler zu gehen. Der stand mit einer Gruppe anderer abgerissener Gestalten neben dem Eingang zum Gasthaus und wartete darauf, eine milde Gabe zu bekommen.

»Wartet«, sagte Trine, »lasst uns erst noch andere fragen, die sich in der Stadt auskennen.« Als sie das Gesicht des Zimmermanns sah, fügte sie eilig hinzu: »Damit wir sicherer sein können, dass Euer Gedächtnis Euch nicht täuscht.«

»Ihr glaubt mir nicht«, knurrte der Zimmermann und schlurfte eingeschnappt Richtung Werft zurück.

»Er kann nicht recht haben«, sagte Trine und sah sich den angeblichen Kross an. Fünf Minuten musste sie warten, bis sie das erste bekannte Gesicht in Lumpen sah. Jedermann kannte sie als die »Detmolderin«. Trine hatte ihr zweimal helfen können, mit einem Mantel im Winter und einem Verband, als sie betrunken einen Wettlauf mit einem Fuhrwerk austragen wollte und dabei gestürzt war.

»Wer? Der? Was ist mit dem? Hat er wieder was angestellt? Sagt es mir, ich geh rüber und hau ihm eine rein. Ich mach das, der hat Angst vor mir, das kann Euch jeder …«

Sie bremsten die eifrige Bettlerin. »Nur den Namen«, sagte Trine eindringlich. »Wie heißt der Mann, auf den ich zeige?«

»Das ist Kross. Wie der Braten, wenn er lange genug im Ofen war. Wir nennen ihn so, weil er einen verbrannten Arm hat. Er sagt, er heißt wirklich so. Kross lügt viel, wenn der Tag lang ist. Soviel Reden macht durstig, ich weiß nicht, wie lange ich noch ohne Trinken überleben …«

Erfreut zog sie mit dem Almosen davon.

44

JOSEPH DEICHMANN BESASS ein Gespür für menschliche Zustände und Bedürfnisse. Als Wirt musste man imstande sein, feine Töne zu erkennen und zu unterscheiden, mit den Jahren hatte er sich in diesen Fähigkeiten ständig verbessert. So war es zu erklären, dass der Besitzer der Fluchbüchse oft schon Bescheid wusste, bevor sein Gesprächspartner die ersten Worte ausgesprochen hatte. Bei vielen Menschen war es leicht, den Braten zu riechen; bei einigen dauerte es länger; bei einer einzigen Person stellten sich Josephs Nackenhaare in die Höhe, wenn sie noch den Drücker der Türklinke in der Hand hielt.

Um das Unabänderliche, wenn nicht abzuwenden, so doch hinauszuschieben, nahm er Trine in die Arme und schwenkte sie im Kreis herum. Sie ließ sich das gefallen, und sagte, noch während sie in der Luft hing: »Du kommst mir trotzdem nicht davon.«

»Es ist so ein schöner Tag«, säuselte Joseph.

»Und er wird auch schön bleiben – vorausgesetzt, du machst keine Ausflüchte, sondern konzentrierst dich auf die Wahrheit.«

In mimischer Übertreibung wiederholte er das Wort. »Wahr-heit? Wollen wir beide ein Stündchen hinauf gehen und du bringst mir bei, was das ist, diese Wahr-heit, von der alle sprechen, besonders in der Kirche und im Gasthaus nach dem zehnten Becher Wein?«

»Ich sage dir ein Wort, und du sagst mir, was dir dazu einfällt.«

»Ist das ein neues Spiel?«

»Bist du bereit? Ich fange an: Kardamom.«

»Gesundheit.«

»Joseph, bitte. Sei jetzt ernst.«

Gehorsam zählte er alles auf, was er über das Wort wusste. Auch über die folgenden Worte Minze, Kamille, Anis, Ingwer.

»Du solltest das Spiel mit dem Ratsapotheker spielen. Der ist bei uns bekanntlich für das Konfekt zuständig.«

»Und für die Zutaten«, sagte Trine zuckersüß.

»Natürlich. Ohne Zutaten kein Konfekt.«

»Aber jetzt ist nicht die Zeit für Konfekt oder?«

»Nein, meine Liebe, das stellt er erst später im Jahr her, wenn es kälter wird.«

»Sehr gut, Schüler Joseph. Die Gewürze sind teuer, nicht wahr?«

»Nach allem, was man hört.«

»In einem gewöhnlichen Gasthaus wird nicht mit solchen Gewürzen gekocht.«

»Es sei denn, der König hat sich angekündigt.«

»Aber ab und zu gibt es einen Wirt, der über bessere Beziehungen verfügt als andere Wirte.«

»Ach, ja? Ist das möglich?«

»Joseph!«

»Ja, Frau Lehrerin. Ihr habt recht, Frau Lehrerin. Solche Wirte gibt es wohl.«

»Sie beschaffen solche Gewürze, auch wenn es nicht der König ist, der bei ihnen speist. Manchmal reicht es schon, wenn bekannte Bürger ihnen die Ehre geben.«

»So einen Wirt würde ich gern kennenlernen.«

»Hör zu, Joseph, es ist sehr wichtig, und deshalb musst du jetzt die Wahrheit sagen: Als Anna Rosländer zu uns kam, hast du da diese Gewürze besorgt? Ich weiß, was an dem Abend auf den Tisch gekommen ist, aber ich hatte nicht die Zeit, alles selbst zu schmecken.«

»Das ist gut. Deshalb hat es für alle gereicht.«

»Aber einiges war dabei, das habe ich gerochen und in der Küche gesehen, auch wenn ich nicht gekocht habe. Außerdem glaube ich mich daran zu erinnern, dass du, als ich zur Geburt musste, gerade am großen Tisch standest und den Gästen Anis vorgeführt hast. Oder etwas anderes, lenk jetzt nicht ab. Auf den Namen kommt es nicht an. Sag mir einfach, ob ich recht habe?«

»Würde dir das Freude bereiten?«

»Die Wahrheit, Joseph. Nichts als die Wahrheit. Nur die Wahrheit. Dieses stärkste aller Gewürze.«

Er wand sich so lange, bis sie ihm klarmachte, dass weiterer Widerstand zwecklos war. Joseph Deichmann hatte an dem Abend, als Anna sein Gast gewesen war, intensiv mit Gewürzen hantiert. Er hatte sie in die Hände genommen und seinen Gästen vorgeführt, weil die Tischrunde neugierig auf die Quelle von Wohlgeruch und Geschmack geworden war. Später war Trine dem Geruch erneut begegnet. Er haftete an einem Ort, an dem sich seit Längerem niemand befunden hatte, der Träger der Gewürze sein konnte. Daher verdächtigte sie die Mitglieder von Annas Tischrunde oder den Wirt, der so freundlich gewesen war, die Gewürze zu präsentieren. Sie hatte in der Fluchbüchse herumgefragt: Der Wirt war eine halbe Stunde verschwunden gewesen. Angeblich hatte er einen betrunkenen Gast nach Hause geleitet, weil ihm dessen Wohlergehen am Herzen gelegen hatte. Andererseits hatte man Trine von mehreren Seiten bestätigt, dass Annas Tischrunde vollständig geblieben war, beinahe jedenfalls. Vorzeitig aufgebrochen war nur ein Paar, nicht mehr jung und von einschüchternd gutem Ruf. Als Einbrecher waren sie undenkbar.

Wer also kam in Frage als nächtlicher Besucher im Haus von Anna Rosländer?

Trine ließ Josephs Gesicht nicht aus den Augen.

Seine ersten Worte lauteten: »Ich, ein Einbrecher? Glaubst du das wirklich?«

»Ich glaube, dass du etwas laufen hast, was du niemandem verraten hast. So musst du mit dem Verdacht leben, ein gewöhnlicher Einbrecher zu sein. Du wusstest, dass Annas Haus leer stand, du wusstest, dass du dafür nur eine Stunde brauchen würdest. Wenn man sich sputet, ist man in wenig mehr als zehn Minuten von uns bei Annas Haus angekommen. Du hattest einen Schlüssel, und ich werde herausfinden, wie du es geschafft hast, der jungen Magd den Schlüssel abzuschwatzen. Wenn sie ihre Anstellung verliert, hast du dir zu lange Zeit gelassen, reinen Tisch zu machen.«

»Du gibst mir zu denken«, entgegnete er.

»Sag es«, forderte sie ihn auf. »Ich werde es Anna sagen, sie wird Verständnis haben. Vielleicht kommst du mit einer geringen Strafe davon.«

»Was wäre das für dich, eine geringe Strafe, mein liebes Weib?«

»Du wirst sie als Gast in der Fluchbüchse empfangen. Sie wird in großem Rahmen speisen, mit vielen Gästen, mehr als einen Abend. Sie wird nach Hause gehen, ohne zu bezahlen, und du wirst sie an der Tür mit einem Handkuss verabschieden.«

»Wie bei Fürstens! Ein gut erzogener Wirt! Tu mir das nicht an!«

»Man kann seine Lippen nicht nur auf die weiche Haut junger Mägde drücken. Auch Witwen eignen sich dafür.«

»Was hältst du davon? Ich heirate Anna, und du wirst ein jederzeit gern gesehener Gast in unserem Haus?«

»Du, als Bürger? Du würdest dich zu Tode langweilen. Da könntest du ja gar nicht mehr deine dunklen Wege gehen.«

»Du hast recht. Vornehmer als ich heute bin, werde ich in meinem Leben nicht mehr werden, und will es auch gar nicht«, fügte er eilig hinzu, als zwei Augenbrauen, die nicht seine waren, in die Höhe stiegen.

Er bat um Bedenkzeit. Sie gewährte sie ihm und sagte: »Obwohl ich nicht weiß, wofür das gut sein soll. Musst du jemanden schützen? Ist es das? Hast du wieder die Arglosigkeit von jemandem ausgenutzt und musst ihn jetzt aus der Klemme herausholen, in die er ohne dich gar nicht hineingeraten wäre? Beantworte mir eine Frage: Was weißt du über den Spanier von Rosalia?«

»Spanier? Rosalia?«

»Joseph Deichmann, du hast schon besser gelogen.«

»Aber auch schon schlechter. Erinnerst du dich noch an Ostern vor zwei Jahren? In was für einer schlechten Form ich damals war? Oh, wie habe ich mich geschämt. Ich weiß, dass vieles schlechter geht, wenn man älter wird. Wie ist es mit dem Schwindeln? Lässt das auch nach?«

»Würde dich das nachdenklich machen?«

»Es würde mich ängstigen.«

45

AN DIESEM ABEND vertraute sich Anna Rosländer ihrem Gast an. Erst saß sie mit ihm auf dem Sofa und hielt seine Hände umfasst. Bald sprang sie auf und pilgerte unruhig durch den Raum.

»Ich kann nicht mehr schlafen«, sagte sie. »Ausgerechnet ich! Ich konnte immer gut schlafen, selbst in der ersten Zeit, als uns das Geschäft auf den Kopf zu stürzen drohte. Aber das lag daran, dass damals die Lage klar und eindeutig war. Jetzt ist alles verschwommen und heimlich.«

Er riet ihr, sich zu beruhigen. Sie müsse Geduld haben, alles werde sich aufklären, vor allem treffe sie persönlich ja kein Vorwurf. Sie würde alles abbekommen, was eigentlich für Rosländer gedacht sei. Aber Anna war nicht zu beruhigen.

»Bisher war es das Schiff!«, rief sie. »So unangenehm der Streit war, er war klar und eindeutig. Ich wusste, wer gegen mich war und wer für mich, weil ich wusste, wer das Schiff ablehnte und wer es begrüßte. Aber die Schuldscheine! Da kommt eine neue Farbe ins Spiel, und ich kenne die Namen nicht.«

Er erinnerte daran, dass noch vieles unklar sei. Man solle abwarten, vielleicht würde nichts passieren, dann habe man sich umsonst verrückt gemacht.

Anna blieb vor ihm stehen und sagte: »Sie wollten nicht den Schmuck und nicht das Geld. Sie wollten etwas, das viel wertvoller ist. Ihren guten Ruf! Sie haben Schuldscheine gesucht. Sie fürchten sich davor, dass bekannt wird, wer alles in Rosländers Schuld steht. Das ertragen sie nicht. Gestern noch ein ehrbarer Bürger, der aus nachvollziehbaren Gründen ein Schiffbauprojekt ablehnt. Heute ein Schuldner, der seinen guten Ruf in der Stadt nur aufrechterhalten konnte, weil er sich Geld lieh. Und von wem? Von dem, den er bei jeder Gelegenheit attackiert hat. Jeder, der bei Rosländer in der Schuld steht, wird ihn jetzt noch mehr hassen. Nein, unterbrich mich nicht. Es muss doch so sein: Die Einbrecher sind geschickt worden! Von einem oder von mehreren, die die Schuldscheine aus der Welt haben wollen. Jetzt gibt es zwei Möglichkeiten. Entweder haben sie die Schuldscheine gefunden, was ich für die bessere Lösung halte. Dann wird künftig Ruhe herrschen. Oder sie hatten keinen Erfolg, dann werden sie weitersuchen.

Das heißt: Sie werden wiederkommen, und beim nächsten Mal werden sie wütender sein und mit mehr Wut suchen. Ich habe Angst um das Haus.«

Er wusste von den acht Schuldscheinen, die sie gefunden hatte, und erkundigte sich vorsichtig, ob sich das Rätsel um die Namen der Geldgeber geklärt habe. Es gab keine neue Entwicklung. Mit einer Stimme, die nebensächlich klingen sollte, erwähnte er, dass er in den letzten Tagen mehr als einen Kaufmann gesprochen habe, Händler, Reeder, Menschen, die von Berufs wegen mit Geld hantierten. Er habe schon zuversichtlichere Gesichter gesehen.

Anna fragte: »Was willst du damit sagen? Wissen schon wieder alle Bescheid? Natürlich wissen sie Bescheid. Ich sollte nach London ziehen. Wie man hört, haben Geheimnisse dort die Chance, geheim zu bleiben.«

Er lachte: »Ich habe andere Sachen gehört. Die Engländer sind keinen Deut weniger neugierig als die Lübecker.«

»Aber es sind mehr, die Neugier verteilt sich besser.«

»Das gleichen sie durch erhöhte Neugier aus.«

»Man sollte systematisch vorgehen«, schlug er vor. »Ein Möbelstück nach dem anderen, alles leermachen, alle beweglichen Teile entfernen, an doppelte Böden und verschiebbare Rückwände denken. Alles, was massiv aussieht, könnte hohl sein. So wie ich Rosländer erlebt habe, würde ich nicht ausschließen, dass er den Fußboden als Versteck genutzt hat. Oder die Wand, die Decke, das Haus steckt voller Verstecke. Deshalb muss jedes Stück, das durchsucht wurde, an einen anderen Platz wandern. Man muss von Norden nach Süden suchen.«

»Was meinst du, was ich den Tag über mache? Jedenfalls seit dem Einbruch?«

Sie hielt den blauen Daumen der linken Hand in die

Höhe. Er trat vor sie, streichelte ihre Wangen und hauchte einen Kuss auf den blauen Daumen.

»Wie zart du sein kannst«, murmelte Anna erstaunt und betrachtete den Daumen.

»Holz ist ein empfindlicher Stoff«, sagte er lachend. »Wäre ich unempfindlich, wäre ich Bankier geworden. Oder Schlachter.«

Sie blickten sich an. Es war still im Haus. Das einzige Geräusch kam von den Kerzen. Die am Fenster knisterten, und bogen sich in der Zugluft. Ihre Hände hielten sich umfasst, etwas lag in der Luft und kein Anzeichen, dass einer von ihnen nicht bereit wäre, ihm nachzugeben.

Vor dem Haus fuhr eine Kutsche. Es war die tausendste oder zweitausendste, keine war so laut gewesen wie diese. Schreie waren zu hören, von einem Mann oder Männern und von einer Frau, einer einzigen. Jemand hämmerte gegen die Haustür, im Wohnraum war das nur zu hören, wenn Gewalt angewendet wurde. Die Tür wurde geöffnet, Stimmen wurden laut. Als die Tür vom Flur aufgerissen wurde, standen Anna und Ivanauskas so weit auseinander, wie es notwendig war.

Die Haushälterin, zornig und mit glühenden Eulen-Augen, wollte, bevor sie den Besuch ankündigte, sich über dessen Benehmen beschweren, da flog die Prinzessin schon an ihr vorbei. Ob sie versehentlich die Haushälterin anrempelte oder mit Vorsatz, war nicht zu entscheiden und im nächsten Moment auch nicht von Belang.

Denn sie rief: »Sie sagen, ich bin eine Giftmischerin! Das wird Konsequenzen haben!«

46

DIE KONSEQUENZEN WAREN fürchterlich. Nicht nur, dass
der Fürst persönlich auf dem Rathaus vorstellig wurde.
Er platzte ausgerechnet in dem Moment in den Raum
des Bürgermeisters, in dem dieser damit beschäftigt war,
den zerstörten Rahmen des historischen Bürgermeister-
Porträts zusammenzuklopfen. Während der Hammer
über dem Kopf des Amtsvorgängers schwebte, fauchte
der Fürst: »Ihr könnt also nicht nur denunzieren. Ihr seid
auch im Zerstören gut.«

Natürlich war dem Bürgermeister hinterbracht worden,
was sich über der Stadt zusammenbraute. Aber ent-
scheidungsschwach von Natur und faul aus Neigung,
hatte er beschlossen, sich mit der Causa erst zu befassen,
wenn sie ihm über die Zehen fahren würde. Dieser Augenblick war nun gekommen. In der Begleitung des Fürsten
befanden sich sein Hofmarschall und ein Mann, den er
nicht vorstellte, dem aber das Militärische und die Freude
am Gebrauch von Degen und Pistole aus allen Litzen seiner
Uniform lugten.

»Ich ersuche um ein Gespräch«, sagte der Fürst eisig.
»Vielleicht verträgt Euer Marodieren einige Minuten
Zeit.«

So sprach niemand sonst mit dem Bürgermeister von
Lübeck. Zwar hätte es den nicht gewundert, wenn sich
häufiger jemand im Tonfall vergriffen hätte, er selbst
machte es ja mehrfach am Tag. Aber hier kam verschärfend
etwas anderes hinzu: Bürgermeister Goldinger hatte Angst.
So klingelte er eilig nach Verstärkung und schämte sich, als
mit den Ratsherren Voigt und Wermelskirchen zwei wenig

Respekt heischende Kollegen herbeieilten. Spiddelig der eine, verfressen der andere, wirkten sie in dem Maße noch alberner, wie sie versuchten, etwas herzumachen, indem sie neben Goldinger Position bezogen.

Alles Folgende trug sich im Stehen zu.

Der Fürst kam sofort zur Sache, die jeder im Raum kannte. In Lübeck ging die Fama um, die Tochter des Fürsten habe einen Giftanschlag vorbereitet. Angeblich würde sie in ihrer Werkstatt neben dem Sommersitz mit Farben arbeiten, die ein Gift enthielten, dessen Verzehr den Menschen vom Leben zum Tode beförderte. Auch über den Atem aufgenommen, seien Schäden nicht ausgeschlossen.

»Ist das wahr?«, donnerte der Fürst. »Gibt es einen Kretin, der sich zu diesen Unterstellungen hinreißen ließ?«

Goldinger blickte seine Kollegen an, die blickten kraftvoll zurück.

»Ich höre«, knurrte der Fürst. »Ich höre nicht mehr lange, weil ich nämlich nicht gekommen bin zu hören, sondern um die Unterstellung aus der Welt zu schaffen.«

»Dachtet Ihr an ein Duell?«

Alle starrten Goldinger an.

»Na, das liegt doch nahe«, verteidigte der sich. »So macht man das doch unter Ehrenmännern. Das wird man doch von einem Vater erwarten dürfen, der sich für sein Kind einsetzt.«

Der Militärische ließ rasseln, was er an Metall an sich trug und rief: »Das muss aus der Welt! Sofort! Das belastet unsere Beziehungen!«

»Unsere Beziehungen«, wiederholte Goldinger. »Das werden wir am Ende ja wohl überleben.«

»Ich habe mit dem kaiserlichen Gesandten gesprochen, der gerade auf meinem Besitz Quartier nahm«, teilte der Fürst mit. »Er war für 20 Tage bei Euch angesagt. Er stimmt zu, den Besuch so lange auszusetzen, bis der Affront geklärt ist. Er lässt Euch mitteilen, dass die Stadt in der Pflicht sei, ihre Brunnenvergiftung einzustellen und sich bei der Prinzessin in aller gebotenen Form zu entschuldigen. Er stellt sich dafür einen Zeitraum von nicht mehr als einem Tag vor.«

Das hatte Goldinger befürchtet. Entschuldigen! Genau das, wozu er am wenigsten Talent besaß. Entschuldigungen sahen immer so aus, als sei man im Unrecht. Lübeck war aber nicht im Unrecht. Im Unrecht war man nur, wenn man klein und schwach war.

Glücklicherweise traf jetzt Beistand aus allen Flügeln des Rathauses ein, vor allem Ratsherren, die den Fürsten persönlich kannten und wussten, was eine Verbeugung ist.

Worum es ging, stand nicht in Frage. Seit einigen Wochen arbeitete die Prinzessin an einem monumentalen Gemälde, das später auf den Segeln des Rosländerschen Riesenschiffs für Aufsehen sorgen sollte. Anstatt sich den Pflichten eines üppig alimentierten Adels-Sprosses zu widmen, musste die Prinzessin ihre Tage damit füllen, ihr überschaubares künstlerisches Talent auf Segeltuch zu bannen. Gesehen hatte man bisher weder das Bild, das wohl gar nicht existierte, noch auch nur Skizzen. Jedenfalls waren beim Sommersitz Maler und Handwerker versammelt, die auf Stoff, der den späteren Segeln entsprach, Farben, Pinsel und Dimensionen des Bildes testeten.

Wenig später stand ein Topf mit Farbe auf dem Tisch. Er enthielt die Farbe, die Tod und Verletzungen über die Menschen zu bringen drohte. Die Farbe war eine Leihgabe des Reeders Schnabel, dem sie von einem besorgten Bürger zur Verfügung gestellt worden war.

Der Fürst ließ sofort nach seiner Tochter schicken. Während Goldinger sich insgeheim fragte, wie lange es dauern würde, zum Sommersitz und zurückzufahren, stand die junge Frau schon vor ihm. Die Verachtung in ihrem Blick raubte dem Bürgermeister den Atem. Immerhin fand er zu einer angemessenen Begrüßung, bei Frauen fiel ihm das leichter.

Endlich bat man den Fürsten und sein Kind in einen Raum, in dem in Ruhe getagt werden konnte. Dass sich hier sonst der Rat versammelte, ließ man mehrfach fallen. Doch machte das auf den Fürsten keinen Eindruck. Der Reeder Schnabel war auch zugegen. In seiner einleitenden Rede ließ er viermal einfließen, wie langdauernd und gedeihlich die Kontakte zum Fürsten seien. Offenbar besorgte Schnabel alle Geschäfte des Fürsten, bei denen Waren den Weg übers Meer nahmen.

»Ich bitte um Verständnis, dass ich den Namen nicht nennen kann, dem wir die Farbe verdanken«, fuhr Schnabel fort.

Der Fürst wollte aufbegehren, aber Schnabel zog sich geschmeidig auf das Ehrenwort zurück, das er gegeben habe. Danach berichtete er, dass ein Mitglied aus dem bunten Haufen, der der Prinzessin zuarbeitete, seit einiger Zeit unter tränenden Augen und Husten leiden würde. Als er einmal versehentlich einen Tropfen der Farbe auf die Hand bekommen habe und ihn, ohne zu überlegen, ableckte, habe er die Arbeit abbrechen müssen. Zu Hause habe er zwei Tage unter heftigen Bauchschmerzen gelitten. Zurück in der Werkstatt, sei alles von vorn losgegangen.

Die Prinzessin, die sich mühsam zurückgehalten hatte, fuhr auf: »Nennt endlich Namen, ich will das überprüfen. So kann ja jeder alles Mögliche behaupten.«

Schnabel bedauerte erneut und fuhr fort: »Die Farbe ist vielleicht gar nicht das größte Problem.«

»Sie ist in Ordnung«, protestierte die Prinzessin. »Ich lasse sie aus Holland kommen, wo die besten Farben hergestellt werden. Ich habe noch nie von einem Maler gehört, der mit den Farben nicht zufrieden war.«

»Tote Maler jammern nicht«, entgegnete Schnabel maliziös. Er wusste, wie unsachlich er war. Aber er hätte es sich nie verziehen, wenn er sich diese Bemerkung verkniffen hätte. Er hatte die Lage im Griff, alle agierten so, wie er es wollte und voraussah. Das waren die Momente, für die der Reeder Schnabel lebte.

Nun mischte sich der Fürst ein. »Was meint Ihr, wenn Ihr sagt, die Farbe sei nicht das Problem?«

»Damit meine ich, dass es der Eifer der Prinzessin ist, der uns zu dieser unangenehmen Zusammenkunft brachte.«

Innerlich jubilierend sah Schnabel, wie der Fürst nachdenklich seine Tochter anblickte. Er hatte also einen wunden Punkt getroffen. Das war die hohe Schule des Intrigierens: Finde die Schwäche des Gegners! Erinnere ihn an seine Bedenken und verstärke sie durch bloßes Erwähnen. Greife nicht ungestüm an, halte einfach den Ball im Spiel, damit sich der Gegner daran abarbeitet.

Behutsam, ohne polemische Untertöne, mit väterlicher Besorgtheit fuhr Schnabel fort. Er malte das Bild einer kunstbesessenen jungen Frau, die sich dazu hinreißen lässt, an einem umstrittenen Projekt teilzunehmen. Ohne die großen Zusammenhänge zu kennen, lebt sie nur für ihre Kunst und hat keinen Blick für das, was rechts und links neben ihr vorgeht. Vielleicht ist die Farbe ja wirklich ungesund. Was tut das, wenn man es rechtzeitig erkennt und seine Lehren daraus zieht? Vielleicht gibt es gar keine

Farben, die auf Segeltuch bei Wind und Wetter, Regen und Stürmen halten, ohne in wenigen Wochen unansehnlich zu werden? Vielleicht ist bei diesem Projekt alles ein wenig zu schnell gegangen? Vielleicht wäre Nachdenklichkeit der bessere Ratgeber gewesen? Vielleicht sollte dieser bedauerliche Vorfall den Anlass bieten, mit der Malerei aufzuhören, um in Ruhe die richtige Farbe zu suchen, damit man am Ende nicht mitverantwortlich für ein großes Unglück wird? Vielleicht ist das Einzige, das fehlt, nichts anderes als Zeit?

Die letzten Worte des Reeders entfalteten ihre Wirkung. Am liebsten wäre Schnabel an die lange Tafel gegangen, an der die Stühle standen, hätte einen Stuhl ergriffen und ihn zehnmal auf den Boden gestoßen. Das Triumphgefühl brauchte ein Ventil. Wann hatte er zum letzten Mal einen Raum voller denkender Geister dermaßen beeindruckt? Warum fanden solche Momente nicht häufiger statt? Warum nutzte er nicht häufiger die Gelegenheit, sich in freier Rede vor Publikum zu äußern? Wusste seine Frau eigentlich, mit wem sie Seite an Seite lebte?

»Möchte mein Kind etwas dazu sagen?«, fragte der Fürst.

»Farbe kann nicht den Tod bringen«, sagte die Prinzessin. Im nächsten Moment stand sie am Topf und hielt die Hand in die Höhe. Fäden ziehend, fand die braune Farbe Kontakt zum hölzernen Boden.

»Werde ich sterben, wenn ich die Farbe esse?«

Die meisten Männer machten unwillkürlich einen Schritt in ihre Richtung, dem kein weiterer folgte, als die junge Frau die Hand zum Munde hob.

»Na, was ist?«, fragte sie kampflustig. »Glaubt Ihr, ich gehe mit dem Leben meiner Freunde fahrlässig um? Glaubt

Ihr, ich opfere sie, damit ich zu Ruhm und Ehre gelange?
Antwortet mir!«

»Tochter«, sagte der Fürst mit zarter Stimme. »Macht
keine Dummheit. Das ist es nicht wert.«

»Oh doch, der Vorwurf ist schwer. Ihr seid nicht schnell
empört, aber so wie heute wart Ihr noch nie.«

»Es ist doch nur Lübeck, mein liebes Kind. Die Stadt
im Westen, über die wir uns immer lustig machen. Lübeck,
wo es nach Misthaufen stinkt und es so eng ist, dass man
nicht Atem holen kann, wo kein Licht in die Gassen fällt
und wo alles schimmelt, weil überall Wasser ist.«

»Der Gestank und der Schimmel haben ihnen aber nicht
den Mund geschlossen. Deshalb sagen sie, ich bin eine
Mörderin.«

»Aber so haben sie es nicht gesagt. Der Mann hier wird
dir das bestätigen.«

Schnabel wich den auffordernden Blicken des Fürsten
aus, solange es ihm möglich war. Leider trat dann der mit
Metall Behängte neben ihn und sorgte dafür, dass Schnabel
den Fürsten anblickte. So weit war es also gekommen! Er
sollte das Leben der Prinzessin retten! Wenn das dumme
Kind die Farbe fressen würde, würden ihn alle als Mörder
bezeichnen, obwohl sie damit angefangen hatte. So hatte
sich Schnabel die Stunde seines Triumphs nicht vorgestellt.
Immerhin war sie die Tochter des Fürsten, für sie gab es
keinen Ersatz, jedenfalls nicht auf die Schnelle. Der Fürst
war verwitwet, er hatte nur zwei oder drei Kinder, dürftig
für einen Mann, der von morgens bis abends Kinder zeugen
konnte, wenn ihm der Sinn danach stand. Vielleicht stand
er nicht. Schnabel hätte nur eine diesbezügliche Äußerung
tätigen müssen, und sie hätten ihm den Kopf vom Hals
geschlagen. Dann wäre er der erste Kaufmann gewesen,

den sie im Ratssaal im wörtlichen Sinn einen Kopf kürzer gemacht hätten.

Während er sich seinen schwarzen Gedanken hingab, sah er den Fürsten bei seiner Tochter stehen, sah, wie er auf sie einredete, mit leisen Worten, und sie hörte ihm zu. Bei Schnabels zu Hause hatte seine Frau immer schon den Raum verlassen, bevor sich der Hausherr warm geredet hatte. Der fürstliche Arm lag auf den Schultern seines Kindes, störrisch sah sie aus, wie die Bälger der Reichen und Adeligen aussahen, wenn sie ihren Willen nicht bekamen. Schnabel starrte auf den Farbfleck. Was das kosten würde, alles wieder sauber zu machen! Aber man hatte es ja, die Stadt gab gerne ihr Geld aus, um die Haufen wegzuwischen, die verwöhnte Kinder hinterließen. Dann würde eben das Ufer im Hafen später befestigt werden, es kam ja nicht darauf an, wichtig war nur, dass kleine Prinzen und Prinzessinnen wieder lachten und eine neue Stelle suchten, wo sie ihre Haufen hinterlassen konnten.

»Es ist unerträglich!«, rief Schnabel.

Alle starrten ihn an. Es war ein kurzer Moment der Unachtsamkeit, aber die Prinzessin nutzte ihn und steckte die Hand in den Mund. Die Farbe lief ihr übers Gesicht, alles sprang auf sie zu, wollte sie dazu bringen, den Mund zu öffnen, die Farbe auszuspucken, würgen sollte sie und sich vom Tod befreien. Die Prinzessin verschwand im Haufen der sie umdrängenden Männer. Schnabel, angewidert, wandte sich der Tür zu und fand sie überraschend verstellt. Der Metallträger blickte ihn an, mit einer sondierenden Kühle, die Schnabel schrecklicher fand als heiße Wut, studierte er die erst patzige, bald eingeschüchterte Miene des Kaufmanns.

»Das wird Folgen haben«, knurrte der Militärische.

»Der Fürst muss die Ehre seiner Tochter wiederherstellen. Dafür gibt es nur einen Weg.«

»Habt Euch nicht so«, entgegnete Schnabel. »Im schlimmsten Fall kriegt sie die Scheißerei. In zwei Tagen springt sie wieder mit den Reifen umher oder womit solche Kinder spielen.«

»Ihr meint die Werke in lateinischer und griechischer Sprache, die sie studiert.«

»Oder das. Griechisch, sehr beeindruckend. Das brauchen wir in unserer Welt weniger. Wir müssen ja arbeiten. Wenn wir morgens erwachen, warten keine goldenen Trassen im Ankleidezimmer auf uns. Wir scheißen auch noch selbst und lassen nicht scheißen.«

Melchior Voigt erschien an seiner Seite. »Haltet Euch zurück«, fauchte der Spiddel. »Ihr redet Euch um Kopf und Kragen.«

»Na wenn schon«, entgegnete Schnabel müde und schob den Kleinen aus dem Weg. »Ich habe die Nase voll. Die Sache wird mir zu albern. Alle Maßstäbe verschieben sich, wir kümmern uns um verzogene Gören. Als hätten wir keine richtigen Sorgen!«

Wo sich die Prinzessin aufhielt, wurde gehustet und gewürgt. Schnabel fand das würdelos. Man befand sich im Heiligsten Lübecks, rücksichtslos wurde der Ort entweiht, an dem jedem Lübecker die Knie weich wurden, weil sich hier Geist und Macht der Stadt manifestierten wie sonst nur im Hafen.

»Holt einen Medicus!«, wurde gerufen. Und: »Haut ihr in den Bauch. Sie muss erbrechen!«

Wie aufs Stichwort wurden die Türen aufgerissen. Erst erschien eine Hebamme, deren Namen man nicht kannte, kurz darauf erschien die Hebamme, deren Namen jeder kannte. Katharina und Trine Deichmann führten die Prinzessin in einen Nebenraum und duldeten einen einzigen Ratsherrn als Begleiter.

Zurück blieben ein brauner Farbfleck und neun Männer.

»Euer Kind ist in den besten Händen«, behauptete der Bürgermeister und überhörte den Schnaufer. Er kam aus der Richtung, in der Schnabel stand.

47

DAS GERÜCHT IST ein flüchtiges Wesen. Es kommt aus dem Nichts und verschwindet ins Nichts. In der kurzen Dauer seiner Existenz muss es Schwerstarbeit leisten. Ein Lübecker Gerücht hat es doppelt schwer, denn es muss die Menschen nicht nur überraschen, amüsieren und wohlig empören. Meistens soll es auch Wirkung hinterlassen, nicht irgendeine, sondern eine ganz bestimmte. Es kommt aus einer bestimmten Richtung und zielt in eine bestimmte Richtung. Der Schuss muss punktgenau treffen, er darf nicht streuen und im falschen Ziel landen. Das beste Gerücht ist eins, das gar nicht als Gerücht wahrgenommen wird, weil die Nähe zur Wahrheit so groß ist, dass man es für zutreffend hält. Sollte diese Neuigkeit sich später als weniger denn die Wahrheit herausstellen, als Gerücht eben, kommt es darauf an, wie lange es Gelegenheit hatte, in den Hirnen und Herzen der Menschen zu wirken. Erreicht diese Zeitspanne zwei Tage oder übersteigt sie noch, hat sich das Gerücht in Wahrheit verwandelt, ehern und glaubwürdig, eine Rückverwandlung ist dann unmöglich geworden. Auch rückwirkend betrachtet hat es sich nie um ein Gerücht gehandelt, sondern war von der ersten Minute an Wahrheit, wenn auch womöglich eine überraschende, an die man sich erst gewöhnen musste, was den Lübeckern bisher jedes Mal gelungen war.

Wie verhielt es sich beispielsweise mit dem, was die geübten Kehlen der Ausrufer und die leiseren, aber deshalb nicht weniger leistungsfähigen Mundwerkzeuge der Weiterträger in der Stadt verbreiteten? Die Prinzessin warnte vor dem Schiff der Anna Rosländer. Nach eingehender Prüfung von Herz, Verstand und Gewissen war sie zu dem Ergebnis gekommen, dass hier ein wahnwitziges Unternehmen ablaufe, dessen Folgen nicht abzusehen seien und Menschenleben kosten könnte. Niemand wisse, ob dieses Schiff seetauglich sei, niemand könne absehen, wie es sich bei schwerem Wetter manövrieren lassen würde. Gefahren würden überall lauern, nicht zuletzt bei den Segeln, der Lebensversicherung jedes Schiffs. Es gebe Grund zu der Annahme, dass es sich bei den Farben, die beim Rumpf und auf den Segeln Verwendung finden sollten, um Gift handelte. Wer die Ausdünstungen der Farben länger einatmete, werde Blut spucken, seine Lungen würden Blasen werfen und der Mensch werde unter schrecklichsten Schmerzen jämmerlich ersticken.

Außerdem sei nicht abzusehen, wie lange der Segelstoff die Farbe ertragen würde, bevor er beginnen würde, sich aufzulösen. Früher oder später würde das Schiff nicht mehr manövriert werden können. Ein einziges Unwetter könne den Zerfall der Segel beschleunigen, dann hätten Sturm und Wellen leichtes Spiel, der nasse Tod sei allen gewiss. Jeder

Seemann, der auf Anna Rosländers Schiff anheuerte, würde sich in unabsehbare Gefahr begeben. Konnte dies eine noch so stattliche Heuer ausgleichen? Würden die kleine Tochter und das hilflose Söhnchen des Seemanns ihren Vater jemals wiedersehen? Wie sollte die frischgebackene Witwe ihre Kinder ohne Geld durchbringen? War es nicht so, dass ein Mann, der auf diesem Schiff anheuerte, seine Kinder genauso gut gleich im Waisenhaus abgeben konnte?

Was tat Anna Rosländer, um die Menschen über die Gefahren für Leib und Leben aufzuklären – Gefahren, die ohne Annas Schiff gar nicht entstehen würden? Mussten erst Menschen sterben, damit die Witwe ihren Fehler erkannte? Oder war ihr die Genugtuung, ihren verstorbenen Mann zu rächen, wichtiger als das Leben unschuldiger Kinder?

∽⸱⸱∽

»Das habe ich nie gesagt! Das habe ich noch nicht einmal gedacht! Mein Vater wird der Stadt den Krieg erklären!«

Blass und zornbebend stand die Prinzessin in Hedwig Wittmers Studierstube. Die anwesenden Frauen fürchteten, dass sie jeden Moment umkippen könnte. Aber es war nicht möglich, den Zorn zu umgehen. Er musste aus dem Menschen heraus, weil er ihn sonst von innen zerfressen würde.

»Nun mal mit der Ruhe«, sagte Sybille Pieper. »Wenn hier einer den Krieg erklärt, dann wir.«

»Wir?«, fragte die Frau des Brauers. »Wieso wir?«

»Weil sie das von uns erwarten. Also zeigen wir ihnen, dass sie sich nicht geirrt haben.«

»Wir wollen keinen Krieg«, betonte Trine Deichmann, »egal, wer ihn erklärt.«

Erneut erzählte die Prinzessin, was sich im Rathaus abgespielt hatte, bevor die Hebammen gekommen waren und sie dazu gebracht hatten, die schlecht schmeckende Farbe auszuspucken.

»Ich habe kein Wort über das Schiff gesagt«, erklärte die Prinzessin. »Kein einziges Wort. Die Männer übrigens auch nicht. Darum ist es gar nicht gegangen.«

»Oh doch«, korrigierte sie Hedwig. »Das schwingt immer mit. Und jetzt haben sie wieder einen Treffer gelandet.«

»Aber es ist nicht wahr!«, begehrte die junge Frau auf. »Ich stelle das richtig. Ich will nicht, dass ich wie eine dastehe, die gegen unsere Freundin spricht.«

»Zu spät«, sagte Hedwig. »Das Falsche ist in der Welt. Wir kriegen den Korken nicht mehr in die Flasche.«

»Ich will wissen, wer das war«, knurrte die Prinzessin.

»Und wenn du es weißt, was willst du mit ihm anstellen?«

»Das überlege ich mir noch. Aber es muss eine harte Strafe sein. Das kann so nicht bleiben. Mein Vater erklärt der Stadt den Krieg und dann ...«

»... dann werdet Ihr erleben, in welcher Geschwindigkeit Lübeck Legionäre einkauft. Eine Stadt, die es mit Schweden aufnimmt, wird es auch mit Eurem Vater aufnehmen, wenn Ihr mir die Offenheit nachsehen wollt.«

Die Prinzessin hatte an 50 oder 60 Männer gedacht, die aus den umliegenden Dörfern zusammengekauft würden, um dann vereint mit Mistgabeln, Speeren und viel Gebrüll gegen Lübeck loszuziehen. Dass Lübeck es schaffen könnte, die zehnfache oder 20-fache Menge einzukaufen, daran hatte sie bisher nicht gedacht. Dass Lübeck reich genug war, um die 500-fache Menge einzukaufen, erzählte ihr niemand, und das war für ihren Seelenfrieden auch gut.

Lange rang die Prinzessin mit sich, bevor sie sagte: »Wenn sich alles so verhält, wie Ihr sagt, dann bedeutet das ja, dass jeder Lübecker jede Lüge ausgießen kann, und man wird ihm glauben und niemand kann sich dagegen wehren.«

»Ihr drückt es sehr prononciert aus, aber recht habt Ihr jedenfalls«, erwiderte Hedwig Wittmer. »Wer sich bei uns auskennt, wer die Kanäle kennt, in die man das, was man loswerden will, einspeist, der wird Erfolg haben. Er sollte nur nichts lancieren, was sich komplett gegen Lübecker Denken richtet. Dann wird der Lübecker bockig, das wird er nicht schlucken. Aber wenn man die herrschende Denkungsart im Auge behält und fähig ist, sich in das Lübecker Denken einzufühlen, wird der Erfolg nicht ausbleiben.«

»Alles, was gegen Anna Rosländer gerichtet ist, wird Erfolg haben«, stellte Trine Deichmann klar.

Sie sprach nicht über ihren Irrtum. Dass sie geglaubt hatte, nach dem Skandal mit der falschen Pest würden die Lübecker Ruhe geben. Sie war davon ausgegangen, dass sich das Interesse der Menschen ein anderes Ziel suchen würde. Es war ja nicht so, dass Lübeck in den letzten zwei Monaten eine tote Stadt gewesen wäre. So viel war passiert: Im Hause Delf lebte nur noch einsam der junge Vater, seitdem Mutter und Kind zu ihren Eltern gezogen waren, weil einiges über den Vater herausgekommen war, das besser unter der Decke geblieben wäre. Im Hafen hatte ein Arbeiter bei einem Streit nach reichlich Alkoholgenuss eine Hand verloren, hatte die Hand aufgesammelt und war mit ihr durch die halbe Stadt gelaufen, bevor er durch Schock und Blutverlust zusammengebrochen war. Vor dem Waisenhaus waren zwei Kinder unter ein Fuhrwerk geraten. Der Müller hatte nicht einmal angehalten und später behauptet, nichts bemerkt zu haben. Dabei hatte er noch ein drittes Kind überfahren, das sich ihm in den Weg gestellt hatte, um ihn zu stoppen. Der Bischof hatte Banditen, die eine Kapelle im Osten leergeräumt hatten, ihr Diebesgut abgekauft und musste sich nun gegen den Vorwurf verteidigen, mit ihnen unter einer Decke zu stecken. Ein Weinhändler hatte es geschafft, innerhalb von zwei Jahren drei Geschäfte in den Ruin zu treiben. Nun hatte er den Vater eines Mädchens wegen Körperverletzung verklagt, weil der auf den Heiratsantrag des Pleitiers rabiat reagiert hatte. Ein Rattenjäger war zweimal vom Dach eines Hauses gesprungen, weil er eine himmlische Vision empfangen hatte, die ihm die Kunst des Fliegens verhieß. Wenn sein Beinbruch ausgeheilt sein würde, wollte er einen Kirchturm in Angriff nehmen. Zwei junge Adlige hatten sich auf den Wiesen im Osten um die Tochter des größten Lübecker Bäckers duelliert. Sie hatten sich gegenseitig jeweils eine Hand verstümmelt und waren weiter aufeinander losgegangen, in jeder gesunden Hand einen Degen. Die Bäckerstochter hatte beide am Krankenlager besucht. Als man ihnen das hinterbrachte, hatten sie sich nachts im Flur des Krankenhauses so lange geprügelt, bis sie in den Arrest geworfen wurden. Der Bäcker hatte seiner Tochter eine Woche gegeben, um sich einen Ehemann auszusuchen, egal wen. Sie hatte sich für einen Künstler entschieden und war daraufhin enterbt worden. Nun dichtete man ihr eine Affäre mit dem zweitgrößten Lübecker Bäcker an, der seit einem viertel Jahr verwitwet war. Auch sein fast erwachsener Sohn hatte sich wohl Hoffnungen auf die Schöne gemacht. Zurzeit ließen Vater und Sohn von einem Advokaten prüfen, ob sie als Blutsverwandte im Duell gegeneinander antreten konnten.

Das waren lokale Petitessen, wegen der sich die Lübecker vor einem halben Jahr das Maul zerrissen hätten. Jetzt krähte kein Hahn nach dem Schicksal der Bäckerstochter. Dass es zwei Hebammen gewesen waren, die der Prinzessin im Rathaus das Leben gerettet hatten, wurde auch nur nebenbei bemerkt.

Lübeck kannte nur noch ein Thema. Und weil der Bau des großen Schiffs viele Monate dauern würde, deutete alles darauf hin, dass man mit Anna Rosländers Rachefeldzug gut über den Winter kommen würde.

Im Verhältnis zu der Witwe hatte sich etwas geändert. War sie in den ersten Wochen allgemein gemieden worden, hatten die Lübecker bald erkannt, dass sie sich damit ins eigene Fleisch schneiden würden. Mit Anna Rosländer nicht zu sprechen, bedeutete, auf die wichtigste Auskunftsperson zu verzichten. Diesen Luxus wollte man sich nicht länger leisten. So waren es die direkten Nachbarn, die begannen, die Witwe wieder zu grüßen. Es kam der Tag, an dem vier Männer ihre Hüte für Anna lüfteten. Bald schwenkte die Nachbarstraße um, bald standen Diener vor der Haustür und brachten Körbe, Waren, Flaschen, Kostproben – mit herzlichen Grüßen vom Absender. Konfekt für Anna Rosländer wurde in der Ratsapotheke zu einem wichtigen Posten. Der Bote verliebte sich in die Magd Rosalia und stürzte vor Schreck zwei Stufen rückwärts aufs Pflaster, als sie ihn zum ersten Mal anlächelte, nachdem er zuvor tagelang nur in den Genuss eines muffigen Gesichts gekommen war – was ihn indes auch schon sehr entzückt hatte.

Bald fand der Erste den Mut, Anna zum Bau des Schiffs zu befragen. Er war auf eine harsche Abfuhr gefasst, aber einer musste den Anfang machen, und Annas Antwort fiel zwar kurz, aber keineswegs unversöhnlich aus. Die Nachricht fegte schneller durch die Gassen als der kalte Ostwind, den die Mecklenburger in diesen Tagen nach Lübeck schickten. Innerhalb weniger Tage war Anna Rosländer mit Lübeck wieder im Gespräch. Natürlich roch sie den Braten, aber sie war auch erleichtert, nicht mehr in jedem Gesicht auf der Straße einen Gegner wittern zu müssen.

Auf der Ebene der wichtigen Männer blieb die Abneigung unverändert, ihre Frauen und deren Personal verhielten sich solidarisch, wenngleich auf der Ebene der dienstbaren Geister beileibe kein Schweigen herrschte.

Es war die Blumenfrau vom Markt, die ein neues Kapitel in der langen Geschichte des Schiffbaus aufschlug. »Wie soll es denn heißen, Euer Traumschiff?«, fragte sie die Witwe und lächelte erwartungsvoll mit allen verbliebenen sechs Zähnen.

48

AM SELBEN ABEND trafen sich die Frauen bei Hedwig Wittmer. Anna hatte sich noch nicht wieder beruhigt. »Ich baue ein Schiff, ich trage Zwietracht in die Stadt, aber ich habe keinen Namen. Wie ist das anders zu erklären als mit meiner Dummheit?«

»Das müsst Ihr Euch abgewöhnen«, riet Sybille Pieper. »Ein Mann würde sich nie fragen, wie sehr seine Dummheit dazu beigetragen hat, dass etwas scheitert. Ihr seid zu verzagt.«

Was man von Sybille Pieper nicht sagen konnte. Seitdem sie für die Treffen im Hause Wittmer jedes Mal von einer Kutsche abgeholt wurde, hatte sie begonnen, ihr Leben zu genießen. Auch heute hatte sie sich in Jüttes Namen für die Grüße bedankt, die ihr die Frauen beim letzten Treffen aufgetragen hatten. Trine Deichmann hatte die gute Seele des Salzhauses Schelling bestimmt schon vier Wochen nicht mehr gesehen und auch davor seltener als zu manchen Zeiten. So konnte es gehen: Manchmal lief man sich dreimal am Tag über den Weg, manchmal sah man sich lange nicht.

Ludowica war heute nicht anwesend. Angeblich traf sie sich mit einem Reeder, für den sie eine Besatzung zusammenstellen sollte.

Jede Frau besaß ihre eigenen Vorstellungen vom Namen des neuen Schiffs. Sybille Pieper sagte: »Der Kahn muss Adler von Lübeck heißen wie der Riese aus dem letzten Jahrhundert.«

Aber Anna Rosländer fand diese Vorstellung nicht reizvoll, zumal sie nichts mit der alten Adler verband. Sie wollte den falschen Gedankenschluss vermeiden, dass Gemeinsamkeiten vorlägen, wo es keine gab.

So begann unvermittelt ein Hauen und Stechen um einen Namen. Jede Freundin brachte ihre Lieblingsnamen ein, zuerst kamen alle dran, die auch Menschen trugen. Adalbert von Lübeck wurde herzhaft belacht und zu den Akten gelegt. Der Zusatz von Lübeck galt als akzeptiert, Schnabel von Lübeck nicht, Sybilles wie nebenbei vorgetragene Pieper von Lübeck ebenso wenig.

Man kam zur Tierwelt und war sich einig, dass es schon etwas handfester als Kaninchen sein musste. Überhaupt sollte der Name einen positiven, rechtschaffenen Beiklang besitzen, so fielen Schädlinge und kleine Lebewesen unter den Tisch. Auch Nutzvieh fand keine Freunde, ebenso wenig wie Tiere, die nur weitab vom Meer vorkamen. Die Möwe kam und ging, aber bei den Vögeln hielten sie sich länger auf. Erst bei denen, die in der Wirklichkeit lebten, dann drangen sie zu den Lebewesen der Sagen vor. Drachen von Lübeck – wohl kaum. Seltsam, wie auch hier immer wieder die Pieper von Lübeck auftauchte und weggebissen werden musste.

Es war eine Frage der Zeit, bis sie zu den Göttern vorstoßen würden. Sie begannen mit der Bibel, aber die alten Namen klangen katholisch, und keine der Frauen verspürte das Bedürfnis, in dieser Natur zu wildern. Anna Rosländer besaß Bücher, die sich den fremden Kulturen widmeten. Sie hatte die Werke mitgebracht. Zusammen mit Hedwigs Handbibliothek verfügte man über einen Schatz, der darauf wartete, geplündert zu werden.

Erst als sie die Liste der Göttinnen nach ihrer regionalen Herkunft sortierten, wurde ihnen bewusst, dass sie sich nur in der römischen und griechischen Welt bedient hatten. Das erschien nicht falsch, aber Trine sagte: »Dem großen Schiff werden alle Meere der Erde offen stehen, aber häufiger als jedes andere Gewässer wird es das Baltische Meer befahren. Lasst uns sehen, ob wir hier fündig werden.«

Sie lasen sich in die Märchen und Geschichten der Balten, Finnen, Lappen und Germanen ein. Sie fanden Sagen aus Sibirien und Polen, und weil sie so schön im Schwung waren, dehnten sie das Baltische Meer ein wenig aus und sammelten keltische und englische Namen ein.

Danach musste dringend gegessen werden. Die Haushälterin bekam spitz, was auf dem Programm stand und hielt mit ihren Vorschlägen nicht hinterm Berg. Rosalia tauchte auf und sang das Loblied spanischer Altvorderen.

Unter der Hand drohte alles auszuufern. Dagegen half ein harsches Vorgehen. 40 Namen standen auf dem Papier, von dem Anna Rosländer sagte: »Einer von denen wird's. Oder es wird Pieper von Lübeck.«

Stete Zufuhr von Konfekt und Honigbrot sowie der eine oder andere Becher mit hochgeistigem Inhalt feuerten die Namensgeberinnen an. Ein Name nach dem anderen wurde gestrichen. Ständig gingen Arme in die Luft, um pro und contra anzuzeigen.

Am Ende ging es noch um Amerella, Barbelina, Kapu Mate, Matergabiae, Meza Mate, Madder-Akka, Paivatar, Rauni, Vellamo, Achtland, Andraste, Biddy, Ceibhfhionn (weil Sybille den Namen nicht auszusprechen vermochte), Coventina, Gentle Annie, Melusine, Nessa, Rhiannon.

Weitere Wahlgänge verkleinerten die Liste, aber zu lang blieb sie immer noch. Es war Hedwig, die die verbliebenen Namen danach sortierte, ob sie einen Bezug zu Meer und Seefahrt aufwiesen. Alle, die von Herkunft oder Bedeutung eine Nähe zu Gebieten wie Tod, Rache, alten Frauen oder Vulkanen aufwiesen, hatten sich damit erledigt.

Am Ende umfasste die Liste noch zehn Namen. Alle waren erschöpft, Trine plädierte für Vertagung mit den Worten: »Uns fehlt ein zweiter Kopf. Oder ein dritter.«

Sie starrte die Freundinnen an, das Lächeln, das sich auf ihrem Gesicht abbildete, hatte man selten bei Trine gesehen. Für ihre Verhältnisse konnte es nicht anders als frech bezeichnet werden. Erst weigerte sie sich, ihre Gedanken zu verraten, doch die anderen ließen nicht locker. So sagte Trine:

»Warum lassen wir nicht die Lübecker entscheiden?«

Die Überraschung bei den Zuhörerinnen war körperlich spürbar.

»Bisher war es üblich, dass der Eigner des Schiffs den Namen bestimmt. Deshalb waren sich die Namen so ähnlich, weil sie entweder nach dem Namen der Kinder oder der Frau auswählten oder am Ende bei Möwe und Adler landeten. Jedenfalls war die Namensgebung stets Privatsache. Lasst sie uns öffentlich machen. Laden wir Tausende von Lübeckern ein, sich mit uns den Kopf zu zerbrechen.«

»Aber wozu soll das gut sein?«, fragte Sybille Pieper. »Wer findet es denn gut, wenn er denken muss? Und was kriegt er dafür?«

»Daran hatte ich noch gar nicht gedacht«, gab Trine zu. »Wir veranstalten eine Lotterie. Wie soll Anna Rosländers neues Schiff heißen? Unter denjenigen, die den Siegernamen vorgeschlagen haben, wird ein Gewinner ausgelost. Er darf ein Jahr umsonst mit der Kutsche fahren.«

»Oder er wird ein Jahr von mir kuriert«, rief Sybille.

»Es soll ja ein Preis sein und keine Mutprobe«, lästerte Hedwig.

»Ich schenke dem Sieger eins meiner Bilder«, rief die Prinzessin und bewies damit, dass sie zwar leicht erzürnt, aber auch schnell wieder versöhnt war.

Hedwig spendierte ein Fass Bier, Trine schenkte dem Sieger auf Josephs Kosten ein Essen für 20 Personen. Nur Anna Rosländer hielt sich bedeckt.

»Ich weiß nicht, ich weiß nicht«, murmelte sie. »Entweder ist Trines Vorschlag eine Schnapsidee oder er ist zu klug für jemanden wie mich.«

»So holen wir alle ins Boot«, sagte Hedwig Wittmer. »Wer sich Gedanken darüber macht, wie das Schiff heißt, wird es nicht mehr hassen. Und wenn es unter dem Namen fährt, den die Mehrheit vorgeschlagen hat, ist es nicht mehr möglich, ihn zu denunzieren. Das ist eine geschickte

Lösung. Das Einzige, was von Euch verlangt wird, Anna, ist die Größe, auf Euer Vorrecht zur Namensgebung zu verzichten. Überschlaft es, aber denkt daran: Trines Vorschlag ist hervorragend!«

Hedwig Wittmer war außer sich vor guter Laune. Immer wieder kam sie im weiteren Verlauf des Abends darauf zu sprechen, während die anderen Frauen Anna die Gelegenheit geben wollten, über den Vorschlag in Ruhe nachzudenken.

Anna brach auf eine Weise auf, die allen überstürzt vorkam. Die Frauen gaben sich Mutmaßungen hin, ob sich die Witwe überfahren fühlen könnte. Aber sie war es ja gewesen, die das Treffen anberaumt hatte, um über eben dies zu reden: den Namen des Schiffs.

»Vielleicht ist sie heimlich entschlossen, es Rosländer zu nennen«, sagte die Prinzessin. »Sie sucht nur nach einem Weg, es uns beizubringen.«

»Wenn sie diesen Namen wählt, wird es nie aufhören«, sagte Sybille Pieper. »Dann werden sie dem Schiff ihre alten Kähne entgegenschicken, bei denen sich eine Reparatur nicht mehr lohnt. Sie werden die Kähne von dem großen Schiff in Grund und Boden bohren lassen und Ersatz für den Schaden verlangen.«

Vor einem Monat hätte Trine Deichmann diesen Gedanken noch abwegig gefunden, eine verquere Bemerkung, auf die nur Sybille Pieper verfallen konnte. Heute sah sie das anders. Wenn das Schiff gegen den Willen der Lübecker gebaut werden würde, gab es keine Garantie, dass der Widerstand am Tag des Stapellaufs beendet sein würde. Im schlimmsten Fall könnte daraus eine unendliche Geschichte werden, ein Giftstachel, so quälend, dass Anna keine Freude an ihrem Schiff haben würde.

»Es muss einfach klappen«, rief Hedwig Wittmer. Ein Arbeiter, fast so breit wie hoch, hatte inzwischen ein kleines Fass hereingetragen, aus dem Hedwig frohgemut ein Glas nach dem anderen zapfte. Ein Nein wurde nicht akzeptiert, längst redete die Frau des Brauers laut und lustig. Vor den Karten stehend, wies ihre rechte Hand die Wege, die das Schiff nehmen würde. Sie stellte mehrere Routen zur Auswahl, jede einzelne führte sehr, sehr weit.

»Aber da ist die Welt zu Ende«, murmelte Sybille Pieper eingeschüchtert. »Keiner weiß, was ihn dort erwartet. Wer wird so dumm sein, wissen zu wollen, was dort ist?«

»Ich bin so dumm!«, rief Hedwig. »Deshalb finde ich das große Schiff so notwendig. Wir sollten aufhören, bei dem Schiff immer nur an einen Lastkarren zu denken, der Fässer und Holz und Salz von einem Hafen zum anderen fährt. Das Schiff transportiert viel mehr: Menschen und ihre Neugier, kluge Menschen, die über die Erde nachdenken und alles wissen wollen, was wir heute noch nicht wissen.«

Ihre Arme begannen vor der Karte zu kreisen, so außer sich hatten die Frauen ihre Freundin noch nie erlebt.

»Ich glaube nicht, dass das alles ist!«, rief sie. »Unser Lübeck und das Land rings herum. Das große Land im Osten, Afrika unter uns und alles, was dort drüben liegt. Amerika! Vor 100 Jahren gab es für uns kein Amerika. Jetzt berichtet uns jedes Schiff, das von dort zurückkehrt, wie groß es dort ist, wie einsam und weit und schön und aufregend. Wir wissen noch überhaupt nichts, es fängt alles erst an. Wie viele Menschen kennt ihr, die in Afrika waren? Und ich meine jetzt keinen Seemann, der in Alexandria an Land gegangen ist, um zu sehen, ob die Huren von Alexandria schöner sind als unsere. Was weiß er, wenn er zurückkommt? Gar nichts weiß er, denn Afrika ist größer als Alexandria, das nur der Zipfel im Norden ist. Stellt euch vor, es würde noch ein Land geben, wo niemand von uns jemals war!«

»Noch eins?«, fragte Sybille so skeptisch, als würde ein fliegender Händler versuchen, ihr etwas Nutzloses zu einem überteuerten Preis anzudrehen. »Wozu noch eins? Wir haben doch alles, was wir brauchen.«

»Nein, Sybille«, rief Hedwig und packte die verdutzte Heilerin an den Schultern. »Gar nichts wissen wir. Eine Reise ist gar nichts, sie ist das Gleiche, als wenn du beim Essen den Mund öffnest. Aber der Löffel ist noch nicht im Mund, du bist noch ganz am Anfang. Du musst noch 1.000 Reisen unternehmen, denn dort leben Menschen mit ihren Sprachen und Kleidern, mit ihrer Medizin und ihrer Art, mit anderen Menschen Umgang zu pflegen. Das müssen wir alles erst kennenlernen. Was wissen wir von den Menschen drüben im südlichen Amerika, außer dass sie Gold besitzen und sich von den Spaniern töten lassen, ohne sich zu wehren? Wir wissen nichts, aber die Erde ist voller Wissen, das Menschen sucht, die es kennenlernen wollen. Was weiß ich denn von der Erde? Wo war ich außer in Lübeck und zweimal bei den Dänen? Ich bin mit dem Schiff hinter Rügen gewesen und die Reise nach London mit Wittmer werde ich nie vergessen. Aber die Dänen und Rügen und London sind nichts weiter als drei kleine Punkte auf der Karte, die die Erde zeigt. Die meisten Menschen kommen in ihrem Leben nie aus ihrem Dorf heraus, und wenn sie die Türme von Lübeck sehen, glauben sie, sie haben das Paradies erreicht. Wir sind klüger, wir wissen, dass im Paradies viele Stinkstiefel leben. Das ist es, was ich bei meinem Holden nie begreifen werde: wie wenig neugierig er ist. Er ist ein liebevoller Vater und als Ehemann kann ich mir keinen besseren wünschen. Sogar sein Bier schmeckt besser als das meiste andere. Aber irgendwo gibt es ein Bier, das wir noch nie getrunken haben. Vielleicht gibt es das Bier noch nicht, vielleicht gibt es nur den Mann, der es brauen könnte oder die Frau, die es brauen könnte. Sie muss uns erst treffen und unsere Maschinen, die Gerste, die richtige Temperatur. Wir müssen uns alle erst noch treffen, es hat noch gar nicht angefangen. Einer wohnt in Lübeck, der andere wohnt in Afrika, einer wohnt in Rostock, der andere hinter dem Wasser in Amerika. Das Problem sind die Entfernungen. Das Buch, das ich am liebsten lese, vielleicht steht es in Persien und nicht in Lübeck. Was weißt du, Trine Deichmann, davon, wie die Chinesen ihre Kinder bekommen? Wer sagt unserer Malerin, dass sie in Amerika Farben haben, die wir nie gesehen haben? Und Leinwände, die wir nie berührten? Was wäre, wenn es einen Ort auf der Erde gäbe, wo sie die Pest besiegt haben? Und einen anderen Ort, wo sie die Zeit anhalten und es ist so lange Tag, bis sie wieder Lust darauf haben, dass es dunkel wird? So vieles ist möglich, was keiner von uns jemals gedacht hat, und alles, was wir brauchen, ist unsere Neugier und ein Schiff, das stark genug ist, um uns dorthin zu bringen. Und danach, das wäre nett, wieder zurück nach Lübeck, wo meine Heimat ist.«

Sie trat an den Tisch, stürzte das Bier in die Kehle und nahm das neue Glas, das ihr Sybille entgegenhielt.

»Ich habe mich immer für neugierig gehalten, wisst ihr. Ich war überzeugt, dass ich noch vieles vor mir habe. Dann fingen wir an, über Annas Schiff zu streiten, und plötzlich habe ich gemerkt, dass ich ohne dieses Schiff verloren bin. Denn ich hätte gar nichts getan, gereist wäre ich nicht, gelesen hätte ich nicht, Menschen getroffen hätte ich nicht, die sich auf der Erde auskennen, ich hätte nur geträumt, einmal im Monat, still für mich, ich wäre eingetrocknet, jeden Monat etwas mehr, und eines Tages wäre ich alt gewesen, und alle hätten mir bestätigt, dass es ein gutes Leben war, und ich hätte es geglaubt, weil ich ja eingetrocknet bin. Dann kam das Schiff, jetzt bin ich frisch und überdreht. Ich trinke zu viel und weiß nicht recht, wie ich euch klarmachen soll, warum ich so aufgeregt bin. Das Schiff ist noch nicht fertig, aber ich stehe schon im Hafen und sitze auf den beiden Kisten, die ich auf die Reise mitnehmen werde, denn ich schaffe es nicht, alles in eine einzige Kiste zu stopfen.

Annas Schiff erinnert mich an alles, was ich vergessen hatte. Vielleicht ist es für sie nur ein Schiff, das Waren von einem Hafen zum anderen bringt. Mein Schiff fährt viel weiter, einmal um die Erde, und wenn ich Glück habe, tauche ich auf der anderen Seite tatsächlich wieder auf. Ganz traue ich dem Frieden noch nicht, aber ich bin neugierig, ich will es ausprobieren, ich freue mich auf die Erde, die hinter Lübeck liegt. Nicht weil ich etwas gegen Lübeck hätte, sondern weil ich noch so viel sehen will. Meine Eltern haben ihr Leben lang in Stralsund gelebt, und als sie endlich mit dem Boot nach Hiddensee fuhren, haben sie sich so sehr erkältet, dass sie nie mehr eine Reise unternahmen. Für sie waren ihre schmerzenden Lungen die gerechte Strafe für ihren Ungehorsam. Sie haben sich gefügt, ich will mich nicht fügen. Ich bin neugierig. Die Pastoren sagen uns, wir sollen das nicht sein. Die Tischherren reden und reden und sagen doch kein Wort. In den Klosterschulen bereiten uns Schwestern darauf vor, ein stilles Leben zu führen, und wenn wir sterben, hinterlassen wir keine Spur. Ich finde diese Vorstellung furchtbar. Jeder räudige Köter kratzt in seinem nichtsnutzigen Leben wenigstens ein paar Löcher. Jeder Floh ist so stark, dass wir uns kratzen müssen. Aber wir Frauen hinterlassen keine Spuren. Würden wir keine Kinder bekommen, könnte man jede von uns totschlagen, und nichts würde fehlen.

Dann kam Annas Schiff, ich bin so aufgeregt und werde jedem meine Nägel durchs Gesicht ziehen, der mir das Schiff wegnehmen will. Es gehört Anna nicht allein, es gehört mir genauso gut wie ihr. Und Trine, und unserer Prinzessin, die die Zukunft ist und die Welt sehen muss, weil sie sonst nicht weiß, was sie noch alles malen kann. Selbst unsere gute Sybille braucht die Häfen, die wir alle nicht kennen. Niemand ist jemals gereist und leerer zurückgekehrt. Aber viele sind nie aufgebrochen und immer leer geblieben. Nur weil man nicht weiß, wie leer man ist, lebt man längst nicht besser. Gottvertrauen und Demut machen klein und flach. Aber die Erde geht auch in die Höhe und Ferne. Und wenn dazwischen Wasser ist, brauchen wir ein Schiff, das uns trägt. Manchmal denke ich, was wir brauchen, ist eine Besatzung, die nur aus Frauen besteht. Für unser Schiff der Frauen, und wenn wir 600 gefunden haben oder 700, machen wir die Leinen los und fahren dorthin, wo der Wind uns hinführt.

Gib mir noch ein Bier, Sybille am Fass. Eigentlich wollte ich das alles gar nicht sagen, denn ich hatte Angst, Ihr könntet Euch langweilen. Aber es sind genau die Worte, die mich anfüllen. Jetzt müsst Ihr Euch das alles anhören und dürft gerne über mich lachen, weil ich die verrückte Frau vom Brauer bin. Aber es ist das Schiff, das Schiff hat mich dazu gebracht.«

49

GREGOR THEUERKAUFF LEGTE die Hände auf den Papier-
stapel und drückte sich von der sitzenden in die stehende
Position. Der Schreiber, der vor ihm stand, wurde zum
vierten oder fünften Mal Zeuge der Übung. Doch war
das für ihn kein Grund, um dem Folgenden gelassen ent-
gegenzusehen. Er wusste, was passieren würde und sah
keine Möglichkeit, dem schmerzhaften Erlebnis auszu-
weichen.

Theuerkauff eröffnete die Kampfhandlungen mit den
Worten: »Wie lange kennen wir uns schon? Zwei Jahre?
Sind es noch mehr? Wart Ihr schon auf der Welt, als wir
uns kennenlernten?«

Der Schreiber spürte den Tropfen, der sich vom Nacken
den Weg entlang der Wirbelsäule suchte.

»Gut«, fuhr Theuerkauff fort, »dann wollt Ihr die Güte
haben, mir zu erklären, was das hier ist. Nein, ich meine
nicht meinen Finger mit dem sauberen Nagel, ich meine
das darunter. Ich halte es für einen Fliegenschiss. Für was
haltet Ihr das?«

»Das ist eine 2.«

»Eine 2, schau einer an, eine 2. Wollt Ihr mir erklären,
worin der Unterschied zwischen einem Fliegenschiss und
Eurer 2 besteht?«

»Meine 2 sieht aus wie eine 9. Aber nur auf den ersten
Blick.«

»Richtig. Weil sie auf den zweiten Blick aussieht wie
ein Fliegenschiss. Geschissen von einer Fliege, die sich
gedacht hat: Scheißt du heute zur Abwechslung keinen
Haufen, sondern eine 9.«

Der Schreiber sagte: »Eine 2.«

Die linke Hand Theuerkauffs verwandelte das Blatt in eine Papierkugel.

»In unserem Haus bestehen Regeln für das Aussehen von Zahlen«, knurrte Theuerkauff. »In einer Bäckerstube würde ich das für übertrieben halten. Bei uns sieht die Lage anders aus. Denn ...«

Auffordernd winkte er dem Schreiber zu. »... denn wir sind eine Versammlung von Advokaten, die mit der halben Welt in Kontakt steht«, sagte der Schreiber auf. »Wir korrespondieren in sieben Sprachen, wir können uns nicht erlauben, undeutliche Zahlen zu schreiben.«

Theuerkauff klatschte Beifall. »Es geht doch«, sagte er, »sollte an Euch ein Dichter verloren gegangen sein?«

»Nein, Herr. Ich bin ein Schreiber, der sich zurückziehen möchte, um eine Stunde die 2 zu üben, bis die Knochen krachen.«

Theuerkauff liebte es, wenn andere Menschen seine Worte wiederholten. Da der Schreiber auch die Strafe für liederliche Zahlen kannte, entließ ihn Theuerkauff mit einer Geste, mit der man Straßenköter aus dem Weg wedelt.

Dieser Schreiber war einer der besten, die der Advokat Theuerkauff jemals beschäftigt hatte. Dreisprachig, kenntnisreich im Archiv, vertraut mit allen Ansprechpartnern im Rathaus, wieselflink im schriftreifen Formulieren von Briefen, gab es außer seinen liederlichen Zahlen nichts an ihm auszusetzen. Theuerkauff war froh über diese Schwäche, er wollte nicht in einer Firma arbeiten, in der es außer ihm einen zweiten Menschen gab, der perfekt war.

Gregor Theuerkauff war für das städtische Rechtswesen das, was der Hering für das Meer war: die Lebensgrundlage. Er und seine Angestellten brachten alles in eine rechtlich einwandfreie Form, was der gefräßige Lindwurm Rathaus ausspuckte. Alle Bereiche des städtischen Lebens bedurften einer Instanz, die ihnen durch Schriftform Dauer und durch rechtlich unantastbare Behandlung Sicherheit verlieh. Theuerkauff war der Mann, der auf allen Feldern fehlerfrei spielte. Römisches Recht, Landesordnungen, Abgaben, Abtretungen, Geschäftsbedingungen, Bußen, die diversen Codexe, Darlehen, Güterrecht, Scheidungen, Erbrecht und jede juristische Spitzfindigkeit, die im Geschäft zwischen Kaufleuten von Belang sein konnte – Theuerkauff kannte das meiste, und was er nicht kannte, wusste er sich an Kenntnis zu beschaffen, ohne als unwissend dazustehen.

In einer Hafenstadt kam man nicht mit dem Recht des jeweiligen Landes aus. Wiederholte Aufenthalte in Dänemark, Schweden und Russland hatten Theuerkauff zu einem Fachmann für rechtliche Fälle des Baltischen Meeres reifen lassen. Dass er unbestechlich war, bedurfte keiner Erwähnung. Dass er vier Sprachen sprach und für die kleinen Idiome über Fachleute in Griffweite verfügte, hatte seinen Ruf die Grenzen Lübecks weit überschreiten lassen. Zu Theuerkauff kamen russische Pelzhändler genauso wie Großgrundbesitzer von Gotland, die mit ihren Bauern im Streit lagen. Theuerkauff hatte das Ohr der Kirche und keineswegs nur das des Lübecker Bischofs. Man sah ihn gern an Fürstenhöfen, er genoss die Gastfreundschaft reicher Katholiken in der Diaspora und gebildeter Juden. Er konnte mit jedem und war auf eine Weise leutselig, die nie übertrieben wirkte.

Ohne einen Mann wie Theuerkauff wäre es mit Lübecks Rang in der späten Phase der Hanse noch schneller bergab gegangen. Da das so war, tat man viel, um den Mann zu halten, nach dem andere Städte die Hände ausstreckten.

Theuerkauff war einer der wenigen Lübecker, der zum dritten Mal verheiratet war. Alle Scheidungen hatte seine eigene Kanzlei abgewickelt, in der er ein Dutzend Advokaten und Rechtskundige beschäftigte. Theuerkauff leistete sich den Luxus, zwei emeritierte Professoren der Universitäten von Prag und Frankfurt zu bezahlen, die für ihn tätig wurden, wenn die Fälle mehr erforderten als Rabulistik und Bluff.

Weil er klug war, achtete Theuerkauff darauf, nicht den Kontakt zu den einfachen Leuten zu verlieren. Nicht, dass er den Umgang mit ihnen im privaten Bereich suchte, Gott bewahre, aber er gönnte sich zwischendurch gern einen Fall, in dem ein Habenichts auf sein Recht pochte. Solche Fälle waren für Theuerkauff wie ein geistreiches Spiel. Dort lief er zu großer Form auf. In Verteidigung eines alkoholkranken Seemanns hatte er zwei Jahre die Gerichte bemüht, bevor der mittlerweile halb schwachsinnige Mann so viel Geld zugesprochen bekam, dass er es in seinem restlichen Leben nicht mehr würde vertrinken können. Vier Wochen später war er verheiratet gewesen, zehn Wochen später beerdigte man ihn. Seine Witwe heiratete kurz darauf einen Schreiber aus der Kanzlei von Theuerkauff.

So sorgte er für den kleinsten und geringsten in seinem Bannkreis und genoss den Ruf, ein Wohltäter zu sein. Er hatte einen Schlachterladen betreten, vor dem ihn ein magerer Hund angebettelt hatte, und zwei Hände voll Gekröse gekauft, das er dem Tier hingeworfen hatte. Eine Tat von schockierender Sinnlosigkeit! Der Hund hatte das Futter noch nicht ausgeschissen, als jeder zweite Lübecker wusste: Theuerkauff spricht mit den Tieren! Dies entsprach nicht der Wahrheit, aber Theuerkauff legte sich bei der Verbreitung der Wahrheit Zurückhaltung auf, denn er wusste, was ihm schaden und was ihm nutzen konnte. Solange die Menschen viel von ihm hielten, liefen die Dinge in seinem Sinn. Würden sie anfangen, ihn einen Hexenmeister zu nennen, würde er einschreiten. Alles unterhalb dieser Ebene ließ er durchgehen. Nur dass der Köter einen Narren an ihm gefressen hatte und ihn seitdem Tag für Tag auf der Straße abpasste, hatte er nicht vorausgesehen. Theuerkauff hatte einen Jagdhund ausgeliehen, der den räudigen Köter aus der Stadt gejagt hatte. Bei diesem Jagdhund konnte er sicher sein, dass er sein Herrchen nicht für eine Handvoll Gekröse eintauschen würde.

Theuerkauff zählte auch die meisten Ratsherren zu seinen Kunden. Weil das so war, kamen viele ihrer Freunde noch dazu. Der Ruf der Kanzlei war bis in die Ställe der Armen gedrungen. Sie hatten keinen Zugang zu Theuerkauff, aber nur, weil sie nichts besaßen, was in einem Prozess verhandelt werden konnte. Wäre ein Wunder passiert und sie über Nacht von Habenichtsen zu Bürgern geworden, hätten sie sich an Theuerkauff gewandt.

In Lübeck wussten nicht nur die Reichen, wie man sich benimmt und was man besser unterlässt. Auch die Armen und Ausgeschlossenen befolgten die geschriebenen und ungeschriebenen Gesetze. Es kam kaum jemals vor, dass jemand ein Gebäude betrat, das für ihn und seine Klasse verschlossen war. An solche Gebäude klopfte man auch nicht, man blieb nicht einmal vor ihnen stehen und fiel den Bewohnern damit lästig, dass man in ihre Fenster glotzte.

Das war der Grund, warum für die meisten dieser Häuser kein ausdrückliches Verbot bestand, sie zu betreten. Was undenkbar war, musste nicht eigens auf Tafeln geschrieben werden.

Deshalb stellte sich den vier zerlumpten Gestalten niemand entgegen, als sie die Räume der Kanzlei betraten. Sie fragten den erstbesten Menschen, der ihnen über den Weg lief, wo sie wohl den Advocatus Theuerkauff finden würden. Ihr Wortführer gebrauchte das Wort »Advocatus«, als sei es sein täglich Brot. Der verdutzte Schreiber, jung und leicht zu beeindrucken, begleitete die Gestalten und wies auf die Tür. Theuerkauff gönnt sich wieder eine gute Tat, dachte er und trollte sich.

Die Tür öffnete sich, Theuerkauff stand auf, als würde man ihn an einem Seil in die Höhe ziehen. Sein erster Gedanke war: Es ist soweit, jetzt holen sie dich. Er hatte sich schnell wieder gefangen und trat auf die Besucher zu.

»Was treibt uns hierher?«, fragte er mit einer Stimme, die lauter war als gewöhnlich.

»Seid Ihr der Advokat, der jeden Streit gewinnt?«

»Nun ja«, entgegnete Theuerkauff gewunden. Es schmeichelte seiner Vorurteilslosigkeit, wenn selbst schmutzige Münder die Wahrheit aussprachen.

»Sicher habt Ihr Euch in der Tür geirrt«, fuhr Theuerkauff fort. Der Wortführer hielt Papiere in die Höhe, es sah aus, als würde er mit ihnen winken. Theuerkauff erkannte Schuldscheine von Weitem. Schlagartig verspürte er Müdigkeit, der weitere Ablauf stand vor seinem Gesicht, und was er sah, war nichts Gutes. Die Strolche hatten also Schulden. Egal bei wem, der Bürger würde sein Geld nie bekommen. Theuerkauff begriff nicht, wie sie es geschafft hatten, einer zutraulichen Seele Geld aus den Rippen zu schneiden. Genauso gut hätte man die Schuldscheine ins Feuer werfen können. Natürlich gaben sie dem Besitzer einen Rechtsanspruch, natürlich hätte er seine Forderung eintreiben können, aber doch nur theoretisch! Weil in Wirklichkeit nichts zu holen war! Was wollte er den armen Teufeln wegnehmen? Ihren schmutzigen Mantel?

»Moment!«, sagte Theuerkauff, der den Widerspruch erkannte, den er bisher nur gespürt hatte, »was wird hier gespielt? Warum habt Ihr die Scheine? Wem habt Ihr sie gestohlen? Wer hat gegen Euch etwas in der Hand?«

Der Wortführer legte die Scheine auf den Tisch. Lächelnd sahen er und seine Begleiter zu, wie der Advokat sie durchblätterte, studierte, erneut blätterte, erneut studierte, wozu er diesmal doppelt so lange brauchte.

Theuerkauff hob den Kopf. »In Ordnung, Freunde«, sagte er mit einer Stimme, aus der jede Leutseligkeit gewichen war, »wir haben uns alle amüsiert, jetzt werden wir wieder ernst. Woher habt Ihr die Scheine?«

»Könnt Ihr uns bestätigen, dass sie echt sind?«

»Natürlich sind sie echt.«

»Der, dem diese Scheine gehören, hat also das Recht, seine Forderung einzutreiben? Bei dem, dessen Name auf dem Schein steht, ist das richtig so?«

Theuerkauff nahm den zuoberst liegenden Schein und hielt ihn vors Gesicht. Er war ein kaltblütiger Mann. Einige seiner schönsten Siege hatte er vor Gericht errungen, weil niemand so lange eine undurchdringliche Miene aufrechterhalten konnte wie er.

Melchior Voigt hatte 800 Taler Schulden bei Vinzenz Nawka. Der zweite Schuldschein: Hippolyt Vierhaus besiegelte mit seiner Unterschrift, dass er 500 Taler von Sven-Eric Tannenbaum geliehen hatte.

Verdutzt blickte Theuerkauff in die Höhe und las, was auf dem Schein stand, den ihm der Wortführer entgegenhielt. Regula Schnabel stand bei Engelbert Kross mit

1.500 Talern in der Kreide. Theuerkauff sah das lächelnde Gesicht hinter dem Schein und sagte:

»Ihr seid Engelbert Kross.«

Der Mann neben Kross schlug dem auf die Schulter und rief fröhlich: »Das können wir alle beschwören.«

Theuerkauff sagte: »Aber Regula Schnabel ist nicht Regula Schnabel. Das kann ich beschwören, ohne mit ihr gesprochen zu haben. Ihr habt Euch einen Scherz erlaubt. Ich gestehe gern, dass ich einen Moment ... einen winzigen Moment ... aber nein, ich gestehe nicht. Ich gestehe ja auch nicht, dass morgens der Mond aufgeht und es heute geschneit hat. Nehmt Eure Scheine und zieht von dannen. Der Mann, der an der Tür sitzt, wird Euch Geld geben, damit Ihr Euch etwas zu essen kaufen könnt. Hat mich gefreut.«

So, alles war gesagt, jetzt hätten sie gehen müssen. Aber sie gingen nicht.

»Prüft die Scheine!«, forderte der Strolch, der angeblich Kross hieß. »Wenn Ihr festgestellt habt, dass sie echt sind, reden wir weiter.«

»Ich will hören, was Ihr vorhabt.«

»Es wird so laufen: Wir legen die Scheine bei Gericht vor, damit beginnt die Zeit zu laufen. Unsere Schuldner haben drei Tage Zeit, um zu zahlen. Wenn wir das Geld in der Hand haben, erhalten sie im Tausch dafür den Schuldschein. Wenn dies nicht innerhalb von drei Tagen geschieht, wird die Sache öffentlich.«

Theuerkauff ließ zwei Advokaten holen. Einer begann zu lachen, als er den ersten Namen las, und lachte bei jedem folgenden Namen lauter. Der zweite bemühte sich, keine Regung zu zeigen. Daran erkannte Theuerkauff, wie beeindruckt er war. Beide hatten keinen Zweifel an der Richtigkeit der Scheine. Zumal beide die Handschrift erkannten. So hatte in der Stadt nur einer geschrieben: der Reeder und Werftbesitzer Rosländer.

50

ZWEIMAL IM JAHR ging in der Kanzlei das Licht nicht aus. Dann ließ sich Theuerkauff sein schmales Bett aufschütteln, das in dem zur Schlafkammer umgewidmeten Abstellraum darauf wartete, dass der Advokat sich für eine Viertelstunde hinlegte, bevor er aufstand, um zu schauen, wie weit die Mitarbeiter in der Zwischenzeit mit den aufgetragenen Arbeiten gekommen waren.

Die Advokaten und Schreiber hatten sich die Nachtstunden geteilt, je eine Hälfte arbeitete eine halbe Schicht. Jeder kannte diese Übung, niemand würde es wagen, die Übung in Frage zu stellen. Die ehrgeizigen Mitarbeiter fühlten sich geschmeichelt, dieser wichtigen Stunden teilhaftig werden zu dürfen. Sogar die Herren Professoren, mit der Kutsche abgeholt, genossen die Aufregung.

Denn so viel war jedem klar: Die Schuldscheine waren purer Sprengstoff. Mit dieser Energie zeichneten die Chinesen ihre Feuerwerke an den Himmel. Und so wie die Kometen, Sterne und Sonnen nach kurzer Herrschaft rückstandslos verglühten, würden die Karrieren der Lübecker enden, die auf den Schuldscheinen ausgewiesen waren.

Die Liste mit den Namen lag auf Theuerkauffs Tisch. Nur die engsten Mitarbeiter durften einen Blick darauf werfen und mussten versprechen, sich eher die Zunge herausschneiden zu lassen als diese Namen weiterzu- tratschen. Jedem leuchtete die Begründung ein: Auf der Liste drängte sich bester Lübecker Kaufmannsadel. Das Rathaus war vertreten, erschütternd viele Offiziere. Die halbe Ordnungsmacht der Stadt hatte sich dazu hinreißen lassen, Geld zu leihen. Und von wem?

»Von Rosländer«, sagte Theuerkauff. »Es ist seine Hand- schrift, das haben mir inzwischen 30 Kenner bestätigt, das belegen alle Dokumente, die ich im Rathaus eingesehen habe.«

Ratsherr Voigt eilte herein, für seine Verhältnisse war er doppelt so blass wie sonst. Voigt hatte einen Brandbrief von Theuerkauff vorgefunden wie jeder andere, der einen Schuldschein unterschrieben hatte. Erst wollte er drum herum reden, aber was sollte das? Er war in die Kanzlei geeilt wie jeder andere. Die Strolche hatten die Scheine nicht aus der Hand gegeben, sie hatten gut daran getan, weil sie sonst jetzt keine Schuldscheine mehr und dafür viele Knochenbrüche besessen hätten.

Voigt wehrte sich nur kurz gegen das Unabänder- liche – wie jeder andere vor ihm. Dann gestand er zer- knirscht, einen Schuldschein bei Rosländer unterschrieben zu haben. Wegen einer momentanen finanziellen Unpäss- lichkeit, die längst überwunden sei. Zum Rückzahlen sei er noch nicht gekommen, er habe es schlicht verschlampt, und Rosländer habe auch nicht gedrängelt, und später sei er tot gewesen und da …

»Ja?«, fragte Theuerkauff gereizt, »und was? Dachtet Ihr, damit sei die Sache erledigt? Habt Ihr wirklich diesen kindlichen Glauben aufgebracht? Mann Gottes, so was holt einen ein, früher oder später oder heute. Wärt Ihr nicht so geizig, wäre die Sache tatsächlich aus der Welt gewesen.«

Voigt bestätigte wie alle anderen, die bisher die Kanzlei aufgesucht hatten, dass der Vorschlag mit den falschen Namen von Rosländer stammte. Deshalb habe niemand abgelehnt, denn besser ein Schuldschein ohne den Namen Rosländers als mit seinem Namen.

18 Mal hatte Theuerkauff in den vergangenen Stunden die gleiche Geschichte gehört. Rosländer verlieh Geld, oft war der Anstoß dazu von ihm gekommen. Er habe gehört ... unter Kollegen werde gemunkelt ... er wickelte die Leute ein, und oft befanden sie sich tatsächlich in einer Klemme, die sie zu ihm getrieben hatte. So abstoßend sie ihn fanden, in diesem Fall bestand gerade darin sein größter Vorteil: Hätte man sich das Geld von einem Freund oder vom Juden geliehen, hätten Schwatzsucht und Leichtfertigkeit die Kunde über kurz oder lang verbreitet. Mit Rosländer wollte niemand etwas zu tun haben, zu ihm bestanden die wenigsten Verbindungen. Schließlich hatten alle vorgehabt, das Geld schnell zurückzuzahlen. Kaum einer hatte es getan, und wer es getan hatte, hatte Rosländer bald ein zweites und drittes Mal in Anspruch genommen. Es war so unkompliziert abgelaufen, ein wenig Gegröle, ein Prankenhieb auf die Schulter, zwei Gläser Branntwein, eine Unterschrift und fertig.

»Manchmal habe ich gedacht: Wenn es nur immer so einfach wäre, sich Geld zu leihen«, murmelte Voigt.

So viele zerknirschte Figuren waren an Theuerkauff vorbeimarschiert, es war nur eine Frage der Zeit gewesen, bis der Advokat in die Luft gehen würde.

»Wie kann man nur!«, rief er. »Wie kann man sich vom unbeliebtesten Lübecker Geld leihen und glauben, es werde schon alles gut gehen? Wie dumm muss man sein, wie arglos? Erklärt mir, was an Eurem Verhalten klug sein soll. Ich möchte das wirklich gerne wissen.«

Von den Gesichtern seiner Beschäftigten las er ab, dass er dabei war, sich daneben zu benehmen. Theuerkauff trat ans Fenster, draußen war es so dunkel wie gestern und morgen um diese Zeit. Aber der Advokat war nicht sicher, ob für die Namen, die auf der Liste standen, morgen die Sonne aufgehen würde.

Es war zu spät, um alle zusammenzutrommeln, man musste bis zum Vormittag warten. Hoffentlich würde keiner eine Dummheit begehen! In Lübeck waren Bürger aus geringeren Gründen ins Wasser gegangen.

Theuerkauff wunderte sich über jeden Namen, am meisten erstaunt war er über Regula Schnabel. Wie kam eine Frau ins Spiel? Es konnte nur so sein, dass sie sich als Strohfrau für ihren Mann hergegeben hatte. So musste es sein, der Reeder war etwas weniger leichtfertig als alle anderen und hatte seine Frau an die Front geschickt. Für einen Ehemann war das kein feiner Zug, für einen Kaufmann schon.

Und wenn es nicht so war? Theuerkauff hatte sich angewöhnt, nicht an einem Punkt mit dem Denken aufzuhören, nur weil er glaubte, es könne nicht mehr weitergehen. So handelten durchschnittliche Advokaten, für sie bildete die Grenze zwischen Wahrscheinlichem und Unwahrscheinlichem die Grenze ihrer Fantasie. Theuerkauff ging über diesen Punkt hinaus.

Wenn Regula auf eigene Faust gehandelt hatte? Wozu brauchte die Frau eines gut situierten Kaufmanns Geld? Wie kam eine Bürgerfrau dazu, sich Schulden aufzuladen? Was für eine Schwäche stand dahinter? Ein Mann, auf einen

Mann kam man immer zuerst. Schnabel sah nicht so aus, als wäre er in der Lage, das Herz einer Frau zu bewegen, schneller zu schlagen. Natürlich schaute niemand in fremde Schlafzimmer, aber es gab auch andere Möglichkeiten. Eine Kalamität in der Familie oder ... oder ...? Theuerkauff wollte nichts einfallen, was Frauen dazu bewegte, an ihrem Mann vorbei zu handeln. So blieb nur ein heimlicher Geliebter, der sich in Geldnöten befand. Heimliche Geliebte neigten dazu. Die Kinder der Schnabels waren zu jung, um schon über ihre Verhältnisse zu leben.

Mit Regula Schnabel hatte der Advokat noch keinen Kontakt aufgenommen. Zu heikel! Wie sollte man einen Brief am Mann vorbeischmuggeln? Wie groß war die Gefahr, den Zorn des Reeders zu wecken? Schnabel war schnell beleidigt, dünnhäutige Männer konnten wahre Quälgeister sein.

Eine Kutsche fuhr vor, Theuerkauff konnte sie hören, aber nicht sehen. Bevor geklopft wurde, wusste er, dass ihm Arbeit ins Haus stand. Die Kutsche fuhr wieder ab. Oder folgte eine zweite?

Theuerkauff straffte sich in den Schultern. Er war bereit, er war immer bereit.

❧

Sie waren um halb vier gekommen, sieben Männer, alle von der Liste. Zwei von ihnen gelang es, Haltung zu bewahren. Die anderen waren schon Nervenbündel, als sie ankamen, und wurden es mit jeder Minute mehr. Sie rangen die Hände oder ließen den Kopf hängen, sie fluchten oder klagten, sie taten sich leid. Nur in einem waren sie sich einig: Sie verfluchten Rosländer. Er war schuld, er hatte ihnen das angetan. Er sollte in der Hölle schmoren. Hätte ihm nicht ein anderer den Schädel eingeschlagen, hätten sie es jetzt für ihr Leben gern getan. Theuerkauff forderte sie auf, zur Sachlichkeit zurückzukehren.

Mutter und Tochter Schwertfisch von gegenüber waren aus dem Schlaf geklingelt worden und baten zu Tisch, den sie in der letzten Stunde mit allem beladen hatten, was geeignet war, niedergeschlagenen Mägen neue Zuversicht zu geben. Niemand begriff, warum diese exzellenten Köchinnen es nicht schafften, einen Mann zum Heiraten zu finden. Die ersten beiden hatten nicht lange durchgehalten, die Stadt hatte zugesehen, wie sie sich aufgebläht hatten, bevor beim ersten das Übergewicht erst zu Bewegungsunlust und schließlich zu einem quer sitzenden Hühnerbein geführt hatte, das er nicht aushusten konnte. Der zweite hatte sich dem drohenden Fresstod durch Flucht entzogen.

Beiden Männern gemeinsam war, dass sie die Mutter geheiratet und alsdann begehrliche Blicke auf die Tochter geworfen hatten. Im Grunde hatten sie die Tochter gewollt, aber die Frauen gab es nur im Paket, sodass es letztlich nicht wichtig war, welche man heiratete.

»Mir ist schlecht«, knurrte Ratsherr Voigt und schob den leer gegessenen Teller von sich. Minutenlang ging es nun um Essen und den Magen. Dem einen bekam das nicht, der andere vertrug jenes nicht. Angewidert hörte Theuerkauff dem Jammern zu. Was war aus Lübeck geworden? Wie konnte es passieren, dass eine Runde, die vor 100 Jahren über Gold, Silber, Pelze und Wein geredet hätte, bei Furzen und brennender Speiseröhre gelandet war? Der Advokat dachte: Rosländer hat sich nie den Magen verdorben.

Er riss das Heft des Handelns an sich, bevor der erste nach Kamillentee verlangen konnte.

»Liebe Freunde, die Lage ist ernst. Die Schuldscheine sind unantastbar und von eiserner Gültigkeit. Dass Rosländer die Namen der Geldgeber veränderte, tut nichts zur Sache. Er hat keinen Groschen dazugedichtet. Das Geld ist geflossen, die Strolche haben ein Recht darauf, es zu erhalten. Ihr habt die Pflicht zu zahlen.«

»Aber Rosländer ist tot!«, rief jammernd ein Kaufmann.

»Damit erbt Anna Rosländer, zufällig hatte ich Gelegenheit, einen Blick in das Testament zu werfen. Mit seinem Tod gingen alle Forderungen, die er hatte, an die Erben über. Anna erbt alles, sie kriegt alles. Es sei denn, es geht um Schuldscheine, bei denen die Lage so klar ist wie kristallklares Quellwasser. Ihr habt die Wahl: Zahlt an die Strolche oder lasst Euch verklagen, dann kriegen es am Ende auch die Strolche. Oder Anna Rosländer.«

»Und die dritte Möglichkeit?«

»Es gibt keine dritte Möglichkeit.«

»Ihr habt einmal gesagt, es gäbe immer eine dritte Möglichkeit.«

»Die gibt es auch: Es handelt sich dabei um Euren gesellschaftlichen Tod. Wisst Ihr, wie laut es ist, wenn 20.000 Menschen zugleich über Euch lachen? Glaubt Ihr, Ihr werdet das ertragen?«

»Die Menschen vergessen schnell«, kam es störrisch zurück.

»Vieles ja. Einiges dauert länger. Und einiges wird nie vergessen. Erinnert Ihr Euch, wie Klaus Paulsen am Tag vor seiner Hochzeit versucht hat, durch die Trave zu schwimmen? Es war eine kleine Episode, aber jeder erinnert sich daran, wenn auch nicht an das Schwimmen als solches, sondern daran, wie Paulsen hinterher seine Kleider nicht mehr fand und nackt nach Hause schleichen wollte, was ihm aber nicht gelang, weil in dieser Nacht in allen Häusern, an denen er vorbei musste, bis spät in die Nacht Licht brannte. Und die Bewohner saßen vor dem Haus und sahen so aus, als würden sie auf jemand warten, und hinterher bestritten alle, dass die Freunde von Klaus Paulsen ihnen Bescheid gegeben hatten. Eine kleine Episode, aber niemand hat sie vergessen.«

An jedem anderen Tag hätte sich ein Lächeln der Erinnerung über die Gesichter gelegt, in dieser Nacht war keinem nach lächeln.

»Theuerkauff, was sollen wir tun?«

Er ließ sich ein Papier reichen, auf dem seine Männer den Ernst der Lage aufgelistet hatten. Jede 2 sah aus wie eine 2, jede 9 trug den runden Bauch einer gut genährten 9.

32 Schuldscheine, 32 Schuldner. Die gesamte Summe betrug über 20.000 Taler. Der Advokat hätte das nicht in dieser Deutlichkeit verlesen müssen. Aber ihm war danach. Sollten die Halunken sehen, was sie angestellt hatten. Theuerkauff war klar, dass die Unvernunft des Menschen die Lebensversicherung jedes Advokaten war. Aber er musste nicht ernsthaft befürchten, dass diese Unvernunft von einem Tag auf den anderen aus der Welt sein würde. Der Mensch war erschaffen, um Fehler zu begehen. Anderenfalls hätte er nicht das Paradies verlassen, in dem es keinen Bedarf an Advokaten gegeben hatte.

»Die 32 Schuldscheine befinden sich in der Hand von 30 Mitbürgern, wenn ich das so sagen darf. Engelbert Kross und Svante Leckebusch besitzen jeweils zwei Scheine.

»Spürt Ihr das Verlangen, die Namen der Schuldner zu hören?«

»Warum nicht?«, sagte Ratsherr Voigt. »Es würde mich beruhigen. Allein kommt man sich zehnmal so dumm vor.«

Theuerkauff hatte nur auf die Gelegenheit gewartet, das Hohelied der Vertraulichkeit singen zu können. Kaum einer der Anwesenden hörte es zum ersten Mal und stellte fest, dass Theuerkauff nicht müde wurde, seine Grundsätze zu betonen.

»Es muss einen Weg geben, darum herumzukommen«, murmelte jemand in der Runde. »Es sind Landstreicher, sie stehlen und betrügen jeden Tag. Sie sind nur auf freiem Fuß, weil wir großzügig darauf verzichten, sie in den Turm zu werfen. Das muss nicht so bleiben. Ich zeige meinen Mann an. Wie war gleich noch mal sein Name? Er hat mir einen Mantel gestohlen.«

»Wann denn?«, fragte Theuerkauff lauernd. »Als er Euch besucht hat?«

»Ich lasse doch solche Subjekte nicht in mein Haus.«

»Bei welcher Gelegenheit hat er Euch sonst betrogen? Als Ihr im Gasthaus an einem Tisch gesessen habt? Als Ihr Gast in einem Haus wart, in dem Landstreicher Zutritt haben? Oder in einem anrüchigen Haus, wo man nicht ständig auf seine Kleidung achtet?«

Der Kaufmann brauchte einige Zeit, bevor er begriff. Sein Kopf sank noch tiefer.

»Es ist nicht Rosländers Handschrift«, rief eine andere Stimme. »Ein Fälscher war am Werk.«

Müde winkte der Advokat ab. An der Handschrift gab es keinen Zweifel. Auch nicht daran, dass es Rosländer gewesen war, der seinerzeit die Namen der Landstreicher vorgeschlagen hatte. Er hatte einfach die Namen derjenigen genommen, die vor dem Gasthaus herumgelungert hatten.

Als der traurige Haufen um sechs Uhr aufbrach, winkte Theuerkauff den beiden Kutschen hinterher, bis sie um die Ecke bogen. Er bezahlte Mutter und Tochter Schwertfisch. Sie sahen aus wie aus dem Ei gepellt, so frisch und rosig. Wie Schwestern wirkten sie.

»Können wir sonst noch etwas für Euch tun?«, fragte die Jüngere erwartungsvoll.

»Ihr müsst müde sein«, entgegnete der Advokat.

Sie waren hellwach, beide. Hellwach und erwartungsfroh. Sie wohnten schräg gegenüber, alles wäre unter Ausschluss der Öffentlichkeit abgegangen. Theuerkauff schüttelte den Kopf. Er hatte 16 Jahre gebraucht, um dorthin zu gelangen, wo er sich jetzt befand. Das würde er nicht gefährden, um keinen Preis. Nicht einmal um diesen.

Als er die schwere Haustür schloss, hatte er das Gefühl, einer großen Gefahr entronnen zu sein.

51

In dieser Nacht hatten die Kerzen nicht nur im Haus des Advokaten lange gebrannt. Als Joseph Deichmann den letzten Zecher vor die Tür der Fluchbüchse geleitet hatte, begleitete er ihn bis zur nächsten Ecke, um sich zu überzeugen, dass er sich noch aufrecht fortbewegen konnte.

Der Zecher war ein treuer Kunde, der sich umstandslos bei Joseph einhakte und kaum zu überzeugen war, dass es nun an der Zeit war, loszulassen.

Als Deichmann zum Gasthaus zurückkehrte, sah er die Gestalt neben der Tür. Vorhin hatte sie nicht dort gestanden. Joseph war kein furchtsamer Mann, er war auch kein dummer Mann. Zwei Überfälle hatte er in den letzten Jahren erlebt. Anzeige hatte er nicht erstattet, die ersten beiden Ganoven hatte er verdroschen, die letzten beiden hatte er abgefüllt, bis von ihnen Gestank, aber keine Gefahr mehr ausging.

Nachts musste man aufmerksam sein. Wo eine Gestalt war, war die zweite nicht weit. Joseph hielt sich dicht an den Häusern, von rechts war er nicht mehr zu überraschen. Die Überraschung kam von vorne. Denn die Gestalt entpuppte sich, sobald das Tuch gefallen war, als Frau. Das war nicht gleichbedeutend mit Entwarnung. Joseph hatte rabiate Weiber erlebt, kampflustig, stark, hinterlistig, mit Fingernägeln wie Katzenkrallen. Regula Schnabels Fingernägel waren kurz geschnitten. Eingeschüchtert sah sie aus, ängstlich, getrieben. Die Frau hatte Sorgen, und sie hatte Probleme, diese Sorgen Joseph Deichmann anzuvertrauen.

»Ihr habt Glück, dass sie da ist«, sagte er. Bevor er die Tür schloss, blickte er sich um. Manchmal war die Gasse leer, einfach leer. Heute Nacht war sie verdächtig leer.

»Ich musste kommen«, begann die Frau des Reeders Schnabel.

Joseph hatte nicht daran gezweifelt, dass sie nüchtern war. Dennoch schnüffelte er diskret. Einen Becher nahm sie an, sie schien zu frieren in dieser kühlen Herbstnacht. Entweder war sie krank oder sie fror, weil sie unglücklich war.

Trine musste geweckt werden. Das war einfach, eine Hebamme schlug die Augen auf und war bereit, zur Arbeit zu gehen. Trine schlug die Augen auf und breitete die Arme aus. Joseph ließ sich umarmen und flüsterte: »Vorschlag: Erst kümmerst du dich um den Besuch, danach machen wir hier weiter.«

Die Augen öffneten sich, jetzt war sie wach.

Die Bedienerinnen durften früher nach Hause gehen. Regula Schnabel nahm das Tuch ab, das sie sicherheitshalber wieder umgebunden hatte. Sie war in großer Sorge. Bevor sie das erste Wort sagte, hatte ihr Gesicht schon viel verraten.

Von der Frau des Reeders erfuhren Trine und Joseph die Geschichte der Schuldscheine. Joseph stand auf und sorgte dafür, dass es so aussah, als würde er Getränke und Reste aus der Küche holen. Trine spürte, dass er ungewöhnlich angespannt war, aber sie selbst war es auch, denn Regula Schnabel berichtete von 30 Bürgern, die sich zum Gespött aller Lübecker gemacht hatten.

Dann sagte sie: »Ich habe auch einen Schuldschein.«

»Ihr meint, Euer Mann hat einen.«

»Nein, er nicht.«

Die Deichmanns blickten sich an.

»Was willst du?«, fragte Joseph, »du sagst doch immer, Frauen sollen selbstständig sein. Sie ist selbstständig gewesen.«

Regulas Augen glänzten, aber sie hatte sich noch unter Kontrolle und schüttete alles vor den Deichmanns aus. Der Reeder Schnabel hatte eine mittellose Frau geheiratet und sollte das nicht wissen. Als es damals zum Schwur der jungen Leute gekommen war, hatte Regula gezögert, ihm die Wahrheit zu sagen. Ihr Vater war ein kleiner Händler, der nach Krankheit und schlechten Geschäften am Boden lag. Regula, in Angst, weil ihr Künftiger beängstigend oft über standesgemäße Verhältnisse und Ersparnisse redete, hatte angefangen, ihr Los in strahlenderen Farben zu malen. Nicht reich, aber auch nicht arm. Reell, zufriedenstellend, kleines Glück im eigenen Heim. Nichts davon stimmte, Regula schmückte aus, schwindelte hier, verschönerte dort. Die redlichen Eltern, in Sorge um das geliebte Kind, hatten anfangs mitgespielt. Und als sie endlich zur Wahrheit rieten, waren sie Wucherern auf den Leim gegangen und starben, ohne jemals wieder auf den grünen Zweig gekommen zu sein. Jahrelang zahlte Regula für sie die Schulden, zweigte Monat für Monat Geld aus dem Schnabelschen Etat ab. Als sie dachte, nun sei ein Ende in Sicht, stand der Wucherer vor der Tür und offenbarte ihr eine Restschuld, die ihr den Atem raubte. Er drängte und drohte, Schnabel zu informieren. Regula sah keinen Ausweg, sie bat Rosländer. Streng genommen bat sie Anna, seine Frau. Aber Rosländer bekam Wind von der Geldnot, riss alles an sich, ein Schuldschein, ein falscher Name, um den nichtsahnenden Schnabel nicht in eine peinliche Lage zu bringen.

Zwei Jahre zahlte Regula ihre Schulden zurück, immer nur ein bisschen. Dann starb Rosländer, sie atmete auf und schämte sich dafür. Aber sie brauchte die Ruhe, denn es ging ihr schlecht. Hätte Schnabel davon erfahren, wäre alles in Scherben gewesen. Voller Angst war ihr Gesicht, verzerrt und hoffnungslos. Was zu tun sei? Was man ihr raten würde?

Trine sagte: »Zuerst habe ich eine Frage. Warum kommt Ihr zu mir? Was glaubt Ihr, kann ich für Euch tun?«

Nun brach es aus Regula heraus. Sie könne nicht mit

Männern darüber reden, jeder Mann sei ihrem Mann verpflichtet, und andere Männer würde sie nicht kennen. Sie
habe sich nie einen eigenen Kreis von Freunden aufgebaut
und habe gewusst, dass ihr dies noch einmal leidtun würde.
Verzweifelt sei sie, und jetzt werde in wenigen Stunden
jeder wissen, dass sie sich heimlich Geld geliehen habe.

»Ihr seid nicht die Einzige«, wandte Joseph ein.

»Aber die Einzige, die das Geld nicht zurückzahlen
kann.«

Eine Bemerkung lag in der Luft, als die drei in der leeren
Gaststube saßen, in der es nach Essen, Rauch, Schweiß und
Duftwässern roch.

Es war Regula, die das ungute Schweigen brach: »Ich
kann ihn nicht bitten. Er würde mich umbringen.«

Zu zweit redeten sie auf sie ein, nicht das Schlimmste
zu befürchten. Schnabel sei kein Unmensch, er sei streng
und werde auch zornig sein. Aber er werde seine Frau
nicht im Stich lassen. Regula widersprach nicht, aber sie
glaubte ihnen nicht. So suchten sie nach anderen Lösungen:
Sie könne um Aufschub bitten, sie müsse den Namen auf
ihrem Schuldschein in Erfahrung bringen und das persönliche Gespräch suchen.

»Ja und dann?«, rief Regula. »Dann muss ich das Geld
immer noch auftreiben und habe noch mehr Zeit, um mir
das Schlimmste vorzustellen.«

∿

Früh am Morgen erschien Trine Deichmann in der Theuer-
kauff-Kanzlei. Dort herrschte ein Betrieb wie auf dem
Markt, nur dass nicht mit Äpfeln und Rüben gehandelt
wurde, sondern mit Angst und Geld.

Theuerkauff schlief noch, angeblich sei es letzte Nacht spät geworden. Sie müsse warten, niemand sonst dürfe für ihn entscheiden. Der Name, den sie hören wollte, sei heikel und geheim.

～☙～

Anna Rosländer saß mit ihrem Holzhändler beim Frühstück, als Trine erschien. Man nötigte sie, Platz zu nehmen, sie wehrte sich mit Händen und Füßen, aber sie musste sitzen und essen und durfte erst dann mit ihrem Anliegen kommen. Anna Rosländer hörte zum ersten Mal von den aufgetauchten Schuldscheinen.

»Was bedeutet das?«, fragte sie. »Befanden sich die Scheine schon immer im Besitz der Stadtstreicher? Oder galt der Einbruch bei mir den Scheinen? Wurden sie gefunden und erst danach an die Stadtstreicher verteilt?«

»Wer sollte das wohl tun!«, riefen Trine und Ivanauskas im Chor. Nur dass Trine anschließend sehr nachdenklich wurde.

～☙～

Eugenie Schäfer war von ihren Eltern immer mit deutschen Lauten gerufen worden. Französisch sprach sie ihren Namen erst aus, seitdem die Alten tot waren. Der vornehme Klang war das einzig Vornehme in Eugenies Leben. Sie war immer arm gewesen und meistens krank. Sie hatte immer in Ställen und Scheunen gehaust und nie lesen und schreiben gelernt. Was sie überleben ließ, war ihre Erfahrung mit Menschen. Sie besaß einen Instinkt für Wahrheit und Lüge, sie konnte auch hässliche von schönen

Männern unterscheiden. Der, der am Rande des Marktes vor ihr auftauchte, war ein schöner. Nicht jung, aber schön. Sie kannte ihn, er hatte ihr schon einen Becher spendiert, und als sie nicht mehr stehen konnte, hatte er sie hingestellt. Und als sie die entzündeten Augen hatte, hatte er sie zu einem Medicus gebracht. Und als der sie nicht anfassen wollte, weil er sich ekelte, hatte er sie in eine Kutsche gesteckt und zu einer Kräuterfrau gefahren. Bei der hatte sie einige Wochen gelebt. Erst war sie blind geworden, danach war sie gesund geworden. Sie sah nicht mehr so gut wie früher, aber sie konnte sehen! Sie war reich.

Den Namen des Schönen kannte sie nicht. Sie merkte sich keine Namen mehr. Zweimal war sie verprügelt worden, weil man einen Namen von ihr hören wollte. Namen brachten kein Glück.

Er sagte: »Wir haben ein Problem.«

Sie sagte: »Ihr habt ein Problem, ich habe keins. Ich bin arm. Arme haben keine Probleme.«

»Du weißt, dass du bald wohlhabend sein wirst.«

Oh ja, das wusste Eugenie. Das Geld, das sie besitzen würde, war schon ausgegeben bis zum letzten Groschen: Zwei Kleider, ein Mantel, ein Stück Seife, ein Zuber mit heißem Wasser und so lange einen festen Platz im Gasthaus, bis sie sich satt gegessen hatte. Das würde einige Wochen dauern. Eugenie war schon lange nicht mehr satt gewesen.

»Hast du den Schuldschein auch sicher aufbewahrt?«

Lächelnd legte Eugenie die Hand auf den Busen.

»Was ich am Leibe trage, ist sicher wie in einer Burg. Eine wie mich fasst niemand an.«

Er fasste sie am Arm und führte sie einige Schritte von dem Marktstand fort.

»Das Geld wirst du bekommen«, sagte der Schöne. »Aber es könnte sich um einige Tage verzögern. Macht dir das etwas aus?«

»Sollte es?«

»Deine Schuldnerin bittet darum, einige Tage mehr Zeit zu haben.«

»Will sie fliehen?«

»Nein, sie ist aus Lübeck. Sie flieht nicht.«

Dann fing er an zu predigen. Eugenie kannte den Tonfall. Sie taten dann so, als würde alles an einem selbst liegen. Wenn man sich richtig benahm, würde alles gut werden. Wenn man sich falsch benahm, würde die Welt untergehen. Eugenie hatte viele Predigten gehört. Sie liefen immer auf das Gleiche hinaus: Man sollte geben, damit ein anderer behalten konnte. Zwischendurch fragte er, ob sie ihn verstehen würde. Dann nickte Eugenie. Er sollte bei ihr bleiben, dafür durfte sie nicht dumm erscheinen. Bis zuletzt fürchtete sie, dass er ihr den Schuldschein wegnehmen würde. Aber das tat er nicht, dazu hätte er sie berühren müssen. Als sie sich trennten, hatte Eugenie zugesagt, eine Woche Geduld zu haben. Sie wartete, bis der Schöne verschwunden war. Er hatte sie eingeladen, zu ihm zu kommen. Angeblich würde er ein Gasthaus besitzen. Eugenie lächelte. Dass Männer immer lügen mussten.

❧

32 Lübecker mit Schulden. 29 von ihnen erklärten sich bereit, die Schulden unverzüglich und diskret zurückzuzahlen. Im Gegenzug würden sie den Schuldschein erhalten, und hätten nichts mehr zu befürchten. Schau-

platz der Rückzahlung würde die Kanzlei des Advokaten Theuerkauff nahe dem Rathaus sein. Als Tag der Rückgabe wurde der kommende Freitag festgelegt, bis dahin waren es noch zwei Tage.

Drei Schuldner hatten sich noch nicht erklärt. Zu ihnen gehörte Regula Schnabel, deren Haus der Advokat zweimal persönlich aufsuchte, ohne die Hausherrin anzutreffen. Bei den zwei anderen Bürgern handelte es sich um einen Kaufmann und einen Lehrer. Der Kaufmann stand vor dem Bankrott, der Lehrer war angeblich mittellos. Beide sahen keine Möglichkeit, Geld aufzutreiben. Theuerkauff antichambrierte bei Schuldnern, deren Bonität außer Frage stand, und wollte sie bewegen, für die Schulden der armen Bürger aufzukommen. »Wenn nur einer nicht zahlt, kommt die Sache vor Gericht und wird öffentlich. Das ist genauso, als würden alle 30 vor Gericht kommen.«

Mittags hatte Theuerkauff die Zusage. Um auf Nummer sicher zu gehen, organisierte er auch das Geld der Regula Schnabel.

52

IN DEN BESSEREN KREISEN der Stadt sprach man über die Affäre und nichts anderes. Immer noch erhoben sich vereinzelt Stimmen, die die Echtheit der Schuldscheine anzweifelten. Doch war die Zeit darüber längst hinweggegangen. Viele von den Lübeckern, die die Witwe Rosländer bekämpft hatten, standen in der Schuld ihres

Mannes. Was für eine Blamage! Einige Schuldner machten sich unsichtbar, die Scham trieb sie in die Einsamkeit.

Andere brachten eine Ausrede nach der anderen vor und mussten sich Vorwürfe anhören, von denen die des Reeders Schnabel am heftigsten waren. »Ihr Taugenichtse! Ihr Plattfische! Ihr seid dümmer als ein schwedischer Seemann! Das kommt dabei heraus, wenn man untereinander heiratet. Eines Tages bricht der Wahnsinn aus und zeigt sich als Dummheit.«

Schnabel war nicht zu bremsen. Man war ihm in den Rücken gefallen. Alles, was er seit Monaten unternommen hatte, war hinfällig geworden. Viele seiner engsten Kollegen und besten Freunde hatten sich kaufen lassen – für einen schäbigen Klumpen Gold. So zornig Schnabel darüber war, so bodenlos fand er den letzten Streich, den Rosländer Lübeck gespielt hatte. Aber Schnabel wusste, dass zu diesem Streich zwei gehörten: einer, der spielte, und einer, der mit sich spielen ließ. Man hätte es verhindern können, man hätte nichts weiter tun müssen als so zu sein wie der Reeder Schnabel.

Natürlich wurmte ihn auch, dass die abstoßenden Nichtstuer vor den Fenstern der Schifferbörse die Nutznießer des geschmacklosen Streichs sein sollten.

Solange er im Lokal saß, gelang es Schnabel, woandershin zu gucken.

Doch irgendwann musste er das Lokal verlassen, eine Begegnung wurde nun unausweichlich. Es war nicht das Bier, das der Reeder getrunken hatte. Es war die Wut über seine Kollegen. Die konnte er nicht treten, aber die Nichtstuer konnte er treten, so trat Schnabel dem Erstbesten in den Hintern. Der Zorn musste einfach heraus. Als der Kerl wimmernd auf dem Boden lag, wartete Schnabel darauf, dass sich bei ihm ein Gefühl einstellen würde. Aber in ihm war nichts, nur Stille und rotglühender Zorn.

Plötzlich lag die Hand auf seiner Hand. Schnabel wollte es nicht glauben. Was bildete sich …?

»Seid Ihr der Schnabel?«

Er starrte die Frau an. Sie war jung, woher hatte sie die vielen Falten? Ihre Zähne waren verblüffend vollständig, über dem Mantel trug sie eine Weste aus Schaffell.

»Was ist nun? Müsst Ihr erst nachdenken, wer Ihr seid?«

Schnabel wollte sich abwenden, als er im Hintergrund jemanden lachen hörte. Er wusste nicht, wer das war, aber nun konnte er nicht einfach gehen. Nun musste er die freche Fragenstellerin zurechtstutzen.

»Ich bin Schnabel, was wollt Ihr?«

»Mit Euch reden.«

»Vergesst es.«

»Über Eure Frau.«

∽

Als er gegen sechs noch nicht zu Hause war, begann sie sich zu fürchten. Er war nicht jeden Abend pünktlich, eine Verspätung musste nichts zu bedeuten haben. Aber heute war ein Tag, an dem es keine Zufälle gab. Sie stand am Fenster, sie wollte ihn sehen, wenn er kam. Ging er schnell? Oder schlenderte er? Ahnte er etwas? Wusste er alles? Befand er sich in Gesellschaft? Das wäre von Vorteil gewesen, die Anwesenheit eines Dritten würde seinen Zorn dämpfen. Sie würde die beiden aufs Beste bewirten, es sollte ihnen an nichts fehlen. Sie sollten leben wie im Paradies. Sie sammelte die Kinder um sich. Der Anblick von Kindern stimmte die Menschen friedlich, ihn allerdings seltener als andere. Er hatte an Kindern viel auszusetzen: dass sie herumrannten, dass sie Schreie ausstießen, dass sie über Dinge lachten, die er nicht lustig fand, dass sie aßen wie die Schweine. »Warum können sie nicht mit sechs Jahren erwachsen sein?«, hatte er anklagend gerufen. »Was ist das für eine Schöpfung, die Kaufleuten die Ruhe raubt?«

Sie hätte die Kinder nehmen und mit ihnen das Haus verlassen können. Sie wusste nicht, wohin sie gehen sollte. Denn sie würde bleiben, sie würde Betten brauchen, Kosten würde sie verursachen. Man würde sich ärgern, dass man sie aufgenommen hatte. »Habt Ihr keinen Mann?«, würde man fragen, und Regula Schnabel müsste antworten: »Früher hatte ich einen, aber ich habe durch eigene Dummheit dafür gesorgt, dass er uns nicht mehr will.«

Sie schickte das Personal aus dem Haus und ignorierte die überraschten Gesichter. Sie brachte die Kinder ins Bett. Anfangs wollten sie den Becher nicht austrinken, weil sie das Gutenachtgetränk nicht kannten und es ihnen zu bitter war. Sie gab Honig hinein, den liebten sie.

Lange stand sie dann vor der Haustür. Wenn sie alle Riegel vorschob, würde er nicht hereinkommen. Die Fenster im Erdgeschoss lagen erhöht, er würde sich eine Bank heranziehen müssen, um sie einzuschlagen. Aber er war kein geschickter Mann. Er hatte sich am Klavier die Finger geklemmt und an der Bratenkruste wäre er beinahe erstickt. Aus den Schaftstiefeln kam er ohne fremde Hilfe nicht heraus und sah in ihnen aus, als würden seine Beine ersaufen. Er war kein attraktiver Mann, seine Eltern waren auch hässlich. Aber sie besaßen Geld. Keine Stunde ihres Lebens hatten sie auf etwas verzichten müssen, auch auf Anerkennung nicht. »Wenn dich die Menschen schätzen, hast du es geschafft«, hatte Schnabel behauptet. »Die Wert-schätzung ist wie ein dritter Arm und ein drittes Auge. Sie macht dich stärker und ist wie ein Körperteil, den man dir nicht nehmen kann.«

Er hatte sich geirrt, seine Frau hatte ihm den dritten Arm und das dritte Ohr genommen. Morgen würde die Stadt über den Reeder Schnabel lachen, der seine Frau so kurz hielt, dass sie sich heimlich Geld leihen musste. Weil sie ihren Mann zum Hanswurst machen wollte, lieh sie sich das Geld von seinem größten Feind.

Sie inspizierte die Küche. Dass man so viele Messer besaß! Wozu brauchte die Köchin ein Beil? Der eiserne Dorn war dafür da, um das Eis zu zerstoßen, mit dem Hammer schlug man Knochen flach. Die Küche war ein Waffenarsenal. Das Haus war groß, es gab Messer für die Jagd, es gab Erinnerungsstücke an die Schlachten gegen die Schweden, es gab Waffen, die als Geschenke ins Haus gekommen waren.

Sie trug, was sie fand, in den Flur. Sie prüfte den Kachel-boden, das Blut würde sich leicht abwischen lassen. Sie zog einen Sessel in den Flur und wartete, ohne Licht zu entzünden, mit dem kurzen Schwert auf den Schenkeln. Sie hatte nur einen Versuch, aber er würde in einen dunklen Flur treten und nichts sehen, während sich für sie seine Gestalt gegen die vor dem Haus hängende Lampe abzeichnen würde.

∽◉∾

Als es an der Tür rasselte, schreckte sie hoch. Draußen wurde gemurmelt und geflucht. Als die Tür aufgestoßen wurde, stand sie vor dem Sessel. Schnabel wunderte sich über den dunklen Flur, wenn er so lang gezogen redete, wenn sich seine Worte in die Länge zogen wie Speichelfäden, die aus dem Mund tropfen, dann hatte er getrunken.

»Weib, wo bist du!?«

Sie trat auf ihn zu. Sie wusste, dass er sie erst im letzten Moment bemerken würde. Sein Kopf hing schwer, er war das Trinken nicht gewöhnt, er sah sie kommen, der Kopf fuhr hoch, das Schwert stieß zu. Nur weil Schnabel schwankte und sich der Körper zur Seite neigte, fuhr das Eisen nicht in die Brust, sondern traf ihn an der Seite, riss die Haut am Brustkorb unter dem Arm auf. Regula wurde vom eigenen Schwung nach vorn gerissen, ein erzürnter Griff packte sie, stieß sie in den Flur. Die Haustür fiel ins chloss, zwei Arme zogen die auf dem Boden liegende Frau in die Höhe. Ein Fuß stieß das Schwert zur Seite, krachend fiel Regula in den Sessel, ein Bein brach ab, sie war dabei gewesen, hochzukommen und rutschte zurück, als der Sessel unerwartet nachgab. Hände packten zu, zogen sie in die Höhe, stießen sie von sich. Regula knallte gegen die Vertäfelung der Wand, der Schmerz betäubte ihren Rücken, aber sie hielt sich auf den Beinen und bot ein gutes Ziel. Erst schlug er mit offener Hand zu, ohrfeigte sie rechts und links, zehnmal, zwölfmal, dann kamen Fäuste geflogen, rissen Regulas Lippen auf, er packte ihre Haare, stieß ihren Kopf gegen die Wand, packte die Haare erneut, drehte Regula um und stieß sie mit dem Gesicht gegen die Wand. Sie spürte, wie das Blut aus Brauen und Stirn spritzte. Sonst spürte sie nicht mehr viel. Er presste sie gegen die Wand, drückte sich von hinten gegen sie, immer wieder schlug er ihren Kopf gegen die Wand. Regulas Nase brach, sie drehte sich zur Seite, spürte Schnabels heißfeuchten Atem, hörte, wie er flüsterte: »Du hast mich umgebracht. Ich bin tot. Es gibt mich nicht mehr.«

»Nein, nein«, stöhnte sie, »so war es doch nicht. Ich wollte es dir sagen, morgen oder heute, heute wollte ich es dir sagen.«

»Es gibt mich nicht mehr«, jedes Wort spuckte er ihr ins Ohr. Dann schlug er auf das Ohr, mit voller Wucht und flacher Hand. Dieser Schmerz war schlimmer als alles andere. Der Rücken war schnell betäubt gewesen, das Blut floss, ohne wehzutun. Aber im Ohr hielt sich der Schmerz, ohne abzuklingen. Es war, als würde der Schmerz in einem Käfig hin- und hertoben, ohne den Ausgang zu finden.

Der rasende Schnabel schleuderte die wehrlose Frau durch die Tür in den Wohnraum. Nirgendwo brannte Licht, Regula sah nicht, auf was sie zuflog, und obwohl sie jeden Zentimeter des Raums kannte, konnte sie keinem Gegenstand ausweichen, denn ihr Körper gehorchte nicht mehr ihrem Willen. Immer wieder packte Schnabel zu, zog sie in die Höhe, um sie mit Wucht von sich zu stoßen. Der Krach war fürchterlich. Zuerst nahm sie noch wahr, was er ihr antat, aber sie war schon nicht mehr bei sich, wurde friedlicher mit jedem Sturz. Es gab keinen Teil des Körpers mehr, der nicht aufgeplatzt und gebrochen war. Zuletzt schleuderte Schnabel nur noch eine Puppe von sich. Und als die Puppe vor dem Sofa lag, als er im Dunklen auf sie zukroch, ihre Kleidung erst sortierte, um sie dann zu entfernen, als er sich aus seiner Hose quälte, um ihr zu geben, was sie verdiente, stöhnte er bei jedem Stoß. Sein Mund schmeckte nach Blut und Eisen, seine rechte Körperhälfte war nass, sein Körper schrie, dass es genug wäre, aber Schnabel zwang ihm seinen Willen auf und stieß zu, und als er fertig war, zog er die Hose hoch, trat auf die Puppe, stieß nach ihr, weil er es nicht ertrug, wenn etwas im Weg lag.

∽◉∽

Der Nachtwächter war kein ängstlicher Mann. Aber noch nie hatte er einem wahnsinnigen Tier gegenübergestanden, außer sich, die Kleidung in Blut getränkt, die Hose schief und halb geschlossen, fuchtelte er mit dem Schwert, und unter wirren Haaren und beschmiertem Mund fauchte das Tier: »Ein Wort, und du bist tot.«

Mit dem Rücken an der Hauswand sah der Nachtwächter, wie der Wahnsinnige weitertorkelte: breitbeinig, mit dem Schwert austeilend, als gelte es einen Feind zu bekämpfen, den der Nachtwächter nicht erkennen konnte.

53

ANNA ROSLÄNDER WAR VORBEREITET. Als draußen das Geheul erklang, waren vier Männer bereit, sie zu beschützen. Sie schluckte und sagte: »Ich werde mit ihm sprechen.«

Joseph Deichmann, der am Fenster stand, sagte: »Es ist nicht die richtige Stunde für Vernünftigkeit. Ich erledige das für Euch.« Jemand räusperte sich, und Joseph sagte: »Wir, wir werden das gemeinsam erledigen.«

»Anna Rosländer!«, wurde vor dem Haus gebrüllt. »Komm raus! Sei so mutig wie dein Mann! Du willst doch sonst genauso sein wie er! Jetzt kannst du zeigen, ob das stimmt!«

Die Haustür öffnete sich, in der Mitte der Gasse stand eine blutbesudelte Gestalt, breitbeinig und schwankend. Sie reckte das Schwert nach oben, auf die Klinge war ein Papier gespießt.

»Er ist voller Blut«, murmelte Trine Deichmann.

»Betrunkene prügeln sich«, murmelte Joseph.

»Und wenn er sich nicht mit einem Seemann geschlagen hat? Wenn er … wenn er …?«

»Darum kümmern wir uns später«, murmelte Joseph.

Er versuchte noch, sie am Arm zu packen, aber sie entwischte ihm, eilte an der Gestalt vorbei die Gasse hinunter, und Joseph trat erzürnt mit einem Fuß auf.

In der Türöffnung erschien Anna Rosländer, hinter ihr waren die Männer bereit, einzugreifen. Ein weiterer war zwischen den Häusern herangeschlichen und keine sechs Schritte von Schnabel entfernt.

»Ah, da ist sie ja!«, röhrte er. »So groß und stark wie der werte Gatte.«

»Schnabel, Ihr seid betrunken«, sagte die Witwe verächtlich.

»Bin betrunken!«, bestätigte er. »Hatte nie so guten Grund dafür. Musste mit einer Enttäuschung fertig werden.«

»Wenn Ihr Eure Frau meint, sie wollte Euch nicht wehtun. Sie hat sich nur nicht anders zu helfen gewusst.«

Schnabel nickte zu jedem Wort.

»So wird es sein«, rief er grimmig. »Sie hat es nur gut gemeint. Frauen meinen es immer nur gut mit den Männern. Komisch, dass so viele Männer dabei zu Tode kommen.«

»Eure Frau wird die Schulden zurückzahlen. Am Freitag, zusammen mit allen anderen. Ihr müsst nichts fürchten.«

»Ich werde die Schulden zurückzahlen«, rief Schnabel. Er musste lange in seiner Tasche suchen, bevor er den Beutel herauszog und aufs Pflaster schleuderte.

»Hier, Witwe Rosländer! Damit sind wir quitt. Ein Schnabel lässt sich nichts schenken.«

Anna bewegte sich nicht. »Was ist das da auf Eurem Schwert?«

»Was? Ach, das. Das ist nur ein Stück Papier, wertlos und nicht von Interesse.«

»Mir kommt es so vor, als wäre das ein Schuldschein.«

»Kommt Euch so vor, ja? Sieh mal an, kommt ihr so vor. Kluge Anna, klug wie der werte Gatte.«

»Wie kommt Ihr an den Schuldschein? Den dürft Ihr gar nicht haben. Den hat Eugenie.«

»Ihr müsst das französisch aussprechen!«, röhrte er mit neu gewonnener Kraft. Er bemühte sich, den Namen französisch auszusprechen und geriet darüber in grelles Gelächter.

»Eugenie hat Euch den Schein bestimmt nicht freiwillig gegeben. Geht es Ihr gut?«

»Woher soll ich das wissen? Glaubt Ihr, ich gebe mich mit Abschaum ab? Könnt Ihr nicht aufhören, die Schnabels zu beleidigen?«

»Ist das Blut von Eugenie, das ich an Eurer Kleidung sehe? Schnabel, habt Ihr ein Verbrechen begangen?«

»Warum nicht? Wer Schulden hat und eine verlogene Frau, kann zum Verbrecher werden. Ist ein kleiner Schritt.« Er spuckte aus, fuhr sich mit der Hand übers Gesicht. Er sah furchtbar aus und sagte: »Ich will nichts geschenkt. Ihr habt Euer Geld.«

»Es gehört mir nicht«, entgegnete Anna. »Es gehört Eugenie. Wo ist sie?«

In pantomimischer Übertreibung blickte sich Schnabel um. »Ja, wo ist sie denn?«, rief er. »Ich sehe sie auch nicht. Will wohl ihr Geld nicht haben. Dann müsst Ihr es doch nehmen, Witwe Rosländer.«

Er zog den Schein von der Klinge und ließ ihn auf den Boden fallen.

Er rief: »Richtet Eurem neuen Liebsten einen Gruß vom Reeder Schnabel aus. Ich war immer sehr zufrieden mit seinem Holz. Aber noch zufriedener war ich mit seinem Einsatz bei der Witwe Rosländer. Wir waren alle zufrieden.«

Anna spürte, wie ihr das Blut aus dem Gesicht stürzte.

»Was meint Ihr damit?«, fragte sie.

»Fragt Euren Liebsten. Ich habe Wichtigeres zu tun.«

Schnabel packte das Schwert, richtete es gegen sich. Das Schwert war zu lang, mit beiden Händen griff er in die Klinge, zwei Männer sprangen los. Sie waren bei Schnabel, bevor er sich töten konnte. Sie warfen ihn zu Boden, aus eigener Kraft stand er nicht mehr auf.

54

ALS DIE ERSTEN beiden Schuldner in die Gasse einbogen, die zur Kanzlei führte, wurden sie von 200 Menschen erwartet. Die Menge ließ eine Gasse frei, damit die Schuldner passieren konnten. Der dritte ging auch noch hindurch, ihm folgte kein bekanntes Gesicht mehr, denn die übrigen Schuldner schickten Boten, Diener, Angestellte.

Von den Landstreichern ließ sich keiner vertreten.

Frohgemut die einen, ernst und konzentriert die anderen, tauchten sie in Gruppen auf. Man begrüßte sie mit Beifall, sie winkten zurück und verschwanden in der Kanzlei.

Dort ging es zu wie in einer Wechselstube. Die eingehenden Gelder wurden entgegengenommen, gezählt und quittiert. Die zu den Geldern gehörenden Schuldscheine wurden entgegengenommen, den Rückzahlern übergeben, die den Empfang quittierten. Mehrere Augenzeugen bestätigten schriftlich, dass alles mit rechten Dingen zugegangen sei.

Theuerkauff hatte sich der Dienste von zwei Männern versichert, die dafür bekannt waren, handgreifliche Streitereien wirkungsvoll zu unterbinden. Sie verbrachten einen ruhigen Tag, es kam zu einem einzigen Zwischenfall, der sich schnell auflöste, denn Vinzenz Nawka umarmte den Ratsherrn Voigt nicht, um ihn zu würgen. Er war einfach gerührt und weinte an der Schulter des zwei Köpfe kleineren Voigt, den er zu einem Essen mit anschließendem Besäufnis einlud, was Voigt empört ablehnte, um fünf Minuten später auf das Angebot zurückzukommen.

»Steht Eure Einladung noch?«, fragte er schüchtern den Nawka und zog mit ihm Richtung Hafen, wo Voigt eine der längsten Nächte seines Lebens bevorstand. Als er die Kanzlei verließ, konnte er nicht wissen, dass er drei Tage brauchen würde, um sich von dem Gelage zu erholen.

Theuerkauff war es, der den Stadtstreichern das Geld überreichte. Dies war der heikelste Moment, denn in diesem Augenblick war es mit der Selbstbeherrschung der meisten Obdachlosen vorbei. Mehr als die Hälfte hatte schon im Kindesalter jeden Halt durch ihre Familie verloren oder nie eine Familie besessen. Aber auch die drei oder vier, die eine Phase erlebt hatten, in denen es ihnen nicht schlecht gegangen war, begannen zu zittern. Die Blicke wurden unstet, die Stimme wurde brüchig oder versagte ganz. Der eine oder andere bejubelte seinen neuen Wohlstand, roch an den Münzen, biss auf jedes Stück und tanzte aus der Kanzlei. Die meisten waren ergriffen, denn wenn auch keiner ermessen konnte, wie sehr das Geld sein künftiges Leben verändern würde, so spürte jeder, dass dieser Tag das Ende seiner alten Existenz markierte. Mehr als einmal musste sich Theuerkauff vor handgreiflichen Dankesbezeugungen in Sicherheit bringen. Nur bei zweien, denen die frisch geschrubbte Sauberkeit aus allen Poren stach, willigte er in eine Umarmung ein. Bei Eugenie tat er es auch, denn sie war nur durch den Umweg über die Witwe an ihr Geld gekommen. Eugenie schämte sich, dass es dem Reeder Schnabel gelungen war, sie betrunken zu machen, bis sie das Bewusstsein verloren hatte. Dass er ihr den Schuldschein entwendet hatte, beschämte sie am meisten, denn sie wusste, wo sie den Schein aufbewahrt hatte.

Die Lübecker Wirte sahen dem weiteren Verlauf des Freitags mit gemischten Gefühlen entgegen. Einerseits freuten sie sich darüber, dass frisches Geld in Umlauf war – und dass es Menschen gehörte, die es nicht in ihrer Matratze verstecken würden, weil sie keine Matratze besaßen. Andererseits wussten die Wirte aus Erfahrung, wohin es führen konnte, wenn Stadtstreicher über die Stränge schlugen.

Fein raus war nur der Gastwirt Deichmann, er hatte alle Stadtstreicher davon in Kenntnis gesetzt, dass sie bei ihm heute Abend vor verschlossenen Türen stehen würden, weil sich eine geschlossene Gesellschaft angesagt habe.

Trine Deichmann hatte zehn Minuten bohren müssen, bevor sie den Grund für die Lüge aus ihrem Joseph herausgekitzelt hatte.

»Ich würde das nicht aushalten«, gestand er peinlich berührt. »Ich kann nicht ausschließen, dass ich vor Rührung ein bis zwei Tränen vergießen würde. Das möchte ich uns allen ersparen.«

Sie fiel ihm um den Hals und sagte gerührt: »Du hast Gefühle! Ich habe es ja gewusst. Mein Mann hat Gefühle.«

Wäre sie nicht so gerührt gewesen, hätte sie vielleicht einen prüfenden Blick in Josephs Gesicht geworfen. Das Lächeln, das sich während der Umarmung auf ihm abzeichnete, hätte die erfahrene Ehefrau in Alarmstimmung versetzt.

∾⊘∽

In Alarmstimmung wurde Trine wenig später von Anna Rosländers Gesicht versetzt, als sie an der Seite Hedwig Wittmers der Witwe einen Besuch abstattete. Die hatte sich von dem Schock noch nicht erholt, den ihr der wahnsinnig gewordene Reeder Schnabel versetzt hatte.

»Ist es denn wahr?«, fragte Hedwig beklommen.

Annas Hand massakrierte das Spitzentuch.

»Er ist abgereist, vor vier Tagen schon«, antwortete sie mit leiser Stimme, die sehr schwach klang. »Er hat sich nicht verabschiedet. Ich habe nicht mehr mit ihm geredet. Aber ich denke, das ist die Antwort auf die Frage, die ich ihm nicht mehr stellen konnte. Was meint Ihr?«

Beide Besucherinnen nickten. Jede für sich und gemeinsam hatten sie ihre Beziehungen spielen lassen. Seitdem durch Schnabels lautstarkes Geständnis die Wahrheit in der Welt war, war es leichter geworden, Antworten zu erhalten. Leonhard Ivanauskas war die Geheimwaffe im Kampf der Lübecker Kaufleute gegen Anna Rosländer. Die beste, geschickteste und gemeinste Waffe. Ihn hatten sie nicht geschickt, um die Werft oder Zeichnungen oder Beschäftigte auf ihre Seite zu ziehen. Ihn hatten sie geschickt, um Annas Herz zu brechen. Und um sie vorher auszuhorchen.

»Ich denke, ihm ist beides zufriedenstellend gelungen«, sagte Anna Rosländer. Trine wäre wohler gewesen, wenn sie lauter gesprochen hätte. Anna hatte Ivanauskas ihre Gedanken anvertraut, einiges hatten auch andere Personen erfahren. Aber viel war nur in seine Ohren gedrungen. Dass es von dort zügig den Weg in die Ohren seiner Auftraggeber gefunden hatte, durfte unterstellt werden.

»Sie wussten, was ich vorhabe«, murmelte Anna.

»Aber am Ende habt Ihr trotzdem gewonnen«, sagte Trine aufmunternd.

»Nur, weil mein Mann seinen seltsamen Humor ausleben musste. Schuldscheine! Wie kann man nur auf diesen Gedanken kommen? Ich meine nicht das Leihen an sich. Aber hätten die Schuldscheine die wahren Namen getragen, hätten wir nie von ihnen erfahren, denn ich bin jetzt sicher, dass der Einbruch den Scheinen gegolten hat. Jemand wollte sie haben, weil er wusste, dass es sie gibt. Und als er sie hatte, hätte es nahegelegen, sie ins Feuer zu werfen. Ich werde nie begreifen, warum er sie stattdessen den Stadtstreichern gegeben hat. Ich werde nie begreifen, wer zu so etwas fähig ist. Ihr etwa?«

Trine Deichmann visierte einen Punkt neben Annas Kopf an und dachte: Da guckst du jetzt hin, bis die Sonne untergeht.

»Ich meine, er musste wissen, dass die seltsamen Namen zu armen Menschen gehörten. Das ist ja, als würden die

Einbrecher Wert darauf legen, dass die Armen nicht mehr arm sein müssen. Wer denkt bloß so? Als wäre der Bischof bei mir eingebrochen.«

Trine dachte: Der eher nicht.

Auf der Straße wurde es laut. Anna zog sich zusammen.

»Nicht schon wieder«, sagte sie kläglich. »Mein Bedarf an Besuchen ist gedeckt.«

»Nicht jeder Lärm muss Euch gelten«, versicherte Hedwig, um im nächsten Moment selbst zusammenzuzucken. Denn an der Tür wurde es laut. Keine Schreie, stattdessen züchtiges Klopfen. Anna blieb sitzen, bis der Diener erschien.

»Das müsst Ihr Euch ansehen«, sagte er aufgeregt und war gleich wieder verschwunden.

Sie warteten im Flur, zwei Männer, eine Frau. Der Geruch nach Seife war betörend. Durch die offenstehende Haustür sah man weitere Stadtstreicher, bestimmt 30 an der Zahl. Sie bildeten einen Halbkreis um die Haustür, alle wirkten friedlich, geradezu feierlich. Fast alle waren nüchtern.

Als Anna mit den Freundinnen im Schlepptau auftauchte, verneigten sich die drei, die im Haus standen. Einer hatte einen Sack dabei, nicht groß, aber schwer. Das sah man, auch wenn der Sack auf dem Boden stand.

Es redete allein der, der sich als Engelbert Kross ausgab. Seine Haare waren grotesk kurz, augenscheinlich frisch geschnitten, entweder mit stumpfem Messer oder wenig Talent. Im schlimmsten Fall mit beidem.

»Verehrte Frau Witwe«, begann Kross. »Im Namen von mir und den Halunken da draußen spreche ich Euch unsere Hochachtung aus. Ihr seid eine starke Frau. Schön seid Ihr außerdem, das Letzte war eine persönliche Bemerkung. Und Ihr habt einen guten Mann, der uns heute zusammenführt. Nicht weil er tot ist, sondern weil er etwas getan hat, als er noch lebendig war. Euer Mann hat uns die Schuldscheine geschenkt, die uns zu reichen Menschen gemacht haben. Seit einer Stunde schwimmen wir in Geld. Das wird nicht lange dauern, aber bis dahin werden wir feiern und essen und trinken. Wir werden uns Hosen und Mäntel und Hemden kaufen, ich freue mich auf neue Schuhe, und vielleicht werde ich den Winter in einem Raum verbringen, in dem ein Ofen steht.

Heute wurden die Schuldscheine eingelöst. Alles ist ordnungsgemäß abgelaufen, auch wenn sich der Advokat ständig in den Vordergrund drängen musste, so ist er doch ein korrekter Mann, was wir nicht gering schätzen. Wir haben unser Geld zusammengelegt und zwei Haufen daraus gemacht. Den einen Haufen haben wir unter uns aufgeteilt. Den zweiten Haufen geben wir Euch.«

Der Begleiter von Kross packte den Sack, trug ihn zu Anna und ließ ihn zentimeterdicht vor ihren Zehen auf den Boden fallen. Dafür bekam er von seiner Begleiterin nach der Rückkehr in die Reihe den Ellenbogen in die Rippen.

»Das ist die zweite Hälfte«, sagte Kross. »Sie ist nicht für Euch persönlich. Nicht, dass Ihr jetzt anfangt und Euch mit Schmuck behängt, wie Frauen das gerne tun.«

Der nächste Ellenbogen landete in den Rippen des Redners.

»Das Geld ist für das Schiff. Jeder weiß von dem Schiff, jeder weiß, warum Ihr das Schiff baut. Weil Ihr davon träumt, so ein Schiff zu bauen. Wir alle träumen, wenn auch nicht jeder von einem Schiff. Aber ihr haltet an

Eurem Traum fest, auch wenn die Lübecker Pfeffersäcke Euch dafür angiften. Das finden wir stark, dafür mögen wir Euch. Wir wissen nicht, wie teuer so ein Schiff kommt. Aber wir hoffen, dass es mit unserem Geld leichter gehen wird. Wir nehmen es nicht zurück, da könnt Ihr sagen, was Ihr wollt. Wir danken Euch, dass Ihr uns zugehört habt, und sind gleich wieder weg. Denn heute hauen wir auf den Putz, dass die Stadt wackelt. Falls Ihr nicht unbedingt raus müsst, würde ich an Eurer Stelle zu Hause bleiben. Ist kein schöner Anblick, an jeder zweiten Hausecke einen zu sehen, der sein Essen auskotzt. Aber was sein muss, muss sein. Liebe Frau Witwe, wir wünschen schönes Bauen.«

Kross sah aus, als sei er mit seinen letzten Worten nicht zufrieden. Aber er ließ sie so stehen und verließ mit seinen Begleitern das Haus.

Anna Rosländer folgte ihm. Auf der Treppe stehend, hielt sie eine kurze Rede. Sie bedankte sich, sie war gerührt. Sie versprach, das Schiff weiter zu bauen und es allen Lübeckern zu widmen, die ein gutes Herz besäßen. 30 solche Lübecker habe sie eben kennenlernen dürfen und werde sie nie vergessen.

Nun erhielt auch Trine einen Stoß in die Rippen. Eine amüsierte Hedwig Wittmer flüsterte: »Sie baut das Schiff mit dem Geld der Lübecker Kaufleute. Es ist lange her, dass ich etwas komischer gefunden habe.«

∽◎∽

»Wie geht es unserem Patienten?«, fragte der Medicus.

Die alte Schlüter blickte ihn an, wie sie immer guckte: mürrisch und misstrauisch.

»Geht soweit«, knurrte sie. »Er hat Schmerzen, das hat er verdient.«

»Aber Ihr tut alles, damit die Schmerzen bald aufhören.«

»Wenn Ihr meint …«

»Ihr wisst, dass wir unsere Gefühle aus unserer Arbeit heraushalten müssen.«

»Wenn Ihr meint …«

Aufatmend sah er der davonschlurfenden Frau nach. Jedes Mal, wenn er sie traf, fühlte er sich wie ein Schüler.

Der Reeder Schnabel hatte mehrere gebrochene Rippen davongetragen, auf der rechten Körperseite war die durch den Schwertstich abgetrennte Haut fest angedrückt und mit einem Verband fixiert worden. Schnabel hatte Blutergüsse und zahllose Schrammen. Gegen die Schmerzen gab man ihm beruhigende Tees. Er schlief viel, wenn er wach wurde, jammerte er. Dann gab man ihm neuen Tee.

»Wie geht es ihm?«, fragte Trine Deichmann, als sie nachmittags vorbeischaute.

»Ist der Patient etwa guter Hoffnung?«, entgegnete der Medicus pampig.

»Wäre er mit Euch schwanger, würde er sich fragen, wozu das Ungemach gut sein soll.«

Der Medicus hatte die ärztlichen Künste studiert, die Schlagfertigkeit hatte nicht dazugehört.

Trine Deichmann sah sich den Patienten an, Schnabel sah schrecklich aus. Zwar wartete auf ihn eine harte Strafe, aber einen Teil der Strafe hatte er schon erhalten. Trine würde ihm nicht offenbaren, dass seine Frau schwanger gewesen war, auch wenn sie nicht sicher war, ob ihn die Nachricht treffen würde.

Die alte Schlüter kam herein, Trine nutzte die Gelegenheit, mit der Pflegerin zu sprechen. An einem Ort, wo sie sich zu Hause fühlte, war sie nicht so kurz angebunden wie sonst. Die Pflegerin präsentierte einige Patienten und ihre Art, Wunden zu verbinden. Trine zeigte sich beeindruckt und es fand sich ein Medicus, der wohlwollend von der Pflegerin sprach. Man kam ins Gespräch, redete über das Schiff, aber nicht über Schnabel.

Trine Deichmann war schon im Gehen begriffen, als sie mit einem Ohr hörte, wie eine Männerstimme rief: »… vorhin doch noch da gewesen!«

55

EINE STUNDE SPÄTER brach auf der Werft Feuer aus. Die Flammen zeigten sich gleichzeitig an mehreren Orten, vor allem am Schiffs-Skelett und in der Halle, wo das Holz lagerte. Es handelte sich nicht um Selbstentzündungen oder Schwelbrände, dafür schlug das Feuer zu schnell und mächtig empor. Seit der Mittagsstunde hielten sich keine Beschäftigten mehr auf dem Gelände auf, Anna Rosländer hatte allen freigegeben, um mit ihr den Tag zu feiern, an dem sich zum ersten Mal ein Teil der Bevölkerung hinter sie gestellt hatte. Eine Wache, die rund um die Uhr auf dem Gelände stationiert war, kämpfte mit Wasser und Decken gegen einen der Brandherde, hatte aber keine Chance.

Als Helfer eintrafen, stand die Werft in Flammen. Die Helfer wussten, wann es sinnlos war, Löschversuche zu unternehmen. Sie beschränkten sich darauf, die großen Hütten am Rand des Werftgeländes zu schützen. Es gelang ihnen, aber neun Zehntel der Werft verbrannten zu Asche. Noch während das Feuer tobte, fand man die Leiche, nicht weit von ihr entfernt die kleinen Fässer mit hochprozentigem Branntwein, mit denen die Flammen gefüttert worden waren. Die Haut des Reeders Schnabel war nicht mehr vorhanden, ein Gesicht gab es auch nicht mehr. Aber seinen Verband gab es noch, er war das Einzige, das an dem verbrannten Körper erstaunlich intakt war.

Beim Löschen taten sich besonders die Uelzer hervor, sie hatten Ketten gebildet, durch die Wassereimer hin und herliefen. Die Eimer waren schwer, aber die Arbeiter hielten ihre Geschwindigkeit bei, stundenlang. Einige hörte man rufen: »Was für ein Spaß zu löschen, wenn man ein Meer zur Verfügung hat!«

»Sie sind wahnsinnig«, murmelte Joseph Deichmann. »Ich habe es immer gewusst. Man kommt nicht heil aus diesem Ort heraus.«

Drei Stunden raste das Feuer, bis es sich erschöpft hatte, weil es kein Futter mehr fand. Als die Hütten nicht mehr geschützt werden mussten, warfen die Uelzer die Eimer in die Flammen. Zwei von ihnen halfen Querner, seine Unterlagen auf einen Karren zu laden. Das Bureau gab es nicht mehr, aber jedes Blatt Papier war gerettet worden.

In dem Maße, wie sich die Rauchschwaden verzogen, wurde das Ausmaß des Schadens deutlich. Die Rosländer-Werft hatte aufgehört zu existieren.

Anna Rosländer, die wenige Minuten nach dem Alarm erschienen war, umrundete das Gelände. Es gab nichts zu besichtigen als Hitze, Ruß und Wasserlachen. Annas Begleiter schwiegen, niemand wollte der Erste sein, der sich mit einer Äußerung hervorwagte, die der Witwe missfallen könnte. Andererseits sah Anna nicht so aus, als wäre sie momentan von Wortmeldungen zu erreichen.

Langsam zog der Rauch zur Stadt hinüber. Vom Meer setzte sich die Sonne des späten Herbstnachmittags durch.

Hunderte Bürger waren in den Hafen gekommen. Erstaunlich, wie leise eine so große Menge sein konnte. Jetzt, wo geschehen war, worüber seit vielen Wochen gemunkelt worden war, fühlten sich alle bedrückt. Wer sprach, tat es leise mit seinem Nachbarn. In dieser Minute äußerte sich niemand darüber, was die Brandstiftung für die Stadt und das Zusammenleben der Bewohner bedeuten mochte. In dieser Minute war man erleichtert, dass es keine Opfer zu beklagen gab. Bis auf Schnabel natürlich, aber der Reeder war in gewisser Weise schon vorher tot gewesen. Seine traurige Existenz hatte nur noch ihren Endpunkt finden müssen. Schon in diesen Minuten begann man, ihn verantwortlich zu machen, ihn allein, und zur Not seine Frau. Noch waren zu wenige Einzelheiten bekannt. Jedenfalls verschaffte es Erleichterung, die Krise in den kleinen Raum einer Familie hineinzupressen. Dort war sie gut aufgehoben, überschaubar und … tragisch. Tragisch wurde zum Wort dieser Minuten. Alles war tragisch: die Brandstiftung, der rasende Reeder, die verlogene Frau und ihr Ende. Tragisch war das Schicksal der armen Kinder, die in die Obhut von Verwandten gegeben worden waren. Tragisch wäre auch Regula Schnabels Schwangerschaft genannt worden, aber das Wissen darum ging nicht über Trine Deichmann und eine Handvoll Vertrauter hinaus.

Je stärker der sanfte Wind die Rauchschwaden zur Stadt schob, umso besser wurde die Sicht und umso klarer die

Erkenntnis, wie groß die Zerstörungen waren. Im Hafen war Krieg ausgebrochen. Schlimmer hätten auch die Schweden nicht marodieren können. Der Krieg war kurz und heftig ausgefallen, jetzt war er vorüber. Jeder Krieg kannte Sieger und Verlierer. Wer hatte gewonnen, wer war unterlegen? Darüber herrschte kein Zweifel.

»Davon wird sie sich nicht erholen.«

»So viel Geld hat auch eine Rosländer nicht, um noch einmal von vorn anzufangen.«

»Es ist nicht nur eine Sache des Geldes. Es geht auch um die Nerven. Sie ist nicht mehr die Jüngste.«

»Habt ihr schon gehört: Der Holzhändler hat ihr das Herz gebrochen.«

»Das Beste ist, sie geht nach Stralsund zurück, wo sie herkommt.«

Erst war es nur ein Blick, scheu, kurz, unauffällig. Es war der erste Blick, der die Witwe nicht nur streifte, sondern prüfend auf ihr verweilte. Ein zweiter Blick leistete dem ersten Gesellschaft, ein dritter schloss sich an. Bald waren es zehn, dann 20, am Ende vergrößerte sich der Menschenkreis um Anna Rosländer, damit die vielen Blicke, die bisher nicht ihr Ziel erreicht hatten, freien Raum und freie Sicht hatten. Etwas lag in der Luft: die Ankündigung der Witwe, ihre Zelte in Lübeck abzubrechen. Anna Rosländer hatte es in der Hand, den Lübeckern ihre Ruhe zurückzugeben. Sie stand in der Pflicht, denn ohne sie wäre es nicht zu den Zuspitzungen gekommen. Durch Anna Rosländers Verhalten war ein Feuer entstanden, dem beinahe der Hafen zum Opfer gefallen wäre. Wie weit wollte sie es noch treiben? Musste er erst …?

Ein Schuss! Beängstigend laut, mächtig, nahe. Das war eine Kanone gewesen, keine Pistole wäre imstande gewesen, solch satten Lärm zu erzeugen. Die Menschen blickten sich noch überrascht an, als der nächste Böller ertönte.

»Die Schweden! Die Schweden greifen an!«

Das war so aberwitzig, dass niemand darauf einging. Aber ein Kanonenschuss war es gewesen, sogar zwei.

Und dann drei.

Die Böller kamen vom Meer. Wäre doch nur der Rauch dünner gewesen! Hätte er sich nur schneller verzogen! Die Menge wich zurück. Nur fünf oder zehn Schritte, die Bewegung ging wie eine Welle durch die vielen Menschen. Solange man nicht wusste, was die Schüsse zu bedeuten hatte, wollte man auf der sicheren Seite sein.

Im nächsten Moment stach der Leib eines Schiffes durch den Rauch, schob sich Meter für Meter aus dem Rauchvorhang die Trave hinauf. Das Schiff wollte kein Ende nehmen, nach dem ersten Mast folgte ein zweiter, was niemanden in Aufregung versetzte. Doch dann folgte der dritte und das Schiff war immer noch nicht zu Ende. Am Ende waren es fünf Masten und ein Schiff von ungeheuren Ausmaßen, wie es kein Lübecker jemals gesehen hatte. Die Älteren hatten die Adler von Lübeck erlebt, die war groß gewesen. Dieses Schiff war größer als die Adler, niemand hatte jemals solche Segel gesehen: weiß und rot und ein Schriftzug quer über die Landschaft der Segel.

»Die alte Schlüter«

Die Menschen buchstabierten die Wörter und wussten nicht, was sie bedeuten sollten. Sie buchstabierten langsam und immer wieder, als ob beim vierten Mal ein anderes Wort auf den Segeln stehen würde.

Das obere der beiden Kanonendecks war mit vier Waffen bestückt, das untere war leer. Einige Gestalten zeigten sich an Deck, keine winkte, aber es drohte auch niemand. Keiner hielt Pistolen in der Hand, Frauen waren darunter und wohl auch junge Menschen.

Trine Deichmann stand nicht direkt neben Anna Rosländer. Aber sie stand dicht genug, um deren Gesicht zu erkennen. Aufmerksamkeit strahlte es aus und Spannung. Die Witwe war konzentriert und auch neugierig.

Nun war das Schiff in seiner ganzen Ausdehnung sichtbar geworden. Am Heck flatterte müde die Fahne Lübecks. Die ersten Männer eilten zum Kai und waren bereit, die zugeworfenen Seile zu packen, um das Schiff festzumachen.

Niemand wich weiter zurück, aber ans Wasser kamen sie auch nicht. Dazu war alles zu groß: Schiff und Überraschung.

Zögernd erhoben sich Stimmen. Jemand sollte den Menschen erklären, was hier stattfand. Eine Werft brannte ab, ein Schiff tauchte auf, neu gebaut, das sah ein Laie. Die Spannung wuchs. Und die Bewunderung. Mochten viele Lübecker auch Stinkstiefel sein, als Menschen der Küste waren sie mit Schiffen aufgewachsen. Sie erkannten unfassbare Schiffe, wenn sie ihnen begegneten. Und dieses Schiff war einmalig.

Erste Pfiffe ertönten und hießen das Schiff willkommen. Leinen wurden geworfen, gefangen, geschlungen. Die alte Schlüter hatte festgemacht.

Bevor der erste Passagier das Land betrat, war Trine Deichmann hin- und hergerissen. Ihr Gedächtnis war hervorragend, sie erinnerte sich an Gesichter, auch wenn Jahre seit der letzten Begegnung vergangen sein mochten. Schwierig wurde es mit Gesichtern, die sich im Wandel befanden, wie es bei Kindern der Fall war, die zu jungen Erwachsenen emporwuchsen.

Trine dachte: Es ist unmöglich. Sie ist es nicht, sie ist es nicht.

Neben Trine spielte sich der gleiche Zweifel ab. Aber dass möglich war, was unmöglich sein musste, bewies den Zweiflern der Blick auf den Mann neben der jungen Frau.

Im selben Moment schrie Sybille Pieper los:

»Jütte! Hier! Hier unten. Bist du blind, dass du deine Frau nicht siehst?«

Er zögerte und winkte dann.

Die Planke verband Schiff und Land, aber niemand ging von Bord. Dafür stand Anna Rosländer an der Stelle, wo die Passagiere Lübecker Boden betreten würden. Sie musste nicht um Ruhe bitten, die kam von ganz allein.

»Lübecker!«, rief sie, »dies ist ein Tag, der alles enthält. Vielleicht zu viel für manchen unter uns, der ein gemächlicheres Tempo gewohnt ist. Die alte Schlüter gibt sich die Ehre, mein Geschenk an die Stadt, meine Erinnerung an meinen geliebten Mann.«

»Aber wieso?«, wurde gerufen. »Wie geht das? Es ist doch alles abgebrannt.«

Lächelnd antwortete Anna Rosländer: »Nicht nur die Buchführung kann doppelt sein. Nicht nur der erwartete Säugling kann sich bei der Geburt als zwei Säuglinge entpuppen. Nehmt es mir nicht übel, aber ich hatte von Anfang an einen Verdacht, einen ganz leisen, ganz leichten Verdacht, dass ich mit meinem Schiff in Lübeck nicht nur Freunde finden werde. Ich hielt für möglich, dass es schwer wird. Ich habe gezögert und hatte dann den Einfall, der alles in Gang brachte.«

Stille, vollendete Stille.

»Ich habe angefangen, in Lübeck zu bauen. Als das geschah, hatte ich schon angefangen, in Stralsund zu bauen. Wie ihr wisst, gibt es Verbindungen zwischen mir und Stralsund, alte Verbindungen, Liebe und Familie. Lübeck wurde laut und mühsam und mehr als einmal unangenehm. Stralsund lief heimlich, still und leise. Und als der erste Wind kam und mit dem Gedanken spielte, sein Wissen nicht für sich zu behalten, spielte er bald mit einigen Münzen und freute sich, dass er ein Geheimnis für sich behalten konnte.«

»Ihr habt sie gekauft!«, rief jemand in der Menge.

Anna Rosländer nickte und fuhr fort: »Ich habe Lübeck nicht den Krieg erklärt. Ich habe meinem Mann ein Schiff gebaut, sein Heimathafen wird Lübeck sein, und viele Menschen aus unserer Stadt werden einen Nutzen davon haben. Gestern erfuhr ich auf verschlungenen Wegen, dass wir heute Besuch erhalten werden. In der Nacht träumte ich zum ersten Mal von meinem Mann und gleichzeitig von Wasser. Ich denke, jetzt bin ich frei und kann mich um die Zukunft kümmern. Die Frau, die für den Namen Pate stand, haben wir nicht überreden können, in den Hafen zu kommen, auch nicht für zehn Minuten. Sie wollte ihre Patienten nicht im Stich lassen, diese Begründung ist der Beweis, dass wir den richtigen Namen ausgesucht haben. Rosländer wäre damit einverstanden gewesen.

Begrüßt nun mit mir die Menschen, die mir halfen.«

Anna Rosländer trat zurück und begann zu klatschen, als die Passagiere im Gänsemarsch das Schiff verließen. Quälend lange Sekunden blieb sie mit ihrem Beifall allein, dann klatschte Trine Deichmann und doppelt so laut neben ihr Joseph, der »Hurra« rief und seinem Nachbarn etwas zuflüsterte. Der Nachbar erblasste erst und klatschte dann wie aufgezogen.

So schritten die Heimkehrer in ein Meer aus Beifall hinein, und das Meer schwoll immer weiter an.

Vorneweg Annas Bruder aus Stralsund, der Mann, der dort so wichtig gewesen war wie Querner in Lübeck; danach Jütte, der Buchhalter des Lübecker Salzhauses Schelling, treue Seele und unbestechlicher Mann für alles, was in Ordnung, Reih und Glied gebracht werden muss. Er hatte seine Verbindungen spielen lassen, die er im jahrzehntelangen Handel mit Salz rund ums Baltische Meer erworben hatte; danach Ludowica Schelling, Schwester des Salzkaufmanns, Piratin, Abenteurerin und die Frau, die die Besatzung für die Überführung zusammengestellt hatte; danach kam ein Mann, Anna Rosländers Augen schwammen in Tränen. »Ich musste dich verlassen«, sagte Leonhard Ivanauskas. »Ich musste mir meinen Traum erfüllen. Einmal Kapitän sein und wenn es nur für zwei Tage ist.«

»Aber du …«

»Ja, sie haben mich gekauft, um dich auszuhorchen. Aber als ich erfuhr, wie gern du mich hast, und als ich mich nicht mehr gegen die Erkenntnis wehrte, wie gerne ich dich habe, habe ich ihnen erzählt, was für dich von Nutzen war. Ich hoffe, du kannst mir verzeihen.«

Ihm folgte die junge Frau, an der Hand hielt sie einen Jungen, drei oder vier Jahre jünger als sie. Er wollte nicht an der Hand gehen, aber sie war stärker und ließ nicht los. Trine Deichmann erhaschte ein Lächeln der jungen Frau, dann stand sie vor Querner und sagte:

»Ihr seid der Mann, von dem alle schwärmen, der Mann, der große Schiffe denkt. Ich bin Liliane Schelling, die Tochter des Salzkaufmanns. Vor zwei Jahren bin ich auf eine Reise Richtung Osten gegangen. Jetzt freue ich mich auf Lübeck im Westen. Das Kind an meiner Hand ist mein frecher kleiner Bruder, er muss noch viel lernen. Wollt Ihr ihn in die Lehre und an die Kandare nehmen?«

Querner strahlte. Zum ersten Mal im Leben küsste er einer Frau die Hand.

ENDE

*Weitere Krimis finden Sie auf den
folgenden Seiten und im Internet:*

WWW.GMEINER-SPANNUNG.DE

MARIA RHEIN;
DIETER BECKMANN
Die Sichel des Todes

978-3-8392-1911-9 (Paperback)
978-3-8392-5079-2 (pdf)
978-3-8392-5078-5 (epub)

DAS GEHEIME UREVANGELIUM Münster, 1877.

Kommissar Heinrich Maler wird von der Preußischen Geheimpolizei beauftragt, den Millionär John Rodman, der seit einiger Zeit Drohbriefe erhält, zu beschützen. Kurz darauf findet man Rodman erhängt in seinem Arbeitszimmer. Alle Spuren deuten auf einen Zusammenhang mit einem verschollen geglaubten Urevangelium, dessen Auftauchen die Kirche in ihren Grundfesten erschüttern könnte. Hat die Kirche etwas mit dem Mord zu tun oder hat der Auftragsmörder »Die Sichel« seine Hand im Spiel?

GMEINER SPANNUNG

WWW.GMEINER-VERLAG.DE
Wir machen's spannend

CORNELIA NAUMANN
Königlicher Verrat
. . . .
978-3-8392-1912-6 (Paperback)
978-3-8392-5081-5 (pdf)
978-3-8392-5080-8 (epub)

FRIEDENSFÜRSTIN Paris, 23. November 1407. Ein Mord auf offener Straße verändert das Leben von drei Frauen entscheidend. Königin Isabel, als bayerische Prinzessin fremd in Frankreich, verliert ihren besten Freund. Margaud, Flüchtling vom Lande, wird unversehens zur Gegnerin der königlichen Politik. Christine de Pizan, als emanzipierter »Blaustrumpf« verspottet, verstrickt sich in eine aussichtslose Liebe.

Die Königin von Frankreich steht vor einer fundamentalen Entscheidung. Muss sie zur Verräterin an ihrem eigenen Land werden, um es retten zu können?

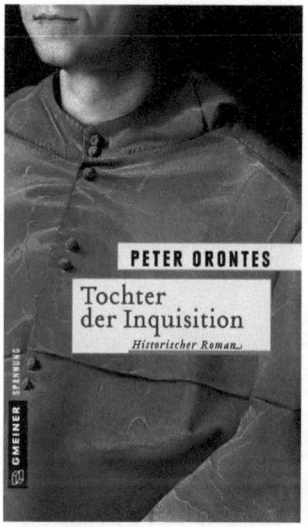

PETER ORONTES
Tochter der Inquisition
. . . .
978-3-8392-1906-5 (Paperback)
978-3-8392-5069-3 (pdf)
978-3-8392-5068-6 (epub)

KETZERBRUT Steyr, im Jahr des Herrn 1388. Eine Serie grauenvoller Morde, renitente Ketzer und der fanatische Inquisitor Petrus Zwicker stürzen die Stadt in Angst und Schrecken. Angehörige der Waldenserbewegung werden als Ketzer gejagt und gefoltert, Scheiterhaufen lodern auf. Inmitten des rabenschwarzen Geschehens emittelt ein unerschrockenes Paar: Falk von Falkenstein und seine Frau Christine. Dann aber gerät Falk, der selbst ein furchtbares Geheimnis hütet, ins Visier des Inquisitors und damit in tödliche Gefahr.

GMEINER SPANNUNG

WWW.GMEINER-VERLAG.DE
Wir machen's spannend

MAREN BOHM
Die Rückkehr der Pilgerin
. . . .
978-3-8392-1909-6 (Paperback)
978-3-8392-5075-4 (pdf)
978-3-8392-5074-7 (epub)

WEGGEFÄHRTEN Passau, Weihnachtsabend 1099. Die verarmte Kaufmannstochter Alice erreicht nach der Eroberung Jerusalems verwundet und verarmt Passau. Gleichzeitig muss ihr verborgener Geliebter Graf Bernhard von Baerheim, der nach ihrem angeblichen Tod inzwischen eine andere geheiratet hat, im Streit zwischen Kaiser und Papst Partei ergreifen. Doch dann wird Graf Bernhard auf der Höhe seines Einflusses grausam ermordet. Wer hatte einen Grund, ihn aus dem Weg zu räumen und warum hat der Tote ein Lächeln im Gesicht?

SILVIA STOLZENBURG
Die Salbenmacherin
und der Bettelknabe
. . . .
978-3-8392-1910-2 (Paperback)
978-3-8392-5077-8 (pdf)
978-3-8392-5076-1 (epub)

FALSCHE FREUNDE Der elfjährige Waisenjunge Jona ist ein Bettler. Ein Bettler und ein Dieb. Als er im Februar 1409 in Nürnberg ankommt, ist sein Leben kaum mehr einen Pfifferling wert. Es ist eiskalt, und er ist nur noch Haut und Knochen. Jona kann sein Glück kaum fassen, als ihm ein reicher Städter etwas zu essen und ein Lager für die Nacht anbietet. Allerdings fordert dieser dafür eine, wie er sagt, harmlose Gegenleistung. Jona willigt ein. Und gerät damit in einen Strudel aus Täuschung und Gewalt, in den schon bald auch die Salbenmacherin Olivera hineingezogen wird, die den Bettelknaben halb tot geschlagen in ihrem Hinterhof findet …

GMEINER SPANNUNG

WWW.GMEINER-VERLAG.DE
Wir machen's spannend

LIEBLINGSPLÄTZE AUS DER REGION

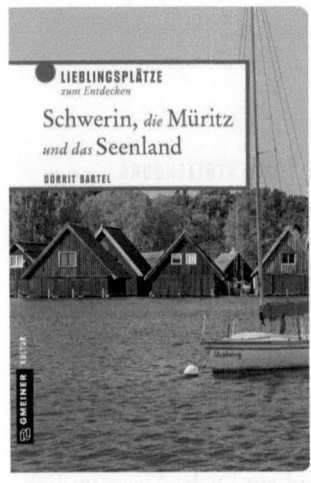

DORRIT BARTEL
Schwerin, die Müritz
und das Seenland
. . . .
978-3-8392-2285-0 (Buch)
978-3-8392-5717-3 (pdf)
978-3-8392-5716-6 (epub)

SIEHE PROJEKT Eingebettet in die malerische Seenlandschaft Mecklenburgs bietet das Land zwischen den Seen unter anderem geschichtsträchtige und romantische Orte wie die Schlösser in Schwerin und Güstrow. Im Nationalpark Müritz erwarten den Besucher eine Vielzahl heimischer Tier- und Vogelarten, an der verwunschenen Klosterruine Dargun musikalische Aufführungen und am Leuchtturm Plau ein Panoramablick mit See. Mecklenburg ist ein Paradies für Wasserwanderer und Radfahrer, aber auch für Kulturinteressierte und jene, die einfach nur die Seele baumeln lassen wollen.

WWW.GMEINER-VERLAG
Mensch, Kultur, Reg

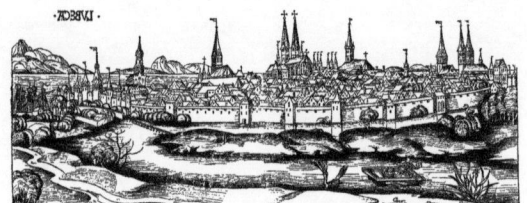